© Éditions Belin/Éditions Gallimard, 2013 pour l'introduction, les notes et le dossier pédagogique.
170 bis, boulevard du Montparnasse, 75680 Paris cedex 14

ISBN 978-2-7011-6157-0
ISSN 2104-9610

CLASSICOLYCÉE

Le Père Goriot

HONORÉ DE BALZAC

Dossier par Delphine Paon
Agrégée de lettres modernes

BELIN ■ GALLIMARD

Sommaire

Le tour de l'œuvre en 8 fiches

Groupements de textes

Vers l'écrit du Bac

Fenêtres sur...   368

Des ouvrages à lire, des adaptations à voir, des œuvres d'art
à découvrir et des lieux à visiter

Glossaire   370

Pour entrer dans l'œuvre

«Un brave homme − pension bourgeoise − 600 francs de rente − s'étant dépouillé pour ses filles qui toutes deux ont 50 000 francs de rente − mourant comme un chien.» Cette intrigue, que Balzac ébauche dans l'un de ses albums, c'est celle du *Père Goriot*.

Mais au fur et à mesure qu'il avance dans l'écriture, Balzac complexifie la trame de son roman. *Le Père Goriot* paraît dans *La Revue de Paris* entre décembre 1834 et janvier 1835, et quelques mois plus tard en volume. Le succès est immédiat.

C'est avec ce roman que Balzac a pour la première fois l'idée de constituer un vaste ensemble romanesque au sein duquel les personnages réapparaissent d'une œuvre à l'autre. Ce principe, à l'origine de *La Comédie humaine*, est associé à une volonté de décrire la réalité et la nature humaine telles qu'elles sont, sans chercher à les idéaliser; ce que Balzac résume dans l'avant-propos de son cycle romanesque par cette formule devenue célèbre: «La société française allait être l'historien; je ne devais être que le secrétaire.»

Balzac livre en effet dans *Le Père Goriot* une vision de Paris qui s'apparente à un documentaire : des quartiers misérables de la Maison-Vauquer aux bals de l'aristocratie du faubourg Saint-Germain, le lecteur suit le parcours d'Eugène de Rastignac. Jeune provincial sans argent, parti à la conquête de Paris et désireux de réussir à tout prix, il apprend à devenir un fin observateur de la société mondaine parisienne avant d'y faire son entrée triomphale.

Roman d'apprentissage réaliste, *Le Père Goriot* est un texte clé pour l'auteur qui y expérimente de nouveaux principes romanesques. Mais il reste avant tout une œuvre typiquement balzacienne, dans laquelle la psychologie des personnages est l'un des ressorts de l'intrigue. Et c'est peut-être aussi parce qu'il tient un peu du roman policier que *Le Père Goriot* continue aujourd'hui de passionner tant de lecteurs.

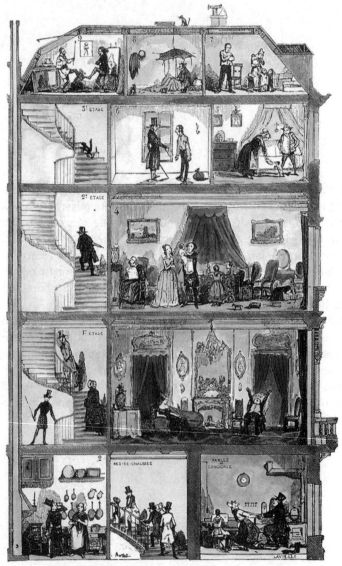

Charles Bertall, *Coupe d'un immeuble parisien*, gravure, 1845.
➡ Voir p. 114.

AU GRAND ET ILLUSTRE
GEOFFROY SAINT-HILAIRE[1],

Comme un témoignage d'admiration
de ses travaux et de son génie.

DE BALZAC.

---

1. Étienne Geoffroy Saint-Hilaire (1772-1844): naturaliste français qui étudia l'influence du milieu naturel sur le comportement et l'évolution des espèces.

Une pension bourgeoise

Madame Vauquer, née de Conflans, est une vieille femme qui, depuis quarante ans, tient à Paris une pension bourgeoise[1] établie rue Neuve-Sainte-Geneviève, entre le Quartier latin[2] et le faubourg Saint-Marceau[3]. Cette pension, connue sous le nom de la Maison-
5 Vauquer, admet également des hommes et des femmes, des jeunes gens et des vieillards, sans que jamais la médisance ait attaqué les mœurs de ce respectable établissement. Mais aussi depuis trente ans ne s'y était-il jamais vu de jeune personne, et pour qu'un jeune homme y demeure, sa famille doit-elle lui faire une bien maigre pen-
10 sion. Néanmoins, en 1819, époque à laquelle ce drame commence, il s'y trouvait une pauvre jeune fille. En quelque discrédit que soit tombé le mot drame par la manière abusive et tortionnaire dont il a été prodigué dans ces temps de douloureuse littérature, il est nécessaire de l'employer ici[4] : non que cette histoire soit dramatique
15 dans le sens vrai du mot ; mais, l'œuvre accomplie, peut-être aura-t-on versé quelques larmes *intra muros* et *extra*[5]. Sera-t-elle comprise

---

1. Pension bourgeoise : établissement modeste où l'on est nourri et logé.
2. Quartier latin : quartier étudiant, qui doit son nom aux nombreuses universités où les cours étaient dispensés en latin.
3. Faubourg Saint-Marceau ou Saint-Marcel : quartier très pauvre de Paris où étaient établies au xixe siècle de nombreuses manufactures.
4. Balzac fait référence au drame romantique, genre théâtral qui s'impose dans les années 1830 et qui met en scène des personnages ordinaires en proie à des sentiments sublimes.
5. Intra muros et extra : « à l'intérieur » et « en dehors des murs », en latin. L'expression fait référence aux murs d'enceinte qui encerclaient la ville.

au-delà de Paris ? le doute est permis. Les particularités de cette
scène pleine d'observations et de couleurs locales[1] ne peuvent être
appréciées qu'entre les buttes de Montmartre et les hauteurs de
20 Montrouge[2], dans cette illustre[3] vallée de plâtras[4] incessamment
près de tomber et de ruisseaux noirs de boue ; vallée remplie de
souffrances réelles, de joies souvent fausses, et si terriblement agitée qu'il faut je ne sais quoi d'exorbitant pour y produire une
sensation de quelque durée. Cependant il s'y rencontre çà et là des
25 douleurs que l'agglomération des vices et des vertus rend grandes
et solennelles : à leur aspect, les égoïsmes, les intérêts, s'arrêtent
et s'apitoient ; mais l'impression qu'ils en reçoivent est comme un
fruit savoureux promptement dévoré. Le char de la civilisation,
semblable à celui de l'idole de Jaggernat[5], à peine retardé par un
30 cœur moins facile à broyer que les autres et qui enraie sa roue, l'a
brisé bientôt et continue sa marche glorieuse. Ainsi ferez-vous, vous
qui tenez ce livre d'une main blanche[6], vous qui vous enfoncez
dans un moelleux fauteuil en vous disant : « Peut-être ceci va-t-il
m'amuser. » Après avoir lu les secrètes infortunes du père Goriot,
35 vous dînerez avec appétit en mettant votre insensibilité sur le compte
de l'auteur, en le taxant[7] d'exagération, en l'accusant de poésie.
Ah ! sachez-le : ce drame n'est ni une fiction, ni un roman. *All is
true*[8], il est si véritable, que chacun peut en reconnaître les éléments
chez soi, dans son cœur peut-être.

40 La maison où s'exploite la pension bourgeoise appartient à
madame Vauquer. Elle est située dans le bas de la rue Neuve-Sainte-

---

1. **Couleurs locales** : détails, caractéristiques d'un lieu ou d'une époque.
2. **Les buttes de Montmartre et les hauteurs de Montrouge** : collines situées respectivement au nord et au sud de Paris.
3. **Illustre** : célèbre.
4. **Plâtras** : débris de plâtre ou de matériaux de construction.
5. **Idole de Jaggernat** : statue du dieu hindou Vishnu. Lors des cérémonies données en l'honneur de Vishnu, cette statue est tirée sur un char par la foule.
6. **Main blanche** : main innocente.
7. **En le taxant** : en l'accusant.
8. *All is true* : « Tout est vrai », en anglais ; premier titre donné à la pièce *Henri VIII* de William Shakespeare (1564-1616).

Geneviève, à l'endroit où le terrain s'abaisse vers la rue de l'Arbalète par une pente si brusque et si rude que les chevaux la montent ou la descendent rarement. Cette circonstance est favorable au silence
45 qui règne dans ces rues serrées entre le dôme du Val-de-Grâce et le dôme du Panthéon, deux monuments qui changent les conditions de l'atmosphère en y jetant des tons jaunes, en y assombrissant tout par les teintes sévères que projettent leurs coupoles. Là, les pavés sont secs, les ruisseaux n'ont ni boue ni eau, l'herbe croît le long
50 des murs. L'homme le plus insouciant s'y attriste comme tous les passants, le bruit d'une voiture[1] y devient un événement, les maisons y sont mornes[2], les murailles y sentent la prison. Un Parisien égaré ne verrait là que des pensions bourgeoises ou des institutions[3], de la misère ou de l'ennui, de la vieillesse qui meurt, de la joyeuse jeunesse
55 contrainte à travailler. Nul quartier de Paris n'est plus horrible, ni, disons-le, plus inconnu. La rue Neuve-Sainte-Geneviève surtout est comme un cadre de bronze, le seul qui convienne à ce récit, auquel on ne saurait trop préparer l'intelligence par des couleurs brunes, par des idées graves ; ainsi que, de marche en marche, le jour diminue
60 et le chant du conducteur se creuse, alors que le voyageur descend aux Catacombes[4]. Comparaison vraie ! Qui décidera de ce qui est plus horrible à voir, ou des cœurs desséchés, ou des crânes vides ?

La façade de la pension donne sur un jardinet, en sorte que la maison tombe à angle droit sur la rue Neuve-Sainte-Geneviève, où
65 vous la voyez coupée dans sa profondeur. Le long de cette façade, entre la maison et le jardinet, règne un cailloutis[5] en cuvette, large d'une toise[6], devant lequel est une allée sablée, bordée de géraniums, de lauriers-roses et de grenadiers plantés dans de grands vases en

---

1. Voiture : voiture à cheval.
2. Mornes : tristes, ternes.
3. Institutions : établissements privés destinés à l'éducation des enfants et des jeunes gens.
4. Catacombes : carrières souterraines où sont entreposés les ossements de cimetières.
5. Cailloutis : entassement de cailloux.
6. Toise : ancienne unité de mesure (1 toise équivaut à environ 2 mètres).

faïence bleue et blanche. On entre dans cette allée par une porte
70 bâtarde[1], surmontée d'un écriteau sur lequel est écrit : MAISON-
VAUQUER, et dessous : *Pension bourgeoise des deux sexes et autres.*
Pendant le jour, une porte à claire-voie[2], armée d'une sonnette
criarde, laisse apercevoir au bout du petit pavé, sur le mur opposé
à la rue, une arcade peinte en marbre vert par un artiste du quar-
75 tier. Sous le renfoncement que simule cette peinture, s'élève une
statue représentant l'Amour. À voir le vernis écaillé qui la couvre,
les amateurs de symboles y découvriraient peut-être un mythe de
l'amour parisien qu'on guérit à quelques pas de là. Sous le socle,
cette inscription à demi effacée rappelle le temps auquel remonte
80 cet ornement par l'enthousiasme dont il témoigne pour Voltaire,
rentré dans Paris en 1777 :

Qui que tu sois, voici ton maître :
Il l'est, le fut, ou le doit être[3].

À la nuit tombante, la porte à claire-voie est remplacée par une
85 porte pleine. Le jardinet, aussi large que la façade est longue, se
trouve encaissé par le mur de la rue et par le mur mitoyen de la
maison voisine, le long de laquelle pend un manteau de lierre qui la
cache entièrement, et attire les yeux des passants par un effet pittoresque[4] dans Paris. Chacun de ces murs est tapissé d'espaliers[5] et de
90 vignes dont les fructifications grêles et poudreuses[6] sont l'objet des
craintes annuelles de madame Vauquer et de ses conversations avec
les pensionnaires. Le long de chaque muraille, règne une étroite
allée qui mène à un couvert[7] de tilleuls, mot que madame Vauquer,

---

1. **Porte bâtarde** : porte intermédiaire entre la grande porte cochère et la petite porte d'entrée.
2. **Porte à claire-voie** : porte dont les panneaux laissent passer le jour.
3. Voltaire (1694-1778), philosophe des Lumières parti s'exiler en Suisse, revient triomphalement à Paris quelques mois avant sa mort et compose alors ces vers.
4. **Pittoresque** : curieux, original.
5. **Espaliers** : arbres fruitiers.
6. **Fructifications grêles et poudreuses** : grains de raisin de petite taille et poussiéreux.
7. **Couvert** : voûte de feuillage.

quoique née de Conflans, prononce obstinément *tieuilles*, malgré les observations grammaticales de ses hôtes. Entre les deux allées latérales est un carré d'artichauts flanqué[1] d'arbres fruitiers en quenouille[2], et bordé d'oseille, de laitue ou de persil. Sous le couvert de tilleuls est plantée une table ronde peinte en vert, et entourée de sièges. Là, durant les jours caniculaires, les convives assez riches pour se permettre de prendre du café viennent le savourer par une chaleur capable de faire éclore des œufs. La façade, élevée de trois étages et surmontée de mansardes[3], est bâtie en moellons[4] et badigeonnée avec cette couleur jaune qui donne un caractère ignoble à presque toutes les maisons de Paris. Les cinq croisées[5] percées à chaque étage ont de petits carreaux et sont garnies de jalousies[6] dont aucune n'est relevée de la même manière, en sorte que toutes leurs lignes jurent entre elles. La profondeur de cette maison comporte deux croisées qui, au rez-de-chaussée, ont pour ornement des barreaux en fer, grillagés. Derrière le bâtiment est une cour large d'environ vingt pieds[7], où vivent en bonne intelligence des cochons, des poules, des lapins, et au fond de laquelle s'élève un hangar à serrer le bois. Entre ce hangar et la fenêtre de la cuisine se suspend le garde-manger, au-dessous duquel tombent les eaux grasses de l'évier. Cette cour a sur la rue Neuve-Sainte-Geneviève une porte étroite par où la cuisinière chasse les ordures de la maison en nettoyant cette sentine[8] à grand renfort d'eau, sous peine de pestilence[9].

Naturellement destiné à l'exploitation de la pension bourgeoise, le rez-de-chaussée se compose d'une première pièce éclairée par

---

1. **Flanqué** : bordé.
2. **En quenouille** : effilés, taillés en forme d'épis.
3. **Mansardes** : pièces aménagées sous les toits, dans les combles.
4. **Moellons** : petites pierres.
5. **Croisées** : fenêtres.
6. **Jalousies** : volets.
7. **Vingt pieds** : ancienne unité de mesure (20 pieds équivalent à environ 6 mètres).
8. **Sentine** : lieu sale, humide comme la cale d'un navire.
9. **Pestilence** : puanteur.

120 les deux croisées de la rue, et où l'on entre par une porte-fenêtre.
Ce salon communique à une salle à manger qui est séparée de la
cuisine par la cage d'un escalier dont les marches sont en bois et en
carreaux mis en couleur et frottés. Rien n'est plus triste à voir que
ce salon meublé de fauteuils et de chaises en étoffe de crin à raies
125 alternativement mates et luisantes. Au milieu se trouve une table
ronde à dessus de marbre Sainte-Anne[1], décorée de ce cabaret[2] en
porcelaine blanche ornée de filets d'or effacés à demi, que l'on
rencontre partout aujourd'hui. Cette pièce, assez mal planchéiée,
est lambrissée[3] à hauteur d'appui. Le surplus des parois est tendu
130 d'un papier verni représentant les principales scènes de *Télémaque*[4],
et dont les classiques personnages sont coloriés. Le panneau d'entre
les croisées grillagées offre aux pensionnaires le tableau du festin
donné au fils d'Ulysse par Calypso[5]. Depuis quarante ans, cette
peinture excite les plaisanteries des jeunes pensionnaires, qui se
135 croient supérieurs à leur position en se moquant du dîner auquel
la misère les condamne. La cheminée en pierre, dont le foyer toujours propre atteste qu'il ne s'y fait de feu que dans les grandes
occasions, est ornée de deux vases pleins de fleurs artificielles,
vieillies et encagées, qui accompagnent une pendule en marbre
140 bleuâtre du plus mauvais goût. Cette première pièce exhale[6] une
odeur sans nom dans la langue, et qu'il faudrait appeler l'*odeur de
pension*. Elle sent le renfermé, le moisi, le rance[7]; elle donne froid,
elle est humide au nez, elle pénètre les vêtements; elle a le goût
d'une salle où l'on a dîné; elle pue le service, l'office, l'hospice[8].

---

1. **Marbre Sainte-Anne**: marbre gris et blanc.
2. **Cabaret**: service de porcelaine pour le café, le thé, les liqueurs.
3. **Lambrissée**: tapissée de lambris, revêtement en bois qui recouvre les murs.
4. *Télémaque*: roman de Fénelon (1651-1715) paru en 1699 dans lequel sont relatées les aventures du fils d'Ulysse.
5. **Calypso**: dans *L'Odyssée* d'Homère, nymphe qui, par amour, retint Ulysse sur une île durant sept ans.
6. **Exhale**: dégage, laisse échapper.
7. **Rance**: odeur âcre, désagréable.
8. **Le service**: la cuisine; **l'office**: la pièce attenante à la cuisine où l'on range les provisions; **l'hospice**: l'hôpital où sont recueillis les vieillards et les infirmes.

145 Peut-être pourrait-elle se décrire si l'on inventait un procédé pour évaluer les quantités élémentaires et nauséabondes[1] qu'y jettent les atmosphères catarrhales[2] et *sui generis*[3] de chaque pensionnaire, jeune ou vieux. Eh bien ! malgré ces plates horreurs, si vous le compariez à la salle à manger, qui lui est contiguë[4], vous trouveriez

150 ce salon élégant et parfumé comme doit l'être un boudoir[5]. Cette salle, entièrement boisée, fut jadis peinte en une couleur indistincte aujourd'hui, qui forme un fond sur lequel la crasse a imprimé ses couches de manière à y dessiner des figures bizarres. Elle est plaquée de buffets gluants sur lesquels sont des carafes échancrées,

155 ternies, des ronds de moiré métallique[6], des piles d'assiettes en porcelaine épaisse, à bords bleus, fabriquées à Tournai. Dans un angle est placée une boîte à cases numérotées qui sert à garder les serviettes, ou tachées ou vineuses, de chaque pensionnaire. Il s'y rencontre de ces meubles indestructibles, proscrits partout, mais

160 placés là comme le sont les débris de la civilisation aux Incurables[7]. Vous y verriez un baromètre à capucin[8] qui sort quand il pleut, des gravures exécrables qui ôtent l'appétit, toutes encadrées en bois verni à filets dorés ; un cartel[9] en écaille incrustée de cuivre ; un poêle vert, des quinquets d'Argand[10] où la poussière se combine avec

165 l'huile, une longue table couverte en toile cirée assez grasse pour qu'un facétieux externe[11] y écrive son nom en se servant de son doigt comme de style, des chaises estropiées, de petits paillassons piteux en sparterie[12] qui se déroule toujours sans se perdre jamais, puis

---

1. **Nauséabondes** : dégoûtantes, écœurantes.
2. **Catarrhales** : propres à infecter les voies respiratoires.
3. *Sui generis* : caractéristiques.
4. **Contiguë** : voisine, attenante.
5. **Boudoir** : petit salon raffiné et élégant.
6. **Moiré métallique** : éclat changeant donné à certains métaux comme le fer.
7. **Incurables** : hospices où l'on recueillait les malades qu'on ne pouvait plus soigner.
8. **Capucin** : singe.
9. **Cartel** : pendule.
10. **Quinquets d'Argand** : lampes à huile.
11. **Externe** : personne qui prend ses repas à la pension sans y dormir.
12. **En sparterie** : tressés en fibres végétales, comme le jonc ou le raphia.

des chaufferettes[1] misérables à trous cassés, à charnières défaites,
170 dont le bois se carbonise. Pour expliquer combien ce mobilier est
vieux, crevassé, pourri, tremblant, rongé, manchot, borgne, invalide,
expirant, il faudrait en faire une description qui retarderait trop
l'intérêt de cette histoire, et que les gens pressés ne pardonneraient
pas. Le carreau rouge est plein de vallées produites par le frottement
175 ou par les mises en couleur. Enfin, là règne la misère sans poésie ;
une misère économe, concentrée, râpée. Si elle n'a pas de fange[2]
encore, elle a des taches ; si elle n'a ni trous ni haillons[3], elle va
tomber en pourriture.

Cette pièce est dans tout son lustre au moment où, vers sept
180 heures du matin, le chat de madame Vauquer précède sa maîtresse,
saute sur les buffets, y flaire le lait que contiennent plusieurs jattes[4]
couvertes d'assiettes, et fait entendre son *rourou* matinal. Bientôt la
veuve se montre, attifée[5] de son bonnet de tulle sous lequel pend
un tour de faux cheveux mal mis ; elle marche en traînassant ses
185 pantoufles grimacées[6]. Sa face vieillotte, grassouillette, du milieu
de laquelle sort un nez à bec de perroquet ; ses petites mains pote-
lées, sa personne dodue comme un rat d'église, son corsage trop
plein et qui flotte, sont en harmonie avec cette salle où suinte[7]
le malheur, où s'est blottie la spéculation[8] et dont madame Vau-
190 quer respire l'air chaudement fétide[9] sans en être écœurée. Sa
figure fraîche comme une première gelée d'automne, ses yeux
ridés, dont l'expression passe du sourire prescrit aux danseuses à
l'amer renfrognement de l'escompteur[10], enfin toute sa personne
explique la pension, comme la pension implique sa personne. Le

---

1. **Chaufferettes** : sortes de réchauds pour les pieds.
2. **Fange** : boue (sens propre) ; état de souillure et de déchéance morale (sens figuré).
3. **Haillons** : vêtements sales et misérables.
4. **Jattes** : récipients.
5. **Attifée** : parée, habillée.
6. **Grimacées** : qui font des faux plis.
7. **Suinte** : transpire.
8. **Spéculation** : trafic (péjoratif).
9. **Fétide** : nauséabond, puant.
10. **Escompteur** : personne qui rachète à profit des lettres de crédit.

195 bagne[1] ne va pas sans l'argousin[2], vous n'imagineriez pas l'un sans l'autre. L'embonpoint blafard de cette petite femme est le produit de cette vie, comme le typhus[3] est la conséquence des exhalaisons d'un hôpital. Son jupon de laine tricotée, qui dépasse sa première jupe faite avec une vieille robe, et dont la ouate s'échappe par les
200 fentes de l'étoffe lézardée, résume le salon, la salle à manger, le jardinet, annonce la cuisine et fait pressentir les pensionnaires. Quand elle est là, ce spectacle est complet. Âgée d'environ cinquante ans, madame Vauquer ressemble à toutes les *femmes qui ont eu des malheurs*. Elle a l'œil vitreux[4], l'air innocent d'une entremetteuse[5]
205 qui va se gendarmer[6] pour se faire payer plus cher, mais d'ailleurs prête à tout pour adoucir son sort, à livrer Georges ou Pichegru[7], si Georges ou Pichegru étaient encore à livrer. Néanmoins, elle est *bonne femme au fond*, disent les pensionnaires, qui la croient sans fortune en l'entendant geindre et tousser comme eux. Qu'avait
210 été monsieur Vauquer ? Elle ne s'expliquait jamais sur le défunt. Comment avait-il perdu sa fortune ? Dans les malheurs, répondait-elle. Il s'était mal conduit envers elle, ne lui avait laissé que les yeux pour pleurer, cette maison pour vivre, et le droit de ne compatir à aucune infortune, parce que, disait-elle, elle avait souffert tout ce
215 qu'il est possible de souffrir. En entendant trottiner sa maîtresse la grosse Sylvie, la cuisinière, s'empressait de servir le déjeuner des pensionnaires internes.

Généralement les pensionnaires externes ne s'abonnaient qu'au dîner, qui coûtait trente francs par mois. À l'époque où
220 cette histoire commence, les internes étaient au nombre de sept.

---

1. Bagne : prison où étaient retenues les personnes condamnées aux travaux forcés.
2. Argousin : surveillant.
3. Typhus : maladie contagieuse.
4. Vitreux : sans éclat.
5. Entremetteuse : personne qui sert d'intermédiaire dans une intrigue amoureuse.
6. Se gendarmer : s'indigner, s'emporter.
7. Prête à livrer Georges ou Pichegru : prête à toutes les bassesses. Georges Cadoudal (1771-1804) et Charles Pichegru (1761-1804) furent recherchés par la police pour avoir conspiré contre Napoléon Bonaparte. D'importantes sommes d'argent étaient promises en récompense de leur capture.

Le premier étage contenait les deux meilleurs appartements de la maison. Madame Vauquer habitait le moins considérable, et l'autre appartenait à madame Couture, veuve d'un Commissaire-Ordonnateur[1] de la République française. Elle avait avec elle une
225 très jeune personne, nommée Victorine Taillefer, à qui elle servait de mère. La pension de ces deux dames montait à dix-huit cents francs. Les deux appartements du second étaient occupés, l'un par un vieillard nommé Poiret ; l'autre, par un homme âgé d'environ quarante ans, qui portait une perruque noire, se teignait les
230 favoris[2], se disait ancien négociant, et s'appelait monsieur Vautrin. Le troisième étage se composait de quatre chambres, dont deux étaient louées, l'une par une vieille fille[3] nommée mademoiselle Michonneau, l'autre par un ancien fabricant de vermicelles, de pâtes d'Italie et d'amidon[4], qui se laissait nommer le père Goriot. Les
235 deux autres chambres étaient destinées aux oiseaux de passage, à ces infortunés étudiants qui, comme le père Goriot et mademoiselle Michonneau, ne pouvaient mettre que quarante-cinq francs par mois à leur nourriture et à leur logement ; mais madame Vauquer souhaitait peu leur présence et ne les prenait que quand elle ne
240 trouvait pas mieux : ils mangeaient trop de pain. En ce moment, l'une de ces deux chambres appartenait à un jeune homme venu des environs d'Angoulême[5] à Paris pour y faire son Droit, et dont la nombreuse famille se soumettait aux plus dures privations afin de lui envoyer douze cents francs par an. Eugène de Rastignac, ainsi
245 se nommait-il, était un de ces jeunes gens façonnés au travail par le malheur, qui comprennent dès le jeune âge les espérances que leurs parents placent en eux, et qui se préparent une belle destinée en calculant déjà la portée de leurs études, et, les adaptant par avance au mouvement futur de la société, pour être les premiers à la

---

1. **Commissaire-Ordonnateur** : administrateur des armées.
2. **Favoris** : touffes de barbe que les hommes laissent pousser sur les joues.
3. **Vieille fille** : femme non mariée.
4. **Amidon** : substance contenue dans les céréales.
5. **Angoulême** : ville du sud-ouest de la France.

250 pressurer. Sans ses observations curieuses et l'adresse avec laquelle il sut se produire dans les salons de Paris, ce récit n'eût pas été coloré des tons vrais qu'il devra sans doute à son esprit sagace[1] et à son désir de pénétrer les mystères d'une situation épouvantable, aussi soigneusement cachée par ceux qui l'avaient créée que par
255 celui qui la subissait.

Au-dessus de ce troisième étage étaient un grenier à étendre le linge et deux mansardes où couchaient un garçon de peine, nommé Christophe, et la grosse Sylvie, la cuisinière. Outre les sept pensionnaires internes, madame Vauquer avait, bon an, mal
260 an[2], huit étudiants en Droit ou en Médecine, et deux ou trois habitués qui demeuraient dans le quartier, abonnés tous pour le dîner seulement. La salle contenait à dîner dix-huit personnes et pouvait en admettre une vingtaine ; mais le matin, il ne s'y trouvait que sept locataires dont la réunion offrait pendant le déjeuner
265 l'aspect d'un repas de famille. Chacun descendait en pantoufles, se permettait des observations confidentielles sur la mise[3] ou sur l'air des externes, et sur les événements de la soirée précédente, en s'exprimant avec la confiance de l'intimité. Ces sept pensionnaires étaient les enfants gâtés de madame Vauquer, qui leur mesurait
270 avec une précision d'astronome les soins et les égards, d'après le chiffre de leurs pensions. Une même considération affectait ces êtres rassemblés par le hasard. Les deux locataires du second ne payaient que soixante-douze francs par mois. Ce bon marché, qui ne se rencontre que dans le faubourg Saint-Marcel, entre la
275 Bourbe et la Salpêtrière[4], et auquel madame Couture faisait seule exception, annonce que ces pensionnaires devaient être sous le poids de malheurs plus ou moins apparents. Aussi le spectacle désolant que présentait l'intérieur de cette maison se répétait-il

---

1. **Sagace** : perspicace, clairvoyant.
2. **Bon an, mal an** : bon gré, mal gré ; selon les années.
3. **Mise** : tenue vestimentaire, allure.
4. **La Bourbe et la Salpêtrière** : maternité et hôpital de Paris réservés aux pauvres et aux vieillards.

dans le costume de ses habitués, également délabrés. Les hommes
280 portaient des redingotes[1] dont la couleur était devenue problé-
matique, des chaussures comme il s'en jette au coin des bornes[2]
dans les quartiers élégants, du linge élimé[3], des vêtements qui
n'avaient plus que l'âme. Les femmes avaient des robes passées[4],
reteintes, déteintes, de vieilles dentelles raccommodées, des gants
285 glacés par l'usage, des collerettes[5] toujours rousses et des fichus
éraillés[6]. Si tels étaient les habits, presque tous montraient des
corps solidement charpentés, des constitutions[7] qui avaient résisté
aux tempêtes de la vie, des faces froides, dures, effacées comme
celles des écus démonétisés[8]. Les bouches flétries étaient armées
290 de dents avides[9]. Ces pensionnaires faisaient pressentir des drames
accomplis ou en action ; non pas de ces drames joués à la lueur
des rampes[10], entre des toiles peintes mais des drames vivants et
muets, des drames glacés qui remuaient chaudement le cœur, des
drames continus.

295 La vieille demoiselle Michonneau gardait sur ses yeux fatigués
un crasseux abat-jour en taffetas[11] vert, cerclé par du fil d'archal[12] qui
aurait effarouché[13] l'ange de la Pitié. Son châle à franges maigres et
pleurardes semblait couvrir un squelette, tant les formes qu'il cachait
étaient anguleuses. Quel acide avait dépouillé cette créature de ses
300 formes féminines ? elle devait avoir été jolie et bien faite : était-ce

---

1. Redingotes : longues vestes.
2. Bornes : blocs de pierre qui protégeaient les façades des habitations des grandes roues des voitures.
3. Élimé : usé.
4. Passées : dont les couleurs ont perdu tout éclat.
5. Collerettes : volants plissés portés autour du cou ou garnissant l'encolure d'un vêtement.
6. Fichus éraillés : foulards déchirés.
7. Constitutions : ensembles des caractéristiques physiques et mentales.
8. Écus démonétisés : anciennes pièces de monnaie qui ont perdu leur valeur.
9. Avides : voraces, affamées.
10. À la lueur des rampes : au théâtre. Les rampes désignent les lumières placées sur le devant de la scène.
11. Taffetas : étoffe de soie.
12. Fil d'archal : fil métallique.
13. Effarouché : effrayé.

le vice, le chagrin, la cupidité[1]? avait-elle trop aimé, avait-elle été marchande à la toilette, ou seulement courtisane[2]? Expiait-elle[3] les triomphes d'une jeunesse insolente au-devant de laquelle s'étaient rués les plaisirs par une vieillesse que fuyaient les passants? Son
305 regard blanc donnait froid, sa figure rabougrie menaçait. Elle avait la voix clairette d'une cigale criant dans son buisson aux approches de l'hiver. Elle disait avoir pris soin d'un vieux monsieur affecté d'un catarrhe à la vessie et abandonné par ses enfants, qui l'avaient cru sans ressource. Ce vieillard lui avait légué mille francs de rente
310 viagère[4], périodiquement disputés par les héritiers, aux calomnies desquels elle était en butte[5]. Quoique le jeu des passions eût ravagé sa figure, il s'y trouvait encore certains vestiges d'une blancheur et d'une finesse dans le tissu qui permettaient de supposer que le corps conservait quelques restes de beauté.
315   Monsieur Poiret était une espèce de mécanique. En l'apercevant s'étendre comme une ombre grise le long d'une allée au Jardin des plantes[6], la tête couverte d'une vieille casquette flasque, tenant à peine sa canne à pomme[7] d'ivoire jauni dans sa main, laissant flotter les pans flétris de sa redingote qui cachait mal une culotte[8]
320 presque vide, et des jambes en bas bleus qui flageolaient[9] comme celles d'un homme ivre, montrant son gilet blanc sale et son jabot de grosse mousseline[10] recroquevillée qui s'unissait imparfaitement à sa cravate cordée autour de son cou de dindon, bien des gens se demandaient si cette ombre chinoise appartenait à la race audacieuse

---

1. Cupidité : désir immodéré de posséder des richesses.
2. Courtisane : femme aux mœurs légères.
3. Expiait-elle : réparait-elle, rachetait-elle.
4. Rente viagère : somme d'argent versée régulièrement à une personne jusqu'à sa mort.
5. Aux calomnies desquels elle était en butte : s'exposant à leurs mensonges, à leurs accusations.
6. Jardin des plantes : jardin situé non loin de la pension Vauquer.
7. Pomme : boule décorative placée à l'extrémité de la canne.
8. Culotte : vêtement couvrant les jambes jusqu'aux genoux.
9. Flageolaient : tremblaient.
10. Jabot de grosse mousseline : ornement en toile de coton épaisse fixé à la base du col.

325 des fils de Japhet[1] qui papillonnent sur le boulevard Italien[2]. Quel
travail avait pu le ratatiner ainsi? quelle passion avait bistré sa face
bulbeuse, qui, dessinée en caricature, aurait paru hors du vrai? Ce
qu'il avait été? mais peut-être avait-il été employé au Ministère de la
Justice, dans le bureau où les exécuteurs des hautes œuvres envoient
330 leurs mémoires de frais[3], le compte des fournitures de voiles noirs
pour les parricides[4], de son pour les paniers[5], de ficelle pour les
couteaux. Peut-être avait-il été receveur à la porte d'un abattoir,
ou sous-inspecteur de salubrité[6]. Enfin, cet homme semblait avoir
été l'un des ânes de notre grand moulin social, l'un de ces Ratons
335 parisiens qui ne connaissent même pas leurs Bertrands[7], quelque
pivot sur lequel avaient tourné les infortunes ou les saletés publiques,
enfin l'un de ces hommes dont nous disons, en les voyant: *Il en
faut pourtant comme ça.* Le beau Paris ignore ces figures blêmes[8]
de souffrances morales ou physiques. Mais Paris est un véritable
340 océan. Jetez-y la sonde, vous n'en connaîtrez jamais la profondeur.
Parcourez-le, décrivez-le! quelque soin que vous mettiez à le par-
courir, à le décrire; quelque nombreux et intéressés que soient les
explorateurs de cette mer, il s'y rencontrera toujours un lieu vierge,
un antre[9] inconnu, des fleurs, des perles, des monstres, quelque
345 chose d'inouï, oublié par les plongeurs littéraires. La Maison-Vauquer
est une de ces monstruosités curieuses.

---

1. Fils de Japhet: Européens. Dans la Bible, Japhet est l'un des fils de Noé,
considéré comme l'ancêtre des Européens.
2. Le boulevard Italien: boulevard situé dans le quartier de la Chaussée-d'Antin,
siège des banques.
3. Les exécuteurs des hautes œuvres envoient leurs mémoires de frais: les
bourreaux envoient leurs factures aussitôt après l'exécution.
4. Parricides: personnes qui ont tué un de leurs parents. Lors de l'exécution, leur
tête était recouverte d'un voile noir.
5. La tête des personnes guillotinées était recueillie dans un panier rempli de son
(enveloppe de grains de céréales).
6. Salubrité: hygiène.
7. Ratons et Bertrands: la victime et le bourreau, en référence à la fable de La
Fontaine (1621-1695) «Le Singe et le Chat».
8. Blêmes: pâles.
9. Antre: refuge, caverne.

Deux figures y formaient un contraste frappant avec la masse des pensionnaires et des habitués. Quoique mademoiselle Victorine Taillefer eût une blancheur maladive semblable à celle des jeunes filles attaquées de chlorose[1], et qu'elle se rattachât à la souffrance générale qui faisait le fond de ce tableau par une tristesse habituelle, par une contenance gênée, par un air pauvre et grêle, néanmoins son visage n'était pas vieux, ses mouvements et sa voix étaient agiles. Ce jeune malheur ressemblait à un arbuste aux feuilles jaunies, fraîchement planté dans un terrain contraire. Sa physionomie[2] roussâtre, ses cheveux d'un blond fauve[3], sa taille trop mince, exprimaient cette grâce que les poètes modernes trouvaient aux statuettes du Moyen Âge. Ses yeux gris mélangés de noir exprimaient une douceur, une résignation chrétiennes. Ses vêtements simples, peu coûteux, trahissaient des formes jeunes. Elle était jolie par juxtaposition. Heureuse, elle eût été ravissante : le bonheur est la poésie des femmes, comme la toilette[4] en est le fard. Si la joie d'un bal eût reflété ses teintes rosées sur ce visage pâle ; si les douceurs d'une vie élégante eussent rempli, eussent vermillonné[5] ces joues déjà légèrement creusées ; si l'amour eût ranimé ces yeux tristes, Victorine aurait pu lutter avec les plus belles jeunes filles. Il lui manquait ce qui crée une seconde fois la femme, les chiffons et les billets doux[6]. Son histoire eût fourni le sujet d'un livre. Son père croyait avoir des raisons pour ne pas la reconnaître, refusait de la garder près de lui, ne lui accordait que six cents francs par an, et avait dénaturé sa fortune, afin de pouvoir la transmettre en entier à son fils. Parente éloignée de la mère de Victorine, qui jadis était venue mourir de désespoir chez elle, madame Couture prenait soin de l'orpheline comme de son enfant. Malheureusement la veuve du Commissaire-Ordonnateur

---

1. **Chlorose** : maladie du sang frappant particulièrement les jeunes filles.
2. **Physionomie** : figure, ensemble des traits du visage.
3. **Fauve** : roux.
4. **Toilette** : tenue vestimentaire.
5. **Vermillonné** : coloré de rouge.
6. **Les chiffons et les billets doux** : les vêtements élégants et les lettres d'amour.

375 des armées de la République ne possédait rien au monde que son douaire[1] et sa pension ; elle pouvait laisser un jour cette pauvre fille, sans expérience et sans ressources, à la merci du monde. La bonne femme menait Victorine à la messe tous les dimanches, à confesse[2] tous les quinze jours, afin d'en faire à tout hasard une fille pieuse.

380 Elle avait raison. Les sentiments religieux offraient un avenir à cet enfant désavoué[3], qui aimait son père, qui tous les ans s'acheminait chez lui pour y apporter le pardon de sa mère ; mais qui, tous les ans, se cognait contre la porte de la maison paternelle, inexorablement fermée. Son frère, son unique médiateur, n'était pas venu la

385 voir une seule fois en quatre ans, et ne lui envoyait aucun secours. Elle suppliait Dieu de dessiller[4] les yeux de son père, d'attendrir le cœur de son frère, et priait pour eux sans les accuser. Madame Couture et madame Vauquer ne trouvaient pas assez de mots dans le dictionnaire des injures pour qualifier cette conduite barbare.

390 Quand elles maudissaient ce millionnaire infâme[5], Victorine faisait entendre de douces paroles, semblables au chant du ramier[6] blessé, dont le cri de douleur exprime encore l'amour.

Eugène de Rastignac avait un visage tout méridional[7], le teint blanc, des cheveux noirs, des yeux bleus. Sa tournure, ses manières,

395 sa pose habituelle dénotaient le fils d'une famille noble, où l'éducation première n'avait comporté que des traditions de bon goût. S'il était ménager[8] de ses habits, si les jours ordinaires il achevait d'user les vêtements de l'an passé, néanmoins il pouvait sortir quelquefois mis comme l'est un jeune homme élégant. Ordinairement il portait

400 une vieille redingote, un mauvais[9] gilet, la méchante[10] cravate noire,

---

1. **Douaire** : ensemble des biens qu'un mari laissait à son épouse en cas de décès.
2. **À confesse** : se confesser, faire l'aveu de ses péchés à un prêtre.
3. **Désavoué** : illégitime.
4. **Dessiller** : ouvrir.
5. **Infâme** : méprisable.
6. **Ramier** : pigeon.
7. **Méridional** : du sud.
8. **Ménager** : économe.
9. **Mauvais** : abîmé, usé.
10. **Méchante** : de mauvaise qualité, en piteux état.

flétrie, mal nouée de l'Étudiant, un pantalon à l'avenant[1] et des bottes ressemelées.

Entre ces deux personnages et les autres, Vautrin, l'homme de quarante ans, à favoris peints, servait de transition. Il était un de
405 ces gens dont le peuple dit : « Voilà un fameux gaillard ! » Il avait les épaules larges, le buste bien développé, les muscles apparents, des mains épaisses, carrées et fortement marquées aux phalanges par des bouquets de poils touffus et d'un roux ardent. Sa figure, rayée par des rides prématurées, offrait des signes de dureté que démentaient
410 ses manières souples et liantes. Sa voix de basse-taille[2], en harmonie avec sa grosse gaieté, ne déplaisait point. Il était obligeant et rieur. Si quelque serrure allait mal, il l'avait bientôt démontée, rafistolée, huilée, limée, remontée, en disant : « Ça me connaît. » Il connaissait tout d'ailleurs, les vaisseaux, la mer, la France, l'étranger, les affaires,
415 les hommes, les événements, les lois, les hôtels et les prisons. Si quelqu'un se plaignait par trop, il lui offrait aussitôt ses services. Il avait prêté plusieurs fois de l'argent à madame Vauquer et à quelques pensionnaires ; mais ses obligés[3] seraient morts plutôt que de ne pas le lui rendre, tant, malgré son air bonhomme[4], il imprimait[5] de
420 crainte par un certain regard profond et plein de résolution. À la manière dont il lançait un jet de salive, il annonçait un sang-froid imperturbable qui ne devait pas le faire reculer devant un crime pour sortir d'une position équivoque[6]. Comme un juge sévère, son œil semblait aller au fond de toutes les questions, de toutes les
425 consciences, de tous les sentiments. Ses mœurs consistaient à sortir après le déjeuner, à revenir pour dîner, à décamper pour toute la soirée, et à rentrer vers minuit, à l'aide d'un passe-partout[7] que lui avait confié madame Vauquer. Lui seul jouissait de cette faveur.

---

1. **À l'avenant** : à l'image du reste.
2. **Voix de basse-taille** : voix de basse, dans les chœurs.
3. **Ses obligés** : les personnes qui lui devaient de l'argent.
4. **Bonhomme** : bon, bienveillant.
5. **Imprimait** : inspirait.
6. **Équivoque** : douteuse, inconfortable.
7. **Passe-partout** : clé.

Mais aussi était-il au mieux avec la veuve, qu'il appelait maman en
430   la saisissant par la taille, flatterie peu comprise ! La bonne femme
croyait la chose encore facile, tandis que Vautrin seul avait les bras
assez longs pour presser cette pesante circonférence. Un trait de
son caractère était de payer généreusement quinze francs par mois
pour le *gloria*[1] qu'il prenait au dessert. Des gens moins superficiels
435   que ne l'étaient ces jeunes gens emportés par les tourbillons de la
vie parisienne, ou ces vieillards indifférents à ce qui ne les touchait
pas directement, ne se seraient pas arrêtés à l'impression douteuse
que leur causait Vautrin. Il savait ou devinait les affaires de ceux
qui l'entouraient, tandis que nul ne pouvait pénétrer ni ses pensées
440   ni ses occupations. Quoiqu'il eût jeté son apparente bonhomie, sa
constante complaisance et sa gaieté comme une barrière entre les
autres et lui, souvent il laissait percer l'épouvantable profondeur
de son caractère. Souvent une boutade[2] digne de Juvénal[3], et par
laquelle il semblait se complaire à bafouer les lois, à fouetter la
445   haute société, à la convaincre d'inconséquence avec elle-même,
devait faire supposer qu'il gardait rancune à l'état social, et qu'il y
avait au fond de sa vie un mystère soigneusement enfoui.

Attirée, peut-être à son insu, par la force de l'un ou par la beauté
de l'autre, mademoiselle Taillefer partageait ses regards furtifs,
450   ses pensées secrètes, entre ce quadragénaire et le jeune étudiant ;
mais aucun d'eux ne paraissait songer à elle, quoique d'un jour à
l'autre le hasard pût changer sa position et la rendre un riche parti.
D'ailleurs aucune de ces personnes ne se donnait la peine de vérifier
si les malheurs allégués[4] par l'une d'elles étaient faux ou véritables.
455   Toutes avaient les unes pour les autres une indifférence mêlée de
défiance[5] qui résultait de leurs situations respectives. Elles se savaient

---

1. *Gloria* : mélange d'alcool et de café.
2. Boutade : mot d'esprit, trait d'humour.
3. Juvénal (v. 60-130) : poète latin, auteur des *Satires* qui dénoncent les mœurs
corrompues de la société romaine.
4. Allégués : avancés, prétextés.
5. Défiance : méfiance, soupçon.

impuissantes à soulager leurs peines, et toutes avaient en se les contant épuisé la coupe des condoléances. Semblables à de vieux époux, elles n'avaient plus rien à se dire. Il ne restait donc entre
460 elles que les rapports d'une vie mécanique, le jeu de rouages[1] sans huile. Toutes devaient passer droit dans la rue devant un aveugle, écouter sans émotion le récit d'une infortune, et voir dans une mort la solution d'un problème de misère qui les rendait froides à la plus terrible agonie[2]. La plus heureuse de ces âmes désolées
465 était madame Vauquer, qui trônait dans cet hospice libre. Pour elle seule ce petit jardin, que le silence et le froid, le sec et l'humide, faisaient vaste comme un steppe[3], était un riant bocage[4]. Pour elle seule cette maison jaune et morne, qui sentait le vert-de-gris[5] du comptoir, avait des délices. Ces cabanons lui appartenaient. Elle
470 nourrissait ces forçats[6] acquis à des peines perpétuelles, en exerçant sur eux une autorité respectée. Où ces pauvres êtres auraient-ils trouvé dans Paris, au prix où elle les donnait, des aliments sains, suffisants, et un appartement qu'ils étaient maîtres de rendre, sinon élégant ou commode, du moins propre et salubre ? Se fût-elle permis
475 une injustice criante, la victime l'aurait supportée sans se plaindre.

Une réunion semblable devait offrir et offrait en petit les éléments d'une société complète. Parmi les dix-huit convives il se rencontrait, comme dans les collèges, comme dans le monde, une pauvre créature rebutée, un souffre-douleur sur qui pleuvaient les
480 plaisanteries. Au commencement de la seconde année, cette figure devint pour Eugène de Rastignac la plus saillante de toutes celles au milieu desquelles il était condamné à vivre encore pendant deux ans. Ce *Patiras*[7] était l'ancien vermicellier, le père Goriot, sur la tête

---

1. Jeu de rouages : mécanisme, engrenage.
2. Agonie : derniers instants de vie.
3. Steppe : vaste étendue, souvent aride, de Russie et d'Asie centrale ; terme parfois masculin au xixe siècle.
4. Riant bocage : petit bois charmant.
5. Vert-de-gris : dépôt verdâtre qui se forme sur le cuivre en cas d'humidité.
6. Forçats : prisonniers.
7. *Patiras* : souffre-douleur (régional).

duquel un peintre aurait, comme l'historien, fait tomber toute la
485 lumière du tableau. Par quel hasard ce mépris à demi haineux,
cette persécution mélangée de pitié, ce non-respect du malheur
avaient-ils frappé le plus ancien pensionnaire ? Y avait-il donné lieu
par quelques-uns de ces ridicules ou de ces bizarreries que l'on pardonne moins qu'on ne pardonne des vices ? Ces questions tiennent
490 de près à bien des injustices sociales. Peut-être est-il dans la nature
humaine de tout faire supporter à qui souffre[1] tout par humilité[2]
vraie, par faiblesse ou par indifférence. N'aimons-nous pas tous à
prouver notre force aux dépens de quelqu'un ou de quelque chose ?
L'être le plus débile[3], le gamin sonne à toutes les portes quand il
495 gèle, ou se glisse pour écrire son nom sur un monument vierge.
   Le père Goriot, vieillard de soixante-neuf ans environ, s'était
retiré chez madame Vauquer, en 1813, après avoir quitté les affaires.
Il y avait d'abord pris l'appartement occupé par madame Couture, et donnait alors douze cents francs de pension, en homme
500 pour qui cinq louis[4] de plus ou de moins étaient une bagatelle[5].
Madame Vauquer avait rafraîchi les trois chambres de cet appartement moyennant une indemnité préalable qui paya, dit-on, la
valeur d'un méchant ameublement composé de rideaux en calicot[6]
jaune, de fauteuils en bois verni couverts en velours d'Utrecht[7],
505 de quelques peintures à la colle, et de papiers que refusaient les
cabarets de la banlieue. Peut-être l'insouciante générosité que
mit à se laisser attraper le père Goriot, qui vers cette époque était
respectueusement nommé monsieur Goriot, le fit-elle considérer
comme un imbécile, qui ne connaissait rien aux affaires. Goriot vint
510 muni d'une garde-robe bien fournie, le trousseau[8] magnifique du

---

1. **Souffre** : supporte.
2. **Humilité** : modestie.
3. **Débile** : fragile, chétif.
4. **Louis** : pièces d'or.
5. **Étaient une bagatelle** : n'étaient pas très importants.
6. **Calicot** : toile de coton assez grossière.
7. **Velours d'Utrecht** : velours assez grossier provenant d'une ville des Pays-Bas.
8. **Trousseau** : ensemble de vêtements et de linge.

négociant qui ne se refuse rien en se retirant du commerce. Madame Vauquer avait admiré dix-huit chemises de demi-hollande[1] dont la finesse était d'autant plus remarquable que le vermicellier portait sur son jabot dormant deux épingles unies par une chaînette, et
515 dont chacune était montée d'un gros diamant. Habituellement vêtu d'un habit bleu-barbeau[2], il prenait chaque jour un gilet de piqué[3] blanc, sous lequel fluctuait son ventre piriforme et proéminent[4], qui faisait rebondir une lourde chaîne d'or garnie de breloques[5]. Sa tabatière, également en or, contenait un médaillon plein de
520 cheveux qui le rendaient en apparence coupable de quelques bonnes fortunes. Lorsque son hôtesse l'accusa d'être un *galantin*[6], il laissa errer sur ses lèvres le gai sourire du bourgeois dont on a flatté le dada. Ses *ormoires* (il prononçait ce mot à la manière du menu[7] peuple) furent remplies par la nombreuse argenterie de
525 son ménage. Les yeux de la veuve s'allumèrent quand elle l'aida complaisamment[8] à déballer et ranger les louches, les cuillers à ragoût, les couverts, les huiliers, les saucières, plusieurs plats, des déjeuners en vermeil[9], enfin des pièces plus ou moins belles, pesant un certain nombre de marcs[10], et dont il ne voulait pas se défaire.
530 Ces cadeaux lui rappelaient les solennités de sa vie domestique. « Ceci, dit-il à madame Vauquer en serrant un plat et une petite écuelle dont le couvercle représentait deux tourterelles qui se becquetaient, est le premier présent que m'a fait ma femme, le jour de notre anniversaire. Pauvre bonne ! elle y avait consacré ses
535 économies de demoiselle. Voyez-vous, madame ? j'aimerais mieux

---

1. **Demi-hollande** : tissu de qualité moyenne.
2. **Bleu-barbeau** : bleu clair.
3. **Piqué** : tissu de coton épais.
4. **Piriforme et proéminent** : en forme de poire et bombé.
5. **Breloques** : petits bijoux sans valeur.
6. *Galantin* : séducteur (péjoratif).
7. **Menu** : petit, de basse condition.
8. **Complaisamment** : gentiment, gracieusement.
9. **Vermeil** : argent recouvert d'une dorure rouge.
10. **Marcs** : ancienne unité de poids (un certain nombre de marcs équivaut à plusieurs kilos).

gratter la terre avec mes ongles que de me séparer de cela. Dieu
merci ! je pourrai prendre dans cette écuelle mon café tous les
matins durant le reste de mes jours. Je ne suis pas à plaindre, j'ai
sur la planche du pain de cuit pour longtemps. » Enfin, madame
540 Vauquer avait bien vu, de son œil de pie, quelques inscriptions
sur le Grand Livre[1] qui, vaguement additionnées, pouvaient faire
à cet excellent Goriot un revenu d'environ huit à dix mille francs.
Dès ce jour, madame Vauquer, née de Conflans, qui avait alors
quarante-huit ans effectifs et n'en acceptait que trente-neuf, eut
545 des idées. Quoique le larmier[2] des yeux de Goriot fût retourné,
gonflé, pendant, ce qui l'obligeait à les essuyer assez fréquemment,
elle lui trouva l'air agréable et comme il faut. D'ailleurs son mollet
charnu[3], saillant[4], pronostiquait, autant que son long nez carré,
des qualités morales auxquelles paraissait tenir la veuve, et que
550 confirmait la face lunaire et naïvement niaise du bonhomme[5]. Ce
devait être une bête solidement bâtie, capable de dépenser tout son
esprit en sentiment. Ses cheveux en ailes de pigeon[6], que le coiffeur
de l'École Polytechnique vint lui poudrer[7] tous les matins, dessi-
naient cinq pointes sur son front bas, et décoraient bien sa figure.
555 Quoique un peu rustaud[8], il était si bien tiré à quatre épingles[9],
il prenait si richement son tabac, il le humait en homme si sûr
de toujours avoir sa tabatière pleine de macouba[10], que le jour où
monsieur Goriot s'installa chez elle, madame Vauquer se coucha
le soir en rôtissant, comme une perdrix dans sa barde[11], au feu du

---

1. **Grand Livre** : registre recensant ceux qui ont prêté de l'argent à l'État.
2. **Larmier** : angle interne de l'œil, là où les larmes se forment.
3. **Charnu** : gras.
4. **Saillant** : rebondi.
5. Allusion aux théories de la physiognomonie, selon lesquelles le caractère et les qualités morales d'une personne s'expliquent d'après sa physionomie.
6. **En ailes de pigeon** : gris.
7. Sous Louis XV (1710-1774), il était d'usage de poudrer les perruques. Ce détail indique que le père Goriot est démodé.
8. **Rustaud** : manquant d'éducation et d'élégance.
9. **Tiré à quatre épingles** : vêtu avec soin et élégance.
10. **Macouba** : tabac provenant des Antilles.
11. **Barde** : gras.

560 désir qui la saisit de quitter le suaire[1] de Vauquer pour renaître en Goriot. Se marier, vendre sa pension, donner le bras à cette fine fleur de bourgeoisie, devenir une dame notable dans le quartier, y quêter pour les indigents, faire de petites parties[2] le dimanche à Choisy, Soissy, Gentilly[3] ; aller au spectacle à sa guise, en loge,
565 sans attendre les billets d'auteur[4] que lui donnaient quelques-uns de ses pensionnaires, au mois de juillet : elle rêva tout l'Eldorado[5] des petits ménages parisiens. Elle n'avait avoué à personne qu'elle possédait quarante mille francs amassés sou à sou. Certes elle se croyait, sous le rapport de la fortune, un parti sortable. « Quant
570 au reste, je vaux bien le bonhomme ! » se dit-elle en se retournant dans son lit, comme pour s'attester à elle-même des charmes que la grosse Sylvie trouvait chaque matin moulés en creux.

Dès ce jour, pendant environ trois mois, la veuve Vauquer profita du coiffeur de monsieur Goriot, et fit quelques frais de
575 toilette, excusés par la nécessité de donner à sa maison un certain décorum[6] en harmonie avec les personnes honorables qui la fréquentaient. Elle s'intrigua beaucoup[7] pour changer le personnel de ses pensionnaires, en affichant la prétention de n'accepter désormais que les gens les plus distingués sous tous les rapports. Un
580 étranger se présentait-il, elle lui vantait la préférence que monsieur Goriot, un des négociants les plus notables et les plus respectables de Paris, lui avait accordée. Elle distribua des prospectus en tête desquels se lisait : MAISON-VAUQUER. « C'était, disait-elle, une des plus anciennes et des plus estimées pensions bourgeoises du pays
585 latin[8]. Il y existait une vue des plus agréables sur la vallée des Gobelins (on l'apercevait du troisième étage), et un *joli* jardin,

---

1. **Suaire** : drap dans lequel un corps est enseveli.
2. **Petites parties** : sorties, divertissements.
3. **Choisy, Soissy, Gentilly** : villes à proximité de Paris.
4. **Billets d'auteur** : billets d'entrée gratuits ou à prix réduit.
5. **Eldorado** : lieu imaginaire, synonyme de richesses et de plaisirs.
6. **Décorum** : luxe (péjoratif).
7. **S'intrigua beaucoup** : se donna beaucoup de peine.
8. **Pays latin** : Quartier latin.

au bout duquel s'ÉTENDAIT une ALLÉE de tilleuls. » Elle y parlait
du bon air et de la solitude. Ce prospectus lui amena madame la
comtesse de l'Ambermesnil, femme de trente-six ans, qui attendait
590 la fin de la liquidation[1] et le règlement d'une pension[2] qui lui
était due, en qualité de veuve d'un général mort sur *les* champs
de bataille. Madame Vauquer soigna sa table, fit du feu dans les
salons pendant près de six mois, et tint si bien les promesses de
son prospectus, qu'*elle y mit du sien.* Aussi la comtesse disait-elle à
595 madame Vauquer, en l'appelant *chère amie,* qu'elle lui procurerait
la baronne de Vaumerland et la veuve du colonel comte Picquoi-
seau, deux de ses amies, qui achevaient au Marais leur terme dans
une pension plus coûteuse que ne l'était la Maison-Vauquer. Ces
dames seraient d'ailleurs fort à leur aise quand les Bureaux de la
600 Guerre[3] auraient fini leur travail. « Mais, disait-elle, les Bureaux
ne terminent rien. » Les deux veuves montaient ensemble après
le dîner dans la chambre de madame Vauquer, et y faisaient de
petites causettes en buvant du cassis et mangeant des friandises
réservées pour la bouche de la maîtresse. Madame de l'Ambermes-
605 nil approuva beaucoup les vues de son hôtesse sur le Goriot, vues
excellentes, qu'elle avait d'ailleurs devinées dès le premier jour ;
elle le trouvait un homme parfait.

    « Ah ! ma chère dame, un homme sain comme mon œil, lui disait
la veuve, un homme parfaitement conservé, et qui peut donner
610 encore bien de l'agrément[4] à une femme. »

    La comtesse fit généreusement des observations à madame
Vauquer sur sa mise, qui n'était pas en harmonie avec ses prétentions. « Il faut vous mettre sur le pied de guerre[5] », lui dit-
elle. Après bien des calculs, les deux veuves allèrent ensemble

---

1. Liquidation : évaluation du montant d'une somme d'argent.
2. Pension : allocation, somme d'argent versée périodiquement.
3. Bureaux de la Guerre : services administratifs chargés notamment du versement
des pensions aux veuves de guerre.
4. Agrément : plaisir.
5. Il faut vous mettre sur le pied de guerre : il faut vous tenir prête à réagir.

615 au Palais-Royal, où elles achetèrent, aux Galeries de Bois[1], un chapeau à plumes et un bonnet. La comtesse entraîna son amie au magasin de *La Petite Jeannette*, où elles choisirent une robe et une écharpe. Quand ces munitions furent employées, et que la veuve fut sous les armes, elle ressembla parfaitement à l'enseigne
620 du *Bœuf à la mode*[2]. Néanmoins elle se trouva si changée à son avantage, qu'elle se crut l'obligée de la comtesse, et, quoique peu *donnante*, elle la pria d'accepter un chapeau de vingt francs. Elle comptait, à la vérité, lui demander le service de sonder Goriot et de la faire valoir auprès de lui. Madame de l'Ambermesnil se
625 prêta fort amicalement à ce manège, et cerna le vieux vermicellier avec lequel elle réussit à avoir une conférence ; mais après l'avoir trouvé pudibond[3], pour ne pas dire réfractaire aux tentatives que lui suggéra son désir particulier de le séduire pour son propre compte, elle sortit révoltée de sa grossièreté.

630   « Mon ange, dit-elle à sa chère amie, vous ne tirerez rien de cet homme-là ! il est ridiculement défiant, c'est un grippe-sou, une bête, un sot, qui ne vous causera que du désagrément. »

    Il y eut entre monsieur Goriot et madame de l'Ambermesnil des choses telles que la comtesse ne voulut même plus se trouver
635 avec lui. Le lendemain, elle partit en oubliant de payer six mois de pension, et en laissant une défroque[4] prisée[5] cinq francs. Quelque âpreté[6] que madame Vauquer mît à ses recherches, elle ne put obtenir aucun renseignement dans Paris sur la comtesse de l'Ambermesnil. Elle parlait souvent de cette déplorable affaire, en se plaignant de
640 son trop de confiance, quoiqu'elle fût plus méfiante que ne l'est une chatte ; mais elle ressemblait à beaucoup de personnes qui se défient de leurs proches, et se livrent au premier venu. Fait moral,

---

1. Dans les galeries bordant le jardin du Palais-Royal se trouvaient des boutiques dont certaines étaient en bois.
2. *Bœuf à la mode* : célèbre restaurant.
3. **Pudibond** : très pudique.
4. **Défroque** : ensemble d'objets et de vêtements sans grande valeur.
5. **Prisée** : estimée, évaluée à.
6. **Âpreté** : ardeur, acharnement.

bizarre, mais vrai, dont la racine est facile à trouver dans le cœur humain. Peut-être certaines gens n'ont-ils plus rien à gagner auprès
645 des personnes avec lesquelles ils vivent ; après leur avoir montré le vide de leur âme, ils se sentent secrètement jugés par elles avec une sévérité méritée ; mais, éprouvant un invincible besoin de flatteries qui leur manquent, ou dévorés par l'envie de paraître posséder les qualités qu'ils n'ont pas, ils espèrent surprendre l'estime ou le
650 cœur de ceux qui leur sont étrangers, au risque d'en déchoir[1] un jour. Enfin il est des individus nés mercenaires[2] qui ne font aucun bien à leurs amis ou à leurs proches, parce qu'ils le doivent ; tandis qu'en rendant service à des inconnus, ils en recueillent un gain d'amour-propre : plus le cercle de leurs affections est près d'eux,
655 moins ils aiment ; plus il s'étend, plus serviables ils sont. Madame Vauquer tenait sans doute de ces deux natures, essentiellement mesquines[3], fausses, exécrables.

« Si j'avais été ici, lui disait alors Vautrin, ce malheur ne vous serait pas arrivé ! je vous aurais joliment dévisagé[4] cette farceuse-là.
660 Je connais leurs *frimousses*[5]. »

Comme tous les esprits rétrécis, madame Vauquer avait l'habitude de ne pas sortir du cercle des événements, et de ne pas juger leurs causes. Elle aimait à s'en prendre à autrui de ses propres fautes. Quand cette perte eut lieu, elle considéra l'honnête vermi-
665 cellier comme le principe de son infortune, et commença dès lors, disait-elle, à se dégriser[6] sur son compte. Lorsqu'elle eut reconnu l'inutilité de ses agaceries[7] et de ses faits de représentation, elle ne tarda pas à en deviner la raison. Elle s'aperçut alors que son pensionnaire avait déjà, selon son expression, ses allures. Enfin il
670 lui fut prouvé que son espoir si mignonnement caressé reposait

---

1. **Déchoir** : tomber.
2. **Mercenaires** : personnes qui n'agissent que par profit.
3. **Mesquines** : médiocres.
4. **Dévisagé** : démasqué.
5. ***Frimousses*** : visages (terme populaire et souvent péjoratif).
6. **Dégriser** : perdre ses illusions.
7. **Agaceries** : manières, séductions.

sur une base chimérique[1], et qu'elle ne tirerait jamais rien de cet homme-là, suivant le mot énergique de la comtesse, qui paraissait être une connaisseuse. Elle alla nécessairement plus loin en aversion[2] qu'elle n'était allée dans son amitié. Sa haine ne fut pas en 675 raison de son amour, mais de ses espérances trompées. Si le cœur humain trouve des repos en montant les hauteurs de l'affection, il s'arrête rarement sur la pente rapide des sentiments haineux. Mais monsieur Goriot était son pensionnaire, la veuve fut donc obligée de réprimer les explosions de son amour-propre blessé, 680 d'enterrer les soupirs que lui causa cette déception, et de dévorer ses désirs de vengeance, comme un moine vexé par son prieur. Les petits esprits satisfont leurs sentiments, bons ou mauvais, par des petitesses incessantes. La veuve employa sa malice de femme à inventer de sourdes[3] persécutions contre sa victime. Elle commença 685 par retrancher les superfluités[4] introduites dans sa pension. «Plus de cornichons, plus d'anchois: c'est des duperies[5]!» dit-elle à Sylvie, le matin où elle rentra dans son ancien programme. Monsieur Goriot était un homme frugal[6], chez qui la parcimonie[7] nécessaire aux gens qui font eux-mêmes leur fortune était dégénérée en habitude. 690 La soupe, le bouilli[8], un plat de légumes, avaient été, devaient toujours être son dîner de prédilection[9]. Il fut donc bien difficile à madame Vauquer de tourmenter son pensionnaire, de qui elle ne pouvait en rien froisser les goûts. Désespérée de rencontrer un homme inattaquable, elle se mit à le déconsidérer, et fit ainsi 695 partager son aversion pour Goriot par ses pensionnaires, qui, par amusement, servirent ses vengeances. Vers la fin de la première année, la veuve en était venue à un tel degré de méfiance, qu'elle

----

1. **Chimérique**: imaginaire.
2. **Aversion**: détestation, répugnance.
3. **Sourdes**: sournoises.
4. **Superfluités**: choses superflues, superficielles.
5. **Duperies**: tromperies.
6. **Frugal**: qui se nourrit de peu.
7. **Parcimonie**: stricte économie.
8. **Bouilli**: plat de viande bouillie.
9. **De prédilection**: préféré.

se demandait pourquoi ce négociant, riche de sept à huit mille livres de rente, qui possédait une argenterie superbe et des bijoux aussi beaux que ceux d'une fille entretenue[1], demeurait chez elle, en lui payant une pension si modique relativement à sa fortune. Pendant la plus grande partie de cette première année, Goriot avait souvent dîné dehors une ou deux fois par semaine; puis, insensiblement, il en était arrivé à ne plus dîner en ville que deux fois par mois.

Les petites parties fines du sieur Goriot convenaient trop bien aux intérêts de madame Vauquer pour qu'elle ne fût pas mécontente de l'exactitude progressive avec laquelle son pensionnaire prenait ses repas chez elle. Ces changements furent attribués autant à une lente diminution de fortune qu'au désir de contrarier son hôtesse.

Une des plus détestables habitudes de ces esprits lilliputiens[2] est de supposer leurs petitesses chez les autres. Malheureusement, à la fin de la deuxième année, monsieur Goriot justifia les bavardages dont il était l'objet, en demandant à madame Vauquer de passer au second étage, et de réduire sa pension à neuf cents francs. Il eut besoin d'une si stricte économie qu'il ne fit plus de feu chez lui pendant l'hiver. La veuve Vauquer voulut être payée d'avance; à quoi consentit monsieur Goriot, que dès lors elle nomma le père Goriot. Ce fut à qui devinerait les causes de cette décadence. Exploration difficile! Comme l'avait dit la fausse comtesse, le père Goriot était un sournois, un taciturne[3]. Suivant la logique des gens à tête vide, tous indiscrets parce qu'ils n'ont que des riens à dire, ceux qui ne parlent pas de leurs affaires en doivent faire de mauvaises. Ce négociant si distingué devint donc un fripon[4], ce galantin fut un vieux drôle[5]. Tantôt, selon Vautrin, qui vint vers cette époque habiter la Maison-Vauquer, le père Goriot était un homme qui allait à la Bourse et qui, suivant une expression assez énergique de la langue

---

1. **Fille entretenue**: fille aux mœurs légères, qui vit de l'argent de son amant.
2. **Lilliputiens**: minuscules, ici dans le sens de très mesquins.
3. **Taciturne**: personne silencieuse, triste.
4. **Fripon**: personne malhonnête, fourbe.
5. **Drôle**: personne rusée, sans scrupule, qui inspire la méfiance (péjoratif).

financière, *carottait*[1] sur les rentes après s'y être ruiné. Tantôt c'était un de ces petits joueurs qui vont hasarder et gagner tous les soirs dix francs au jeu. Tantôt on en faisait un espion attaché à la haute
730 police ; mais Vautrin prétendait qu'il n'était pas assez rusé pour *en être*. Le père Goriot était encore un avare qui prêtait à la petite semaine[2], un homme qui nourrissait des numéros à la loterie[3]. On en faisait tout ce que le vice, la honte, l'impuissance engendrent de plus mystérieux. Seulement, quelque ignobles que fussent sa
735 conduite ou ses vices, l'aversion qu'il inspirait n'allait pas jusqu'à le faire bannir : il payait sa pension. Puis il était utile, chacun essayait sur lui sa bonne ou mauvaise humeur par des plaisanteries ou par des bourrades[4]. L'opinion qui paraissait plus probable, et qui fut généralement adoptée, était celle de madame Vauquer. À l'entendre,
740 cet homme si bien conservé, sain comme son œil et avec lequel on pourrait avoir encore beaucoup d'agrément, était un libertin[5] qui avait des goûts étranges. Voici sur quels faits la veuve Vauquer appuyait ses calomnies. Quelques mois après le départ de cette désastreuse comtesse qui avait su vivre pendant six mois à ses dépens, un matin,
745 avant de se lever, elle entendit dans son escalier le froufrou d'une robe de soie et le pas mignon d'une femme jeune et légère qui filait chez Goriot, dont la porte s'était intelligemment[6] ouverte. Aussitôt la grosse Sylvie vint dire à sa maîtresse qu'une fille trop jolie pour être honnête, *mise comme une divinité*, chaussée en brodequins de
750 prunelle[7] qui n'étaient pas crottés[8], avait glissé comme une anguille de la rue jusqu'à la cuisine, et lui avait demandé l'appartement de monsieur Goriot. Madame Vauquer et sa cuisinière se mirent

---

1. *Carottait* : jouait de petites sommes à la Bourse.
2. **Prêtait à la petite semaine** : prêtait de l'argent à un fort taux d'intérêt et pour une durée très courte.
3. **Nourrissait des numéros à la loterie** : misait toujours sur les mêmes numéros à la loterie.
4. **Bourrades** : vives réponses.
5. **Libertin** : homme ayant une sexualité très libre.
6. **Intelligemment** : de façon complice.
7. **Brodequins de prunelle** : chaussures en laine ou en soie.
8. **Crottés** : recouverts de boue.

aux écoutes, et surprirent plusieurs mots tendrement prononcés pendant la visite, qui dura quelque temps. Quand monsieur Goriot
755 reconduisit sa *dame*, la grosse Sylvie prit aussitôt son panier, et feignit d'aller au marché, pour suivre le couple amoureux.

« Madame, dit-elle à sa maîtresse en revenant, il faut que monsieur Goriot soit diantrement[1] riche tout de même, pour les mettre sur ce pied-là. Figurez-vous qu'il y avait au coin de l'Estrapade un
760 superbe équipage[2] dans lequel *elle* est montée. »

Pendant le dîner, madame Vauquer alla tirer un rideau pour empêcher que Goriot ne fût incommodé par le soleil dont un rayon lui tombait sur les yeux.

« Vous êtes aimé des belles, monsieur Goriot, le soleil vous cherche,
765 dit-elle en faisant allusion à la visite qu'il avait reçue. Peste ! vous avez bon goût, elle était bien jolie.

– C'était ma fille », dit-il avec une sorte d'orgueil dans lequel les pensionnaires voulurent voir la fatuité[3] d'un vieillard qui garde les apparences.

770 Un mois après cette visite, monsieur Goriot en reçut une autre. Sa fille qui, la première fois, était venue en toilette du matin, vint après le dîner et habillée comme pour aller dans le monde[4] ! Les pensionnaires, occupés à causer dans le salon, purent voir en elle une jolie blonde, mince de taille, gracieuse, et beaucoup trop dis-
775 tinguée pour être la fille d'un père Goriot.

« Et de deux ! » dit la grosse Sylvie, qui ne la reconnut pas.

Quelques jours après, une autre fille, grande et bien faite, brune, à cheveux noirs et à l'œil vif, demanda monsieur Goriot.

« Et de trois ! » dit Sylvie.

780 Cette seconde fille, qui la première fois était aussi venue voir son père le matin, vint quelques jours après, le soir, en toilette de bal et en voiture.

---

1. **Diantrement** : diablement, extrêmement.
2. **Équipage** : ensemble de la voiture, de l'attelage de chevaux et du personnel.
3. **Fatuité** : orgueil excessif qui rend ridicule.
4. **Aller dans le monde** : se rendre dans la haute société.

«Et de quatre!» dirent madame Vauquer et la grosse Sylvie, qui ne reconnurent dans cette grande dame aucun vestige de la fille simplement mise le matin où elle fit sa première visite.

Goriot payait encore douze cents francs de pension. Madame Vauquer trouva tout naturel qu'un homme riche eût quatre ou cinq maîtresses, et le trouva même fort adroit de les faire passer pour ses filles. Elle ne se formalisa point de ce qu'il les mandait[1] dans la Maison-Vauquer. Seulement, comme ces visites lui expliquaient l'indifférence de son pensionnaire à son égard, elle se permit, au commencement de la deuxième année, de l'appeler *vieux matou*. Enfin, quand son pensionnaire tomba dans les neuf cents francs, elle lui demanda fort insolemment ce qu'il comptait faire de sa maison, en voyant descendre une de ces dames. Le père Goriot lui répondit que cette dame était sa fille aînée.

«Vous en avez donc trente-six, des filles? dit aigrement madame Vauquer.

– Je n'en ai que deux», répliqua le pensionnaire avec la douceur d'un homme ruiné qui arrive à toutes les docilités[2] de la misère.

Vers la fin de la troisième année, le père Goriot réduisit encore ses dépenses, en montant au troisième étage[3] et en se mettant à quarante-cinq francs de pension par mois. Il se passa de tabac, congédia son perruquier et ne mit plus de poudre. Quand le père Goriot parut pour la première fois sans être poudré, son hôtesse laissa échapper une exclamation de surprise en apercevant la couleur de ses cheveux, ils étaient d'un gris sale et verdâtre. Sa physionomie, que des chagrins secrets avaient insensiblement rendue plus triste de jour en jour, semblait la plus désolée de toutes celles qui garnissaient la table. Il n'y eut alors plus aucun doute. Le père Goriot était un vieux libertin dont les yeux n'avaient été préservés

---

1. **Elle ne se formalisa point de ce qu'il les mandait**: elle ne se choqua pas qu'il les fît venir chez elle.
2. **Docilités**: soumissions.
3. Les étages supérieurs étaient le plus souvent réservés aux domestiques; les étages inférieurs étaient considérés comme les étages nobles.

de la maligne[1] influence des remèdes nécessités par ses maladies que par l'habileté d'un médecin. La couleur dégoûtante de ses cheveux provenait de ses excès et des drogues qu'il avait prises pour les continuer. L'état physique et moral du bonhomme donnait raison à ces radotages. Quand son trousseau fut usé, il acheta du calicot à quatorze sous l'aune[2] pour remplacer son beau linge. Ses diamants, sa tabatière d'or, sa chaîne, ses bijoux, disparurent un à un. Il avait quitté l'habit bleu-barbeau, tout son costume cossu[3], pour porter, été comme hiver, une redingote de drap[4] marron grossier, un gilet en poil de chèvre, et un pantalon gris en cuir de laine[5]. Il devint progressivement maigre ; ses mollets tombèrent ; sa figure, bouffie par le contentement d'un bonheur bourgeois, se vida démesurément ; son front se plissa, sa mâchoire se dessina. Durant la quatrième année de son établissement rue Neuve-Sainte-Geneviève, il ne se ressemblait plus. Le bon vermicellier de soixante-deux ans qui ne paraissait pas en avoir quarante, le bourgeois gros et gras, frais de bêtise, dont la tenue égrillarde[6] réjouissait les passants, qui avait quelque chose de jeune dans le sourire, semblait être un septuagénaire hébété[7], vacillant[8], blafard. Ses yeux bleus si vivaces prirent des teintes ternes et gris-de-fer, ils avaient pâli, ne larmoyaient plus, et leur bordure rouge semblait pleurer du sang. Aux uns, il faisait horreur ; aux autres, il faisait pitié. De jeunes étudiants en Médecine, ayant remarqué l'abaissement de sa lèvre inférieure et mesuré le sommet de son angle facial, le déclarèrent atteint de crétinisme[9], après l'avoir longtemps houspillé[10] sans en rien tirer. Un soir, après

---

1. **Maligne** : mauvaise.
2. **Aune** : ancienne unité de mesure (1 aune équivaut à environ 1,20 mètre).
3. **Cossu** : cher.
4. **Drap** : tissu.
5. **Cuir de laine** : tissu très solide.
6. **Égrillarde** : osée, indécente.
7. **Hébété** : diminué.
8. **Vacillant** : manquant d'équilibre.
9. **Crétinisme** : maladie caractérisée par une diminution des facultés intellectuelles et des capacités physiques.
10. **Houspillé** : interrogé brutalement, sans ménagement.

le dîner, madame Vauquer lui ayant dit en manière de raillerie[1] :
« Eh bien ! elles ne viennent donc plus vous voir, vos filles ? » en
mettant en doute sa paternité, le père Goriot tressaillit comme si
840   son hôtesse l'eût piqué avec un fer.

« Elles viennent quelquefois, répondit-il d'une voix émue.

– Ah ! ah ! vous les voyez encore quelquefois ! s'écrièrent les
étudiants. Bravo, père Goriot ! »

Mais le vieillard n'entendit pas les plaisanteries que sa réponse
845   lui attirait, il était retombé dans un état méditatif que ceux qui
l'observaient superficiellement prenaient pour un engourdissement
sénile dû à son défaut d'intelligence. S'ils l'avaient bien connu,
peut-être auraient-ils été vivement intéressés par le problème que
présentait sa situation physique et morale ; mais rien n'était plus
850   difficile. Quoiqu'il fût aisé de savoir si Goriot avait réellement été
vermicellier, et quel était le chiffre de sa fortune, les vieilles gens
dont la curiosité s'éveilla sur son compte ne sortaient pas du quartier
et vivaient dans la pension comme des huîtres sur un rocher. Quant
aux autres personnes, l'entraînement particulier de la vie parisienne
855   leur faisait oublier, en sortant de la rue Neuve-Sainte-Geneviève,
le pauvre vieillard dont ils se moquaient. Pour ces esprits étroits,
comme pour ces jeunes gens insouciants, la sèche misère du père
Goriot et sa stupide attitude étaient incompatibles avec une fortune
et une capacité quelconques. Quant aux femmes qu'il nommait ses
860   filles, chacun partageait l'opinion de madame Vauquer, qui disait,
avec la logique sévère que l'habitude de tout supposer donne aux
vieilles femmes occupées à bavarder pendant leurs soirées : « Si le
père Goriot avait des filles aussi riches que paraissaient l'être toutes
les dames qui sont venues le voir, il ne serait pas dans ma maison,
865   au troisième, à quarante-cinq francs par mois, et n'irait pas vêtu
comme un pauvre. » Rien ne pouvait démentir ces inductions[2]. Aussi,
vers la fin du mois de novembre 1819, époque à laquelle éclata ce

---

1. Raillerie : moquerie.
2. Inductions : raisonnements, suppositions.

drame, chacun dans la pension avait-il des idées arrêtées sur le pauvre vieillard. Il n'avait jamais eu ni fille ni femme ; l'abus des
870 plaisirs en faisait un colimaçon[1], un mollusque anthropomorphe[2] à classer dans les *Casquettifères*[3], disait un employé au Muséum[4], un des habitués à cachet[5]. Poiret était un aigle, un gentleman auprès de Goriot. Poiret parlait, raisonnait, répondait, il ne disait rien, à la vérité, en parlant, raisonnant ou répondant, car il avait l'habitude
875 de répéter en d'autres termes ce que les autres disaient ; mais il contribuait à la conversation, il était vivant, il paraissait sensible ; tandis que le père Goriot, disait encore l'employé au Muséum, était constamment à zéro de Réaumur[6].

Eugène de Rastignac était revenu dans une disposition d'es-
880 prit que doivent avoir connue les jeunes gens supérieurs, ou ceux auxquels une position difficile communique momentanément les qualités des hommes d'élite. Pendant sa première année de séjour à Paris, le peu de travail que veulent les premiers grades à prendre dans la Faculté l'avait laissé libre de goûter les délices visibles du
885 Paris matériel. Un étudiant n'a pas trop de temps s'il veut connaître le répertoire de chaque théâtre, étudier les issues du labyrinthe parisien, savoir les usages, apprendre la langue et s'habituer aux plaisirs particuliers de la capitale ; fouiller les bons et les mauvais endroits, suivre les cours qui amusent, inventorier les richesses des
890 musées. Un étudiant se passionne alors pour des niaiseries qui lui paraissent grandioses. Il a son grand homme, un professeur du Collège de France[7], payé pour se tenir à la hauteur de son auditoire. Il rehausse sa cravate et se pose pour la femme des premières

---

1. **Colimaçon** : escargot.
2. **Anthropomorphe** : de forme humaine.
3. **Casquettifères** : porteurs de casquettes (néologisme).
4. **Muséum** : Muséum national d'histoire naturelle, situé dans le Jardin des plantes.
5. **Habitués à cachet** : pensionnaires qui payaient à la journée et non au mois.
6. **À zéro de Réaumur** : sans réaction ; René-Antoine Ferchault de Réaumur (1683-1757) est un physicien français qui a conçu en 1731 une nouvelle échelle de température.
7. **Collège de France** : établissement d'enseignement fondé en 1530 par François Iᵉʳ.

galeries de l'Opéra-Comique[1]. Dans ces initiations successives, il se
dépouille de son aubier[2], agrandit l'horizon de sa vie, et finit par
concevoir la superposition des couches humaines qui composent
la société. S'il a commencé par admirer les voitures au défilé des
Champs-Élysées[3] par un beau soleil, il arrive bientôt à les envier.
Eugène avait subi cet apprentissage à son insu, quand il partit en
vacances, après avoir été reçu bachelier ès[4] Lettres et bachelier en
Droit. Ses illusions d'enfance, ses idées de province avaient disparu.
Son intelligence modifiée, son ambition exaltée[5] lui firent voir juste
au milieu du manoir paternel, au sein de la famille. Son père, sa
mère, ses deux frères, ses deux sœurs, et une tante dont la fortune
consistait en pensions, vivaient sur la petite terre de Rastignac. Ce
domaine d'un revenu d'environ trois mille francs était soumis à
l'incertitude qui régit le produit tout industriel de la vigne, et néanmoins il fallait en extraire chaque année douze cents francs pour
lui. L'aspect de cette constante détresse qui lui était généreusement
cachée, la comparaison qu'il fut forcé d'établir entre ses sœurs, qui
lui semblaient si belles dans son enfance, et les femmes de Paris,
qui lui avaient réalisé le type d'une beauté rêvée, l'avenir incertain
de cette nombreuse famille qui reposait sur lui, la parcimonieuse
attention avec laquelle il vit serrer les plus minces productions, la
boisson faite pour sa famille avec les marcs[6] de pressoir, enfin une
foule de circonstances inutiles à consigner[7] ici, décuplèrent son
désir de parvenir[8] et lui donnèrent soif des distinctions. Comme il
arrive aux âmes grandes, il voulut ne rien devoir qu'à son mérite.
Mais son esprit était éminemment méridional; à l'exécution, ses

---

1. Opéra-Comique: salle de spectacle où étaient représentés des opéras et des
pièces légères.
2. Se dépouille de son aubier: s'endurcit.
3. Champs-Élysées: avenue à Paris où se retrouvait la haute société parisienne
pour se promener.
4. Ès: en.
5. Exaltée: passionnée, fougueuse.
6. Marcs: résidus de fruits pressés.
7. Consigner: rapporter.
8. Parvenir: réussir, accéder à une meilleure condition sociale.

920 déterminations devaient donc être frappées de ces hésitations qui saisissent les jeunes gens quand ils se trouvent en pleine mer, sans savoir ni de quel côté diriger leurs forces, ni sous quel angle enfler leurs voiles. Si d'abord il voulut se jeter à corps perdu dans le travail, séduit bientôt par la nécessité de se créer des relations,
925 il remarqua combien les femmes ont d'influence sur la vie sociale, et avisa[1] soudain à se lancer dans le monde, afin d'y conquérir des protectrices : devaient-elles manquer à un jeune homme ardent et spirituel[2] dont l'esprit et l'ardeur étaient rehaussés par une tournure élégante et par une sorte de beauté nerveuse à laquelle les femmes
930 se laissent prendre volontiers ? Ces idées l'assaillirent au milieu des champs, pendant les promenades que jadis il faisait gaiement avec ses sœurs, qui le trouvèrent bien changé. Sa tante, madame de Marcillac, autrefois présentée à la Cour, y avait connu les sommités aristocratiques[3]. Tout à coup le jeune ambitieux reconnut, dans
935 les souvenirs dont sa tante l'avait si souvent bercé, les éléments de plusieurs conquêtes sociales, au moins aussi importantes que celles qu'il entreprenait à l'École de Droit ; il la questionna sur les liens de parenté qui pouvaient encore se renouer. Après avoir secoué les branches de l'arbre généalogique, la vieille dame estima que, de
940 toutes les personnes qui pouvaient servir son neveu parmi la gent[4] égoïste des parents riches, madame la vicomtesse de Beauséant serait la moins récalcitrante. Elle écrivit à cette jeune femme une lettre dans l'ancien style, et la remit à Eugène, en lui disant que, s'il réussissait auprès de la vicomtesse, elle lui ferait retrouver ses
945 autres parents. Quelques jours après son arrivée, Rastignac envoya la lettre de sa tante à madame de Beauséant. La vicomtesse répondit par une invitation de bal pour le lendemain.

Telle était la situation générale de la pension bourgeoise à la fin du mois de novembre 1819. Quelques jours plus tard, Eugène après

---

1. **Avisa** : songea.
2. **Spirituel** : intelligent, vif d'esprit.
3. **Les sommités aristocratiques** : les plus grands noms de l'aristocratie.
4. **Gent** : ensemble de personnes.

950 être allé au bal de madame de Beauséant, rentra vers deux heures
dans la nuit. Afin de regagner le temps perdu, le courageux étudiant
s'était promis, en dansant, de travailler jusqu'au matin. Il allait passer la nuit pour la première fois au milieu de ce silencieux quartier,
car il s'était mis sous le charme d'une fausse énergie en voyant les
955 splendeurs du monde. Il n'avait pas dîné chez madame Vauquer. Les
pensionnaires purent donc croire qu'il ne reviendrait du bal que
le lendemain matin au petit jour, comme il était quelquefois rentré
des fêtes du Prado[1] ou des bals de l'Odéon[2], en crottant ses bas de
soie et gauchissant ses escarpins[3]. Avant de mettre les verrous à la
960 porte, Christophe l'avait ouverte pour regarder dans la rue. Rastignac se présenta dans ce moment, et put monter à sa chambre sans
faire de bruit, suivi de Christophe qui en faisait beaucoup. Eugène
se déshabilla, se mit en pantoufles, prit une méchante redingote,
alluma son feu de mottes[4], et se prépara lestement au travail, en sorte
965 que Christophe couvrit encore par le tapage de ses gros souliers les
apprêts[5] peu bruyants du jeune homme. Eugène resta pensif pendant
quelques moments avant de se plonger dans ses livres de Droit. Il
venait de reconnaître en madame la vicomtesse de Beauséant l'une
des reines de la mode à Paris, et dont la maison passait pour être
970 la plus agréable du faubourg Saint-Germain[6]. Elle était d'ailleurs,
et par son nom et par sa fortune, l'une des sommités du monde
aristocratique. Grâce à sa tante de Marcillac, le pauvre étudiant avait
été bien reçu dans cette maison, sans connaître l'étendue de cette
faveur. Être admis dans ces salons dorés équivalait à un brevet de
975 haute noblesse. En se montrant dans cette société, la plus exclusive
de toutes, il avait conquis le droit d'aller partout. Ébloui par cette
brillante assemblée, ayant à peine échangé quelques paroles avec

---

1. Prado: salle de bal sur l'île de la Cité, au cœur de Paris.
2. Odéon: théâtre du Quartier latin converti en salle de bal à certaines occasions.
3. Gauchissant ses escarpins: déformant ses chaussures.
4. À défaut de bois, parfois trop cher, on pouvait alimenter le feu de mottes à brûler,
petits tas de terre.
5. Apprêts: préparatifs, actions.
6. Faubourg Saint-Germain: quartier de Paris où vivait la haute société.

la vicomtesse, Eugène s'était contenté de distinguer, parmi la foule des déités[1] parisiennes qui se pressaient dans ce raout[2], une de ces
980 femmes que doit adorer tout d'abord un jeune homme. La comtesse Anastasie de Restaud, grande et bien faite, passait pour avoir l'une des plus jolies tailles de Paris. Figurez-vous de grands yeux noirs, une main magnifique, un pied bien découpé, du feu dans les mouvements, une femme que le marquis de Ronquerolles nommait un cheval de
985 pur sang. Cette finesse de nerfs ne lui ôtait aucun avantage ; elle avait les formes pleines et rondes, sans qu'elle pût être accusée de trop d'embonpoint. *Cheval de pur sang, femme de race*, ces locutions commençaient à remplacer les anges du ciel, les figures ossianiques[3], toute l'ancienne mythologie amoureuse repoussée par le dandysme[4].
990 Mais pour Rastignac, madame Anastasie de Restaud fut la femme désirable. Il s'était ménagé deux tours dans la liste des cavaliers écrite sur l'éventail, et avait pu lui parler pendant la première contredanse[5]. « Où vous rencontrer désormais, madame ? lui avait-il dit brusquement avec cette force de passion qui plaît tant aux femmes. – Mais,
995 dit-elle, au Bois[6], aux Bouffons[7], chez moi, partout. »

Et l'aventureux Méridional s'était empressé de se lier avec cette délicieuse comtesse, autant qu'un jeune homme peut se lier avec une femme pendant une contredanse et une valse. En se disant cousin de madame de Beauséant, il fut invité par cette femme, qu'il
1000 prit pour une grande dame, et eut ses entrées chez elle. Au dernier sourire qu'elle lui jeta, Rastignac crut sa visite nécessaire. Il avait eu le bonheur de rencontrer un homme qui ne s'était pas moqué de son ignorance, défaut mortel au milieu des illustres impertinents de

---

1. **Déités** : divinités.
2. **Raout** : réception mondaine.
3. **Ossianiques** : poétiques, telles qu'on les trouve dans les poèmes de James Macpherson dit Ossian (1736-1796), dont les *Fragments de poésie ancienne* influencèrent la littérature romantique du XIXe siècle.
4. **Dandysme** : raffinement, élégance.
5. **Contredanse** : danse de couples, exécutée en ligne ou en carré.
6. **Bois** : Bois de Boulogne, où se promène la haute société parisienne.
7. **Bouffons** : Théâtre des Italiens où était interprété le répertoire de la comédie et des opéras italiens.

l'époque, les Maulincourt, les Ronquerolles, les Maxime de Trailles,
les de Marsay, les Ajuda-Pinto, les Vandenesse, qui étaient là dans
la gloire de leurs fatuités et mêlés aux femmes les plus élégantes,
lady Brandon, la duchesse de Langeais, la comtesse de Kergarouët,
madame de Sérisy, la duchesse de Carigliano, la comtesse Ferraud,
madame de Lanty, la marquise d'Aiglemont, madame Firmiani, la
marquise de Listomère et la marquise d'Espard, la duchesse de
Maufrigneuse et les Grand-lieu[1]. Heureusement donc, le naïf étudiant tomba sur le marquis de Montriveau, l'amant de la duchesse
de Langeais, un général simple comme un enfant, qui lui apprit
que la comtesse de Restaud demeurait rue du Helder.

Être jeune, avoir soif du monde, avoir faim d'une femme, et
voir s'ouvrir pour soi deux maisons ! mettre le pied au faubourg
Saint-Germain chez la vicomtesse de Beauséant, le genou dans la
Chaussée-d'Antin[2] chez la comtesse de Restaud ! plonger d'un regard
dans les salons de Paris en enfilade, et se croire assez joli garçon
pour y trouver aide et protection dans un cœur de femme ! se sentir
assez ambitieux pour donner un superbe coup de pied à la corde
roide[3] sur laquelle il faut marcher avec l'assurance du sauteur qui ne
tombera pas, et avoir trouvé dans une charmante femme le meilleur
des balanciers ! Avec ces pensées et devant cette femme qui se dres-
sait sublime auprès d'un feu de mottes, entre le Code[4] et la misère,
qui n'aurait comme Eugène sondé l'avenir par une méditation,
qui ne l'aurait meublé de succès ? Sa pensée vagabonde escomptait
si drûment[5] ses joies futures qu'il se croyait auprès de madame
de Restaud quand un soupir semblable à un *han* de saint Joseph[6]

---

1. Tous ces personnages réapparaissent dans d'autres romans de *La Comédie
humaine*, comme *La Duchesse de Langeais* ou *Le Lys dans la vallée*.
2. Chaussée-d'Antin : quartier des banques et des affaires, dans le nord-ouest de
Paris, fréquenté par la nouvelle bourgeoisie.
3. Roide : raide.
4. Le Code : le Code civil, métonymie qui désigne les études de droit que poursuit
Rastignac.
5. Escomptait si drûment : comptait si ardemment sur.
6. *Han* de saint Joseph : soupir de charpentier (saint Joseph est le saint patron des
charpentiers ; le *han*, onomatopée du soupir, symbolise l'effort de l'artisan au travail).

1030 troubla le silence de la nuit, retentit au cœur du jeune homme de
manière à le lui faire prendre pour le râle d'un moribond[1]. Il ouvrit
doucement la porte, et quand il fut dans le corridor[2], il aperçut une
ligne de lumière tracée au bas de la porte du père Goriot. Eugène
craignit que son voisin ne se trouvât indisposé, il approcha son œil

1035 de la serrure, regarda dans la chambre, et vit le vieillard occupé de
travaux qui lui parurent trop criminels pour qu'il ne crût pas rendre
service à la société en examinant bien ce que machinait nuitam-
ment le soi-disant vermicellier. Le père Goriot, qui sans doute avait
attaché sur la barre d'une table renversée un plat et une espèce de

1040 soupière en vermeil, tournait une espèce de câble autour de ces
objets richement sculptés, en les serrant avec une si grande force
qu'il les tordait vraisemblablement pour les convertir en lingots.
« Peste ! quel homme ! » se dit Rastignac en voyant le bras nerveux
du vieillard qui, à l'aide de cette corde, pétrissait sans bruit l'argent

1045 doré, comme une pâte. « Mais serait-ce donc un voleur ou un receleur[3] qui, pour se livrer plus sûrement à son commerce, affecterait[4]
la bêtise, l'impuissance, et vivrait en mendiant ? » se dit Eugène en
se relevant un moment. L'étudiant appliqua de nouveau son œil à
la serrure. Le père Goriot, qui avait déroulé son câble, prit la masse

1050 d'argent, la mit sur la table après y avoir étendu sa couverture, et l'y
roula pour l'arrondir en barre, opération dont il s'acquitta avec une
facilité merveilleuse. « Il serait donc aussi fort que l'était Auguste,
roi de Pologne[5] ? » se dit Eugène quand la barre ronde fut à peu
près façonnée. Le père Goriot regarda tristement son ouvrage d'un

1055 air triste, des larmes sortirent de ses yeux, il souffla le rat-de-cave[6]
à la lueur duquel il avait tordu ce vermeil, et Eugène l'entendit se
coucher en poussant un soupir. « Il est fou », pensa l'étudiant.

---

1. **Râle d'un moribond** : cri d'une personne qui est sur le point de mourir.
2. **Corridor** : couloir.
3. **Receleur** : personne coupable de cacher les objets d'un vol.
4. **Affecterait** : simulerait.
5. **Frédéric-Auguste Iᵉʳ le Juste** (1750-1827) : roi de Prusse, actuelle Pologne.
6. **Rat-de-cave** : bougie mince et longue.

«Pauvre enfant!» dit à haute voix le père Goriot.

À cette parole, Rastignac jugea prudent de garder le silence sur
1060 cet événement, et de ne pas inconsidérément condamner son voisin.
Il allait rentrer quand il distingua soudain un bruit assez difficile à
exprimer, et qui devait être produit par des hommes en chaussons
de lisière[1] montant l'escalier. Eugène prêta l'oreille, et reconnut
en effet le son alternatif de la respiration de deux hommes. Sans
1065 avoir entendu ni le cri de la porte ni les pas des hommes, il vit tout
à coup une faible lueur au second étage, chez monsieur Vautrin.

«Voilà bien des mystères dans une pension bourgeoise!» se
dit-il. Il descendit quelques marches, se mit à écouter, et le son
de l'or frappa son oreille. Bientôt la lumière fut éteinte, les deux
1070 respirations se firent entendre derechef sans que la porte eût crié.
Puis, à mesure que les deux hommes descendirent, le bruit alla
s'affaiblissant.

«Qui va là? cria madame Vauquer en ouvrant la fenêtre de sa
chambre.

1075 – C'est moi qui rentre, maman Vauquer», dit Vautrin de sa
grosse voix.

«C'est singulier! Christophe avait mis le verrou, se dit Eugène
en rentrant dans sa chambre. Il faut veiller pour bien savoir ce
qui se passe autour de soi, dans Paris.» Détourné par ces petits
1080 événements de sa méditation ambitieusement amoureuse, il se mit
au travail. Distrait par les soupçons qui lui venaient sur le compte
du père Goriot, plus distrait encore par la figure de madame de
Restaud, qui de moments en moments se posait devant lui comme
la messagère d'une brillante destinée, il finit par se coucher et par
1085 dormir à poings fermés. Sur dix nuits promises au travail par les
jeunes gens, ils en donnent sept au sommeil. Il faut avoir plus de
vingt ans pour veiller.

Le lendemain matin régnait à Paris un de ces épais brouillards
qui l'enveloppent et l'embrument si bien que les gens les plus exacts

---

1. Chaussons de lisière: chaussons fabriqués avec la bordure des étoffes.

1090 sont trompés par le temps. Les rendez-vous d'affaires se manquent. Chacun se croit à huit heures quand midi sonne. Il était neuf heures et demie, madame Vauquer n'avait pas encore bougé de son lit. Christophe et la grosse Sylvie, attardés aussi, prenaient tranquillement leur café, préparé avec les couches supérieures du lait destiné

1095 aux pensionnaires, et que Sylvie faisait longtemps bouillir, afin que madame Vauquer ne s'aperçût pas de cette dîme[1] illégalement levée[2].

« Sylvie, dit Christophe en mouillant sa première rôtie[3], monsieur Vautrin, qu'est un bon homme tout de même, a encore vu deux personnes cette nuit. Si madame s'en inquiétait, ne faudrait

1100 rien lui dire.

– Vous a-t-il donné quelque chose ?

– Il m'a donné cent sous pour son mois, une manière de me dire : "Tais-toi."

– Sauf lui et madame Couture, qui ne sont pas regardants, les

1105 autres voudraient nous retirer de la main gauche ce qu'ils nous donnent de la main droite au Jour de l'an, dit Sylvie.

– Encore, qu'est-ce qu'ils donnent ! fit Christophe, une méchante pièce *et* de cent sous. Voilà depuis deux ans le père Goriot qui fait ses souliers lui-même. Ce *grigou*[4] de Poiret se passe de cirage, et

1110 le boirait plutôt que de le mettre à ses savates. Quant au gringalet d'étudiant, il me donne quarante sous. Quarante sous ne payent pas mes brosses, et il vend ses vieux habits, par-dessus le marché. Qué baraque !

– Bah ! fit Sylvie en buvant de petites gorgées de café, nos places

1115 sont encore les meilleures du quartier : on y vit bien. Mais, à propos de gros papa Vautrin, Christophe, vous a-t-on dit quelque chose ?

– Oui, j'ai rencontré il y a quelques jours un monsieur dans la rue, qui m'a dit : "N'est-ce pas chez vous que demeure un gros

---

1. Dîme: sous l'Ancien Régime, impôt prélevé sur les récoltes (sens propre); prélèvement (sens figuré).
2. Levée: prélevée.
3. Rôtie: tranche de pain grillée.
4. *Grigou*: homme avare, d'apparence souvent désagréable.

monsieur qui a des favoris qu'il teint?" Moi j'ai dit: "Non, mon-
1120 sieur, il ne les teint pas. Un homme gai comme lui, il n'en a pas le
temps." J'ai donc dit ça à monsieur Vautrin, qui m'a répondu: "Tu
as bien fait, mon garçon! Réponds toujours comme ça. Rien n'est
plus désagréable que de laisser connaître nos infirmités[1]. Ça peut
faire manquer des mariages."
1125   – Eh bien! à moi, au marché, on a voulu m'englauder[2] aussi
pour me faire dire si je lui voyais passer sa chemise. C'te farce!
Tiens, dit-elle en s'interrompant, voilà dix heures quart moins qui
sonnent au Val-de-Grâce, et personne ne bouge.
    – Ah bah! ils sont tous sortis. Madame Couture et sa jeune personne
1130 sont allées manger le bon Dieu[3] à Saint-Étienne[4] dès huit heures. Le
père Goriot est sorti avec un paquet. L'étudiant ne reviendra qu'après
son cours, à dix heures. Je les ai vus partir en faisant mes escaliers;
que le père Goriot m'a donné un coup avec ce qu'il portait qu'était
dur comme du fer. Qué qui fait donc, ce bonhomme-là? Les autres
1135 le font aller comme une toupie, mais c'est un brave homme tout de
même, et qui vaut mieux qu'eux tous. Il ne donne pas grand-chose;
mais les dames chez lesquelles il m'envoie quelquefois allongent[5]
de fameux pourboires, et sont joliment ficelées.
    – Celles qu'il appelle ses filles, hein? Elles sont une douzaine.
1140   – Je ne suis jamais allé que chez deux, les mêmes qui sont venues ici.
    – Voilà madame qui se remue; elle va faire son sabbat[6]: faut
que j'y aille. Vous veillerez au lait, Christophe, rapport au chat. »
    «Comment, Sylvie, voilà dix heures quart moins, vous m'avez
laissée dormir comme une marmotte! Jamais pareille chose n'est
1145 arrivée.

---

1. **Infirmités**: faiblesses.
2. **M'englauder**: me tromper.
3. **Manger le bon Dieu**: dans la religion catholique, communier, aller à la messe (populaire et familier).
4. **Saint-Étienne**: église Saint-Étienne-du-Mont, située place du Panthéon, dans le Quartier latin.
5. **Allongent**: versent.
6. **Faire son sabbat**: s'agiter en faisant beaucoup de bruit.

– C'est le brouillard, qu'est à couper au couteau.

– Mais le déjeuner ?

– Bah ! vos pensionnaires avaient bien le diable au corps ; ils ont tous décanillé[1] dès le patron-jacquette.

1150 – Parle donc bien, Sylvie, reprit madame Vauquer : on dit le patron-minette[2].

– Ah ! madame, je dirai comme vous voudrez. Tant y a que vous pouvez déjeuner à dix heures. La Michonnette et le Poireau n'ont pas bougé. Il n'y a qu'eux qui soient dans la maison, et ils dorment

1155 comme des souches qui sont.

– Mais, Sylvie, tu les mets tous les deux ensemble, comme si…

– Comme si, quoi ? reprit Sylvie en laissant échapper un gros rire bête. Les deux font la paire.

– C'est singulier, Sylvie : comment monsieur Vautrin est-il donc

1160 rentré cette nuit après que Christophe a eu mis les verrous ?

– Bien au contraire, madame. Il a entendu monsieur Vautrin, et est descendu pour lui ouvrir la porte. Et voilà ce que vous avez cru…

– Donne-moi ma camisole[3], et va vite voir au déjeuner. Arrange le reste du mouton avec des pommes de terre, et donne des poires

1165 cuites, de celles qui coûtent deux liards[4] la pièce. »

Quelques instants après, madame Vauquer descendit au moment où son chat venait de renverser d'un coup de patte l'assiette qui couvrait un bol de lait, et le lapait en toute hâte.

« Mistigris », s'écria-t-elle. Le chat se sauva, puis revint se frotter

1170 à ses jambes. « Oui, oui, fais ton capon[5], vieux lâche ! lui dit-elle. Sylvie ! Sylvie !

– Eh bien ! quoi, madame ?

– Voyez donc ce qu'a bu le chat.

---

1. **Ils ont tous décanillé** : ils sont tous partis.
2. **Patron-jacquette, patron-minette** : l'expression exacte est « potron-jacquet » ou « potron-minet » et signifie très tôt le matin.
3. **Camisole** : sorte de gilet.
4. **Liards** : anciennes pièces de monnaie de faible valeur.
5. **Capon** : flatteur.

– C'est la faute de cet animal de Christophe, à qui j'avais dit de
mettre le couvert. Où est-il passé ? Ne vous inquiétez pas, madame ;
ce sera le café du père Goriot. Je mettrai de l'eau dedans, il ne s'en
apercevra pas. Il ne fait attention à rien, pas même à ce qu'il mange.

– Où donc est-il allé, ce chinois-là[1] ? dit madame Vauquer en
plaçant les assiettes.

– Est-ce qu'on sait ? Il fait des trafics des cinq cents diables.

– J'ai trop dormi, dit madame Vauquer.

– Mais aussi madame est-elle fraîche comme une rose… »

En ce moment la sonnette se fit entendre, et Vautrin entra dans
le salon en chantant de sa grosse voix :

J'ai longtemps parcouru le monde,
Et l'on m'a vu de toute part…

« Oh ! oh ! bonjour, madame Vauquer, dit-il en apercevant l'hôtesse, qu'il prit galamment dans ses bras.

– Allons, finissez donc.

– Dites impertinent, reprit-il. Allons, dites-le. Voulez-vous bien
le dire ? Tenez, je vais mettre le couvert avec vous. Ah ! je suis gentil,
n'est-ce pas ?

Courtiser la brune et la blonde,
Aimer, soupirer…

« Je viens de voir quelque chose de singulier.

… au hasard[2].

– Quoi, dit la veuve.

– Le père Goriot était à huit heures et demie rue Dauphine,
chez l'orfèvre qui achète de vieux couverts et des galons. Il lui a
vendu pour une bonne somme un ustensile de ménage, en vermeil,
assez joliment tortillé pour un homme qui n'est pas de la manique[3].

---

1. **Ce chinois-là** : ce farfelu (péjoratif).
2. Air à la mode, extrait de *Joconde ou les Coureurs d'aventures*, opéra-comique
créé en 1814.
3. **De la manique** : du métier.

– Bah ! vraiment ?

– Oui. Je revenais ici après avoir conduit un de mes amis qui s'expatrie par les Messageries royales ; j'ai attendu le père Goriot pour voir : histoire de rire. Il a remonté dans ce quartier-ci, rue des Grès, où il est entré dans la maison d'un usurier[1] connu, nommé Gobseck[2], un fier drôle, capable de faire des dominos avec les os de son père ; un juif, un Arabe, un Grec, un bohémien[3], un homme qu'on serait bien embarrassé de dévaliser, il met ses écus à la Banque.

– Qu'est-ce que fait donc ce père Goriot ?

– Il ne fait rien, dit Vautrin, il défait. C'est un imbécile assez bête pour se ruiner à aimer les filles qui…

– Le voilà ! dit Sylvie.

– Christophe, cria le père Goriot, monte avec moi. »

Christophe suivit le père Goriot, et redescendit bientôt.

« Où vas-tu ? dit madame Vauquer à son domestique.

– Faire une commission pour monsieur Goriot.

– Qu'est-ce que c'est que ça ? dit Vautrin en arrachant des mains de Christophe une lettre sur laquelle il lut : *À madame la comtesse Anastasie de Restaud*. Et tu vas ? reprit-il en tendant la lettre à Christophe.

– Rue du Helder. J'ai ordre de ne remettre ceci qu'à madame la comtesse.

– Qu'est-ce qu'il y a là-dedans ? dit Vautrin en mettant la lettre au jour ; un billet de banque ? non. » Il entrouvrit l'enveloppe. « Un billet acquitté[4], s'écria-t-il. Fourche ! il est galant, le roquentin[5]. Va, vieux lascar[6], dit-il en coiffant de sa large main Christophe, qu'il fit tourner sur lui-même comme un dé, tu auras un bon pourboire. »

---

1. Usurier : personne qui prête de l'argent à des taux d'intérêt excessifs.
2. Gobseck : personnage que l'on retrouve dans *La Comédie humaine* dans le roman du même nom.
3. Énumération véhiculant des clichés antisémites et racistes fréquents au XIXᵉ siècle.
4. Acquitté : réglé, payé.
5. Roquentin : vieillard ridicule qui se comporte comme un jeune homme (péjoratif).
6. Lascar : personne rusée et habile (péjoratif).

1230   Le couvert était mis. Sylvie faisait bouillir le lait. Madame Vauquer allumait le poêle, aidée par Vautrin, qui fredonnait toujours :

> *J'ai longtemps parcouru le monde*
> *Et l'on m'a vu de toute part…*

    Quand tout fut prêt, madame Couture et mademoiselle Taillefer
1235 rentrèrent.

    «D'où venez-vous donc si matin, ma belle dame ? dit madame Vauquer à madame Couture.

    – Nous venons de faire nos dévotions[1] à Saint-Étienne-du-Mont, ne devons-nous pas aller aujourd'hui chez monsieur Taillefer ? Pauvre
1240 petite, elle tremble comme la feuille, reprit madame Couture en s'asseyant devant le poêle à la bouche duquel elle présenta ses souliers qui fumèrent.

    – Chauffez-vous donc, Victorine, dit madame Vauquer.

    – C'est bien, mademoiselle, de prier le bon Dieu d'attendrir le
1245 cœur de votre père, dit Vautrin en avançant une chaise à l'orpheline. Mais ça ne suffit pas. Il vous faudrait un ami qui se chargeât de dire son fait à ce marsouin-là[2], un sauvage qui a, dit-on, trois millions, et qui ne vous donne pas de dot[3]. Une belle fille a besoin de dot dans ce temps-ci.

1250   – Pauvre enfant, dit madame Vauquer. Allez, mon chou, votre monstre de père attire le malheur à plaisir[4] sur lui.»

    À ces mots, les yeux de Victorine se mouillèrent de larmes, et la veuve s'arrêta sur un signe que lui fit madame Couture.

    «Si nous pouvions seulement le voir, si je pouvais lui parler, lui
1255 remettre la dernière lettre de sa femme, reprit la veuve du Commissaire-Ordonnateur. Je n'ai jamais osé la risquer par la poste ; il connaît mon écriture…

---

1. **Dévotions** : pratiques religieuses ferventes.
2. **Ce marsouin-là** : cet homme sans éducation.
3. **Dot** : ensemble des biens qu'une femme apporte à son époux lors du mariage.
4. **À plaisir** : intentionnellement.

– *Ô femmes innocentes, malheureuses et persécutées*[1], s'écria Vautrin en interrompant, voilà donc où vous en êtes ? D'ici à quelques jours 1260 je me mêlerai de vos affaires, et tout ira bien.

– Oh ! monsieur, dit Victorine en jetant un regard à la fois humide et brûlant à Vautrin, qui ne s'en émut pas, si vous saviez un moyen d'arriver à mon père, dites-lui bien que son affection et l'honneur de ma mère me sont plus précieux que toutes les richesses du monde. 1265 Si vous obteniez quelque adoucissement à sa rigueur, je prierais Dieu pour vous. Soyez sûr d'une reconnaissance…

– *J'ai longtemps parcouru le monde*», chanta Vautrin d'une voix ironique.

En ce moment, Goriot, mademoiselle Michonneau, Poiret descen-1270 dirent, attirés peut-être par l'odeur du roux[2] que faisait Sylvie pour accommoder les restes du mouton. À l'instant où les sept convives s'attablèrent en se souhaitant le bonjour, dix heures sonnèrent, l'on entendit dans la rue le pas de l'étudiant.

« Ah ! bien, monsieur Eugène, dit Sylvie, aujourd'hui vous allez 1275 déjeuner avec tout le monde. »

L'étudiant salua les pensionnaires, et s'assit auprès du père Goriot.

« Il vient de m'arriver une singulière aventure, dit-il en se servant abondamment du mouton et se coupant un morceau de pain que madame Vauquer mesurait toujours de l'œil.

1280 – Une aventure ! dit Poiret.

– Eh bien ! pourquoi vous en étonneriez-vous, vieux chapeau[3] ? dit Vautrin à Poiret. Monsieur est bien fait pour en avoir. »

Mademoiselle Taillefer coula timidement un regard sur le jeune étudiant.

1285 « Dites-nous votre aventure, demanda madame Vauquer.

– Hier j'étais au bal chez madame la vicomtesse de Beauséant,

---

1. Citation extraite de *La Femme innocente, malheureuse et persécutée ou l'Époux crédule et barbare*, mélodrame parodique créé par le dramaturge français Michel-Nicolas Balisson de Rougemont (1781-1840) en 1811.
2. Roux : préparation qui sert à épaissir une sauce.
3. Chapeau : bonhomme (familier).

une cousine à moi, qui possède une maison magnifique, des appartements habillés de soie, enfin qui nous a donné une fête superbe, où je me suis amusé comme un roi...

1290   — Telet, dit Vautrin en interrompant net.

— Monsieur, reprit vivement Eugène, que voulez-vous dire ?

— Je dis *telet*, parce que les roitelets[1] s'amusent beaucoup plus que les rois.

— C'est vrai : j'aimerais mieux être ce petit oiseau sans souci que
1295 roi, parce... fit Poiret l'*idémiste*[2].

— Enfin, reprit l'étudiant en lui coupant la parole, je danse avec une des plus belles femmes du bal, une comtesse ravissante, la plus délicieuse créature que j'aie jamais vue. Elle était coiffée avec des fleurs de pêcher, elle avait au côté le plus beau bouquet de fleurs,
1300 des fleurs naturelles qui embaumaient[3] ; mais, bah ! il faudrait que vous l'eussiez vue, il est impossible de peindre une femme animée par la danse. Eh bien ! ce matin j'ai rencontré cette divine comtesse, sur les neuf heures, à pied, rue des Grès. Oh ! le cœur m'a battu, je me figurais...

1305   — Qu'elle venait ici, dit Vautrin en jetant un regard profond à l'étudiant. Elle allait sans doute chez le papa Gobseck, un usurier. Si jamais vous fouillez des cœurs de femmes à Paris, vous y trouverez l'usurier avant l'amant. Votre comtesse se nomme Anastasie de Restaud, et demeure rue du Helder. »

1310   À ce nom, l'étudiant regarda fixement Vautrin. Le père Goriot leva brusquement la tête, il jeta sur les deux interlocuteurs un regard lumineux et plein d'inquiétude qui surprit les pensionnaires.

« Christophe arrivera trop tard, elle y sera donc allée, s'écria douloureusement Goriot.

1315   — J'ai deviné », dit Vautrin en se penchant à l'oreille de madame Vauquer.

---

1. Roitelets : rois peu puissants (péjoratif) ; petits oiseaux.
2. L'*idémiste* : celui qui reprend les mêmes propos.
3. Embaumaient : parfumaient.

Goriot mangeait machinalement et sans savoir ce qu'il mangeait. Jamais il n'avait semblé plus stupide et plus absorbé qu'il l'était en ce moment.

1320 « Qui diable, monsieur Vautrin, a pu vous dire son nom ? demanda Eugène.

– Ah ! ah ! voilà, répondit Vautrin. Le père Goriot le savait bien, lui ! pourquoi ne le saurais-je pas ?

– Monsieur Goriot, s'écria l'étudiant.

1325 – Quoi ! dit le pauvre vieillard. Elle était donc bien belle hier ?

– Qui ?

– Madame de Restaud.

– Voyez-vous le vieux grigou, dit madame Vauquer à Vautrin, comme ses yeux s'allument.

1330 – Il l'entretiendrait donc ? dit à voix basse mademoiselle Michonneau à l'étudiant.

– Oh ! oui, elle était furieusement belle, reprit Eugène, que le père Goriot regardait avidement. Si madame de Beauséant n'avait pas été là, ma divine comtesse eût été la reine du bal, les jeunes

1335 gens n'avaient d'yeux que pour elle, j'étais le douzième inscrit sur la liste, elle dansait toutes les contredanses. Les autres femmes enrageaient. Si une créature a été heureuse hier, c'était bien elle. On a bien raison de dire qu'il n'y a rien de plus beau que frégate[1] à la voile, cheval au galop et femme qui danse.

1340 – Hier en haut de la roue, chez une duchesse, dit Vautrin ; ce matin en bas de l'échelle chez un escompteur : voilà les Parisiennes. Si leurs maris ne peuvent entretenir leur luxe effréné, elles se vendent. Si elles ne savent pas se vendre, elles éventreraient leurs mères pour y chercher de quoi briller. Enfin elles font les cent mille coups.

1345 Connu, connu ! »

Le visage du père Goriot, qui s'était allumé comme le soleil d'un beau jour en entendant l'étudiant, devint sombre à cette cruelle observation de Vautrin.

---

1. **Frégate** : bateau.

«Eh bien! dit madame Vauquer, où donc est votre aventure?
1350 Lui avez-vous parlé? lui avez-vous demandé si elle voulait apprendre
le Droit?

– Elle ne m'a pas vu, dit Eugène. Mais rencontrer une des plus
jolies femmes de Paris rue des Grès, à neuf heures, une femme qui
a dû rentrer du bal à deux heures du matin, n'est-ce pas singulier?
1355 Il n'y a que Paris pour ces aventures-là.

– Bah! il y en a de bien plus drôles», s'écria Vautrin.

Mademoiselle Taillefer avait à peine écouté, tant elle était pré-
occupée par la tentative qu'elle allait faire. Madame Couture lui
fit signe de se lever pour aller s'habiller. Quand les deux dames
1360 sortirent, le père Goriot les imita.

«Eh bien! L'avez-vous vu? dit madame Vauquer à Vautrin et à ses
autres pensionnaires. Il est clair qu'il s'est ruiné pour ces femmes-là.

– Jamais on ne me fera croire, s'écria l'étudiant, que la belle
comtesse de Restaud appartienne au père Goriot.

1365 – Mais, lui dit Vautrin en l'interrompant, nous ne tenons pas à
vous le faire croire. Vous êtes encore trop jeune pour bien connaître
Paris, vous saurez plus tard qu'il s'y rencontre ce que nous nommons
des *hommes à passions*[1]… (À ces mots, mademoiselle Michonneau
regarda Vautrin d'un air intelligent. Vous eussiez dit un cheval de
1370 régiment entendant le son de la trompette.) Ah! ah! fit Vautrin en
s'interrompant pour lui jeter un regard profond, *que* nous *n'avons
néu* nos petites passions, nous? (La vieille fille baissa les yeux comme
une religieuse qui voit des statues[2].) Eh bien! reprit-il, ces gens-là
chaussent une idée et n'en démordent pas. Ils n'ont soif que d'une
1375 certaine eau prise à une certaine fontaine, et souvent croupie[3];
pour en boire, ils vendraient leurs femmes, leurs enfants; ils vendraient leur âme au diable. Pour les uns, cette fontaine est le jeu,
la Bourse, une collection de tableaux ou d'insectes, la musique;

---

1. *Hommes à passions*: hommes qui multiplient les aventures amoureuses.
2. **Statues**: sous-entendu, statues de nus.
3. **Croupie**: stagnante, non potable.

pour d'autres, c'est une femme qui sait leur cuisiner des friandises.
1380 À ceux-là, vous leur offririez toutes les femmes de la terre, ils s'en moquent, ils ne veulent que celle qui satisfait leur passion. Souvent cette femme ne les aime pas du tout, vous les rudoie[1], leur vend fort cher des bribes de satisfaction ; eh bien ! mes farceurs ne se lassent pas, et mettraient leur dernière couverture au Mont-de-
1385 Piété[2] pour lui apporter leur dernier écu. Le père Goriot est un de ces gens-là. La comtesse l'exploite parce qu'il est discret, et voilà le beau monde ! Le pauvre bonhomme ne pense qu'à elle. Hors de sa passion, vous le voyez, c'est une bête brute. Mettez-le sur ce chapitre-là, son visage étincelle comme un diamant. Il n'est
1390 pas difficile de deviner ce secret-là. Il a porté ce matin du vermeil à la fonte, et je l'ai vu entrant chez le papa Gobseck, rue des Grès. Suivez bien ! En revenant, il a envoyé chez la comtesse de Restaud ce niais de Christophe qui nous a montré l'adresse de la lettre dans laquelle était un billet acquitté. Il est clair que si la comtesse allait
1395 aussi chez le vieil escompteur, il y avait urgence. Le père Goriot a galamment financé pour elle. Il ne faut pas coudre deux idées pour voir clair là-dedans. Cela vous prouve, mon jeune étudiant, que, pendant que votre comtesse riait, dansait, faisait ses singeries, balançait ses fleurs de pêcher, et pinçait sa robe, elle était dans ses
1400 petits souliers, comme on dit, en pensant à ses lettres de change[3] protestées[4], ou à celles de son amant.

    – Vous me donnez une furieuse envie de savoir la vérité. J'irai demain chez madame de Restaud, s'écria Eugène.

    – Oui, dit Poiret, il faut aller demain chez madame de Restaud.

1405   – Vous y trouverez peut-être le bonhomme Goriot qui viendra toucher le montant de ses galanteries.

---

1. Rudoie : maltraite, malmène.
2. Mont-de-Piété : établissement de prêt sur gage. La somme prêtée correspond à la valeur estimée de l'objet laissé en garantie.
3. Lettres de change : documents dans lesquels le créancier indique le montant de la somme prêtée, le taux d'intérêt et la date de remboursement du prêt.
4. Protestées : non remboursées.

– Mais, dit Eugène avec un air de dégoût, votre Paris est donc un bourbier[1].

– Et un drôle de bourbier, reprit Vautrin. Ceux qui s'y crottent en voiture sont d'honnêtes gens, ceux qui s'y crottent à pied sont des fripons. Ayez le malheur d'y décrocher n'importe quoi, vous êtes montré sur la place du Palais-de-Justice comme une curiosité. Volez un million, vous êtes marqué dans les salons comme une vertu. Vous payez trente millions à la Gendarmerie et à la Justice pour maintenir cette morale-là. Joli !

– Comment, s'écria madame Vauquer, le père Goriot aurait fondu son déjeuner de vermeil ?

– N'y avait-il pas deux tourterelles sur le couvercle ? dit Eugène.

– C'est bien cela.

– Il y tenait donc beaucoup, il a pleuré quand il a eu pétri l'écuelle et le plat. Je l'ai vu par hasard, dit Eugène.

– Il y tenait comme à sa vie, répondit la veuve.

– Voyez-vous le bonhomme, combien il est passionné, s'écria Vautrin. Cette femme-là sait lui chatouiller l'âme. »

L'étudiant remonta chez lui. Vautrin sortit. Quelques instants après, madame Couture et Victorine montèrent dans un fiacre[2] que Sylvie alla leur chercher. Poiret offrit son bras à mademoiselle Michonneau, et tous deux allèrent se promener au Jardin des plantes, pendant les deux belles heures de la journée.

« Eh bien ! les voilà donc quasiment mariés, dit la grosse Sylvie. Ils sortent ensemble aujourd'hui pour la première fois. Ils sont tous deux si secs que, s'ils se cognent, ils feront feu comme un briquet.

– Gare au châle de mademoiselle Michonneau, dit en riant madame Vauquer, il prendra comme de l'amadou[3]. »

À quatre heures du soir, quand Goriot rentra, il vit, à la lueur de deux lampes fumeuses, Victorine dont les yeux étaient rouges.

---

1. Bourbier : lieu très boueux, dans lequel on s'enlise (sens propre) ; situation sans issue (sens figuré).
2. Fiacre : voiture à cheval louée à l'heure.
3. Amadou : substance qui brûle très vite.

Madame Vauquer écoutait le récit de la visite infructueuse[1] faite à monsieur Taillefer pendant la matinée. Ennuyé de recevoir sa fille et cette vieille femme, Taillefer les avait laissées parvenir jusqu'à
1440 lui pour s'expliquer avec elles.

« Ma chère dame, disait madame Couture à madame Vauquer, figurez-vous qu'il n'a pas même fait asseoir Victorine, qu'est restée constamment debout. À moi, il m'a dit, sans se mettre en colère, tout froidement, de nous épargner la peine de venir chez lui; que
1445 mademoiselle, sans dire sa fille, se nuisait dans son esprit en l'importunant[2] (une fois par an, le monstre!); que la mère de Victorine ayant été épousée sans fortune, elle n'avait rien à prétendre; enfin les choses les plus dures, qui ont fait fondre en larmes cette pauvre petite. La petite s'est jetée alors aux pieds de son père, et lui a dit
1450 avec courage qu'elle n'insistait autant que pour sa mère, qu'elle obéirait à ses volontés sans murmure, mais qu'elle le suppliait de lire le testament de la pauvre défunte; elle a pris la lettre et la lui a présentée en disant les plus belles choses du monde et les mieux senties, je ne sais pas où elle les a prises, Dieu les lui dictait, car
1455 la pauvre enfant était si bien inspirée qu'en l'entendant, moi, je pleurais comme une bête. Savez-vous ce que faisait cette horreur d'homme, il se coupait les ongles, il a pris cette lettre que la pauvre madame Taillefer avait trempée de larmes, et l'a jetée sur la cheminée en disant: "C'est bon!" Il a voulu relever sa fille qui lui prenait
1460 les mains pour les lui baiser, mais il les a retirées. Est-ce pas une scélératesse[3]? Son grand dadais[4] de fils est entré sans saluer sa sœur.

– C'est donc des monstres? dit le père Goriot.

– Et puis, dit madame Couture sans faire attention à l'exclamation du bonhomme, le père et le fils s'en sont allés en me saluant
1465 et en me priant de les excuser, ils avaient des affaires pressantes.

---

1. Infructueuse: sans résultat.
2. Se nuisait dans son esprit en l'importunant: dégradait son image à ses yeux en venant ainsi le déranger.
3. Scélératesse: méchanceté.
4. Dadais: jeune homme niais et malhabile (familier).

Voilà notre visite. Au moins, il a vu sa fille. Je ne sais pas comment il peut la renier, elle lui ressemble comme deux gouttes d'eau. »

Les pensionnaires, internes et externes, arrivèrent les uns après les autres, en se souhaitant mutuellement le bonjour, et se disant
1470 de ces riens qui constituent, chez certaines classes parisiennes, un esprit drolatique dans lequel la bêtise entre comme élément principal, et dont le mérite consiste particulièrement dans le geste ou la prononciation. Cette espèce d'argot[1] varie continuellement. La plaisanterie qui en est le principe n'a jamais un mois d'existence.
1475 Un événement politique, un procès en cour d'assises, une chanson des rues, les farces d'un acteur, tout sert à entretenir ce jeu d'esprit qui consiste surtout à prendre les idées et les mots comme des volants, et à se les renvoyer sur des raquettes. La récente invention du Diorama[2], qui portait l'illusion de l'optique à un plus haut degré
1480 que dans les Panoramas[3], avait amené dans quelques ateliers de peinture la plaisanterie de parler en *rama*, espèce de charge[4] qu'un jeune peintre, habitué de la pension Vauquer, y avait inoculée[5].

« Eh bien ! *monsieurre* Poiret, dit l'employé au Muséum, comment va cette petite *santérama* ? » Puis, sans attendre la réponse : « Mes-
1485 dames, vous avez du chagrin, dit-il à madame Couture et à Victorine.

– Allons-nous *dinaire* ? s'écria Horace Bianchon, un étudiant en médecine, ami de Rastignac, ma petite estomac est descendue *usque ad talones*[6].

– Il fait un fameux *froitorama* ! dit Vautrin. Dérangez-vous donc,
1490 père Goriot ! Que diable ! votre pied prend toute la gueule du poêle.

– Illustre monsieur Vautrin, dit Bianchon, pourquoi dites-vous *froitorama* ? il y a une faute, c'est *froidorama*.

---

1. Argot : langage propre à un groupe social particulier.
2. Diorama : tableau qui donne l'illusion du relief et du mouvement.
3. Panoramas : tableaux circulaires et panoramiques permettant au spectateur, situé au centre, d'en voir la totalité.
4. Charge : plaisanterie.
5. Inoculée : introduite, diffusée.
6. *Usque ad talones* : « jusque dans les talons », en latin.

– Non, dit l'employé au Muséum, c'est *froitorama*, par la règle : "j'ai froit aux pieds."

1495 – Ah ! ah !

– Voici son excellence le marquis de Rastignac, docteur en droit-travers, s'écria Bianchon en saisissant Eugène par le cou et le serrant de manière à l'étouffer. Ohé ! les autres, ohé ! »

Mademoiselle Michonneau entra doucement, salua les convives 1500 sans rien dire, et s'alla placer près des trois femmes.

« Elle me fait toujours grelotter, cette vieille chauve-souris, dit à voix basse Bianchon à Vautrin en montrant mademoiselle Michonneau. Moi qui étudie le système de Gall[1], je lui trouve les bosses de Judas[2].

– Monsieur l'a connu ? dit Vautrin.

1505 – Qui ne l'a pas rencontré ! répondit Bianchon. Ma parole d'honneur, cette vieille fille blanche me fait l'effet de ces longs vers qui finissent par ronger une poutre.

– Voilà ce que c'est, jeune homme, dit le quadragénaire en peignant ses favoris.

1510 *Et rose, elle a vécu ce que vivent les roses,*
L'espace d'un matin[3]*.*

– Ah ! ah ! voici une fameuse *soupeaurama*, dit Poiret en voyant Christophe qui entrait en tenant respectueusement le potage.

– Pardonnez-moi, monsieur, dit madame Vauquer, c'est une 1515 soupe aux choux. »

Tous les jeunes gens éclatèrent de rire.

« Enfoncé, Poiret !

– Poirrrrrette enfoncé !

– Marquez deux points à maman Vauquer, dit Vautrin.

---

1. Franz Josef Gall (1758-1828) : médecin allemand, fondateur de la phrénologie, ou système de Gall, théorie selon laquelle la forme du crâne est liée à certaines caractéristiques morales.
2. Judas : dans la Bible, apôtre qui trahit Jésus-Christ ; « les bosses de Judas » signifient donc les caractéristiques du traître d'après les théories de la phrénologie.
3. Extrait de la *Consolation à M. du Périer* de Malherbe (1555-1628).

1520   – Quelqu'un a-t-il fait attention au brouillard de ce matin ? dit l'employé.

– C'était, dit Bianchon, un brouillard frénétique[1] et sans exemple, un brouillard lugubre[2], mélancolique, vert, poussif, un brouillard Goriot.

1525   – Goriorama, dit le peintre, parce qu'on n'y voyait goutte.

– Hé, milord Gâôriotte, il être questiônne dé véaus. »

Assis au bas-bout de la table[3], près de la porte par laquelle on servait, le père Goriot leva la tête en flairant un morceau de pain qu'il avait sous sa serviette, par une vieille habitude commerciale
1530 qui reparaissait quelquefois.

« Eh bien ! lui cria aigrement madame Vauquer d'une voix qui domina le bruit des cuillers, des assiettes et des voix, est-ce que vous ne trouvez pas le pain bon ?

– Au contraire, madame, répondit-il, il est fait avec de la farine
1535 d'Étampes, première qualité.

– À quoi voyez-vous cela ? lui dit Eugène.

– À la blancheur, au goût.

– Au goût du nez puisque vous le sentez, dit madame Vauquer. Vous devenez si économe que vous finirez par trouver le moyen de
1540 vous nourrir en humant l'air de la cuisine.

– Prenez alors un brevet d'invention, cria l'employé au Muséum, vous ferez une belle fortune.

– Laissez donc, il fait ça pour nous persuader qu'il a été vermi-cellier, dit le peintre.

1545   – Votre nez est donc une cornue[4], demanda encore l'employé du Muséum.

– Cor quoi ? fit Bianchon.

– Cor-nouille.

– Cor-nemuse.

---

1. **Frénétique** : intense, épais.
2. **Lugubre** : sinistre, attristant.
3. **Au bas-bout de la table** : à la place la moins honorifique.
4. **Cornue** : récipient de chimie servant à la distillation.

1550   — Cor-naline.

           — Cor-niche.

           — Cor-nichon.

           — Cor-beau.

           — Cor-nac.

1555   — Cor-norama. »

Ces huit réponses partirent de tous les côtés de la salle avec la
rapidité d'un feu de file[1], et prêtèrent d'autant plus à rire, que le
pauvre père Goriot regardait les convives d'un air niais, comme un
homme qui tâche de comprendre une langue étrangère.

1560   « Cor ? dit-il à Vautrin qui se trouvait près de lui.

           — Cor aux pieds, mon vieux ! » dit Vautrin en enfonçant le cha-
peau du père Goriot par une tape qu'il lui appliqua sur la tête et
qui le fit descendre jusque sur les yeux.

Le pauvre vieillard, stupéfait de cette brusque attaque, resta
1565   pendant un moment immobile. Christophe emporta l'assiette du
bonhomme, croyant qu'il avait fini sa soupe ; en sorte que quand
Goriot, après avoir relevé son chapeau, prit sa cuiller, il frappa la
table. Tous les convives éclatèrent de rire.

           « Monsieur, dit le vieillard, vous êtes un mauvais plaisant[2], et si vous
1570   vous permettez encore de me donner de pareils renfoncements[3]...

           — Eh bien, quoi, papa ? dit Vautrin en l'interrompant.

           — Eh bien ! vous payerez cela bien cher quelque jour...

           — En enfer, pas vrai ? dit le peintre, dans ce petit coin noir où
l'on met les enfants méchants !

1575   — Eh bien ! mademoiselle, dit Vautrin à Victorine, vous ne mangez
pas. Le papa s'est donc montré récalcitrant ?

           — Une horreur, dit madame Couture.

           — Il faut le mettre à la raison, dit Vautrin.

           — Mais, dit Rastignac, qui se trouvait assez près de Bianchon,
1580   mademoiselle pourrait intenter un procès sur la question des aliments,

---

1. **Feu de file** : ensemble des coups de feu tirés par les soldats rangés par ligne.
2. **Mauvais plaisant** : mauvais farceur.
3. **Renfoncements** : coups (familier).

puisqu'elle ne mange pas. Eh! eh! voyez donc comme le père Goriot examine mademoiselle Victorine.»

Le vieillard oubliait de manger pour contempler la pauvre jeune fille dans les traits de laquelle éclatait une douleur vraie, la douleur
1585 de l'enfant méconnu qui aime son père.

«Mon cher, dit Eugène à voix basse, nous nous sommes trompés sur le père Goriot. Ce n'est ni un imbécile ni un homme sans nerfs. Applique-lui ton système de Gall, et dis-moi ce que tu en penseras. Je lui ai vu cette nuit tordre un plat de vermeil, comme si c'eût été de
1590 la cire, et dans ce moment l'air de son visage trahit des sentiments extraordinaires. Sa vie me paraît être trop mystérieuse pour ne pas valoir la peine d'être étudiée. Oui, Bianchon, tu as beau rire, je ne plaisante pas.

– Cet homme est un fait médical, dit Bianchon, d'accord; s'il
1595 veut, je le dissèque.

– Non, tâte-lui la tête.

– Ah! bien, sa bêtise est peut-être contagieuse.»

Le lendemain Rastignac s'habilla fort élégamment, et alla, vers trois heures de l'après-midi, chez madame de Restaud, en se livrant
1600 pendant la route à ces espérances étourdiment folles qui rendent la vie des jeunes gens si belle d'émotions: ils ne calculent alors ni les obstacles ni les dangers, ils voient en tout le succès, poétisent leur existence par le seul jeu de leur imagination, et se font malheureux ou tristes par le renversement de projets qui ne vivaient encore que
1605 dans leurs désirs effrénés; s'ils n'étaient pas ignorants et timides, le monde social serait impossible. Eugène marchait avec mille précautions pour ne se point crotter, mais il marchait en pensant à ce qu'il dirait à madame de Restaud, il s'approvisionnait d'esprit, il inventait les reparties d'une conversation imaginaire, il préparait
1610 ses mots fins, ses phrases à la Talleyrand[1], en supposant de petites circonstances favorables à la déclaration sur laquelle il fondait son

---

1. Charles de Talleyrand (1754-1838): homme politique français, dont les discours sont restés célèbres.

avenir. Il se crotta, l'étudiant, il fut forcé de faire cirer ses bottes et brosser son pantalon au Palais-Royal. « Si j'étais riche, se dit-il en changeant une pièce de trente sous qu'il avait prise *en cas de malheur*, je serais allé en voiture, j'aurais pu penser à mon aise. » Enfin il arriva rue du Helder et demanda la comtesse de Restaud. Avec la rage froide d'un homme sûr de triompher un jour, il reçut le coup d'œil méprisant des gens qui l'avaient vu traversant la cour à pied, sans avoir entendu le bruit d'une voiture à la porte. Ce coup d'œil lui fut d'autant plus sensible qu'il avait déjà compris son infériorité en entrant dans cette cour, où piaffait[1] un beau cheval richement attelé[2] à l'un de ces cabriolets[3] pimpants qui affichent le luxe d'une existence dissipatrice[4], et sous-entendent l'habitude de toutes les félicités[5] parisiennes. Il se mit, à lui tout seul, de mauvaise humeur. Les tiroirs ouverts dans son cerveau et qu'il comptait trouver pleins d'esprit se fermèrent, il devint stupide. En attendant la réponse de la comtesse, à laquelle un valet de chambre allait dire les noms du visiteur, Eugène se posa sur un seul pied devant une croisée de l'antichambre[6], s'appuya le coude sur une espagnolette[7], et regarda machinalement dans la cour. Il trouvait le temps long, il s'en serait allé s'il n'avait pas été doué de cette ténacité[8] méridionale qui enfante des prodiges quand elle va en ligne droite.

« Monsieur, dit le valet de chambre, madame est dans son boudoir et fort occupée, elle ne m'a pas répondu ; mais si monsieur veut passer au salon, il y a déjà quelqu'un. »

Tout en admirant l'épouvantable pouvoir de ces gens qui, d'un seul mot, accusent ou jugent leurs maîtres, Rastignac ouvrit délibérément la porte par laquelle était sorti le valet de chambre, afin

---

1. **Piaffait** : frappait le sol de ses sabots.
2. **Attelé** : harnaché, relié.
3. **Cabriolets** : voitures légères et rapides, tirées par un cheval.
4. **Dissipatrice** : dépensière.
5. **Félicités** : joies, plaisirs intenses.
6. **Antichambre** : entrée, vestibule.
7. **Espagnolette** : poignée.
8. **Ténacité** : persévérance, obstination.

sans doute de faire croire à ces insolents valets qu'il connaissait les
êtres de la maison ; mais déboucha fort étourdiment dans une pièce
où se trouvaient des lampes, des buffets, un appareil à chauffer
des serviettes pour le bain, et qui menait à la fois dans un corridor
obscur et dans un escalier dérobé[1]. Les rires étouffés qu'il entendit
dans l'antichambre mirent le comble à sa confusion.

« Monsieur, le salon est par ici », lui dit le valet de chambre avec
ce faux respect qui semble être une raillerie de plus.

Eugène revint sur ses pas avec une telle précipitation qu'il se
heurta contre une baignoire, mais il retint assez heureusement son
chapeau pour l'empêcher de tomber dans le bain. En ce moment,
une porte s'ouvrit au fond du long corridor éclairé par une petite
lampe, Rastignac y entendit à la fois la voix de madame de Restaud,
celle du père Goriot, et le bruit d'un baiser. Il entra dans la salle
à manger, la traversa, suivi le valet de chambre, et rentra dans un
premier salon où il resta posé devant la fenêtre, en s'apercevant
qu'elle avait vue sur la cour. Il voulait voir si ce père Goriot était
bien réellement son père Goriot. Le cœur lui battait étrangement,
il se souvenait des épouvantables réflexions de Vautrin. Le valet
de chambre attendait Eugène à la porte du salon, mais il en sortit
tout à coup un élégant jeune homme, qui dit impatiemment : « Je
m'en vais, Maurice. Vous direz à madame la comtesse que je l'ai
attendue plus d'une demi-heure. » Cet impertinent, qui sans doute
avait le droit de l'être, chantonna quelque roulade[2] italienne en se
dirigeant vers la fenêtre où stationnait Eugène, autant pour voir la
figure de l'étudiant que pour regarder dans la cour.

« Mais monsieur le comte ferait mieux d'attendre encore un
instant, Madame a fini », dit Maurice en retournant à l'antichambre.

En ce moment, le père Goriot débouchait près de la porte
cochère par la sortie du petit escalier. Le bonhomme tirait son
parapluie et se disposait à le déployer, sans faire attention que

---

1. Dérobé : secret, caché.
2. Roulade : suite de notes.

1670 la grande porte était ouverte pour donner passage à un jeune homme décoré qui conduisait un tilbury[1]. Le père Goriot n'eut que le temps de se jeter en arrière pour n'être pas écrasé. Le taffetas du parapluie avait effrayé le cheval, qui fit un léger écart en se précipitant vers le perron. Ce jeune homme détourna la tête

1675 d'un air de colère, regarda le père Goriot, et lui fit, avant qu'il ne sortît, un salut qui peignait la considération forcée que l'on accorde aux usuriers dont on a besoin, ou ce respect nécessaire exigé par un homme taré[2], mais dont on rougit plus tard. Le père Goriot répondit par un petit salut amical, plein de bonhomie. Ces

1680 événements se passèrent avec la rapidité de l'éclair. Trop attentif pour s'apercevoir qu'il n'était pas seul, Eugène entendit tout à coup la voix de la comtesse.

« Ah ! Maxime, vous vous en alliez », dit-elle avec un ton de reproche où se mêlait un peu de dépit.

1685 La comtesse n'avait pas fait attention à l'entrée du tilbury. Rastignac se retourna brusquement et vit la comtesse coquettement vêtue d'un peignoir en cachemire blanc, à nœuds roses, coiffée négligemment, comme le sont les femmes de Paris au matin ; elle embaumait, elle avait sans doute pris un bain, et sa beauté, pour ainsi dire assouplie,

1690 semblait plus voluptueuse[3] ; ses yeux étaient humides. L'œil des jeunes gens sait tout voir : leurs esprits s'unissent aux rayonnements de la femme comme une plante aspire dans l'air des substances qui lui sont propres. Eugène sentit donc la fraîcheur épanouie des mains de cette femme sans avoir besoin d'y toucher. Il voyait, à

1695 travers le cachemire, les teintes rosées du corsage que le peignoir, légèrement entrouvert, laissait parfois à nu, et sur lequel son regard s'étalait. Les ressources du busc[4] étaient inutiles à la comtesse, la ceinture marquait seule sa taille flexible, son cou invitait à l'amour, ses pieds étaient jolis dans les pantoufles. Quand Maxime prit cette

---

1. **Tilbury** : élégante voiture à deux places, souvent découverte.
2. **Taré** : terni.
3. **Voluptueuse** : sensuelle.
4. **Busc** : sous-vêtement féminin destiné à serrer la taille.

1700 main pour la baiser, Eugène aperçut alors Maxime, et la comtesse
aperçut Eugène.

« Ah ! c'est vous, monsieur de Rastignac, je suis bien aise de
vous voir », dit-elle d'un air auquel savent obéir les gens d'esprit.

Maxime regardait alternativement Eugène et la comtesse d'une
1705 manière assez significative pour faire décamper l'intrus. « Ah çà,
ma chère, j'espère que tu vas me mettre ce petit drôle à la porte ! »
Cette phrase était une traduction claire et intelligible des regards
du jeune homme impertinemment fier que la comtesse Anastasie
avait nommé Maxime, et dont elle consultait le visage de cette
1710 intention soumise qui dit tous les secrets d'une femme sans qu'elle
s'en doute. Rastignac se sentit une haine violente pour ce jeune
homme. D'abord les beaux cheveux blonds et bien frisés de Maxime
lui apprirent combien les siens étaient horribles. Puis Maxime avait
des bottes fines et propres, tandis que les siennes, malgré le soin
1715 qu'il avait pris en marchant, s'étaient empreintes d'une légère teinte
de boue. Enfin Maxime portait une redingote qui lui serrait élégamment la taille et le faisait ressembler à une jolie femme, tandis
qu'Eugène avait à deux heures et demie un habit noir. Le spirituel
enfant de la Charente[1] sentit la supériorité que la mise donnait
1720 à ce dandy, mince et grand, à l'œil clair, au teint pâle, un de ces
hommes capables de ruiner des orphelins. Sans attendre la réponse
d'Eugène, madame de Restaud se sauva comme à tire-d'aile[2] dans
l'autre salon, en laissant flotter les pans de son peignoir qui se rou-
laient et se déroulaient de manière à lui donner l'apparence d'un
1725 papillon ; et Maxime la suivit. Eugène furieux suivit Maxime et la
comtesse. Ces trois personnages se trouvèrent donc en présence,
à la hauteur de la cheminée, au milieu du grand salon. L'étudiant
savait bien qu'il allait gêner cet odieux Maxime ; mais, au risque
de déplaire à madame de Restaud, il voulut gêner le dandy. Tout
1730 à coup, en se souvenant d'avoir vu ce jeune homme au bal de

---

1. Charente : région du sud-ouest de la France.
2. Comme à tire-d'aile : très rapidement.

madame de Beauséant, il devina ce qu'était Maxime pour madame de Restaud, et avec cette audace juvénile[1] qui fait commettre de grandes sottises ou obtenir de grands succès, il se dit : « Voilà mon rival, je veux triompher de lui. » L'imprudent! il ignorait que le comte Maxime de Trailles se laissait insulter, tirait le premier et tuait son homme. Eugène était un adroit chasseur, mais il n'avait pas encore abattu vingt poupées[2] sur vingt-deux dans un tir. Le jeune comte se jeta dans une bergère[3] au coin du feu, prit les pincettes et fouilla le foyer par un mouvement si violent, si grimaud[4], que le beau visage d'Anastasie se chagrina soudain. La jeune femme se tourna vers Eugène, et lui lança un de ces regards froidement interrogatifs qui disent si bien : « Pourquoi ne vous en allez-vous pas ? » que les gens bien élevés savent aussitôt faire de ces phrases qu'il faudrait appeler des phrases de sortie.

Eugène prit un air agréable et dit : « Madame, j'avais hâte de vous voir pour... »

Il s'arrêta tout court. Une porte s'ouvrit. Le monsieur qui conduisait le tilbury se montra soudain, sans chapeau, ne salua pas la comtesse, regarda soucieusement Eugène, et tendit la main à Maxime, en lui disant : « Bonjour » avec une expression fraternelle qui surprit singulièrement Eugène. Les jeunes gens de province ignorent combien est douce la vie à trois.

« Monsieur de Restaud », dit la comtesse à l'étudiant en lui montrant son mari.

Eugène s'inclina profondément.

« Monsieur, dit-elle en continuant et en présentant Eugène au comte de Restaud, est monsieur de Rastignac, parent de madame la vicomtesse de Beauséant par les Marcillac, et que j'ai eu le plaisir de rencontrer à son dernier bal. »

---

1. Audace juvénile : mélange de courage et d'imprudence que l'on prête à la jeunesse.
2. Poupées : figurines servant de cibles.
3. Bergère : fauteuil.
4. Grimaud : prétentieux.

1760   *Parent de madame la vicomtesse de Beauséant par les Marcillac !* ces mots, que la comtesse prononça presque emphatiquement[1], par suite de l'espèce d'orgueil qu'éprouve une maîtresse de maison à prouver qu'elle n'a chez elle que des gens de distinction, furent d'un effet magique, le comte quitta son air froidement cérémonieux[2]

1765 et salua l'étudiant.

    «Enchanté, dit-il, monsieur, de pouvoir faire votre connaissance.»

    Le comte Maxime de Trailles lui-même jeta sur Eugène un regard inquiet et quitta tout à coup son air impertinent. Ce coup de baguette, dû à la puissante intervention d'un nom, ouvrit trente cases dans

1770 le cerveau du Méridional, et lui rendit l'esprit qu'il avait préparé. Une soudaine lumière lui fit voir clair dans l'atmosphère de la haute société parisienne, encore ténébreuse pour lui. La Maison-Vauquer, le père Goriot étaient alors bien loin de sa pensée.

    «Je croyais les Marcillac éteints? dit le comte de Restaud à Eugène.

1775   – Oui, monsieur, répondit-il. Mon grand-oncle, le chevalier de Rastignac, a épousé l'héritière de la famille de Marcillac. Il n'a eu qu'une fille, qui a épousé le maréchal de Clarimbault, aïeul[3] maternel de madame de Beauséant. Nous sommes la branche cadette, branche d'autant plus pauvre que mon grand-oncle, vice-amiral, a

1780 tout perdu au service du Roi. Le gouvernement révolutionnaire[4] n'a pas voulu admettre nos créances[5] dans la liquidation[6] qu'il a faite de la Compagnie des Indes[7].

    – Monsieur votre grand-oncle ne commandait-il pas le *Vengeur* avant 1789 ?

1785   – Précisément.

    – Alors, il a connu mon grand-père, qui commandait le *Warwick*.»

---

1. Emphatiquement : d'une manière exagérée.
2. Cérémonieux : solennel.
3. Aïeul : grand-père.
4. Le gouvernement révolutionnaire : régime politique de la Terreur institué en France de 1793 à 1794.
5. Créances : reconnaissances de dettes.
6. Liquidation : ici, suppression.
7. Compagnie des Indes : société maritime de commerce avec les colonies.

Maxime haussa légèrement les épaules en regardant madame de Restaud, et eut l'air de lui dire : « S'il se met à causer marine avec celui-là, nous sommes perdus. » Anastasie comprit le regard de
1790 monsieur de Trailles. Avec cette admirable puissance que possèdent les femmes, elle se mit à sourire en disant : « Venez, Maxime ; j'ai quelque chose à vous demander. Messieurs, nous vous laisserons naviguer de conserve[1] sur le *Warwick* et sur le *Vengeur*. » Elle se leva et fit un signe plein de traîtrise railleuse à Maxime, qui prit avec elle
1795 la route du boudoir. À peine ce couple *morganatique*[2], jolie expression allemande qui n'a pas son équivalent en français, avait-il atteint la porte que le comte interrompit sa conversation avec Eugène.

« Anastasie ! restez donc, ma chère, s'écria-t-il avec humeur, vous savez bien que…
1800 — Je reviens, je reviens, dit-elle en l'interrompant, il ne me faut qu'un moment pour dire à Maxime ce dont je veux le charger. »

Elle revint promptement. Comme toutes les femmes qui, forcées d'observer le caractère de leurs maris pour pouvoir se conduire à leur fantaisie, savent reconnaître jusqu'où elles peuvent aller afin de
1805 ne pas perdre une confiance précieuse, et qui alors ne les choquent jamais dans les petites choses de la vie, la comtesse avait vu d'après les inflexions de la voix du comte qu'il n'y aurait aucune sécurité à rester dans le boudoir. Ces contretemps étaient dus à Eugène. Aussi la comtesse montra-t-elle l'étudiant d'un air et par un geste pleins
1810 de dépit à Maxime, qui dit fort épigrammatiquement[3] au comte, à sa femme et à Eugène : « Écoutez, vous êtes en affaires, je ne veux pas vous gêner ; adieu. » Il se sauva.

« Restez donc, Maxime ! cria le comte.

— Venez dîner », dit la comtesse qui, laissant encore une fois
1815 Eugène et le comte, suivit Maxime dans le premier salon où ils restèrent assez de temps ensemble pour croire que monsieur de Restaud congédierait Eugène.

1. **De conserve** : ensemble.
2. **Morganatique** : infidèle.
3. **Épigrammatiquement** : d'une façon moqueuse.

Rastignac les entendait tour à tour éclatant de rire, causant, se taisant ; mais le malicieux étudiant faisait de l'esprit avec monsieur de Restaud, le flattait ou l'embarquait dans des discussions, afin de revoir la comtesse et de savoir quelles étaient ses relations avec le père Goriot. Cette femme, évidemment amoureuse de Maxime ; cette femme, maîtresse de son mari, liée secrètement au vieux vermicellier, lui semblait tout un mystère. Il voulait pénétrer ce mystère, espérant ainsi pouvoir régner en souverain sur cette femme si éminemment Parisienne.

« Anastasie, dit le comte appelant de nouveau sa femme.

– Allons, mon pauvre Maxime, dit-elle au jeune homme, il faut se résigner. À ce soir…

– J'espère, *Nasie*, lui dit-il à l'oreille, que vous consignerez[1] ce petit jeune homme dont les yeux s'allumaient comme des charbons quand votre peignoir s'entrouvrait. Il vous ferait des déclarations, vous compromettrait[2], et vous me forceriez à le tuer.

– Êtes-vous fou, Maxime ? dit-elle. Ces petits étudiants ne sont-ils pas, au contraire, d'excellents paratonnerres ? Je le ferai, certes, prendre en grippe à Restaud[3]. »

Maxime éclata de rire et sortit suivi de la comtesse, qui se mit à la fenêtre pour le voir montant en voiture, faisant piaffer son cheval, et agitant son fouet. Elle ne revint que quand la grande porte fut fermée.

« Dites donc, lui cria le comte quand elle rentra, ma chère, la terre où demeure la famille de monsieur n'est pas loin de Verteuil, sur la Charente. Le grand-oncle de monsieur et mon grand-père se connaissaient.

– Enchantée d'être en pays de connaissance, dit la comtesse distraite.

– Plus que vous ne le croyez, dit à voix basse Eugène.

---

1. Consignerez : donnerez l'ordre de ne pas laisser entrer.
2. Vous compromettrait : risquerait d'entacher votre réputation.
3. Je le ferai, certes, prendre en grippe à Restaud : je ferai en sorte que Restaud éprouve de l'antipathie pour lui.

– Comment? dit-elle vivement.

1850 – Mais, reprit l'étudiant, je viens de voir sortir de chez vous un monsieur avec lequel je suis porte à porte dans la même pension, le père Goriot. »

À ce nom enjolivé du mot *père*, le comte, qui tisonnait[1], jeta les pincettes[2] dans le feu, comme si elles lui eussent brûlé les mains, et se leva.

1855 « Monsieur, vous auriez pu dire monsieur Goriot! » s'écria-t-il.

La comtesse pâlit d'abord en voyant l'impatience de son mari, puis elle rougit, et fut évidemment embarrassée ; elle répondit d'une voix qu'elle voulut rendre naturelle, et d'un air faussement dégagé : « Il est impossible de connaître quelqu'un que nous aimions

1860 mieux… » Elle s'interrompit, regarda son piano, comme s'il se réveillait en elle quelque fantaisie, et dit : « Aimez-vous la musique, monsieur ?

– Beaucoup, répondit Eugène devenu rouge et bêtifié par l'idée confuse qu'il eut d'avoir commis quelque lourde sottise.

1865 – Chantez-vous ? s'écria-t-elle en s'en allant à son piano dont elle attaqua vivement toutes les touches en les remuant depuis l'ut d'en bas jusqu'au fa d'en haut. Rrrrah !

– Non, madame. »

Le comte de Restaud se promenait de long en large.

1870 « C'est dommage, vous êtes privé d'un grand moyen de succès.

– *Ca-a-ro, ca-a-ro, ca-a-a-a-ro, non dubita-re*[3] », chanta la comtesse.

En prononçant le nom du père Goriot, Eugène avait donné un coup de baguette magique, mais dont l'effet était inverse de celui qu'avaient frappé ces mots : parent de madame de Beauséant. Il se

1875 trouvait dans la situation d'un homme introduit par faveur chez un amateur de curiosités, et qui, touchant par mégarde une armoire pleine de figures sculptées, fait tomber trois ou quatre têtes mal

---

1. Tisonnait : remuait les braises pour attiser le feu.
2. Pincettes : outils qui servent à attiser le feu.
3. *Caro, non dubitare* : « Mon cœur, ne doute pas », en italien. Référence à l'opéra *Le Mariage secret* du compositeur italien Domenico Cimarosa (1749-1801).

collées. Il aurait voulu se jeter dans un gouffre. Le visage de madame de Restaud était sec, froid, et ses yeux devenus indifférents fuyaient 1880 ceux du malencontreux étudiant.

« Madame, dit-il, vous avez à causer avec monsieur de Restaud, veuillez agréer mes hommages, et me permettre...

– Toutes les fois que vous viendrez, dit précipitamment la comtesse en arrêtant Eugène par un geste, vous êtes sûr de nous faire, 1885 à monsieur de Restaud comme à moi, le plus vif plaisir. »

Eugène salua profondément le couple et sortit suivi de monsieur de Restaud, qui, malgré ses instances[1], l'accompagna jusque dans l'antichambre.

« Toutes les fois que monsieur se présentera, dit le comte à 1890 Maurice, ni madame ni moi nous n'y serons. »

Quand Eugène mit pied sur le perron, il s'aperçut qu'il pleuvait. « Allons, se dit-il, je suis venu faire une gaucherie[2] dont j'ignore la cause et la portée, je gâterai[3] par-dessus le marché mon habit et mon chapeau. Je devrais rester dans un coin à piocher le Droit, ne penser 1895 qu'à devenir un rude magistrat. Puis-je aller dans le monde quand, pour y manœuvrer convenablement, il faut un tas de cabriolets, de bottes cirées, d'agrès[4] indispensables, de chaînes d'or, dès le matin des gants de daim blancs qui coûtent six francs, et toujours des gants jaunes[5] le soir? Vieux drôle de père Goriot, va! »

1900 Quand il se trouva sous la porte de la rue, le cocher[6] d'une voiture de louage[7], qui venait sans doute de remiser[8] de nouveaux mariés et qui ne demandait pas mieux que de voler à son maître quelques courses de contrebande, fit à Eugène un signe en le voyant sans parapluie, en habit noir, gilet blanc, gants jaunes et bottes cirées.

---

1. **Instances**: sollicitations pressantes.
2. **Gaucherie**: maladresse, inélégance.
3. **Gâterai**: abîmerai.
4. **Agrès**: matériels.
5. Les gants jaunes étaient considérés comme un signe de distinction.
6. **Cocher**: conducteur d'une voiture à cheval.
7. **Voiture de louage**: voiture qu'on peut louer à l'heure ou à la course.
8. **Remiser**: refuser.

1905 Eugène était sous l'empire[1] de ces rages sourdes qui poussent un jeune homme à s'enfoncer de plus en plus dans l'abîme où il est entré, comme s'il espérait y trouver une heureuse issue. Il consentit par un mouvement de tête à la demande du cocher. Sans avoir plus de vingt-deux sous dans sa poche, il monta dans la voiture

1910 où quelques grains de fleurs d'oranger et des brins de cannetille[2] attestaient le passage des mariés.

« Où monsieur va-t-il ? demanda le cocher, qui n'avait déjà plus ses gants blancs.

– Parbleu ! se dit Eugène, puisque je m'enfonce, il faut au moins

1915 que cela me serve à quelque chose ! Allez à l'hôtel[3] de Beauséant, ajouta-t-il à haute voix.

– Lequel ? » dit le cocher.

Mot sublime qui confondit[4] Eugène. Cet élégant inédit[5] ne savait pas qu'il y avait deux hôtels de Beauséant, il ne connaissait pas

1920 combien il était riche en parents qui ne se souciaient pas de lui.

« Le vicomte de Beauséant, rue…

– De Grenelle, dit le cocher en hochant la tête et l'interrompant. Voyez-vous, il y a encore l'hôtel du comte et du marquis de Beauséant, rue Saint-Dominique, ajouta-t-il en relevant le marchepied.

1925 – Je le sais bien », répondit Eugène d'un air sec. « Tout le monde aujourd'hui se moque donc de moi ! dit-il en jetant son chapeau sur les coussins de devant. Voilà une escapade qui va me coûter la rançon d'un roi. Mais au moins je vais faire ma visite à ma soi-disant cousine d'une manière solidement aristocratique. Le père Goriot

1930 me coûte déjà au moins dix francs, le vieux scélérat[6] ! Ma foi, je vais raconter mon aventure à madame de Beauséant, peut-être la ferai-je rire. Elle saura sans doute le mystère des liaisons criminelles de ce vieux rat sans queue et de cette belle femme. Il vaut mieux plaire

---

1. **Empire** : influence, emprise.
2. **Cannetille** : fil de métal très fin, dont on faisait des fleurs artificielles.
3. **Hôtel** : hôtel particulier.
4. **Confondit** : troubla.
5. **Inédit** : novice.
6. **Scélérat** : brigand.

à ma cousine que de me cogner contre cette femme immorale, qui
1935 me fait l'effet d'être bien coûteuse. Si le nom de la belle vicomtesse
est si puissant, de quel poids doit donc être sa personne ? Adressons-
nous en haut. Quand on s'attaque à quelque chose dans le ciel, il
faut viser Dieu ! »

Ces paroles sont la formule brève des mille et une pensées entre
1940 lesquelles il flottait. Il reprit un peu de calme et d'assurance en
voyant tomber la pluie. Il se dit que s'il allait dissiper deux des
précieuses pièces de cent sous qui lui restaient, elles seraient heureusement employées à la conservation de son habit, de ses bottes
et de son chapeau. Il n'entendit pas sans un mouvement d'hilarité
1945 son cocher criant : *La porte, s'il vous plaît ?* Un suisse[1] rouge et doré
fit grogner sur ses gonds la porte de l'hôtel, et Rastignac vit avec une
douce satisfaction sa voiture passant sous le porche, tournant dans la
cour, et s'arrêtant sous la marquise[2] du perron. Le cocher à grosse
houppelande[3] bleue bordée de rouge vint déplier le marchepied.
1950 En descendant de sa voiture, Eugène entendit des rires étouffés qui
partaient sous le péristyle[4]. Trois ou quatre valets avaient déjà plaisanté
sur cet équipage de mariée vulgaire. Leur rire éclaira l'étudiant au
moment où il compara cette voiture à l'un des plus élégants coupés[5]
de Paris, attelé de deux chevaux fringants[6] qui avaient des roses à
1955 l'oreille, qui mordaient leur frein[7], et qu'un cocher poudré, bien
cravaté, tenait en bride[8] comme s'ils eussent voulu s'échapper. À
la Chaussée-d'Antin, madame de Restaud avait dans sa cour le fin
cabriolet de l'homme de vingt-six ans. Au faubourg Saint-Germain,
attendait le luxe d'un grand seigneur, un équipage que trente mille
1960 francs n'auraient pas payé.

1. **Suisse** : portier.
2. **Marquise** : sorte d'auvent vitré, au-dessus d'une porte d'entrée.
3. **Houppelande** : ample vêtement à manches larges.
4. **Péristyle** : colonnade entourant une cour intérieure.
5. **Coupés** : voitures fermées.
6. **Fringants** : vifs, pleins de vigueur.
7. **Frein** : partie métallique de la bride, placée dans la bouche du cheval.
8. **Tenait en bride** : freinait.

« Qui donc est là ? » se dit Eugène en comprenant un peu tardivement qu'il devait se rencontrer à Paris bien peu de femmes qui ne fussent occupées, et que la conquête d'une de ces reines coûtait plus que du sang. « Diantre ! ma cousine aura sans doute aussi son Maxime. »

1965

Il monta le perron la mort dans l'âme. À son aspect la porte vitrée s'ouvrit ; il trouva les valets sérieux comme des ânes qu'on étrille[1]. La fête à laquelle il avait assisté s'était donnée dans les grands appartements de réception, situés au rez-de-chaussée de l'hôtel de

1970 Beauséant. N'ayant pas eu le temps, entre l'invitation et le bal, de faire une visite à sa cousine, il n'avait donc pas encore pénétré dans les appartements de madame de Beauséant ; il allait donc voir pour la première fois les merveilles de cette élégance personnelle qui trahit l'âme et les mœurs d'une femme de distinction. Étude d'autant

1975 plus curieuse que le salon de madame de Restaud lui fournissait un terme de comparaison. À quatre heures et demie la vicomtesse était visible. Cinq minutes plus tôt, elle n'eût pas reçu son cousin. Eugène, qui ne savait rien des diverses étiquettes[2] parisiennes, fut conduit par un grand escalier plein de fleurs, blanc de ton, à rampe

1980 dorée, à tapis rouge, chez madame de Beauséant, dont il ignorait la biographie verbale, une de ces changeantes histoires qui se content tous les soirs d'oreille à oreille dans les salons de Paris.

La vicomtesse était liée depuis trois ans avec un des plus célèbres et des plus riches seigneurs portugais, le marquis d'Ajuda-Pinto.

1985 C'était une de ces liaisons innocentes qui ont tant d'attraits pour les personnes ainsi liées, qu'elles ne peuvent supporter personne en tiers. Aussi le vicomte de Beauséant avait-il donné lui-même l'exemple au public en respectant, bon gré, mal gré, cette union morganatique. Les personnes qui, dans les premiers jours de cette amitié,

1990 vinrent voir la vicomtesse à deux heures, y trouvaient le marquis d'Ajuda-Pinto. Madame de Beauséant, incapable de fermer sa porte,

---

1. **Sérieux comme des ânes qu'on étrille** : ayant l'air grave.
2. **Étiquettes** : règles et codes de bonne conduite.

ce qui eût été fort inconvenant[1], recevait si froidement les gens et contemplait si studieusement sa corniche[2], que chacun comprenait combien il la gênait. Quand on sut dans Paris qu'on gênait madame de Beauséant en venant la voir entre deux et quatre heures, elle se trouva dans la solitude la plus complète. Elle allait aux Bouffons ou à l'Opéra en compagnie de monsieur de Beauséant et de monsieur d'Ajuda-Pinto ; mais en homme qui sait vivre, monsieur de Beauséant quittait toujours sa femme et le Portugais après les y avoir installés. Monsieur d'Ajuda devait se marier. Il épousait une demoiselle de Rochefide. Dans toute la haute société une seule personne ignorait encore ce mariage, cette personne était madame de Beauséant. Quelques-unes de ses amies lui en avaient bien parlé vaguement ; elle en avait ri, croyant que ses amies voulaient troubler un bonheur jalousé. Cependant les bans allaient se publier[3]. Quoiqu'il fût venu pour notifier ce mariage à la vicomtesse, le beau Portugais n'avait pas encore osé dire un traître mot[4]. Pourquoi ? rien sans doute n'est plus difficile que de notifier à une femme un semblable *ultimatum*. Certains hommes se trouvent plus à l'aise sur le terrain, devant un homme qui leur menace le cœur avec une épée, que devant une femme qui, après avoir débité ses élégies[5] pendant deux heures, fait la morte et demande des sels[6]. En ce moment donc monsieur d'Ajuda-Pinto était sur les épines, et voulait sortir, en se disant que madame de Beauséant apprendrait cette nouvelle, il lui écrirait, il serait plus commode de traiter ce galant assassinat par correspondance que de vive voix. Quand le valet de chambre de la vicomtesse annonça monsieur Eugène de Rastignac, il fit tressaillir de joie le marquis d'Ajuda-Pinto. Sachez-le bien, une femme aimante est encore plus ingénieuse à se créer des doutes qu'elle n'est habile à varier le

---

1. **Inconvenant** : impoli, déplacé.
2. **Corniche** : moulure en plâtre ou en bois bordant un mur.
3. **Les bans allaient se publier** : le mariage allait être officiellement annoncé.
4. **Un traître mot** : un seul mot.
5. **Élégies** : plaintes.
6. À l'époque, on faisait respirer des cristaux d'ammonium pour ranimer les personnes évanouies.

2020 plaisir. Quand elle est sur le point d'être quittée, elle devine plus
rapidement le sens d'un geste que le coursier de Virgile[1] ne flaire
les lointains corpuscules[2] qui lui annoncent l'amour. Aussi comptez
que madame de Beauséant surprit ce tressaillement involontaire,
léger, mais naïvement épouvantable. Eugène ignorait qu'on ne doit
2025 jamais se présenter chez qui que ce soit à Paris sans s'être fait conter
par les amis de la maison l'histoire du mari, celle de la femme ou des
enfants, afin de n'y commettre aucune de ces balourdises[3] dont on
dit pittoresquement en Pologne : *Attelez cinq bœufs à votre char !* sans
doute pour vous tirer du mauvais pas où vous vous embourbez. Si ces
2030 malheurs de la conversation n'ont encore aucun nom en France, on
les y suppose sans doute impossibles, par suite de l'énorme publicité
qu'y obtiennent les médisances. Après s'être embourbé chez madame
de Restaud, qui ne lui avait pas même laissé le temps d'atteler les
cinq bœufs à son char, Eugène seul était capable de recommencer
2035 son métier de bouvier[4], en se présentant chez madame de Beauséant.
Mais s'il avait horriblement gêné madame de Restaud et monsieur
de Trailles, il tirait d'embarras monsieur d'Ajuda.

« Adieu, dit le Portugais en s'empressant de gagner la porte
quand Eugène entra dans un petit salon coquet, gris et rose, où le
2040 luxe semblait n'être que de l'élégance.

– Mais à ce soir, dit madame de Beauséant en retournant la tête
et jetant un regard au marquis. N'allons-nous pas aux Bouffons ?

– Je ne le puis », dit-il en prenant le bouton de la porte.

Madame de Beauséant se leva, le rappela près d'elle, sans faire
2045 la moindre attention à Eugène, qui, debout, étourdi par les scin-
tillements d'une richesse merveilleuse, croyait à la réalité des contes
arabes, et ne savait où se fourrer en se trouvant en présence de
cette femme sans être remarqué par elle. La vicomtesse avait levé

---

1. Virgile (Iᵉʳ s. av. J.-C.) : poète latin, auteur des *Géorgiques*, dans lesquels il fait
l'éloge du travail aux champs et décrit notamment les effets de l'amour.
2. Corpuscules : petites particules.
3. Balourdises : maladresses, erreurs grossières.
4. Bouvier : personne qui conduit un attelage de bœufs.

l'index de sa main droite, et par un joli mouvement désignait au
marquis une place devant elle. Il y eut dans ce geste un si violent
despotisme[1] de passion que le marquis laissa le bouton de la porte
et vint. Eugène le regarda non sans envie.

« Voilà, se dit-il, l'homme au coupé ! Mais il faut donc avoir des
chevaux fringants, des livrées[2] et de l'or à flots pour obtenir le regard
d'une femme de Paris ? » Le démon du luxe le mordit au cœur, la
fièvre du gain le prit, la soif de l'or lui sécha la gorge. Il avait cent
trente francs pour son trimestre. Son père, sa mère, ses frères, ses
sœurs, sa tante, ne dépensaient pas deux cents francs par mois, à
eux tous. Cette rapide comparaison entre sa situation présente et
le but auquel il fallait parvenir contribua à le stupéfier.

« Pourquoi, dit la vicomtesse en riant, ne *pouvez-vous pas* venir
aux Italiens ?

– Des affaires ! Je dîne chez l'ambassadeur d'Angleterre.

– Vous les quitterez. »

Quand un homme trompe, il est invinciblement forcé d'entasser
mensonges sur mensonges. Monsieur d'Ajuda dit alors en riant :
« Vous l'exigez ?

– Oui, certes.

– Voilà ce que je voulais me faire dire », répondit-il en jetant un
de ces fins regards qui auraient rassuré toute autre femme. Il prit
la main de la vicomtesse, la baisa et partit.

Eugène passa la main dans ses cheveux et se tortilla pour saluer
en croyant que madame de Beauséant allait penser à lui ; tout à
coup elle s'élance, se précipite dans la galerie, accourt à la fenêtre
et regarde monsieur d'Ajuda pendant qu'il montait en voiture ; elle
prête l'oreille à l'ordre, et entend le chasseur[3] répétant au cocher :
« Chez monsieur de Rochefide. » Ces mots, et la manière dont d'Ajuda
se plongea dans sa voiture, furent l'éclair et la foudre pour cette

---

1. Despotisme : dictature, pouvoir absolu.
2. Livrées : vêtements portés par les domestiques ; par extension, les domestiques eux-mêmes.
3. Chasseur : domestique monté à l'arrière de la voiture.

femme, qui revint en proie à de mortelles appréhensions. Les plus
horribles catastrophes ne sont que cela dans le grand monde. La
vicomtesse rentra dans sa chambre à coucher, se mit à sa table, et
prit un joli papier.

Du moment, écrivait-elle, *où vous dînez chez les Rochefide, et non
à l'ambassade anglaise, vous me devez une explication, je vous attends.*

Après avoir redressé quelques lettres défigurées par le tremblement convulsif[1] de sa main, elle mit un *C* qui voulait dire Claire de
Bourgogne, et sonna.

«Jacques, dit-elle à son valet de chambre qui vint aussitôt, vous
irez à sept heures et demie chez monsieur de Rochefide, vous y
demanderez le marquis d'Ajuda. Si monsieur le marquis y est, vous
lui ferez parvenir ce billet sans demander de réponse ; s'il n'y est
pas, vous reviendrez et me rapporterez ma lettre.

– Madame la vicomtesse a quelqu'un dans son salon.

– Ah ! c'est vrai », dit-elle en poussant la porte.

Eugène commençait à se trouver très mal à l'aise, il aperçut
enfin la vicomtesse qui lui dit d'un ton dont l'émotion lui remua les
fibres du cœur : «Pardon, monsieur, j'avais un mot à écrire, je suis
maintenant tout à vous.» Elle ne savait ce qu'elle disait, car voici ce
qu'elle pensait : «Ah ! il veut épouser mademoiselle de Rochefide.
Mais est-il donc libre ? Ce soir ce mariage sera brisé, ou je… Mais
il n'en sera plus question demain.»

«Ma cousine… répondit Eugène.

– Hein ?» fit la vicomtesse en lui jetant un regard dont l'impertinence glaça l'étudiant.

Eugène comprit ce hein. Depuis trois heures il avait appris tant
de choses, qu'il s'était mis sur le qui-vive[2].

«Madame», reprit-il en rougissant. Il hésita, puis il dit en continuant : «Pardonnez-moi ; j'ai besoin de tant de protection qu'un
bout de parenté n'aurait rien gâté.»

---

1. **Convulsif** : nerveux.
2. **Sur le qui-vive** : à l'affût, sur ses gardes.

2110 Madame de Beauséant sourit, mais tristement : elle sentait déjà le malheur qui grondait dans son atmosphère.

« Si vous connaissiez la situation dans laquelle se trouve ma famille, dit-il en continuant, vous aimeriez à jouer le rôle d'une de ces fées fabuleuses qui se plaisaient à dissiper[1] les obstacles autour 2115 de leurs filleuls[2].

– Eh bien ! mon cousin, dit-elle en riant, à quoi puis-je vous être bonne ?

– Mais le sais-je ? Vous appartenir par un lien de parenté qui se perd dans l'ombre est déjà toute une fortune. Vous m'avez trou-2120 blé, je ne sais plus ce que je venais vous dire. Vous êtes la seule personne que je connaisse à Paris. Ah ! je voulais vous consulter en vous demandant de m'accepter comme un pauvre enfant qui désire se coudre à votre jupe, et qui saurait mourir pour vous.

– Vous tueriez quelqu'un pour moi ?

2125 – J'en tuerais deux, dit Eugène.

– Enfant ! Oui, vous êtes un enfant, dit-elle en réprimant quelques larmes ; vous aimeriez sincèrement, vous !

– Oh ! » fit-il en hochant la tête.

La vicomtesse s'intéressa vivement à l'étudiant pour une réponse 2130 d'ambitieux. Le Méridional en était à son premier calcul. Entre le boudoir bleu de madame de Restaud et le salon rose de madame de Beauséant, il avait fait trois années de ce *Droit parisien* dont on ne parle pas, quoiqu'il constitue une haute jurisprudence[3] sociale qui, bien apprise et bien pratiquée, mène à tout.

2135 « Ah ! j'y suis, dit Eugène. J'avais remarqué madame de Restaud à votre bal, je suis allé ce matin chez elle.

– Vous avez dû bien la gêner, dit en souriant madame de Beauséant.

– Eh ! oui, je suis un ignorant qui mettra contre lui tout le monde, si vous me refusez votre secours. Je crois qu'il est fort difficile de 2140 rencontrer à Paris une femme jeune, belle, riche, élégante qui soit

---

1. **Dissiper** : faire disparaître.
2. **Filleuls** : protégés.
3. **Jurisprudence** : ensemble de lois.

inoccupée, et il m'en faut une qui m'apprenne ce que, vous autres femmes, vous savez si bien expliquer : la vie. Je trouverai partout un monsieur de Trailles. Je venais donc à vous pour vous demander le mot d'une énigme, et vous prier de me dire de quelle nature est la

2145 sottise que j'y ai faite. J'ai parlé d'un père...

– Madame la duchesse de Langeais, dit Jacques en coupant la parole à l'étudiant, qui fit le geste d'un homme violemment contrarié.

– Si vous voulez réussir, dit la vicomtesse à voix basse, d'abord

2150 ne soyez pas aussi démonstratif.

– Eh ! bonjour, ma chère », reprit-elle en se levant et allant au-devant de la duchesse dont elle pressa les mains avec l'effusion caressante[1] qu'elle aurait pu montrer pour une sœur et à laquelle la duchesse répondit par les plus jolies câlineries.

2155 « Voilà deux bonnes amies, se dit Rastignac. J'aurai dès lors deux protectrices ; ces deux femmes doivent avoir les mêmes affections, et celle-ci s'intéressera sans doute à moi. »

« À quelle heureuse pensée dois-je le bonheur de te voir, ma chère Antoinette ? dit madame de Beauséant.

2160 – Mais j'ai vu monsieur d'Ajuda-Pinto entrant chez monsieur de Rochefide, et j'ai pensé qu'alors vous étiez seule. »

Madame de Beauséant ne se pinça point les lèvres, elle ne rougit pas, son regard resta le même, son front parut s'éclaircir pendant que la duchesse prononçait ces fatales paroles.

2165 « Si j'avais su que vous fussiez occupée... ajouta la duchesse en se tournant vers Eugène.

– Monsieur est monsieur Eugène de Rastignac, un de mes cousins, dit la vicomtesse. Avez-vous des nouvelles du général Montriveau ? fit-elle. Sérisy m'a dit hier qu'on ne le voyait plus, l'avez-vous eu

2170 chez vous aujourd'hui ? »

La duchesse, qui passait pour être abandonnée par monsieur de Montriveau, de qui elle était éperdument éprise, sentit au cœur

---

1. **Effusion caressante** : élan affectueux.

la pointe[1] de cette question, et rougit en répondant : « Il était hier à l'Élysée[2].

2175 – De service, dit madame de Beauséant.

– Clara, vous savez sans doute, reprit la duchesse en jetant des flots de malignité par ses regards, que demain les bans de monsieur d'Ajuda-Pinto et de mademoiselle de Rochefide se publient ? »

Ce coup était trop violent, la vicomtesse pâlit et répondit en 2180 riant : « Un de ces bruits dont s'amusent les sots. Pourquoi monsieur d'Ajuda porterait-il chez les Rochefide un des plus beaux noms du Portugal ? Les Rochefide sont des gens anoblis d'hier.

– Mais Berthe réunira, dit-on, deux cent mille livres de rente.

– Monsieur d'Ajuda est trop riche pour faire de ces calculs.

2185 – Mais, ma chère, mademoiselle de Rochefide est charmante.

– Ah !

– Enfin il y dîne aujourd'hui, les conditions sont arrêtées. Vous m'étonnez étrangement d'être si peu instruite.

– Quelle sottise avez-vous donc faite, monsieur ? dit madame 2190 de Beauséant. Ce pauvre enfant est si nouvellement jeté dans le monde, qu'il ne comprend rien, ma chère Antoinette, à ce que nous disons. Soyez bonne pour lui, remettons à causer de cela demain. Demain, voyez-vous, tout sera sans doute officiel, et vous pourrez être officieuse[3] à coup sûr. »

2195 La duchesse tourna sur Eugène un de ces regards impertinents qui enveloppent un homme des pieds à la tête, l'aplatissent, et le mettent à l'état de zéro.

« Madame, j'ai, sans le savoir, plongé un poignard dans le cœur de madame de Restaud. Sans le savoir, voilà ma faute », dit l'étu- 2200 diant que son génie avait assez bien servi et qui avait découvert les mordantes épigrammes cachées sous les phrases affectueuses de

---

1. Pointe : extrémité d'une épée.
2. Élysée : palais qui abritait alors le duc de Berry (1757-1836), futur roi Charles X de 1824 à 1830.
3. Officieuse : aimable, qui aime rendre service.

ces deux femmes. « Vous continuez à voir, et vous craignez peut-être les gens qui sont dans le secret du mal qu'ils vous font, tandis que celui qui blesse en ignorant la profondeur de sa blessure est
2205 regardé comme un sot, un maladroit qui ne sait profiter de rien, et chacun le méprise. »

Madame de Beauséant jeta sur l'étudiant un de ces regards fondants où les grandes âmes savent mettre tout à la fois de la reconnaissance et de la dignité. Ce regard fut comme un baume
2210 qui calma la plaie que venait de faire au cœur de l'étudiant le coup d'œil d'huissier-priseur[1] par lequel la duchesse l'avait évalué.

« Figurez-vous que je venais, dit Eugène en continuant, de capter la bienveillance du comte de Restaud ; car, dit-il en se tournant vers la duchesse d'un air à la fois humble et malicieux, il faut vous dire,
2215 madame, que je ne suis encore qu'un pauvre diable d'étudiant, bien seul, bien pauvre…

– Ne dites pas cela, monsieur de Rastignac. Nous autres femmes, nous ne voulons jamais de ce dont personne ne veut.

– Bah ! fit Eugène, je n'ai que vingt-deux ans, il faut savoir sup-
2220 porter les malheurs de son âge. D'ailleurs, je suis à confesse ; et il est impossible de se mettre à genoux dans un plus joli confessionnal : on y fait les péchés dont on s'accuse dans l'autre. »

La duchesse prit un air froid à ce discours antireligieux, dont elle proscrivit le mauvais goût en disant à la vicomtesse : « Monsieur
2225 arrive… »

Madame de Beauséant se prit à rire franchement et de son cousin et de la duchesse.

« Il arrive, ma chère, et cherche une institutrice qui lui enseigne le bon goût.

2230 – Madame la duchesse, reprit Eugène, n'est-il pas naturel de vouloir s'initier aux secrets de ce qui nous charme ? (" Allons, se dit-il en lui-même, je suis sûr que je leur fais des phrases de coiffeur.")

---

1. Huissier-priseur : personne chargée d'évaluer la valeur du mobilier en vue d'une vente publique.

– Mais madame de Restaud est, je crois, l'écolière de monsieur de Trailles, dit la duchesse.

– Je n'en savais rien, madame, reprit l'étudiant. Aussi me suis-je étourdiment jeté entre eux. Enfin, je m'étais assez bien entendu avec le mari, je me voyais souffert pour un temps par la femme, lorsque je me suis avisé de leur dire que je connaissais un homme que je venais de voir sortant par un escalier dérobé, et qui avait au fond d'un couloir embrassé la comtesse.

– Qui est-ce ? dirent les deux femmes.

– Un vieillard qui vit à raison de deux louis par mois, au fond du faubourg Saint-Marceau, comme moi, pauvre étudiant ; un véritable malheureux dont tout le monde se moque, et que nous appelons le père Goriot.

– Mais, enfant que vous êtes, s'écria la vicomtesse, madame de Restaud est une demoiselle Goriot.

– La fille d'un vermicellier, reprit la duchesse, une petite femme qui s'est fait présenter[1] le même jour qu'une fille de pâtissier. Ne vous en souvenez-vous pas, Clara ? Le Roi s'est mis à rire, et a dit en latin un bon mot sur la farine. Des gens, comment donc ? des gens…

– *Ejusdem farinæ*[2], dit Eugène.

– C'est cela, dit la duchesse.

– Ah ! c'est son père, reprit l'étudiant en faisant un geste d'horreur.

– Mais oui ; ce bonhomme avait deux filles dont il est quasi fou, quoique l'une et l'autre l'aient à peu près renié.

– La seconde n'est-elle pas, dit la vicomtesse en regardant madame de Langeais, mariée à un banquier dont le nom est allemand, un baron de Nucingen ? Ne se nomme-t-elle pas Delphine ? N'est-ce pas une blonde qui a une loge de côté à l'Opéra, qui vient aussi aux Bouffons, et rit très haut pour se faire remarquer ? »

---

1. Qui s'est fait présenter : qui a été introduite à la cour.
2. *Ejusdem farinæ* : « de la même farine », en latin ; l'expression peut aussi se comprendre dans un sens plus général, « de la même espèce », « de la même condition sociale ».

La duchesse sourit en disant : « Mais, ma chère, je vous admire. Pourquoi vous occupez-vous donc tant de ces gens-là ? Il a fallu être amoureux fou, comme l'était Restaud, pour s'être enfariné[1]
2265 de mademoiselle Anastasie. Oh ! il n'en sera pas le bon marchand ! Elle est entre les mains de monsieur de Trailles, qui la perdra.

– Elles ont renié leur père, répétait Eugène.

– Eh bien ! oui, leur père, le père, un père, reprit la vicomtesse, un bon père qui leur a donné, dit-on, à chacune cinq ou six cent
2270 mille francs pour faire leur bonheur en les mariant bien, et qui ne s'était réservé que huit à dix mille livres de rente pour lui, croyant que ses filles resteraient ses filles, qu'il s'était créé chez elles deux existences, deux maisons où il serait adoré, choyé. En deux ans, ses gendres[2] l'ont banni de leur société comme le dernier des
2275 misérables... »

Quelques larmes roulèrent dans les yeux d'Eugène, récemment rafraîchi par les pures et saintes émotions de la famille, encore sous le charme des croyances jeunes, et qui n'en était qu'à sa première journée sur le champ de bataille de la civilisation parisienne. Les
2280 émotions véritables sont si communicatives, que pendant un moment ces trois personnes se regardèrent en silence.

« Eh ! mon Dieu, dit madame de Langeais, oui, cela semble bien horrible, et nous voyons cependant cela tous les jours. N'y a-t-il pas une cause à cela ? Dites-moi, ma chère, avez-vous pensé jamais
2285 à ce qu'est un gendre ? Un gendre est un homme pour qui nous élèverons, vous ou moi, une chère petite créature à laquelle nous tiendrons par mille liens, qui sera pendant dix-sept ans la joie de la famille, qui en est l'âme blanche, dirait Lamartine[3], et qui en deviendra la peste. Quand cet homme nous l'aura prise, il com-
2290 mencera par saisir son amour comme une hache, afin de couper dans le cœur et au vif de cet ange tous les sentiments par lesquels

---

1. Enfariné : épris (familier). L'auteur joue ici sur le sens du mot en faisant allusion au métier du père Goriot et donc à la condition sociale de sa fille.
2. Ses gendres : ses beaux-fils, les maris de ses filles.
3. Alphonse de Lamartine (1790-1869) : poète français romantique.

elle s'attachait[1] à sa famille. Hier, notre fille était tout pour nous, nous étions tout pour elle ; le lendemain elle se fait notre ennemie. Ne voyons-nous pas cette tragédie s'accomplissant tous les jours ?

Ici, la belle-fille est de la dernière impertinence avec le beau-père, qui a tout sacrifié pour son fils. Plus loin, un gendre met sa belle-mère à la porte. J'entends demander ce qu'il y a de dramatique aujourd'hui dans la société ; mais le drame du gendre est effrayant, sans compter nos mariages qui sont devenus de fort sottes choses. Je me rends parfaitement compte de ce qui est arrivé à ce vieux vermicellier. Je crois me rappeler que ce Foriot…

– Goriot, madame…

– Oui, ce Moriot a été président de sa section pendant la Révolution[2] ; il a été dans le secret de la fameuse disette, et a commencé sa fortune par vendre dans ce temps-là des farines dix fois plus qu'elles ne lui coûtaient. Il en a eu tant qu'il en a voulu. L'intendant[3] de ma grand-mère lui en a vendu pour des sommes immenses. Ce Goriot partageait sans doute, comme tous ces gens-là, avec le Comité de salut public[4]. Je me souviens que l'intendant disait à ma grand-mère qu'elle pouvait rester en toute sûreté à Granvilliers, parce que ses blés étaient une excellente carte civique[5]. Eh bien ! ce Loriot, qui vendait du blé aux coupeurs de têtes, n'a eu qu'une passion. Il adore, dit-on, ses filles. Il a juché l'aînée dans la maison de Restaud, et greffé l'autre sur le baron de Nucingen, un riche banquier qui fait le royaliste. Vous comprenez bien que, sous l'Empire[6], les deux gendres ne se sont pas trop formalisés

---

1. **S'attachait** : se sentait liée.
2. Durant la Révolution française, Paris fut subdivisé en sections administratives dont le rôle politique fut important. Les sections disparurent en 1795.
3. **Intendant** : personne employée pour gérer les biens et veiller au bon fonctionnement d'une maison.
4. **Comité de salut public** : organisme créé pour contrôler les ministres et restaurer l'autorité politique.
5. **Carte civique** : laisser-passer. Entre 1793 et 1795, les sections remettaient une carte civique aux citoyens jugés loyaux et dévoués à la cause révolutionnaire.
6. Sous-entendu le Premier Empire, régime politique établi par Napoléon Bonaparte entre 1804 et 1814.

d'avoir ce vieux Quatre-vingt-treize[1] chez eux ; ça pouvait encore aller avec Buonaparte[2]. Mais quand les Bourbons sont revenus[3], le bonhomme a gêné monsieur de Restaud, et plus encore le
2320 banquier. Les filles, qui aimaient peut-être toujours leur père, ont voulu ménager la chèvre et le chou, le père et le mari ; elles ont reçu le Goriot quand elles n'avaient personne ; elles ont imaginé des prétextes de tendresse. "Papa, venez, nous serons mieux, parce que nous serons seuls !" etc. Moi, ma chère, je crois que les senti-
2325 ments vrais ont des yeux et une intelligence : le cœur de ce pauvre Quatre-vingt-treize a donc saigné. Il a vu que ses filles avaient honte de lui ; que, si elles aimaient leurs maris, il nuisait à ses gendres. Il fallait donc se sacrifier. Il s'est sacrifié, parce qu'il était père : il s'est banni de lui-même. En voyant ses filles contentes, il comprit
2330 qu'il avait bien fait. Le père et les enfants ont été complices de ce petit crime. Nous voyons cela partout. Ce père Doriot n'aurait-il pas été une tache de cambouis dans le salon de ses filles ? Il y aurait été gêné, il se serait ennuyé. Ce qui arrive à ce père peut arriver à la plus jolie femme avec l'homme qu'elle aimera le mieux : si elle
2335 l'ennuie de son amour, il s'en va, il fait des lâchetés pour la fuir. Tous les sentiments en sont là. Notre cœur est un trésor, videz-le d'un coup, vous êtes ruinés. Nous ne pardonnons pas plus à un sentiment de s'être montré tout entier qu'à un homme de ne pas avoir un sou à lui. Ce père avait tout donné. Il avait donné,
2340 pendant vingt ans, ses entrailles[4], son amour ; il avait donné sa fortune en un jour. Le citron bien pressé, ses filles ont laissé le zeste au coin des rues.

 – Le monde est infâme, dit la vicomtesse en effilant son châle et sans lever les yeux, car elle était atteinte au vif par les mots

---

1. Quatre-vingt-treize : révolutionnaire. 1793 est l'année de l'instauration de la Terreur et de son gouvernement d'exception, qui perdure jusqu'en 1794.
2. Buonaparte : Bonaparte.
3. C'est-à-dire sous la Restauration, période du retour en France de la monarchie et de la famille des Bourbons, entre 1814 et 1830.
4. Entrailles : organes (sens propre) ; l'expression signifie que le père Goriot a consacré toute sa vie à ses filles.

2345 que madame de Langeais avait dits, pour elle, en racontant cette histoire.

– Infâme! non, reprit la duchesse; il va son train, voilà tout. Si je vous en parle ainsi, c'est pour montrer que je ne suis pas la dupe du monde. Je pense comme vous, dit-elle en pressant la main de 2350 la vicomtesse. Le monde est un bourbier, tâchons de rester sur les hauteurs. » Elle se leva, embrassa madame de Beauséant au front en lui disant: « Vous êtes bien belle en ce moment, ma chère. Vous avez les plus jolies couleurs que j'aie vues jamais. » Puis elle sortit après avoir légèrement incliné la tête en regardant le cousin.

2355 « Le père Goriot est sublime! » dit Eugène en se souvenant de l'avoir vu tordant son vermeil la nuit.

Madame de Beauséant n'entendit pas, elle était pensive. Quelques moments de silence s'écoulèrent, et le pauvre étudiant, par une sorte de stupeur honteuse, n'osait ni s'en aller, ni rester, 2360 ni parler.

« Le monde est infâme et méchant, dit enfin la vicomtesse. Aussitôt qu'un malheur nous arrive, il se rencontre toujours un ami prêt à venir nous le dire, et à nous fouiller le cœur avec un poignard en nous en faisant admirer le manche. Déjà le sarcasme[1], déjà les 2365 railleries! Ah! je me défendrai. » Elle releva la tête comme une grande dame qu'elle était, et des éclairs sortirent de ses yeux fiers. « Ah! fit-elle en voyant Eugène, vous êtes là!

– Encore, dit-il piteusement.

– Eh bien! monsieur de Rastignac, traitez ce monde comme il 2370 mérite de l'être. Vous voulez parvenir, je vous aiderai. Vous sonderez combien est profonde la corruption[2] féminine, vous toiserez[3] la largeur de la misérable vanité[4] des hommes. Quoique j'aie bien lu dans ce livre du monde, il y avait des pages qui cependant m'étaient inconnues. Maintenant je sais tout. Plus froidement

---

1. **Sarcasme**: ironie, moquerie.
2. **Corruption**: immoralité.
3. **Toiserez**: mesurerez, évaluerez.
4. **Vanité**: orgueil, prétention.

2375 vous calculerez, plus avant vous irez. Frappez sans pitié, vous serez craint. N'acceptez les hommes et les femmes que comme les chevaux de poste[1] que vous laisserez crever à chaque relais, vous arriverez ainsi au faîte de vos désirs[2]. Voyez-vous, vous ne serez rien ici si vous n'avez pas une femme qui s'intéresse à vous. Il vous

2380 la faut jeune, riche, élégante. Mais si vous avez un sentiment vrai, cachez-le comme un trésor ; ne le laissez jamais soupçonner, vous seriez perdu. Vous ne seriez plus le bourreau, vous deviendriez la victime. Si jamais vous aimiez, gardez bien votre secret ! ne le livrez pas avant d'avoir bien su à qui vous ouvrirez votre cœur.

2385 Pour préserver par avance cet amour qui n'existe pas encore, apprenez à vous méfier de ce monde-ci. Écoutez-moi, Miguel… (Elle se trompait naïvement de nom sans s'en apercevoir[3].) Il existe quelque chose de plus épouvantable que ne l'est l'abandon du père par ses deux filles, qui le voudraient mort. C'est la rivalité

2390 des deux sœurs entre elles. Restaud a de la naissance, sa femme a été adoptée, elle a été présentée ; mais sa sœur, sa riche sœur, la belle madame Delphine de Nucingen, femme d'un homme d'argent, meurt de chagrin ; la jalousie la dévore, elle est à cent lieues de sa sœur ; sa sœur n'est plus sa sœur ; ces deux femmes se

2395 renient entre elles comme elles renient leur père. Aussi, madame de Nucingen laperait-elle toute la boue qu'il y a entre la rue Saint-Lazare[4] et la rue de Grenelle[5] pour entrer dans mon salon. Elle a cru que de Marsay la ferait arriver à son but, et elle s'est faite l'esclave de de Marsay, elle assomme de Marsay. De Marsay

2400 se soucie fort peu d'elle. Si vous me la présentez, vous serez son Benjamin[6], elle vous adorera. Aimez-la si vous pouvez après, sinon servez-vous d'elle. Je la verrai une ou deux fois, en grande soirée,

---

1. Chevaux de poste : chevaux placés dans des relais le long d'une grande route et assurant le transport des voyageurs et du courrier.
2. Vous arriverez ainsi au faîte de vos désirs : vous parviendrez ainsi à vos fins.
3. Miguel est le prénom du comte d'Ajuda-Pinto.
4. Rue Saint-Lazare : rue située dans le quartier de la Chaussée-d'Antin.
5. Rue de Grenelle : rue située dans le quartier de Saint-Germain-des-Prés.
6. Son Benjamin : son préféré.

quand il y aura cohue[1] ; mais je ne la recevrai jamais le matin. Je
la saluerai, cela suffira. Vous vous êtes fermé la porte de la com-
2405 tesse pour avoir prononcé le nom du père Goriot. Oui, mon cher,
vous iriez vingt fois chez madame de Restaud, vingt fois vous la
trouveriez absente. Vous avez été consigné. Eh bien ! que le père
Goriot vous introduise près de madame Delphine de Nucingen.
La belle madame de Nucingen sera pour vous une enseigne. Soyez
2410 l'homme qu'elle distingue, les femmes raffoleront de vous. Ses
rivales, ses amies, ses meilleures amies voudront vous enlever à
elle. Il y a des femmes qui aiment l'homme déjà choisi par une
autre, comme il y a de pauvres bourgeoises qui, en prenant nos
chapeaux, espèrent avoir nos manières. Vous aurez des succès. À
2415 Paris, le succès est tout, c'est la clef du pouvoir. Si les femmes vous
trouvent de l'esprit, du talent, les hommes le croiront, si vous ne
les détrompez pas. Vous pourrez alors tout vouloir, vous aurez le
pied partout. Vous saurez alors ce qu'est le monde, une réunion de
dupes et de fripons. Ne soyez ni parmi les uns ni parmi les autres.
2420 Je vous donne mon nom comme un fil d'Ariane pour entrer dans
ce labyrinthe[2]. Ne le compromettez pas, dit-elle en recourbant
son cou et jetant un regard de reine à l'étudiant, rendez-le-moi
blanc. Allez, laissez-moi. Nous autres femmes, nous avons aussi
nos batailles à livrer.

2425   – S'il vous fallait un homme de bonne volonté pour aller mettre
le feu à une mine ? dit Eugène en l'interrompant.

     – Eh bien ? » dit-elle.

     Il se frappa le cœur, sourit au sourire de sa cousine, et sortit. Il
était cinq heures. Eugène avait faim, il craignit de ne pas arriver à
2430 temps pour l'heure du dîner. Cette crainte lui fit sentir le bonheur
d'être rapidement emporté dans Paris. Ce plaisir purement machinal
le laissa tout entier aux pensées qui l'assaillaient. Lorsqu'un jeune

---

1. Cohue : foule.
2. Un fil d'Ariane pour entrer dans ce labyrinthe : un guide ; allusion à Ariane,
qui, dans la mythologie grecque, donna à Thésée le fil à l'aide duquel il put sortir du
labyrinthe après avoir tué le Minotaure.

homme de son âge est atteint par le mépris, il s'emporte, il enrage, il menace du poing la société entière, il veut se venger et doute

2435 aussi de lui-même. Rastignac était en ce moment accablé par ces mots : *Vous vous êtes fermé la porte de la comtesse.* « J'irai ! se dit-il, et si madame de Beauséant a raison, si je suis consigné… je… Madame de Restaud me trouvera dans tous les salons où elle va. J'apprendrai à faire des armes, à tirer le pistolet, je lui tuerai son Maxime ! – Et

2440 de l'argent ! lui criait sa conscience, où donc en prendras-tu ? » Tout à coup la richesse étalée chez la comtesse de Restaud brilla devant ses yeux. Il avait vu là le luxe dont une demoiselle Goriot devait être amoureuse, des dorures, des objets de prix en évidence, le luxe inintelligent du parvenu, le gaspillage de la femme entretenue.

2445 Cette fascinante image fut soudainement écrasée par le grandiose hôtel de Beauséant. Son imagination, transportée dans les hautes régions de la société parisienne, lui inspira mille pensées mauvaises au cœur, en lui élargissant la tête et la conscience. Il vit le monde comme il est : les lois et la morale impuissantes chez les riches, et vit

2450 dans la fortune l'*ultima ratio mundi*[1]. « Vautrin a raison, la fortune est la vertu ! » se dit-il.

Arrivé rue Neuve-Sainte-Geneviève, il monta rapidement chez lui, descendit pour donner dix francs au cocher, et vint dans cette salle à manger nauséabonde où il aperçut, comme des animaux à

2455 un râtelier[2], les dix-huit convives en train de se repaître. Le spectacle de ces misères et l'aspect de cette salle lui furent horribles. La transition était trop brusque, le contraste trop complet, pour ne pas développer outre mesure chez lui le sentiment de l'ambition. D'un côté, les fraîches et charmantes images de la nature sociale

2460 la plus élégante, des figures jeunes, vives, encadrées par les merveilles de l'art et du luxe, des têtes passionnées pleines de poésie ; de l'autre, de sinistres tableaux bordés de fange, et des faces où les passions n'avaient laissé que leurs cordes et leur mécanisme.

---

1. ***Ultima ratio mundi*** : « le dernier argument du monde », en latin.
2. **Râtelier** : support contenant le foin pour nourrir les animaux.

Les enseignements que la colère d'une femme abandonnée avait
arrachés à madame de Beauséant, ses offres captieuses[1] revinrent
dans sa mémoire, et la misère les commenta. Rastignac résolut
d'ouvrir deux tranchées parallèles pour arriver à la fortune, de
s'appuyer sur la science et sur l'amour, d'être un savant docteur
et un homme à la mode. Il était encore bien enfant ! Ces deux
lignes sont des asymptotes[2] qui ne peuvent jamais se rejoindre.

« Vous êtes bien sombre, monsieur le marquis, lui dit Vautrin, qui
lui jeta un de ces regards par lesquels cet homme semblait s'initier
aux secrets les plus cachés du cœur.

– Je ne suis pas disposé à souffrir les plaisanteries de ceux qui
m'appellent monsieur le marquis, répondit-il. Ici, pour être vraiment marquis, il faut avoir cent mille livres de rente, et quand on
vit dans la Maison-Vauquer on n'est pas précisément le favori de
la Fortune[3]. »

Vautrin regarda Rastignac d'un air paternel et méprisant, comme
s'il eût dit : « Marmot ! dont je ne ferais qu'une bouchée ! » Puis il
répondit : « Vous êtes de mauvaise humeur, parce que vous n'avez
peut-être pas réussi auprès de la belle comtesse de Restaud.

– Elle m'a fermé sa porte pour lui avoir dit que son père mangeait à notre table », s'écria Rastignac.

Tous les convives s'entre-regardèrent. Le père Goriot baissa les
yeux, et se retourna pour les essuyer.

« Vous m'avez jeté du tabac dans l'œil, dit-il à son voisin.

– Qui vexera le père Goriot s'attaquera désormais à moi, répondit
Eugène en regardant le voisin de l'ancien vermicellier ; il vaut mieux
que nous tous. Je ne parle pas des dames », dit-il en se retournant
vers mademoiselle Taillefer.

Cette phrase fut un dénouement, Eugène l'avait prononcée
d'un air qui imposa silence aux convives. Vautrin seul lui dit en

---

1. **Captieuses** : trompeuses.
2. **Asymptotes** : lignes droites qui ne se coupent jamais.
3. **Fortune** : dans la mythologie romaine, déesse du Hasard.

goguenardant[1] : « Pour prendre le père Goriot à votre compte, et vous établir son éditeur responsable[2], il faut savoir bien tenir une épée et bien tirer le pistolet.

– Ainsi ferai-je, dit Eugène.

– Vous êtes donc entré en campagne aujourd'hui ?

– Peut-être, répondit Rastignac. Mais je ne dois compte de mes affaires à personne, attendu que je ne cherche pas à deviner celles que les autres font la nuit. »

Vautrin regarda Rastignac de travers.

« Mon petit, quand on ne veut pas être dupe des marionnettes, il faut entrer tout à fait dans la baraque, et ne pas se contenter de regarder par les trous de la tapisserie. Assez causé, ajouta-t-il en voyant Eugène près de se gendarmer. Nous aurons ensemble un petit bout de conversation quand vous le voudrez. »

Le dîner devint sombre et froid. Le père Goriot, absorbé par la profonde douleur que lui avait causée la phrase de l'étudiant, ne comprit pas que les dispositions des esprits étaient changées à son égard, et qu'un jeune homme en état d'imposer silence à la persécution avait pris sa défense.

« Monsieur Goriot, dit madame Vauquer à voix basse, serait donc le père d'une comtesse à c't'heure ?

– Et d'une baronne, lui répliqua Rastignac.

– Il n'a que ça à faire, dit Bianchon à Rastignac, je lui ai pris la tête[3] : il n'y a qu'une bosse, celle de la paternité, ce sera un Père *Éternel*. »

Eugène était trop sérieux pour que la plaisanterie de Bianchon le fît rire. Il voulait profiter des conseils de madame de Beauséant, et se demandait où et comment il se procurerait de l'argent. Il devint soucieux en voyant les savanes du monde qui se déroulaient à ses yeux à la fois vides et pleines ; chacun le laissa seul dans la salle à manger quand le dîner fut fini.

---

1. En goguenardant : en se moquant.
2. Son éditeur responsable : la personne responsable de lui.
3. Je lui ai pris la tête : j'ai examiné son crâne, selon le système de Gall (voir note 1, p. 66).

«Vous avez donc vu ma fille?» lui dit Goriot d'une voix émue.

2525 Réveillé de sa méditation par le bonhomme, Eugène lui prit la main, et le contemplant avec une sorte d'attendrissement: «Vous êtes un brave et digne homme, répondit-il. Nous causerons de vos filles plus tard.» Il se leva sans vouloir écouter le père Goriot, et se retira dans sa chambre, où il écrivit à sa mère la lettre suivante:

2530 «Ma chère mère, vois si tu n'as pas une troisième mamelle à t'ouvrir pour moi. Je suis dans une situation à faire promptement fortune. J'ai besoin de douze cents francs, et il me les faut à tout prix. Ne dis rien de ma demande à mon père, il s'y opposerait peut-être, et si je n'avais pas cet argent, je serais en proie à[1] un désespoir qui 2535 me conduirait à me brûler la cervelle. Je t'expliquerai mes motifs aussitôt que je te verrai, car il faudrait t'écrire des volumes pour te faire comprendre la situation dans laquelle je suis. Je n'ai pas joué, ma bonne mère, je ne dois rien; mais si tu tiens à me conserver la vie que tu m'as donnée, il faut me trouver cette somme. Enfin, je 2540 vais chez la vicomtesse de Beauséant, qui m'a pris sous sa protection. Je dois aller dans le monde, et n'ai pas un sou pour avoir des gants propres. Je saurai ne manger que du pain, ne boire que de l'eau, je jeûnerai[2] au besoin; mais je ne puis me passer des outils avec lesquels on pioche la vigne dans ce pays-ci. Il s'agit pour moi de faire mon 2545 chemin ou de rester dans la boue. Je sais toutes les espérances que vous avez mises en moi, et veux les réaliser promptement. Ma bonne mère, vends quelques-uns de tes anciens bijoux, je les remplacerai bientôt. Je connais assez la situation de notre famille pour savoir apprécier de tels sacrifices, et tu dois croire que je ne te demande 2550 pas de les faire en vain, sinon je serais un monstre. Ne vois dans ma prière que le cri d'une impérieuse[3] nécessité. Notre avenir est tout entier dans ce subside[4], avec lequel je dois ouvrir la campagne; car

---

1. **En proie à**: accablé par.
2. **Jeûnerai**: me priverai de nourriture.
3. **Impérieuse**: pressante, irrésistible.
4. **Subside**: secours financier.

cette vie de Paris est un combat perpétuel. Si, pour compléter la somme, il n'y a pas d'autres ressources que de vendre les dentelles de ma tante, dis-lui que je lui en enverrai de plus belles. » Etc.

Il écrivit à chacune de ses sœurs en leur demandant leurs économies, et, pour les leur arracher sans qu'elles parlassent en famille du sacrifice qu'elles ne manqueraient pas de lui faire avec bonheur, il intéressa leur délicatesse en attaquant les cordes de l'honneur qui sont si bien tendues et résonnent si fort dans de jeunes cœurs. Quand il eut écrit ces lettres, il éprouva néanmoins une trépidation[1] involontaire : il palpitait, il tressaillait. Ce jeune ambitieux connaissait la noblesse immaculée de ces âmes ensevelies dans la solitude, il savait quelles peines il causerait à ses deux sœurs, et aussi quelles seraient leurs joies ; avec quel plaisir elles s'entretiendraient en secret de ce frère bien-aimé, au fond du clos[2]. Sa conscience se dressa lumineuse, et les lui montra comptant en secret leur petit trésor : il les vit, déployant le génie malicieux des jeunes filles pour lui envoyer *incognito* cet argent, essayant une première tromperie pour être sublimes. « Le cœur d'une sœur est un diamant de pureté, un abîme de tendresse ! » se dit-il. Il avait honte d'avoir écrit. Combien seraient puissants leurs vœux, combien pur serait l'élan de leurs âmes vers le ciel ! Avec quelle volupté ne se sacrifieraient-elles pas ! De quelle douleur serait atteinte sa mère, si elle ne pouvait envoyer toute la somme ! Ces beaux sentiments, ces effroyables sacrifices allaient lui servir d'échelon pour arriver à Delphine de Nucingen. Quelques larmes, derniers grains d'encens jetés sur l'autel[3] sacré de la famille, lui sortirent des yeux. Il se promena dans une agitation pleine de désespoir. Le père Goriot, le voyant ainsi par sa porte qui était restée entrebâillée, entra et lui dit : « Qu'avez-vous, monsieur ?

---

1. **Trépidation** : tremblement.
2. **Clos** : domaine viticole ; par extension, les vignes.
3. **Autel** : dans la religion catholique, table où l'on célèbre la messe.

« – Ah! mon bon voisin, je suis encore fils et frère comme vous êtes père. Vous avez raison de trembler pour la comtesse Anastasie, elle est à un monsieur Maxime de Trailles qui la perdra. »

2585 Le père Goriot se retira en balbutiant quelques paroles dont Eugène ne saisit pas le sens. Le lendemain, Rastignac alla jeter ses lettres à la poste. Il hésita jusqu'au dernier moment, mais il les lança dans la boîte en disant: « Je réussirai! » Le mot du joueur, du grand capitaine, mot fataliste qui perd plus d'hommes qu'il n'en sauve.

2590 Quelques jours après, Eugène alla chez madame de Restaud et ne fut pas reçu. Trois fois, il y retourna, trois fois encore il trouva la porte close, quoiqu'il se présentât à des heures où le comte Maxime de Trailles n'y était pas. La vicomtesse avait eu raison. L'étudiant n'étudia plus. Il allait aux cours pour y répondre à l'appel, et quand il avait

2595 attesté sa présence, il décampait. Il s'était fait le raisonnement que se font la plupart des étudiants. Il réservait ses études pour le moment où il s'agirait de passer ses examens; il avait résolu d'entasser ses inscriptions de seconde et de troisième année, puis d'apprendre le Droit sérieusement et d'un seul coup au dernier moment. Il avait

2600 ainsi quinze mois de loisirs pour naviguer sur l'océan de Paris, pour s'y livrer à la traite des femmes[1], ou y pêcher la fortune. Pendant cette semaine, il vit deux fois madame de Beauséant, chez laquelle il n'allait qu'au moment où sortait la voiture du marquis d'Ajuda. Pour quelques jours encore cette illustre femme, la plus poétique

2605 figure du faubourg Saint-Germain, resta victorieuse, et fit suspendre le mariage de mademoiselle de Rochefide avec le marquis d'Ajuda-Pinto. Mais ces derniers jours, que la crainte de perdre son bonheur rendit les plus ardents de tous, devaient précipiter la catastrophe. Le marquis d'Ajuda, de concert avec les Rochefide, avait regardé

2610 cette brouille et ce raccommodement comme une circonstance heureuse: ils espéraient que madame de Beauséant s'accoutume-rait à l'idée de ce mariage et finirait par sacrifier ses matinées à un avenir prévu dans la vie des hommes. Malgré les plus saintes

---

1. **La traite des femmes**: le commerce des femmes, sous-entendu leur compagnie.

promesses renouvelées chaque jour, monsieur d'Ajuda jouait donc
2615 la comédie, la vicomtesse aimait à être trompée. «Au lieu de sauter
noblement par la fenêtre, elle se laissait rouler dans les escaliers»,
disait la duchesse de Langeais, sa meilleure amie. Néanmoins, ces
dernières lueurs brillèrent assez longtemps pour que la vicomtesse
restât à Paris et y servît son jeune parent auquel elle portait une sorte
2620 d'affection superstitieuse. Eugène s'était montré pour elle plein de
dévouement et de sensibilité dans une circonstance où les femmes
ne voient de pitié, de consolation vraie dans aucun regard. Si un
homme leur dit alors de douces paroles, il les dit par spéculation[1].

Dans le désir de parfaitement bien connaître son échiquier avant
2625 de tenter l'abordage de la maison de Nucingen, Rastignac voulut se
mettre au fait de la vie antérieure du père Goriot, et recueillit des
renseignements certains, qui peuvent se réduire à ceci.

Jean-Joachim Goriot était, avant la Révolution, un simple ouvrier
vermicellier, habile, économe, et assez entreprenant pour avoir
2630 acheté le fonds[2] de son maître, que le hasard rendit victime du
premier soulèvement de 1789. Il s'était établi rue de la Jussienne,
près de la Halle-aux-Blés, et avait eu le gros bon sens d'accepter
la présidence de sa section, afin de faire protéger son commerce
par les personnages les plus influents de cette dangereuse époque.
2635 Cette sagesse avait été l'origine de sa fortune qui commença dans la
disette, fausse ou vraie, par suite de laquelle les grains acquirent un
prix énorme à Paris. Le peuple se tuait à la porte des boulangers,
tandis que certaines personnes allaient chercher sans émeute des
pâtes d'Italie chez les épiciers. Pendant cette année, le citoyen Goriot
2640 amassa les capitaux[3] qui plus tard lui servirent à faire son commerce
avec toute la supériorité que donne une grande masse d'argent à
celui qui la possède. Il lui arriva ce qui arrive à tous les hommes qui
n'ont qu'une capacité relative. Sa médiocrité le sauva. D'ailleurs,
sa fortune n'étant connue qu'au moment où il n'y avait plus de

---

1. **Spéculation**: ici, calcul (sens figuré).
2. **Fonds**: commerce.
3. **Capitaux**: sommes d'argent.

2645 danger à être riche, il n'excita l'envie de personne. Le commerce des grains semblait avoir absorbé toute son intelligence. S'agissait-il de blés, de farines, de grenailles[1], de reconnaître leurs qualités, les provenances, de veiller à leur conservation, de prévoir les cours[2], de prophétiser l'abondance ou la pénurie[3] des récoltes, de se pro-

2650 curer les céréales à bon marché, de s'en approvisionner en Sicile, en Ukraine, Goriot n'avait pas son second. À lui voir conduire ses affaires, expliquer les lois sur l'exportation, sur l'importation[4] des grains, étudier leur esprit, saisir leurs défauts, un homme l'eût jugé capable d'être ministre d'État. Patient, actif, énergique, constant,

2655 rapide dans ses expéditions, il avait un coup d'œil d'aigle, il devan- çait tout, prévoyait tout, savait tout, cachait tout ; diplomate pour concevoir, soldat pour marcher. Sorti de sa spécialité, de sa simple et obscure boutique sur le pas de laquelle il demeurait pendant ses heures d'oisiveté[5], l'épaule appuyée au montant de la porte,

2660 il redevenait l'ouvrier stupide et grossier, l'homme incapable de comprendre un raisonnement, insensible à tous les plaisirs de l'es- prit, l'homme qui s'endormait au spectacle, un de ces Dolibans[6] parisiens, forts seulement en bêtise. Ces natures se ressemblent presque toutes. À presque toutes, vous trouveriez un sentiment

2665 sublime au cœur. Deux sentiments exclusifs avaient rempli le cœur du vermicellier, en avaient absorbé l'humide, comme le commerce des grains employait toute l'intelligence de sa cervelle. Sa femme, fille unique d'un riche fermier de la Brie[7], fut pour lui l'objet d'une admiration religieuse, d'un amour sans bornes. Goriot avait admiré

2670 en elle une nature frêle et forte, sensible et jolie, qui contrastait

---

1. Grenailles : graines servant à nourrir la volaille.
2. Cours : taux auxquels se négocient des marchandises.
3. Pénurie : insuffisance, manque.
4. Exportation : fait de vendre des marchandises à l'étranger ; **importation** : fait d'acheter et de faire venir des marchandises depuis l'étranger.
5. Oisiveté : loisir, inactivité.
6. Allusion au personnage de la comédie *Le Sourd ou l'Auberge pleine* créée pour la première fois en 1790 par Pierre-Jean-Baptiste Choudard, dit Desforges (1746-1806). M. Doliban est le symbole de la figure paternelle tournée en dérision.
7. La Brie : région française où se concentrent les grandes cultures céréalières.

vigoureusement[1] avec la sienne. S'il est un sentiment inné[2] dans le cœur de l'homme, n'est-ce pas l'orgueil de la protection exercée à tout moment en faveur d'un être faible ? joignez-y l'amour, cette reconnaissance vive de toutes les âmes franches pour le principe de
2675 leurs plaisirs, et vous comprendrez une foule de bizarreries morales. Après sept ans de bonheur sans nuages, Goriot, malheureusement pour lui, perdit sa femme : elle commençait à prendre de l'empire sur lui, en dehors de la sphère des sentiments. Peut-être eût-elle cultivé cette nature inerte[3], peut-être y eût-elle jeté l'intelligence des
2680 choses du monde et de la vie. Dans cette situation, le sentiment de la paternité se développa chez Goriot jusqu'à la déraison. Il reporta ses affections trompées par la mort sur ses deux filles, qui d'abord satisfirent pleinement tous ses sentiments. Quelque brillantes que fussent les propositions qui lui furent faites par des négociants ou
2685 des fermiers jaloux de lui donner leurs filles, il voulut rester veuf. Son beau-père, le seul homme pour lequel il avait eu du penchant, prétendait savoir pertinemment que Goriot avait juré de ne pas faire d'infidélité à sa femme, quoique morte. Les gens de la Halle, incapables de comprendre cette sublime folie, en plaisantèrent,
2690 et donnèrent à Goriot quelque grotesque sobriquet[4]. Le premier d'entre eux qui, en buvant le vin d'un marché, s'avisa de le prononcer, reçut du vermicellier un coup de poing sur l'épaule qui l'envoya, la tête la première, sur une borne de la rue Oblin. Le dévouement irréfléchi, l'amour ombrageux[5] et délicat que portait Goriot à ses
2695 filles était si connu, qu'un jour un de ses concurrents, voulant le faire partir du marché pour rester maître du cours, lui dit que Delphine venait d'être renversée par un cabriolet. Le vermicellier, pâle et blême, quitta aussitôt la Halle. Il fut malade pendant plusieurs jours par suite de la réaction des sentiments contraires auxquels le

---

1. **Vigoureusement** : nettement.
2. **Inné** : naturel, spontané.
3. **Inerte** : insensible.
4. **Grotesque sobriquet** : surnom moqueur et absurde.
5. **Ombrageux** : jaloux.

2700 livra cette fausse alarme. S'il n'appliqua pas sa tape meurtrière sur l'épaule de cet homme, il le chassa de la Halle en le forçant, dans une circonstance critique, à faire faillite. L'éducation de ses deux filles fut naturellement déraisonnable. Riche de plus de soixante mille livres de rente, et ne dépensant pas douze cents francs pour
2705 lui, le bonheur de Goriot était de satisfaire les fantaisies de ses filles : les plus excellents maîtres furent chargés de les douer des talents qui signalent une bonne éducation ; elles eurent une demoiselle de compagnie[1] ; heureusement pour elles, ce fut une femme d'esprit et de goût ; elles allaient à cheval, elles avaient voiture, elles vivaient
2710 comme auraient vécu les maîtresses d'un vieux seigneur riche ; il leur suffisait d'exprimer les plus coûteux désirs pour voir leur père s'empressant de les combler ; il ne demandait qu'une caresse en retour de ses offrandes. Goriot mettait ses filles au rang des anges, et nécessairement au-dessus de lui, le pauvre homme ! il aimait
2715 jusqu'au mal qu'elles lui faisaient. Quand ses filles furent en âge d'être mariées, elles purent choisir leurs maris suivant leurs goûts : chacune d'elles devait avoir en dot la moitié de la fortune de son père. Courtisée pour sa beauté par le comte de Restaud, Anastasie avait des penchants aristocratiques qui la portèrent à quitter la
2720 maison paternelle pour s'élancer dans les hautes sphères sociales. Delphine aimait l'argent : elle épousa Nucingen, banquier d'origine allemande qui devint baron du Saint-Empire[2]. Goriot resta vermicellier. Ses filles et gendres se choquèrent bientôt de lui voir continuer ce commerce, quoique ce fût toute sa vie. Après avoir
2725 subi pendant cinq ans leurs instances, il consentit à se retirer avec le produit de son fonds, et les bénéfices de ces dernières années ; capital que madame Vauquer, chez laquelle il était venu s'établir, avait estimé rapporter de huit à dix mille livres de rente. Il se jeta dans cette pension par suite du désespoir qui l'avait saisi en voyant

---

1. Demoiselle de compagnie : jeune fille dont la fonction consiste à tenir compagnie à une femme. Avoir une dame de compagnie est un signe de richesse.
2. Saint-Empire : Empire allemand.

2730 ses deux filles obligées par leurs maris de refuser non seulement de le prendre chez elles, mais encore de l'y recevoir ostensiblement[1].

Ces renseignements étaient tout ce que savait un monsieur Muret sur le compte du père Goriot, dont il avait acheté le fonds. Les suppositions que Rastignac avait entendu faire par la duchesse de
2735 Langeais se trouvaient ainsi confirmées. Ici se termine l'exposition de cette obscure, mais effroyable tragédie parisienne.

---

1. Ostensiblement: publiquement, ouvertement.

Pour comprendre l'essentiel

Un roman réaliste

❶ Le début du roman (incipit) s'ouvre sur une description minutieuse de la Maison-Vauquer (p. 13-21). En vous appuyant sur le vocabulaire et la syntaxe employés, montrez comment procède cette description et tentez, à partir des indications du texte, d'établir un plan de la pension.

❷ Dès les premières pages, le narrateur fait part au lecteur de cet aveu : « *All is true* » (p. 12). En vous aidant des notes de bas de page, relevez les éléments qui, tout au long de ce premier chapitre, ancrent le roman dans un contexte réel (dates et événements historiques, noms de lieux, allusions à des faits divers de l'époque...).

❸ Mme Vauquer, ses domestiques, ainsi que plusieurs pensionnaires, parlent un français populaire. Citez quelques-uns de ces mots et expressions, et dites en quoi ils contribuent à la visée réaliste et sociologique du roman de Balzac.

Une galerie de personnages

❹ Les pensionnaires de la Maison-Vauquer sont décrits tour à tour dès les premières pages du roman (p. 20-21 et 22-28). Dressez-en la liste et mettez en évidence les correspondances que l'on peut établir entre les caractéristiques de la salle à manger, lieu emblématique de la pension où se rassemblent tous les personnages (p. 16-18), et celles des personnages eux-mêmes.

❺ Une scène du premier chapitre montre le père Goriot dans sa chambre de la Maison-Vauquer, en train de fabriquer des lingots en pleine nuit (p. 50-51). Dites à travers quel point de vue cet épisode est rapporté, puis, en vous appuyant sur ce que vous savez déjà du père Goriot, montrez que la scène renforce le mystère qui plane sur ce personnage.

❻ Vautrin, l'un des pensionnaires de la Maison-Vauquer, semble inquiétant. Mettez en évidence ce qui, dans le comportement du personnage, donne cette impression.

Un roman d'apprentissage

❼ Dans le premier chapitre, le narrateur dresse le portrait d'Eugène de Rastignac. Identifiez les caractéristiques qui lui sont attribuées (aspect physique, statut social, comportement…) et dites en quoi elles annoncent l'intrigue à venir.

❽ Le père Goriot est un personnage important pour Rastignac. Analysez la relation ambiguë qu'entretiennent le jeune homme et le vieillard en montrant que ce dernier joue pour Rastignac le rôle de père de substitution.

❾ Le premier chapitre du roman présente un jeune héros à la conquête de la société parisienne. Rappelez quelles femmes jouent auprès de Rastignac le rôle d'initiatrices, et retracez les étapes qui préparent son « entrée dans le monde ».

Rappelez-vous !

• Dès le début du roman, le narrateur s'adresse directement au lecteur et cherche à lui faire croire que le texte n'est pas une fiction. Il entretient ensuite le lecteur dans cette **illusion** par des **effets de réel**, c'est-à-dire des détails qui permettent de donner au lecteur l'**impression de la réalité** (noms de rues ou de monuments de Paris, allusions aux événements politiques et historiques, descriptions minutieuses des lieux et des personnages...).

• Le portrait sert à présenter un personnage en lui attribuant des caractéristiques **physiques**, **psychologiques** et **sociales**. Balzac reprend dans ses romans les principes de la science selon laquelle la physionomie d'un individu est le reflet de son caractère ou de sa personnalité (**physiognomonie**). Ainsi, le lecteur du *Père Goriot* découvre le personnage de Rastignac, au « visage tout méridional » (p. 26), qui reflète à la fois **l'ardeur et l'ambition** du jeune provincial venu à la conquête de Paris.

Vers l'oral du Bac

Analyse des lignes 1 à 39, p. 11-12

☛ Montrer que cet incipit traditionnel s'apparente à une préface

Conseils pour la lecture à voix haute

– Repérez les mots ou expressions qui peuvent vous faire hésiter.
Si l'anglais «*All is true*» (l. 37) vous est sûrement familier, l'expression
«*intra muros* et *extra*» (l. 16) peut légèrement déconcerter les non-
latinistes. Sachez qu'en latin, on prononce toutes les lettres et que le *u*
se prononce *ou*. Faites également attention aux noms propres : «Vauquer»
se prononce *é*, et on ne prononce pas le *t* dans «Montrouge» (l. 20), tout
comme dans «Montmartre» (l. 19).
– Le texte est composé de quelques phrases assez longues. Prenez votre
temps pour les lire. La ponctuation doit vous servir de guide pour prendre
votre respiration. Rappelez-vous que le point-virgule nécessite un temps
d'arrêt un peu plus long que la virgule mais moins long que le point.
– L'auteur cherche à donner un ton dramatique à son récit. Soyez
attentif(-ive) aux questions rhétoriques, aux hyperboles et aux figures
d'exagération qui marquent l'insistance du narrateur.

Analyse du texte

■ *Introduction rédigée*

Publié en 1835, *Le Père Goriot* connaît un succès immédiat qui ravit
son auteur. C'est en effet avec ce titre que Balzac a pour la première
fois l'idée de constituer un vaste ensemble romanesque au sein duquel
les personnages réapparaissent d'une œuvre à l'autre, à l'image
des personnes que l'on croise dans la vie réelle. Cette idée, à l'origine
de *La Comédie humaine*, est donc d'emblée associée à la volonté

de reproduire la réalité, perceptible dès l'incipit du *Père Goriot*. Aussi, par les adresses fréquentes du narrateur au lecteur, l'ouverture de ce roman semble s'apparenter à une préface. Nous verrons d'abord que cet extrait répond aux exigences traditionnelles de l'incipit d'un roman réaliste par l'abondance de détails qui permettent de situer précisément le cadre spatio-temporel. Puis nous nous intéresserons aux éléments de l'intrigue dévoilés ici et qui suscitent la curiosité du lecteur. Enfin, nous verrons en quoi cet incipit s'apparente à une préface dans laquelle Balzac expose son projet romanesque.

■ *Analyse guidée*

I. Un incipit de roman réaliste

a. L'incipit a pour fonction de mettre en place un cadre spatio-temporel. Relevez les indications qui permettent de situer avec précision le lieu et le temps de l'action.

b. Le roman s'ouvre sur une évocation de Paris au xixe siècle. En analysant les images employées pour décrire la ville, montrez que cet univers s'apparente à l'enfer.

c. Le narrateur déclare que ses descriptions sont teintées « d'observations et de couleurs locales » (l. 18). En vous aidant des notes de bas de page, proposez une interprétation de ces deux expressions.

II. Un incipit qui suscite la curiosité du lecteur

a. Pour plonger le lecteur dans l'histoire, l'incipit doit fournir des informations sur l'intrigue. Relevez et commentez les phrases qui préparent l'action à venir.

b. Le narrateur présente certains personnages, sans nécessairement les nommer. Identifiez ceux qui sont annoncés ici et rappelez pourquoi la jeune fille est un personnage essentiel à l'un des aspects de l'intrigue.

c. Tout au long de l'extrait, le narrateur emprunte certains termes à l'univers du théâtre. Relevez-les et dites en quoi le recours à ce vocabulaire peut surprendre le lecteur.

III. Un incipit à valeur de préface

a. Dans cet extrait, les marques de présence du narrateur sont nombreuses. En vous appuyant sur le point de vue adopté et les temps verbaux utilisés, montrez qu'il tient ici un discours à valeur de vérité générale.

b. Le narrateur confère à son discours une visée volontairement démonstrative. Prouvez-le en vous appuyant sur les hyperboles et sur le type de phrases employées.

c. Dans cet incipit, le narrateur prend directement le lecteur à parti. Relevez ses différentes apostrophes et précisez quelles promesses il fait au lecteur.

■ *Conclusion rédigée*

Ce texte présente toutes les caractéristiques d'un incipit traditionnel, si ce n'est qu'Eugène de Rastignac, l'un des personnages principaux, n'y apparaît pas, peut-être pour ménager l'intérêt du lecteur. En revanche, le décor est décrit avec soin, et l'on remarque qu'il est doublement clos : Paris, dont on se demande si l'on peut percer ses secrets au-delà de ses murs d'enceinte, et la Maison-Vauquer, qui fait par la suite l'objet d'une description très détaillée. Cet incipit témoigne donc d'une vocation réaliste, aussi bien par l'abondance de détails que par la volonté explicite du narrateur de faire un roman entièrement véridique. En se mettant en scène et en multipliant les apostrophes, le narrateur expose ici au lecteur l'ampleur de son projet romanesque.

Les trois questions de l'examinateur

Question 1. L'incipit accorde une place importante à la ville de Paris. Connaissez-vous d'autres œuvres (romans, poèmes, peintures…) du XIXe siècle qui ont Paris pour toile de fond ?

Question 2. Observez le dessin de la page 8 et dites à quel(s) étage(s) peut habiter le lecteur évoqué aux lignes 32 et 33 de l'extrait. Comment le caractériseriez-vous socialement ?

Question 3. Si vous comparez l'incipit avec le dernier paragraphe du roman, quelles sont les images qui reviennent ? celles qui sont déformées ?

Chapitre 2

L'entrée dans le monde

Vers la fin de cette première semaine du mois de décembre, Rastignac reçut deux lettres, l'une de sa mère, l'autre de sa sœur aînée. Ces écritures si connues le firent à la fois palpiter d'aise et trembler de terreur. Ces deux frêles papiers contenaient un arrêt
5 de vie ou de mort sur ses espérances. S'il concevait quelque terreur en se rappelant la détresse de ses parents, il avait trop bien éprouvé leur prédilection pour ne pas craindre d'avoir aspiré leurs dernières gouttes de sang. La lettre de sa mère était ainsi conçue :

«Mon cher enfant, je t'envoie ce que tu m'as demandé. Fais un
10 bon emploi de cet argent, je ne pourrais, quand il s'agirait de te sauver la vie, trouver une seconde fois une somme si considérable sans que ton père en fût instruit, ce qui troublerait l'harmonie de notre ménage. Pour nous la procurer, nous serions obligés de donner des garanties sur notre terre. Il m'est impossible de juger le mérite
15 de projets que je ne connais pas ; mais de quelle nature sont-ils donc pour te faire craindre de me les confier ? Cette explication ne demandait pas des volumes, il ne nous faut qu'un mot à nous autres mères, et ce mot m'aurait évité les angoisses de l'incertitude. Je ne saurais te cacher l'impression douloureuse que ta lettre m'a causée.
20 Mon cher fils, quel est donc le sentiment qui t'a contraint à jeter un tel effroi dans mon cœur ? tu as dû bien souffrir en m'écrivant, car j'ai bien souffert en te lisant. Dans quelle carrière t'engages-tu donc ? Ta vie, ton bonheur seraient attachés à paraître ce que tu n'es pas, à voir un monde où tu ne saurais aller sans faire des dépenses

25 d'argent que tu ne peux soutenir, sans perdre un temps précieux
pour tes études? Mon bon Eugène, crois-en le cœur de ta mère,
les voies tortueuses[1] ne mènent à rien de grand. La patience et la
résignation doivent être les vertus des jeunes gens qui sont dans ta
position. Je ne te gronde pas, je ne voudrais communiquer à notre
30 offrande aucune amertume. Mes paroles sont celles d'une mère aussi
confiante que prévoyante. Si tu sais quelles sont tes obligations, je
sais, moi, combien ton cœur est pur, combien tes intentions sont
excellentes. Aussi puis-je te dire sans crainte : "Va, mon bien-aimé,
marche !" Je tremble parce que je suis mère ; mais chacun de tes pas
35 sera tendrement accompagné de nos vœux et de nos bénédictions.
Sois prudent, cher enfant. Tu dois être sage comme un homme,
les destinées de cinq personnes qui te sont chères reposent sur ta
tête. Oui, toutes nos fortunes sont en toi, comme ton bonheur est le
nôtre. Nous prions tous Dieu de te seconder dans tes entreprises. Ta
40 tante Marcillac a été, dans cette circonstance, d'une bonté inouïe :
elle allait jusqu'à concevoir ce que tu me dis de tes gants. Mais elle a
un faible pour l'aîné, disait-elle gaiement. Mon Eugène, aime bien
ta tante, je ne te dirai ce qu'elle a fait pour toi que quand tu auras
réussi ; autrement, son argent te brûlerait les doigts. Vous ne savez
45 pas, enfants, ce que c'est que de sacrifier des souvenirs ! Mais que
ne vous sacrifierait-on pas ? Elle me charge de te dire qu'elle te baise
au front, et voudrait te communiquer par ce baiser la force d'être
souvent heureux. Cette bonne et excellente femme t'aurait écrit si
elle n'avait pas la goutte[2] aux doigts. Ton père va bien. La récolte
50 de 1819 passe nos espérances. Adieu, cher enfant. Je ne dirai rien
de tes sœurs : Laure t'écrit. Je lui laisse le plaisir de babiller[3] sur
les petits événements de la famille. Fasse le ciel que tu réussisses !
Oh ! oui, réussis, mon Eugène, tu m'as fait connaître une douleur
trop vive pour que je puisse la supporter une seconde fois. J'ai su
55 ce que c'était d'être pauvre, en désirant la fortune pour la donner

---

1. Tortueuses : qui font des tours et des détours.
2. Goutte : maladie touchant les articulations.
3. Babiller : bavarder, parler d'une manière vive.

à mon enfant. Allons, adieu. Ne nous laisse pas sans nouvelles, et prends ici le baiser que ta mère t'envoie. »

Quand Eugène eut achevé cette lettre, il était en pleurs, il pensait au père Goriot tordant son vermeil et le vendant pour aller
60 payer la lettre de change de sa fille. « Ta mère a tordu ses bijoux ! se disait-il. Ta tante a pleuré sans doute en vendant quelques-unes de ses reliques[1] ! De quel droit maudirais-tu Anastasie ? Tu viens d'imiter pour l'égoïsme de ton avenir ce qu'elle a fait pour son amant ! Qui, d'elle ou de toi, vaut mieux ? » L'étudiant se sentit les
65 entrailles rongées par une sensation de chaleur intolérable. Il voulait renoncer au monde, il voulait ne pas prendre cet argent. Il éprouva ces nobles et beaux remords secrets dont le mérite est rarement apprécié par les hommes quand ils jugent leurs semblables, et qui font souvent absoudre[2] par les anges du ciel le criminel condamné
70 par les juristes de la terre. Rastignac ouvrit la lettre de sa sœur, dont les expressions innocemment gracieuses lui rafraîchirent le cœur.

« Ta lettre est venue bien à propos, cher frère. Agathe et moi nous voulions employer notre argent de tant de manières différentes, que nous ne savions plus à quel achat nous résoudre. Tu as
75 fait comme le domestique du roi d'Espagne quand il a renversé les montres de son maître, tu nous as mises d'accord. Vraiment, nous étions constamment en querelle pour celui de nos désirs auquel nous donnerions la préférence, et nous n'avions pas deviné, mon bon Eugène, l'emploi qui comprenait tous nos désirs. Agathe a sauté
80 de joie. Enfin, nous avons été comme deux folles pendant toute la journée, *à telles enseignes*[3] (style de tante) que ma mère nous disait de son air sévère : "Mais qu'avez-vous, mesdemoiselles ?" Si nous avions été grondées un brin[4], nous en aurions été, je crois, encore plus contentes. Une femme doit trouver bien du plaisir à souffrir

---

1. **Reliques** : objets d'une époque ancienne.
2. **Absoudre** : pardonner.
3. **À *telles enseignes*** : à tel point que.
4. **Un brin** : un peu.

85 pour celui qu'elle aime ! Moi seule étais rêveuse et chagrine au
milieu de ma joie. Je ferai sans doute une mauvaise femme, je suis
trop dépensière. Je m'étais acheté deux ceintures, un joli poinçon[1]
pour percer les œillets[2] de mes corsets, des niaiseries, en sorte que
j'avais moins d'argent que cette grosse Agathe, qui est économe, et
90 entasse ses écus comme une pie. Elle avait deux cents francs ! Moi,
mon pauvre ami, je n'ai que cinquante écus. Je suis bien punie, je
voudrais jeter ma ceinture dans le puits, il me sera toujours pénible
de la porter. Je t'ai volé. Agathe a été charmante. Elle m'a dit :
"Envoyons les trois cent cinquante francs, à nous deux !" Mais je n'ai
95 pas tenu à te raconter les choses comme elles se sont passées. Sais-tu
comment nous avons fait pour obéir à tes commandements, nous
avons pris notre glorieux argent, nous sommes allées nous promener
toutes deux, et quand une fois nous avons eu gagné la grande route,
nous avons couru à Ruffec, où nous avons tout bonnement donné
100 la somme à monsieur Grimbert, qui tient le bureau des Messageries
royales ! Nous étions légères comme des hirondelles en revenant.
"Est-ce que le bonheur nous allégirait[3] ?" me dit Agathe. Nous nous
sommes dit mille choses que je ne vous répéterai pas, monsieur le
Parisien, il était trop question de vous. Oh ! cher frère, nous t'aimons
105 bien, voilà tout en deux mots. Quant au secret, selon ma tante, de
petites masques[4] comme nous sont capables de tout, même de se
taire. Ma mère est allée mystérieusement à Angoulême avec ma
tante, et toutes deux ont gardé le silence sur la haute politique de
leur voyage, qui n'a pas eu lieu sans de longues conférences d'où
110 nous avons été bannies, ainsi que monsieur le baron. De grandes
conjectures[5] occupent les esprits dans l'État de Rastignac. La robe
de mousseline semée de fleurs à jour que brodent les infantes[6] pour

---

1. **Poinçon** : embout pointu.
2. **Œillets** : petits trous par lesquels on passe le lacet d'un corset.
3. **Allégirait** : allégerait.
4. **Masques** : hypocrites.
5. **Conjectures** : idées, suppositions.
6. **Infantes** : dans la monarchie espagnole, titre donné aux enfants nés après l'aîné.

sa majesté la reine avance dans le plus profond secret. Il n'y a plus que deux laizes[1] à faire. Il a été décidé qu'on ne ferait pas de mur
115 du côté de Verteuil, il y aura une haie. Le menu peuple y perdra des fruits, des espaliers, mais on y gagnera une belle vue pour les étrangers. Si l'héritier présomptif[2] avait besoin de mouchoirs, il est prévenu que la douairière de Marcillac, en fouillant dans ses trésors et ses malles, désignées sous le nom de Pompéia et d'Herculanum[3],
120 a découvert une pièce de belle toile de Hollande, qu'elle ne se connaissait pas ; les princesses Agathe et Laure mettent à ses ordres leur fil, leur aiguille, et des mains toujours un peu trop rouges. Les deux jeunes princes don Henri et don Gabriel ont conservé la funeste habitude de se gorger de raisiné, de faire enrager leurs
125 sœurs, de ne vouloir rien apprendre, de s'amuser à dénicher les oiseaux, de tapager et de couper, malgré les lois de l'État, des osiers pour se faire des badines[4]. Le nonce[5] du pape, vulgairement appelé monsieur le curé, menace de les excommunier[6] s'ils continuent à laisser les saints canons[7] de la grammaire pour les canons du
130 sureau[8] belliqueux[9]. Adieu, cher frère, jamais lettre n'a porté tant de vœux faits pour ton bonheur, ni tant d'amour satisfait. Tu auras donc bien des choses à nous dire quand tu viendras ! Tu me diras tout, à moi, je suis l'aînée. Ma tante nous a laissé soupçonner que tu avais des succès dans le monde.

135 *L'on parle d'une dame et l'on se tait du reste*[10].

---

1. **Laizes** : largeurs d'une étoffe.
2. **Héritier présomptif** : personne désignée d'avance pour succéder à quelqu'un.
3. **Pompéia et Herculanum** : villes romaines détruites par l'éruption du Vésuve au Iᵉʳ siècle ap. J.-C.
4. **Badines** : petites cannes souples.
5. **Nonce** : ambassadeur.
6. **Excommunier** : exclure d'une communauté religieuse.
7. **Canons** : règles.
8. **Sureau** : arbuste à bois tendre, dont se servent les frères d'Eugène pour fabriquer leurs badines.
9. **Belliqueux** : qui cherche la guerre.
10. Allusion à un vers de *Cinna*, tragédie de Corneille (1606-1684) créée en 1641 : « On parle d'eaux, du Tibre, et l'on se tait du reste. »

Avec nous s'entend ! Dis donc Eugène, si tu voulais, nous pourrions nous passer de mouchoirs, et nous te ferions des chemises. Réponds-moi vite à ce sujet. S'il te fallait promptement de belles chemises bien cousues, nous serions obligées de nous y mettre tout de suite ; et s'il y avait à Paris des façons[1] que nous ne connussions pas, tu nous enverrais un modèle, surtout pour les poignets. Adieu, adieu ! je t'embrasse au front du côté gauche, sur la tempe qui m'appartient exclusivement. Je laisse l'autre feuillet pour Agathe, qui m'a promis de ne rien lire de ce que je te dis. Mais, pour en être plus sûre, je resterai près d'elle pendant qu'elle t'écrira. Ta sœur qui t'aime.

Laure de Rastignac. »

« Oh ! oui, se dit Eugène, oui, la fortune à tout prix ! Des trésors ne payeraient pas ce dévouement. Je voudrais leur apporter tous les bonheurs ensemble. Quinze cent cinquante francs ! se dit-il après une pause. Il faut que chaque pièce porte coup ! Laure a raison. Nom d'une femme ! je n'ai que des chemises de grosse toile. Pour le bonheur d'un autre, une jeune fille devient rusée autant qu'un voleur. Innocente pour elle et prévoyante pour moi, elle est comme l'ange du ciel qui pardonne les fautes de la terre sans les comprendre. »

Le monde était à lui ! Déjà son tailleur avait été convoqué, sondé, conquis. En voyant monsieur de Trailles, Rastignac avait compris l'influence qu'exercent les tailleurs sur la vie des jeunes gens. Hélas ! il n'existe pas de moyenne entre ces deux termes : un tailleur est ou un ennemi mortel, ou un ami donné par la facture. Eugène rencontra dans le sien un homme qui avait compris la paternité de son commerce, et qui se considérait comme un trait d'union entre le présent et l'avenir des jeunes gens. Aussi Rastignac reconnaissant a-t-il fait la fortune de cet homme par un de ces mots auxquels il excella plus tard. « Je lui connais, disait-il, deux pantalons qui ont fait faire des mariages de vingt mille livres de rente. »

---

1. Façons : usages, manières.

Quinze cents francs et des habits à discrétion[1] ! En ce moment le pauvre Méridional ne douta plus de rien, et descendit au déjeuner
170 avec cet air indéfinissable que donne à un jeune homme la possession d'une somme quelconque. À l'instant où l'argent se glisse dans la poche d'un étudiant, il se dresse en lui-même une colonne fantastique sur laquelle il s'appuie. Il marche mieux qu'auparavant, il se sent un point d'appui pour son levier, il a le regard plein, direct, il
175 a les mouvements agiles ; la veille, humble et timide, il aurait reçu des coups ; le lendemain, il en donnerait à un Premier ministre. Il se passe en lui des phénomènes inouïs : il veut tout et peut tout, il désire à tort et à travers, il est gai, généreux, expansif. Enfin, l'oiseau naguère sans ailes a retrouvé son envergure. L'étudiant sans
180 argent happe un brin de plaisir comme un chien qui dérobe un os à travers mille périls, il le casse, en suce la moelle, et court encore ; mais le jeune homme qui fait mouvoir dans son gousset[2] quelques fugitives pièces d'or déguste ses jouissances, il les détaille, il s'y complaît, il se balance dans le ciel, il ne sait plus ce que signifie le
185 mot *misère*. Paris lui appartient tout entier. Âge où tout est luisant, où tout scintille et flambe ! âge de force joyeuse dont personne ne profite, ni l'homme ni la femme ! âge des dettes et des vives craintes qui décuplent tous les plaisirs ! Qui n'a pas pratiqué la rive gauche de la Seine, entre la rue Saint-Jacques et la rue des Saints-
190 Pères[3], ne connaît rien à la vie humaine ! « Ah ! si les femmes de Paris savaient ! se disait Rastignac en dévorant les poires cuites, à un liard la pièce, servies par madame Vauquer, elles viendraient se faire aimer ici. » En ce moment un facteur des Messageries royales se présenta dans la salle à manger, après avoir fait sonner la porte
195 à claire-voie. Il demanda monsieur Eugène de Rastignac, auquel il tendit deux sacs à prendre, et un registre à émarger[4]. Rastignac

---

1. **À discrétion** : à volonté.
2. **Gousset** : petite poche.
3. **Entre la rue Saint-Jacques et la rue des Saints-Pères** : dans le Quartier latin.
4. **Émarger** : signer.

fut alors sanglé[1] comme d'un coup de fouet par le regard profond que lui lança Vautrin.

«Vous aurez de quoi payer des leçons d'armes et des séances
200   au tir, lui dit cet homme.

– Les galions[2] sont arrivés», lui dit madame Vauquer en regardant les sacs.

Mademoiselle Michonneau craignait de jeter les yeux sur l'argent, de peur de montrer sa convoitise.

205   «Vous avez une bonne mère, dit madame Couture.

– Monsieur a une bonne mère, répéta Poiret.

– Oui, la maman s'est saignée[3], dit Vautrin. Vous pourrez maintenant faire vos farces, aller dans le monde, y pêcher des dots, et danser avec des comtesses qui ont des fleurs de pêcher sur la tête.
210   Mais croyez-moi, jeune homme, fréquentez le tir.»

Vautrin fit le geste d'un homme qui vise son adversaire. Rastignac voulut donner pour boire au facteur, et ne trouva rien dans sa poche. Vautrin fouilla dans la sienne, et jeta vingt sous à l'homme.

«Vous avez bon crédit[4]», reprit-il en regardant l'étudiant.

215   Rastignac fut forcé de le remercier, quoique depuis les mots aigrement échangés, le jour où il était revenu de chez madame de Beauséant, cet homme lui fût insupportable. Pendant ces huit jours Eugène et Vautrin étaient restés silencieusement en présence, et s'observaient l'un l'autre. L'étudiant se demandait vainement
220   pourquoi. Sans doute les idées se projettent en raison directe de la force avec laquelle elles se conçoivent, et vont frapper là où le cerveau les envoie, par une loi mathématique comparable à celle qui dirige les bombes au sortir du mortier[5]. Divers en sont les effets. S'il est des natures tendres où les idées se logent et
225   qu'elles ravagent, il est aussi des natures vigoureusement munies,

---

1. **Sanglé**: saisi, frappé.
2. **Galions**: navires qui transportaient l'or des Amériques.
3. **S'est saignée**: s'est sacrifiée, a réuni toutes ses économies.
4. **Vous avez bon crédit**: vous êtes bon payeur.
5. **Mortier**: pièce d'artillerie, canon.

des crânes à remparts d'airain[1] sur lesquels les volontés des autres s'aplatissent et tombent comme les balles devant une muraille ; puis il est encore des natures flasques et cotonneuses où les idées d'autrui viennent mourir comme des boulets s'amortissent dans la
230   terre molle des redoutes[2]. Rastignac avait une de ces têtes pleines de poudre qui sautent au moindre choc. Il était trop vivacement jeune pour ne pas être accessible à cette projection des idées, à cette contagion des sentiments dont tant de bizarres phénomènes nous frappent à notre insu. Sa vue morale avait la portée lucide
235   de ses yeux de lynx. Chacun de ses doubles sens avait cette longueur mystérieuse, cette flexibilité d'aller et de retour qui nous émerveille chez les gens supérieurs, bretteurs[3] habiles à saisir le défaut de toutes les cuirasses. Depuis un mois il s'était d'ailleurs développé chez Eugène autant de qualités que de défauts. Ses
240   défauts, le monde et l'accomplissement de ses croissants désirs les lui avaient demandés. Parmi ses qualités se trouvait cette vivacité méridionale qui fait marcher droit à la difficulté pour la résoudre, et qui ne permet pas à un homme d'outre-Loire de rester dans une incertitude quelconque ; qualité que les gens du Nord nomment
245   un défaut : pour eux, si ce fut l'origine de la fortune de Murat[4], ce fut aussi la cause de sa mort. Il faudrait conclure de là que quand un Méridional sait unir la fourberie du Nord à l'audace d'outre-Loire, il est complet et reste roi de Suède. Rastignac ne pouvait donc pas demeurer longtemps sous le feu des batteries[5] de
250   Vautrin sans savoir si cet homme était son ami ou son ennemi. De moment en moment, il lui semblait que ce singulier personnage pénétrait ses passions et lisait dans son cœur, tandis que chez lui tout était si bien clos qu'il semblait avoir la profondeur immobile

---

1. Airain : bronze.
2. Redoutes : fortifications.
3. Bretteurs : qui se battent souvent à l'épée.
4. Joachim Murat (1767-1815) : officier de l'armée de Napoléon Bonaparte qui devint maréchal de France et roi de Naples. Il fut fusillé en tentant de reconquérir son royaume.
5. Batteries : canons.

d'un sphinx qui sait, voit tout, et ne dit rien. En se sentant le
255 gousset plein, Eugène se mutina[1].

«Faites-moi le plaisir d'attendre, dit-il à Vautrin qui se levait
pour sortir après avoir savouré les dernières gorgées de son café.

– Pourquoi? répondit le quadragénaire en mettant son chapeau
à larges bords et prenant une canne en fer avec laquelle il faisait
260 souvent des moulinets en homme qui n'aurait pas craint d'être
assailli par quatre voleurs.

– Je vais vous rendre, reprit Rastignac qui défit promptement un
sac et compta cent quarante francs à madame Vauquer. Les bons
comptes font les bons amis, dit-il à la veuve. Nous sommes quittes
265 jusqu'à la Saint-Sylvestre. Changez-moi ces cent sous.

– Les bons amis font les bons comptes, répéta Poiret en regardant Vautrin.

– Voici vingt sous, dit Rastignac en tendant une pièce au sphinx
en perruque.

270 – On dirait que vous avez peur de me devoir quelque chose?
s'écria Vautrin en plongeant un regard divinateur dans l'âme du
jeune homme auquel il jeta un de ces sourires goguenards et diogéniques[2] desquels Eugène avait été sur le point de se fâcher cent fois.

– Mais… oui», répondit l'étudiant qui tenait ses deux sacs à la
275 main et s'était levé pour monter chez lui.

Vautrin sortait par la porte qui donnait dans le salon et l'étudiant
se disposait à s'en aller par celle qui menait sur le carré de l'escalier.

«Savez-vous, monsieur le marquis de Rastignacorama, que ce que
vous me dites n'est pas exactement poli», dit alors Vautrin en fouettant
280 la porte du salon et venant à l'étudiant qui le regarda froidement.

Rastignac ferma la porte de la salle à manger, en emmenant avec
lui Vautrin au bas de l'escalier, dans le carré qui séparait la salle
à manger de la cuisine, où se trouvait une porte pleine donnant
sur le jardin, et surmontée d'un long carreau garni de barreaux

---

1. Se mutina: se rebella.
2. Diogéniques: s'apparentant aux attitudes du philosophe antique Diogène (410-
323 av. J.-C.); insolent, provoquant.

285 en fer. Là, l'étudiant dit devant Sylvie qui déboucha de sa cuisine : « *Monsieur* Vautrin, je ne suis pas marquis, et je ne m'appelle pas Rastignacorama.

– Ils vont se battre, dit mademoiselle Michonneau d'un air indifférent.

290 – Se battre ! répéta Poiret.

– Que non, répondit madame Vauquer en caressant sa pile d'écus.

– Mais les voilà qui vont sous les tilleuls, cria mademoiselle Victorine en se levant pour regarder dans le jardin. Ce pauvre jeune homme a pourtant raison.

295 – Remontons, ma chère petite, dit madame Couture, ces affaires-là ne nous regardent pas. »

Quand madame Couture et Victorine se levèrent, elles rencontrèrent, à la porte, la grosse Sylvie qui leur barra le passage.

« Quoi qui n'y a donc ? dit-elle. Monsieur Vautrin a dit à monsieur
300 Eugène : "Expliquons-nous !" Puis il l'a pris par le bras, et les voilà qui marchent dans nos artichauts. »

En ce moment Vautrin parut. « Maman Vauquer, dit-il en souriant, ne vous effrayez de rien, je vais essayer mes pistolets sous les tilleuls.

– Oh ! monsieur, dit Victorine en joignant les mains, pourquoi
305 voulez-vous tuer monsieur Eugène ? »

Vautrin fit deux pas en arrière et contempla Victorine.

« Autre histoire, s'écria-t-il d'une voix railleuse qui fit rougir la pauvre fille. Il est bien gentil, n'est-ce pas, ce jeune homme-là ? reprit-il. Vous me donnez une idée. Je ferai votre bonheur à tous
310 deux, ma belle enfant. »

Madame Couture avait pris sa pupille[1] par le bras et l'avait entraînée en lui disant à l'oreille : « Mais, Victorine, vous êtes inconcevable ce matin.

– Je ne veux pas qu'on tire des coups de pistolet chez moi,
315 dit madame Vauquer. N'allez-vous pas effrayer tout le voisinage et amener la police, à c't'heure !

---

1. Pupille : orpheline placée sous l'autorité d'un tuteur.

– Allons, du calme, maman Vauquer, répondit Vautrin. Là, là, tout beau, nous irons au tir. » Il rejoignit Rastignac, qu'il prit familièrement par le bras :

320 « Quand je vous aurais prouvé qu'à trente-cinq pas je mets cinq fois de suite ma balle dans un as de pique, lui dit-il, cela ne vous ôterait pas votre courage. Vous m'avez l'air d'être un peu rageur, et vous vous feriez tuer comme un imbécile.

– Vous reculez, dit Eugène.

325 – Ne m'échauffez pas la bile[1], répondit Vautrin. Il ne fait pas froid ce matin, venez vous asseoir là-bas, dit-il en montrant les sièges peints en vert. Là, personne ne nous entendra. J'ai à causer avec vous. Vous êtes un bon petit jeune homme auquel je ne veux pas de mal. Je vous aime, foi de Tromp… (mille tonnerres !), foi de

330 Vautrin. Pourquoi vous aimé-je je vous le dirai. En attendant, je vous connais comme si je vous avais fait, et vais vous le prouver. Mettez vos sacs là », reprit-il en lui montrant la table ronde.

Rastignac posa son argent sur la table et s'assit en proie à une curiosité que développa chez lui au plus haut degré le changement

335 soudain opéré dans les manières de cet homme, qui, après avoir parlé de le tuer, se posait comme son protecteur.

« Vous voudriez bien savoir qui je suis, ce que j'ai fait, ou ce que je fais, reprit Vautrin. Vous êtes trop curieux, mon petit. Allons, du calme. Vous allez en entendre bien d'autres ! J'ai eu des malheurs.

340 Écoutez-moi d'abord, vous me répondrez après. Voilà ma vie antérieure en trois mots. Qui suis-je ? Vautrin. Que fais-je ? Ce qui me plaît. Passons. Voulez-vous connaître mon caractère ? Je suis bon avec ceux qui me font du bien ou dont le cœur parle au mien. À ceux-là tout est permis, ils peuvent me donner des coups de pied

345 dans les os des jambes sans que je leur dise : *Prends garde !* Mais, nom d'une pipe ! je suis méchant comme le diable avec ceux qui me tracassent, ou qui ne me reviennent pas. Et il est bon de vous apprendre

---

1. Ne m'échauffez pas la bile : ne m'énervez pas. Selon la théorie des humeurs développée par le médecin antique Hippocrate, la bile, noire ou jaune, désigne les tempéraments mélancoliques ou colériques.

que je me soucie de tuer un homme comme de ça! dit-il en lançant un jet de salive. Seulement je m'efforce de le tuer proprement,

350 quand il le faut absolument. Je suis ce que vous appelez un artiste. J'ai lu les Mémoires de Benvenuto Cellini[1], tel que vous me voyez, et en italien encore! J'ai appris de cet homme-là, qui était un fier luron[2], à imiter la Providence[3] qui nous tue à tort et à travers, et à aimer le beau partout où il se trouve. N'est-ce pas d'ailleurs une

355 belle partie à jouer que d'être seul contre tous les hommes et d'avoir la chance? J'ai bien réfléchi à la constitution actuelle de votre désordre social. Mon petit, le duel est un jeu d'enfant, une sottise. Quand de deux hommes vivants l'un doit disparaître, il faut être imbécile pour s'en remettre au hasard. Le duel? croix ou pile[4]!

360 voilà. Je mets cinq balles de suite dans un as de pique en enfonçant chaque nouvelle balle sur l'autre, et à trente-cinq pas encore! quand on est doué de ce petit talent-là, l'on peut se croire sûr d'abattre son homme. Eh bien! j'ai tiré sur un homme à vingt pas, je l'ai manqué. Le drôle n'avait jamais manié de sa vie un pistolet. Tenez!

365 dit cet homme extraordinaire en défaisant son gilet et montrant sa poitrine velue comme le dos d'un ours, mais garnie d'un crin fauve qui causait une sorte de dégoût mêlé d'effroi, ce blanc-bec[5] m'a roussi le poil, ajouta-t-il en mettant le doigt de Rastignac sur un trou qu'il avait au sein. Mais dans ce temps-là j'étais un enfant,

370 j'avais votre âge, vingt et un ans. Je croyais encore à quelque chose, à l'amour d'une femme, un tas de bêtises dans lesquelles vous allez vous embarbouiller. Nous nous serions battus, pas vrai? Vous auriez pu me tuer. Supposez que je sois en terre, où seriez-vous? Il faudrait décamper, aller en Suisse, manger l'argent de papa, qui n'en a

375 guère. Je vais vous éclairer, moi, la position dans laquelle vous êtes; mais je vais le faire avec la supériorité d'un homme qui, après avoir

---

1. Benvenuto Cellini (1500-1571): orfèvre et sculpteur italien. Dans ses *Mémoires*, parus en 1728, il raconte sa vie mouvementée.
2. Luron: gaillard.
3. La Providence: le sort, la puissance divine.
4. Croix ou pile: pile ou face.
5. Blanc-bec: jeune homme arrogant, prétentieux (familier).

examiné les choses d'ici-bas, a vu qu'il n'y avait que deux partis à prendre : ou une stupide obéissance ou la révolte. Je n'obéis à rien, est-ce clair ? Savez-vous ce qu'il vous faut, à vous, au train dont vous

380 allez ? un million, et promptement ; sans quoi, avec votre petite tête, nous pourrions aller flâner dans les filets de Saint-Cloud[1], pour voir s'il y a un Être Suprême[2]. Ce million, je vais vous le donner. » Il fit une pause en regardant Eugène. « Ah ! ah ! vous faites meilleure mine à votre petit papa Vautrin. En entendant ce mot-là, vous êtes

385 comme une jeune fille à qui l'on dit : "À ce soir", et qui se toilette en se pourléchant comme un chat qui boit du lait. À la bonne heure. Allons donc ! À nous deux ! Voici notre compte, jeune homme. Nous avons, là-bas, papa, maman, grand-tante, deux sœurs (dix-huit et dix-sept ans), deux petits frères (quinze et dix ans), voilà le contrôle

390 de l'équipage. La tante élève vos sœurs. Le curé vient apprendre le latin aux deux frères. La famille mange plus de bouillie de mar-rons que de pain blanc, le papa ménage ses culottes, maman se donne à peine une robe d'hiver et une robe d'été, nos sœurs font comme elles peuvent. Je sais tout, j'ai été dans le Midi. Les choses

395 sont comme cela chez vous, si l'on vous envoie douze cents francs par an, et que votre terrine ne rapporte que trois mille francs. Nous avons une cuisinière et un domestique, il faut garder le décorum, papa est baron. Quant à nous, nous avons de l'ambition, nous avons les Beauséant pour alliés et nous allons à pied, nous voulons la

400 fortune et nous n'avons pas le sou, nous mangeons les *ratatouilles* de maman Vauquer et nous aimons les beaux dîners du faubourg Saint-Germain, nous couchons sur un grabat[3] et nous voulons un hôtel ! Je ne blâme pas vos vouloirs. Avoir de l'ambition, mon petit cœur, ce n'est pas donné à tout le monde. Demandez aux femmes

405 quels hommes elles recherchent, les ambitieux. Les ambitieux ont

---

1. Flâner dans les filets de Saint-Cloud : se noyer. Les corps tombés dans la Seine étaient récupérés dans des filets situés à l'ouest de Paris.
2. Être Suprême : puissance supérieure. Le culte de l'Être Suprême a été instauré par Robespierre, durant la Révolution française.
3. Grabat : lit de mauvaise qualité.

les reins plus forts, le sang plus riche en fer, le cœur plus chaud que ceux des autres hommes. Et la femme se trouve si heureuse et si belle aux heures où elle est forte, qu'elle préfère à tous les hommes celui dont la force est énorme, fût-elle en danger d'être brisée par lui. Je fais l'inventaire de vos désirs afin de vous poser la question. Cette question, la voici. Nous avons une faim de loup, nos quenottes[1] sont incisives, comment nous y prendrons-nous pour approvisionner la marmite ? Nous avons d'abord le Code à manger, ce n'est pas amusant, et ça n'apprend rien ; mais il le faut. Soit. Nous nous faisons avocat pour devenir président d'une cour d'assises, envoyer les pauvres diables qui valent mieux que nous avec T. F.[2] sur l'épaule, afin de prouver aux riches qu'ils peuvent dormir tranquillement. Ce n'est pas drôle, et puis c'est long. D'abord, deux années à droguer[3] dans Paris, à regarder, sans y toucher, les *nanans*[4] dont nous sommes friands. C'est fatigant de désirer toujours sans jamais se satisfaire. Si vous étiez pâle et de la nature des mollusques, vous n'auriez rien à craindre ; mais nous avons le sang fiévreux des lions et un appétit à faire vingt sottises par jour. Vous succomberez donc à ce supplice, le plus horrible que nous ayons aperçu dans l'enfer du bon Dieu. Admettons que vous soyez sage, que vous buviez du lait et que vous fassiez des élégies[5] ; il faudra, généreux comme vous l'êtes, commencer, après bien des ennuis et des privations à rendre un chien enragé, par devenir le substitut de quelque drôle, dans un trou de ville où le gouvernement vous jettera mille francs d'appointements[6], comme on jette une soupe à un dogue[7] de boucher. Aboie après les voleurs, plaide pour le riche, fais guillotiner des gens de cœur. Bien obligé ! Si vous n'avez pas de protections, vous pourrirez dans votre tribunal de province. Vers trente ans, vous

---

1. **Quenottes** : dents.
2. **T. F.** : initiales de « travaux forcés ». Les bagnards étaient marqués de ce signe.
3. **Droguer** : ici, attendre en s'ennuyant.
4. **Nanans** : friandises, bonnes choses.
5. **Élégies** : ici, poèmes exprimant la plainte ou la mélancolie.
6. **Appointements** : rémunérations.
7. **Dogue** : chien de chasse.

serez juge à douze cents francs par an, si vous n'avez pas encore
435   jeté la robe[1] aux orties. Quand vous aurez atteint la quarantaine,
vous épouserez quelque fille de meunier, riche d'environ six mille
livres de rente. Merci. Ayez des protections, vous serez procureur
du roi à trente ans, avec mille écus d'appointements, et vous épouserez la fille du maire. Si vous faites quelques-unes de ces petites
440   bassesses politiques, comme de lire sur un bulletin Villèle au lieu
de Manuel[2] (ça rime, ça met la conscience en repos), vous serez, à
quarante ans, procureur général, et pourrez devenir député. Remar-
quez, mon cher enfant, que nous aurons fait des accrocs à notre
petite conscience, que nous aurons eu vingt ans d'ennuis, de misères
445   secrètes, et que nos sœurs auront coiffé sainte Catherine[3]. J'ai l'honneur de vous faire observer de plus qu'il n'y a que vingt procureurs
généraux en France, et que vous êtes vingt mille aspirants au grade,
parmi lesquels il se rencontre des farceurs qui vendraient leur famille
pour monter d'un cran. Si le métier vous dégoûte, voyons autre
450   chose. Le baron de Rastignac veut-il être avocat ? Oh ! joli. Il faut
pâtir[4] pendant dix ans, dépenser mille francs par mois, avoir une
bibliothèque, un cabinet[5], aller dans le monde, baiser la robe d'un
avoué pour avoir des causes[6], balayer le palais avec sa langue. Si ce
métier vous menait à bien, je ne dirais pas non ; mais trouvez-moi
455   dans Paris cinq avocats qui, à cinquante ans, gagnent plus de cinquante mille francs par an ? Bah ! plutôt que de m'amoindrir ainsi
l'âme, j'aimerais mieux me faire corsaire. D'ailleurs, où prendre
des écus ? Tout ça n'est pas gai. Nous avons une ressource dans la
dot d'une femme. Voulez-vous vous marier ? ce sera vous mettre
460   une pierre au cou ; puis, si vous vous mariez pour de l'argent, que
deviennent nos sentiments d'honneur, notre noblesse ? Autant

---

1. **Robe** : robe de magistrat, sous-entendu la fonction de magistrat.
2. Allusion aux tricheries électorales.
3. **Auront coiffé sainte Catherine** : finiront vieilles filles.
4. **Pâtir** : souffrir.
5. **Cabinet** : cabinet de lecture, bureau.
6. **Causes** : cas à défendre.

commencer aujourd'hui votre révolte contre les conventions humaines. Ce ne serait rien que se coucher comme un serpent devant une femme, lécher les pieds de la mère, faire des bassesses à dégoûter 465 une truie, pouah ! si vous trouviez au moins le bonheur. Mais vous serez malheureux comme les pierres d'égout avec une femme que vous aurez épousée ainsi. Vaut encore mieux guerroyer avec les hommes que de lutter avec sa femme. Voilà le carrefour de la vie, jeune homme, choisissez. Vous avez déjà choisi : vous êtes allé chez 470 votre cousin de Beauséant, et vous y avez flairé le luxe. Vous êtes allé chez madame de Restaud, la fille du père Goriot, et vous y avez flairé la Parisienne. Ce jour-là vous êtes revenu avec un mot sur votre front, et que j'ai bien su lire : *parvenir !* parvenir à tout prix. Bravo ! ai-je dit, voilà un gaillard qui me va. Il vous a fallu de l'argent. 475 Où en prendre ? Vous avez saigné vos sœurs. Tous les frères *flouent*[1] plus ou moins leurs sœurs. Vos quinze cents francs arrachés, Dieu sait comme ! dans un pays où l'on trouve plus de châtaignes que de pièces de cent sous, vont filer comme des soldats à la maraude[2]. Après, que ferez-vous ? vous travaillerez ? Le travail, compris comme 480 vous le comprenez en ce moment, donne, dans les vieux jours, un appartement chez maman Vauquer à des gars de la force de Poiret. Une rapide fortune est le problème que se proposent de résoudre en ce moment cinquante mille jeunes gens qui se trouvent tous dans votre position. Vous êtes une unité de ce nombre-là. Jugez des 485 efforts que vous avez à faire et de l'acharnement du combat. Il faut vous manger les uns les autres comme des araignées dans un pot, attendu qu'il n'y a pas cinquante mille bonnes places. Savez-vous comment on fait son chemin ici ? par l'éclat du génie ou par l'adresse de la corruption. Il faut entrer dans cette masse d'hommes comme 490 un boulet de canon, ou s'y glisser comme une peste. L'honnêteté ne sert à rien. L'on plie sous le pouvoir du génie, on le hait, on tâche de le calomnier, parce qu'il prend sans partager ; mais on plie

---

1. Flouent : trompent.
2. Filer comme des soldats à la maraude : filer très vite sans que l'on sache pourquoi.

s'il persiste ; en un mot, on l'adore à genoux quand on n'a pas pu
l'enterrer sous la boue. La corruption est en force, le talent est rare.
495 Ainsi, la corruption est l'arme de la médiocrité qui abonde, et vous
en sentirez partout la pointe. Vous verrez des femmes dont les maris
ont six mille francs d'appointements pour tout potage, et qui dépen-
sent plus de dix mille francs à leur toilette. Vous verrez des employés
à douze cents francs acheter des terres. Vous verrez des femmes se
500 prostituer pour aller dans la voiture du fils d'un pair de France[1],
qui peut courir à Longchamp[2] sur la chaussée du milieu. Vous avez
vu le pauvre bêta de père Goriot obligé de payer la lettre de change
endossée par sa fille, dont le mari a cinquante mille livres de rente.
Je vous défie de faire deux pas dans Paris sans rencontrer des mani-
505 gances infernales. Je parierais ma tête contre un pied de cette salade
que vous donnerez dans un guêpier chez la première femme qui
vous plaira, fût-elle riche, belle et jeune. Toutes sont bricolées[3] par
les lois, en guerre avec leurs maris à propos de tout. Je n'en finirais
pas s'il fallait vous expliquer les trafics qui se font pour des amants,
510 pour des chiffons, pour des enfants, pour le ménage ou pour la
vanité, rarement par vertu, soyez-en sûr. Aussi l'honnête homme
est-il l'ennemi commun. Mais que croyez-vous que soit l'honnête
homme ? À Paris, l'honnête homme est celui qui se tait, et refuse
de partager. Je ne vous parle pas de ces pauvres ilotes[4] qui partout
515 font la besogne sans être jamais récompensés de leurs travaux, et
que je nomme la confrérie des savates du bon Dieu. Certes, là est
la vertu dans toute la fleur de sa bêtise, mais là est la misère. Je vois
d'ici la grimace de ces braves gens si Dieu nous faisait la mauvaise
plaisanterie de s'absenter au Jugement dernier. Si donc vous voulez
520 promptement la fortune, il faut être déjà riche ou le paraître. Pour
s'enrichir, il s'agit ici de jouer de grands coups ; autrement on carotte[5],

---

1. **Pair de France** : membre de l'assemblée législative, entre 1814 et 1848.
2. **Longchamp** : lieu de promenade.
3. **Bricolées** : contraintes.
4. **Ilotes** : esclaves.
5. **Carotte** : ici, vole.

et votre serviteur! Si, dans les cent professions que vous pouvez
embrasser, il se rencontre dix hommes qui réussissent vite, le public
les appelle des voleurs. Tirez vos conclusions. Voilà la vie telle qu'elle
525 est. Ça n'est pas plus beau que la cuisine, ça pue tout autant, et il
faut se salir les mains si l'on veut fricoter[1]; sachez seulement vous
bien débarbouiller : là est toute la morale de notre époque. Si je
vous parle ainsi du monde, il m'en a donné le droit, je le connais.
Croyez-vous que je blâme ? du tout. Il a toujours été ainsi. Les mora-
530 listes ne le changeront jamais. L'homme est imparfait. Il est parfois
plus ou moins hypocrite, et les niais disent alors qu'il a ou n'a pas
de mœurs. Je n'accuse pas les riches en faveur du peuple : l'homme
est le même en haut, en bas, au milieu. Il se rencontre par chaque
million de ce haut bétail dix lurons qui se mettent au-dessus de
535 tout, même des lois; j'en suis. Vous, si vous êtes un homme supérieur,
allez en droite ligne et la tête haute. Mais il faudra lutter contre
l'envie, la calomnie, la médiocrité, contre tout le monde. Napoléon
a rencontré un ministre de la Guerre qui s'appelait Aubry, et qui a
failli l'envoyer aux colonies. Tâtez-vous ! Voyez si vous pourrez vous
540 lever tous les matins avec plus de volonté que vous n'en aviez la
veille. Dans ces conjonctures, je vais vous faire une proposition que
personne ne refuserait. Écoutez bien. Moi, voyez-vous, j'ai une idée.
Mon idée est d'aller vivre de la vie patriarcale[2] au milieu d'un grand
domaine, cent mille arpents[3], par exemple, aux États-Unis, dans le
545 Sud. Je veux m'y faire planteur[4], avoir des esclaves, gagner quelques
bons petits millions à vendre mes bœufs, mon tabac, mes bois, en
vivant comme un souverain, en faisant mes volontés, en menant
une vie qu'on ne conçoit pas ici, où l'on se tapit[5] dans un terrier
de plâtre. Je suis un grand poète. Mes poésies, je ne les écris pas :
550 elles consistent en actions et en sentiments. Je possède en ce moment

---

1. Fricoter : manger (terme familier).
2. Patriarcale : fondée sur des valeurs simples et familiales.
3. Arpent : ancienne mesure de surface.
4. Planteur : dans les pays tropicaux, désigne le propriétaire d'une plantation.
5. Se tapir : se cache.

cinquante mille francs qui me donneraient à peine quarante nègres. J'ai besoin de deux cent mille francs, parce que je veux deux cents nègres, afin de satisfaire mon goût pour la vie patriarcale. Des nègres, voyez-vous? c'est des enfants tout venus dont on fait ce qu'on veut,
555 sans qu'un curieux procureur du roi arrive vous en demander compte. Avec ce capital noir, en dix ans j'aurai trois ou quatre millions. Si je réussis, personne ne me demandera: "Qui es-tu?" Je serai monsieur Quatre-Millions, citoyen des États-Unis. J'aurai cinquante ans, je ne serai pas encore pourri, je m'amuserai à ma façon. En deux
560 mots, si je vous procure une dot d'un million, me donnerez-vous deux cent mille francs? Vingt pour cent de commission, hein! est-ce trop cher? Vous vous ferez aimer de votre petite femme. Une fois marié, vous manifesterez des inquiétudes, des remords, vous ferez le triste pendant quinze jours. Une nuit, après quelques sin-
565 geries, vous déclarerez, entre deux baisers, deux cent mille francs de dettes à votre femme, en lui disant: "Mon amour!" Ce vaudeville[1] est joué tous les jours par les jeunes gens les plus distingués. Une jeune femme ne refuse pas sa bourse à celui qui lui prend le cœur. Croyez-vous que vous y perdrez? Non. Vous trouverez le moyen de
570 regagner vos deux cent mille francs dans une affaire. Avec votre argent et votre esprit, vous amasserez une fortune aussi considérable que vous pourrez la souhaiter. *Ergo*[2] vous aurez fait, en six mois de temps, votre bonheur, celui d'une femme aimable et celui de votre papa Vautrin, sans compter celui de votre famille qui souffle dans
575 ses doigts, l'hiver, faute de bois. Ne vous étonnez ni de ce que je vous propose, ni de ce que je vous demande! Sur soixante beaux mariages qui ont lieu dans Paris, il y en a quarante-sept qui donnent lieu à des marchés semblables. La Chambre des Notaires a forcé monsieur…
580   – Que faut-il que je fasse? dit avidement Rastignac en interrompant Vautrin.

---

1. **Vaudeville**: comédie riche en rebondissements.
2. *Ergo*: «donc», en latin.

– Presque rien, répondit cet homme en laissant échapper un mouvement de joie semblable à la sourde expression d'un pêcheur qui sent un poisson au bout de sa ligne. Écoutez-moi bien ! Le
585 cœur d'une pauvre fille malheureuse et misérable est l'éponge la plus avide à se remplir d'amour, une éponge sèche qui se dilate aussitôt qu'il y tombe une goutte de sentiment. Faire la cour à une jeune personne qui se rencontre dans des conditions de solitude, de désespoir et de pauvreté sans qu'elle se doute de sa fortune à
590 venir ! dame[1] ! c'est quinte et quatorze[2] en main, c'est connaître les numéros à la loterie, et c'est jouer sur les rentes en sachant les nouvelles. Vous construisez sur pilotis[3] un mariage indestructible. Viennent des millions à cette jeune fille, elle vous les jettera aux pieds, comme si c'était des cailloux. "Prends, mon bien-aimé ! Prends,
595 Adolphe ! Alfred ! Prends, Eugène !" dira-t-elle si Adolphe, Alfred ou Eugène ont eu le bon esprit de se sacrifier pour elle. Ce que j'entends par des sacrifices, c'est vendre un vieil habit afin d'aller au *Cadran-Bleu*[4] manger ensemble des croûtes aux champignons ; de là, le soir, à l'Ambigu-Comique[5] ; c'est mettre sa montre au Mont-de-
600 Piété pour lui donner un châle. Je ne vous parle pas du gribouillage de l'amour ni des fariboles[6] auxquelles tiennent tant les femmes, comme, par exemple, de répandre des gouttes d'eau sur le papier à lettre en manière de larmes quand on est loin d'elles : vous m'avez l'air de connaître parfaitement l'argot du cœur. Paris, voyez-vous, est
605 comme une forêt du Nouveau Monde, où s'agitent vingt espèces de peuplades sauvages, les Illinois, les Hurons[7], qui vivent du produit que donnent les différentes chasses sociales ; vous êtes un chasseur de millions. Pour les prendre, vous usez de pièges, de pipeaux[8],

---

1. **Dame** : interjection.
2. **Quinte et quatorze** : avoir les meilleures cartes.
3. **Sur pilotis** : sur des fondations solides.
4. *Cadran-Bleu* : restaurant.
5. **Ambigu-Comique** : théâtre populaire.
6. **Fariboles** : choses de peu d'importance.
7. **Les Illinois, les Hurons** : les Indiens d'Amérique.
8. **Pipeaux** : sortes de flûtes.

d'appeaux[1]. Il y a plusieurs manières de chasser. Les uns chassent
610 à la dot; les autres chassent à la liquidation[2]; ceux-ci pêchent des
consciences[3], ceux-là vendent leurs abonnés pieds et poings liés.
Celui qui revient avec sa gibecière[4] bien garnie est salué, fêté, reçu
dans la bonne société. Rendons justice à ce sol hospitalier[5], vous
avez affaire à la ville la plus complaisante qui soit dans le monde.
615 Si les fières aristocraties de toutes les capitales de l'Europe refusent
d'admettre dans leurs rangs un millionnaire infâme, Paris lui tend les
bras, court à ses fêtes, mange ses dîners et trinque avec son infamie.

— Mais où trouver une fille? dit Eugène.

— Elle est à vous, devant vous!

620 — Mademoiselle Victorine?

— Juste!

— Eh! comment?

— Elle vous aime déjà, votre petite baronne de Rastignac!

— Elle n'a pas un sou, reprit Eugène étonné.

625 — Ah! nous y voilà. Encore deux mots, dit Vautrin, et tout s'éclaircira.
Le père Taillefer est un vieux coquin qui passe pour avoir assassiné
l'un de ses amis pendant la Révolution. C'est un de mes gaillards qui
ont de l'indépendance dans les opinions. Il est banquier, principal
associé de la maison Frédéric Taillefer et compagnie. Il a un fils
630 unique, auquel il veut laisser son bien, au détriment de Victorine.
Moi, je n'aime pas ces injustices-là. Je suis comme don Quichotte[6],
j'aime à prendre la défense du faible contre le fort. Si la volonté
de Dieu était de lui retirer son fils, Taillefer reprendrait sa fille; il
voudrait un héritier quelconque, une bêtise qui est dans la nature et

---

1. **Appeaux**: instruments avec lesquels on imite le cri des animaux pour les attirer.
2. **Chassent la liquidation**: s'enrichissent en vendant des valeurs financières au bon moment.
3. **Pêchent des consciences**: corrompent des électeurs.
4. **Gibecière**: sac dans lequel les chasseurs ramènent le gibier abattu.
5. **Hospitalier**: accueillant.
6. **Don Quichotte**: personnage du roman de Miguel de Cervantès (1547-1616), *L'Ingénieux Hidalgo Don Quichotte de la Manche*, paru en 1605 et 1615. Don Quichotte est passionné par les romans de chevalerie et très attaché à ces valeurs.

635 il ne peut plus avoir d'enfants, je le sais. Victorine est douce et gentille, elle aura bientôt entortillé son père, et le fera tourner comme
une toupie d'Allemagne avec le fouet du sentiment! Elle sera trop
sensible à votre amour pour vous oublier, vous l'épouserez. Moi, je
me charge du rôle de la Providence, je ferai vouloir le bon Dieu.
640 J'ai un ami pour qui je me suis dévoué, un colonel de l'armée de la
Loire qui vient d'être employé dans la garde royale. Il écoute mes
avis, et s'est fait ultra-royaliste[1] : ce n'est pas un de ces imbéciles qui
tiennent à leurs opinions. Si j'ai encore un conseil à vous donner,
mon ange, c'est de ne pas plus tenir à vos opinions qu'à vos paroles.
645 Quand on vous les demandera, vendez-les. Un homme qui se vante
de ne jamais changer d'opinion est un homme qui se charge d'aller
toujours en ligne droite, un niais qui croit à l'infaillibilité. Il n'y a pas
de principes, il n'y a que des événements ; il n'y a pas de lois, il n'y a
que des circonstances : l'homme supérieur épouse les événements et
650 les circonstances pour les conduire. S'il y avait des principes et des
lois fixes, les peuples n'en changeraient pas comme nous changeons
de chemises. L'homme n'est pas tenu d'être plus sage que toute
une nation. L'homme qui a rendu le moins de services à la France
est un fétiche[2] vénéré pour avoir toujours vu en rouge, il est tout
655 au plus bon à mettre au Conservatoire[3], parmi les machines, en
l'étiquetant La Fayette[4] ; tandis que le prince[5] auquel chacun lance
sa pierre, et qui méprise assez l'humanité pour lui cracher au visage
autant de serments qu'elle en demande, a empêché le partage de
la France au congrès de Vienne[6] : on lui doit des couronnes, on lui
660 jette de la boue. Oh ! Je connais les affaires, moi ! j'ai les secrets de
bien des hommes ! Suffit. J'aurai une opinion inébranlable le jour

---

1. Ultra-royaliste : partisan de la monarchie absolue.
2. Fétiche : personne à laquelle on voue une admiration exagérée.
3. Conservatoire : Conservatoire national des arts et métiers, fondé en 1794.
4. La Fayette (1757-1834) : général français qui participa notamment à la guerre
d'Indépendance américaine (1775-1783).
5. Le prince : sous-entendu ironiquement Talleyrand (voir note 1, p. 69).
6. Congrès de Vienne : congrès tenu entre 1814 et 1815 et lors duquel les principales
puissances politiques décidèrent du nouveau découpage de l'Europe.

où j'aurai rencontré trois têtes d'accord sur l'emploi d'un principe
et j'attendrai longtemps ! L'on ne trouve pas dans les tribunaux
trois juges qui aient le même avis sur un article de la loi. Je reviens
665 à mon homme. Il remettrait Jésus-Christ en croix si je le lui disais.
Sur un seul mot de son papa Vautrin, il cherchera querelle à ce
drôle qui n'envoie pas seulement cent sous à sa pauvre sœur, et… »
Ici Vautrin se leva, se mit en garde, et fit le mouvement d'un maître
d'armes qui se fend[1]. « Et, à l'ombre ! ajouta-t-il.

670   – Quelle horreur ! dit Eugène. Vous voulez plaisanter, monsieur
Vautrin ?

        – Là, là, là, du calme, reprit cet homme. Ne faites pas l'enfant :
cependant, si cela peut vous amuser, courroucez-vous[2] ! emportez-
vous ! Dites que je suis un infâme, un scélérat, un coquin, un bandit,
675 mais ne m'appelez ni escroc, ni espion ! Allez, dites, lâchez votre
bordée[3] ! Je vous pardonne, c'est si naturel à votre âge ! J'ai été
comme ça, moi ! Seulement, réfléchissez. Vous ferez pis quelque
jour. Vous irez coqueter[4] chez quelque jolie femme et vous recevrez
de l'argent. Vous y avez pensé ! dit Vautrin ; car, comment réus-
680 sirez-vous, si vous n'escomptez pas votre amour ? La vertu, mon
cher étudiant, ne se scinde pas : elle est ou n'est pas. On nous
parle de faire pénitence[5] de nos fautes. Encore un joli système
que celui en vertu duquel on est quitte d'un crime avec un acte de
contrition[6] ! Séduire une femme pour arriver à vous poser sur tel
685 bâton de l'échelle sociale, jeter la zizanie[7] entre les enfants d'une
famille, enfin toutes les infamies qui se pratiquent sous le manteau
d'une cheminée ou autrement dans un but de plaisir ou d'intérêt
personnel, croyez-vous que ce soient des actes de foi, d'espérance
et de charité ? Pourquoi deux mois de prison au dandy qui, dans

---

1. **Se fend** : met une jambe en avant.
2. **Courroucez-vous** : mettez-vous en colère.
3. **Bordée** : décharge d'injures.
4. **Coqueter** : faire le coq, le galant.
5. **Faire pénitence** : regretter sincèrement une faute.
6. **Acte de contrition** : prière pour invoquer le pardon de Dieu.
7. **Zizanie** : discorde, mésentente.

690 une nuit, ôte à un enfant la moitié de sa fortune, et pourquoi le bagne au pauvre diable qui vole un billet de mille francs avec les circonstances aggravantes? Voilà vos lois. Il n'y a pas un article qui n'arrive à l'absurde. L'homme en gants et à paroles jaunes a commis des assassinats où l'on ne verse pas de sang, mais où l'on en donne;
695 l'assassin a ouvert une porte avec un monseigneur[1] : deux choses nocturnes! Entre ce que je vous propose et ce que vous ferez un jour, il n'y a que le sang de moins. Vous croyez à quelque chose de fixe dans ce monde-là! Méprisez donc les hommes, et voyez les mailles par où l'on peut passer à travers le réseau du Code.
700 Le secret des grandes fortunes sans cause apparente est un crime oublié, parce qu'il a été proprement fait.

– Silence, monsieur, je ne veux pas en entendre davantage, vous me feriez douter de moi-même. En ce moment le sentiment est toute ma science.

705 – À votre aise, bel enfant. Je vous croyais plus fort, dit Vautrin, je ne vous dirai plus rien. Un dernier mot, cependant.» Il regarda fixement l'étudiant: «Vous avez mon secret, lui dit-il.

– Un jeune homme qui vous refuse saura bien l'oublier.

– Vous avez bien dit cela, ça me fait plaisir. Un autre, voyez-vous,
710 sera moins scrupuleux[2]. Souvenez-vous de ce que je veux faire pour vous. Je vous donne quinze jours. C'est à prendre ou à laisser.»

«Quelle tête de fer a donc cet homme! se dit Rastignac en voyant Vautrin s'en aller tranquillement, sa canne sous le bras. Il m'a dit crûment ce que madame de Beauséant me disait en y
715 mettant des formes. Il me déchirait le cœur avec des griffes d'acier. Pourquoi veux-je aller chez madame de Nucingen? Il a deviné mes motifs aussitôt que je les ai conçus. En deux mots, ce brigand m'a dit plus de choses sur la vertu que ne m'en ont dit les hommes et les livres. Si la vertu ne souffre pas de capitulation, j'ai donc volé
720 mes sœurs?» dit-il en jetant le sac sur la table. Il s'assit, et resta là

---

1. **Monseigneur**: pince.
2. **Scrupuleux**: honnête.

plongé dans une étourdissante méditation. «Être fidèle à la vertu, martyre[1] sublime! Bah! tout le monde croit à la vertu; mais qui est vertueux? Les peuples ont la liberté pour idole; mais où est sur la terre un peuple libre? Ma jeunesse est encore bleue comme un ciel
725 sans nuage: vouloir être grand ou riche, n'est-ce pas se résoudre à mentir, plier, ramper, se redresser, flatter, dissimuler? n'est-ce pas consentir à se faire le valet de ceux qui ont menti, plié, rampé? Avant d'être leur complice, il faut les servir. Eh bien! non. Je veux travailler noblement, saintement; je veux travailler jour et nuit,
730 ne devoir ma fortune qu'à mon labeur. Ce sera la plus lente des fortunes, mais chaque jour ma tête reposera sur mon oreiller sans une pensée mauvaise. Qu'y a-t-il de plus beau que de contempler sa vie et de la trouver pure comme un lis[2]? Moi et la vie, nous sommes comme un jeune homme et sa fiancée. Vautrin m'a fait voir ce qui
735 arrive après dix ans de mariage. Diable! ma tête se perd. Je ne veux penser à rien, le cœur est un bon guide.»

Eugène fut tiré de sa rêverie par la voix de la grosse Sylvie, qui lui annonça son tailleur, devant lequel il se présenta, tenant à la main ses deux sacs d'argent, et il ne fut pas fâché de cette circonstance.
740 Quand il eut essayé ses habits du soir, il remit sa nouvelle toilette du matin qui le métamorphosait complètement. «Je vaux bien monsieur de Trailles, se dit-il. Enfin j'ai l'air d'un gentilhomme[3]!

– Monsieur, dit le père Goriot en entrant chez Eugène, vous m'avez demandé si je connaissais les maisons où va madame de
745 Nucingen?

– Oui!

– Eh bien! elle va lundi prochain au bal du maréchal Carigliano. Si vous pouvez y être, vous me direz si mes deux filles se sont bien amusées, comment elles seront mises, enfin tout.
750 – Comment avez-vous su cela, mon bon père Goriot? dit Eugène en le faisant asseoir à son feu.

---

1. **Martyre**: supplice, souffrance.
2. **Lis ou lys**: fleur blanche, symbole de la royauté.
3. **Gentilhomme**: noble.

– Sa femme de chambre me l'a dit. Je sais tout ce qu'elles font par Thérèse et par Constance », reprit-il d'un air joyeux. Le vieillard ressemblait à un amant encore assez jeune pour être heureux d'un

755 stratagème qui le met en communication avec sa maîtresse sans qu'elle puisse s'en douter. « Vous les verrez, vous ! dit-il en exprimant avec naïveté une douloureuse envie.

– Je ne sais pas, répondit Eugène. Je vais aller chez madame de Beauséant lui demander si elle peut me présenter à la maréchale. »

760 Eugène pensait avec une sorte de joie intérieure à se montrer chez la vicomtesse mis comme il le serait désormais. Ce que les moralistes nomment les abîmes du cœur humain sont uniquement les décevantes pensées, les involontaires mouvements de l'intérêt personnel. Ces péripéties, le sujet de tant de réclamations, ces

765 retours soudains sont des calculs faits au profit de nos jouissances. En se voyant bien mis, bien ganté, bien botté, Rastignac oublia sa vertueuse résolution. La jeunesse n'ose pas se regarder au miroir de la conscience quand elle verse du côté de l'injustice, tandis que l'âge mûr s'y est vu : là gît toute la différence entre ces deux

770 phases de la vie. Depuis quelques jours, les deux voisins, Eugène et le père Goriot, étaient devenus bons amis. Leur secrète amitié tenait aux raisons psychologiques qui avaient engendré des senti-ments contraires entre Vautrin et l'étudiant. Le hardi[1] philosophe qui voudra constater les effets de nos sentiments dans le monde

775 physique trouvera sans doute plus d'une preuve de leur effective matérialité dans les rapports qu'ils créent entre nous et les animaux. Quel physiognomoniste[2] est plus prompt à deviner un caractère qu'un chien l'est à savoir si un inconnu l'aime ou ne l'aime pas ? Les *atomes crochus*[3], expression proverbiale dont chacun se sert,

780 sont un de ces faits qui restent dans les langages pour démentir les niaiseries philosophiques dont s'occupent ceux qui aiment à

---

1. Hardi : courageux, audacieux.
2. Physiognomoniste : qui tire de l'analyse de la physionomie une analyse psycho-logique de l'individu.
3. *Atomes crochus* : sympathie, entente.

vanner[1] les épluchures des mots primitifs. On se sent aimé. Le sentiment s'empreint en toutes choses et traverse les espaces. Une lettre est une âme, elle est un si fidèle écho de la voix qui parle
785 que les esprits délicats la comptent parmi les plus riches trésors de l'amour. Le père Goriot, que son sentiment irréfléchi élevait jusqu'au sublime de la nature canine, avait flairé la compassion, l'admirative bonté, les sympathies juvéniles qui s'étaient émues pour lui dans le cœur de l'étudiant. Cependant cette union naissante n'avait encore
790 amené aucune confidence. Si Eugène avait manifesté de voir madame de Nucingen, ce n'était pas qu'il comptât sur le vieillard pour être introduit par lui chez elle ; mais il espérait qu'une indiscrétion pourrait le bien servir. Le père Goriot ne lui avait parlé de ses filles qu'à propos de ce qu'il s'était permis d'en dire publiquement le jour de
795 ses deux visites. « Mon cher monsieur, lui avait-il dit le lendemain, comment avez-vous pu croire que madame de Restaud vous en ait voulu d'avoir prononcé mon nom ? Mes deux filles m'aiment bien. Je suis heureux père. Seulement, mes deux gendres se sont mal conduits envers moi. Je n'ai pas voulu faire souffrir ces chères créa-
800 tures de mes dissensions[2] avec leurs maris, et j'ai préféré les voir en secret. Ce mystère me donne mille jouissances que ne comprennent pas les autres pères qui peuvent voir leurs filles quand ils veulent. Moi, je ne le peux pas, comprenez-vous ? Alors je vais, quand il fait beau, dans les Champs-Élysées, après avoir demandé aux femmes de
805 chambre si mes filles sortent. Je les attends au passage, le cœur me bat quand les voitures arrivent, je les admire dans leur toilette, elles me jettent en passant un petit rire qui me dore la nature comme s'il y tombait un rayon de quelque beau soleil. Et je reste, elles doivent revenir. Je les vois encore ! l'air leur a fait du bien, elles sont roses.
810 J'entends dire autour de moi : "Voilà une belle femme !" Ça me réjouit le cœur. N'est-ce pas mon sang ? J'aime les chevaux qui les traînent, et je voudrais être le petit chien qu'elles ont sur leurs genoux. Je

---

1. Vanner : épurer.
2. Dissensions : disputes, désaccords.

vis de leurs plaisirs. Chacun a sa façon d'aimer, la mienne ne fait pourtant de mal à personne, pourquoi le monde s'occupe-t-il de
815 moi ? Je suis heureux à ma manière. Est-ce contre les lois que j'aille voir mes filles, le soir, au moment où elles sortent de leurs maisons pour se rendre au bal ? Quel chagrin pour moi si j'arrive trop tard, et qu'on me dise : "Madame est sortie." Un soir j'ai attendu jusqu'à trois heures du matin pour voir Nasie, que je n'avais pas vue depuis
820 deux jours. J'ai manqué crever d'aise ! Je vous en prie, ne parlez de moi que pour dire combien mes filles sont bonnes. Elles veulent me combler de toutes sortes de cadeaux ; je les en empêche, je leur dis : "Gardez donc votre argent ! Que voulez-vous que j'en fasse ? Il ne me faut rien." En effet, mon cher monsieur, que suis-je ? un
825 méchant cadavre dont l'âme est partout où sont mes filles. Quand vous aurez vu madame de Nucingen, vous me direz celle des deux que vous préférez », dit le bonhomme après un moment de silence en voyant Eugène qui se disposait à partir pour aller se promener aux Tuileries[1] en attendant l'heure de se présenter chez madame
830 de Beauséant.

Cette promenade fut fatale à l'étudiant. Quelques femmes le remarquèrent. Il était si beau, si jeune, et d'une élégance de si bon goût ! En se voyant l'objet d'une attention presque admirative, il ne pensa plus à ses sœurs ni à sa tante dépouillées, ni à ses vertueuses
835 répugnances. Il avait vu passer au-dessus de sa tête ce démon qu'il est si facile de prendre pour un ange, ce Satan aux ailes diaprées[2], qui sème des rubis, qui jette ses flèches d'or au front des palais, empourpre[3] les femmes, revêt d'un sot éclat les trônes, si simples dans leur origine ; il avait écouté le dieu de cette vanité crépitante
840 dont le clinquant nous semble être un symbole de puissance. La parole de Vautrin, quelque cynique[4] qu'elle fût, s'était logée dans son cœur comme dans le souvenir d'une vierge se grave le profil

---

1. **Tuileries** : jardin des Tuileries.
2. **Diaprées** : qui scintillent.
3. **Empourpre** : fait rougir.
4. **Cynique** : immorale, provocante.

ignoble d'une vieille marchande à la toilette, qui lui a dit : «Or et amour à flots!» Après avoir indolemment[1] flâné, vers cinq heures
845 Eugène se présenta chez madame de Beauséant, et il y reçut un de ces coups terribles contre lesquels les cœurs jeunes sont sans armes. Il avait jusqu'alors trouvé la vicomtesse pleine de cette aménité[2] polie, de cette grâce melliflue[3] donnée par l'éducation aristocratique, et qui n'est complète que si elle vient du cœur.

850 Quand il entra, madame de Beauséant fit un geste sec, et lui dit d'une voix brève : «Monsieur de Rastignac, il m'est impossible de vous voir, en ce moment du moins! je suis en affaire…»

Pour un observateur, et Rastignac l'était devenu promptement, cette phrase, le geste, le regard, l'inflexion de voix, étaient l'his-
855 toire du caractère et des habitudes de la caste[4]. Il aperçut la main de fer sous le gant de velours; la personnalité, l'égoïsme, sous les manières; le bois, sous le vernis. Il entendit enfin le MOI LE ROI qui commence sous les panaches du trône et finit sous le cimier[5] du dernier gentilhomme. Eugène s'était trop facilement abandonné
860 sur sa parole à croire aux noblesses de la femme. Comme tous les malheureux, il avait signé de bonne foi le pacte délicieux qui doit lier le bienfaiteur à l'obligé, et dont le premier article consacre entre les grands cœurs une complète égalité. La bienfaisance, qui réunit deux êtres en un seul, est une passion céleste aussi incomprise, aussi
865 rare que l'est le véritable amour. L'un et l'autre est la prodigalité[6] des belles âmes. Rastignac voulait arriver au bal de la duchesse de Carigliano, il dévora cette bourrasque[7].

«Madame, dit-il d'une voix émue, s'il ne s'agissait pas d'une chose importante, je ne serais pas venu vous importuner; soyez assez
870 gracieuse pour me permettre de vous voir plus tard, j'attendrai.

---

1. **Indolemment** : sans but précis.
2. **Aménité** : douceur.
3. **Melliflue** : douce comme du miel.
4. **Caste** : classe sociale.
5. **Cimier** : ornement placé sur le sommet d'un casque.
6. **Prodigalité** : générosité.
7. **Bourrasque** : brusque coup de vent (sens propre); agitation (sens figuré).

– Eh bien! venez dîner avec moi», dit-elle un peu confuse de la dureté qu'elle avait mise dans ses paroles; car cette femme était vraiment aussi bonne que grande.

875 Quoique touché de ce retour soudain, Eugène se dit en s'en allant: «Rampe, supporte tout. Que doivent être les autres, si, dans un moment, la meilleure des femmes efface les promesses de son amitié, te laisse là comme un vieux soulier? Chacun pour soi, donc? Il est vrai que sa maison n'est pas une boutique, et que j'ai tort d'avoir besoin d'elle. Il faut, comme dit Vautrin, se faire boulet de 880 canon.» Les amères réflexions de l'étudiant furent bientôt dissipées par le plaisir qu'il se promettait en dînant chez la vicomtesse. Ainsi, par une sorte de fatalité, les moindres événements de sa vie conspiraient à le pousser dans la carrière où, suivant les observations du terrible sphinx de la Maison-Vauquer, il devait, comme sur 885 un champ de bataille, tuer pour ne pas être tué, tromper pour ne pas être trompé; où il devait déposer à la barrière sa conscience, son cœur, mettre un masque, se jouer sans pitié des hommes, et, comme à Lacédémone[1], saisir sa fortune sans être vu, pour mériter la couronne. Quand il revint chez la vicomtesse, il la trouva pleine 890 de cette bonté gracieuse qu'elle lui avait toujours témoignée. Tous deux allèrent dans une salle à manger où le vicomte attendait sa femme, et où resplendissait ce luxe de table qui sous la Restauration fut poussé, comme chacun le sait, au plus haut degré. Monsieur de Beauséant, semblable à beaucoup de gens blasés[2], n'avait plus 895 guère d'autres plaisirs que ceux de la bonne chère[3]; il était en fait de gourmandise de l'école de Louis XVIII et du duc d'Escars[4]. Sa table offrait donc un double luxe, celui du contenant et celui du

---

1. **Lacédémone**: Sparte, ancienne ville de la Grèce antique, dont les habitants étaient réputés pour leurs habitudes austères.
2. **Blasés**: indifférents, désabusés.
3. **Bonne chère**: bon repas, festin.
4. **Louis XVIII** (1755-1824): roi de France sous la Restauration, période du retour de la monarchie en France, entre 1814 et 1830; **duc d'Escars**: premier maître d'hôtel de Louis XVIII. Il partageait avec le roi la réputation d'apprécier les plaisirs de la table et serait même mort d'indigestion.

contenu. Jamais semblable spectacle n'avait frappé les yeux d'Eugène, qui dînait pour la première fois dans une de ces maisons où les grandeurs sociales sont héréditaires. La mode venait de supprimer les soupers qui terminaient autrefois les bals de l'Empire, où les militaires avaient besoin de prendre des forces pour se préparer à tous les combats qui les attendaient au-dedans comme au-dehors. Eugène n'avait encore assisté qu'à des bals. L'aplomb qui le distingua plus tard si éminemment, et qu'il commençait à prendre, l'empêcha de s'ébahir niaisement. Mais en voyant cette argenterie sculptée, et les mille recherches d'une table somptueuse, en admirant pour la première fois un service fait sans bruit, il était difficile à un homme d'ardente imagination de ne pas préférer cette vie constamment élégante à la vie de privations qu'il voulait embrasser le matin. Sa pensée le rejeta pendant un moment dans sa pension bourgeoise ; il en eut une si profonde horreur qu'il se jura de la quitter au mois de janvier, autant pour se mettre dans une maison propre que pour fuir Vautrin, dont il sentait la large main sur son épaule. Si l'on vient à songer aux mille formes que prend à Paris la corruption, parlante ou muette, un homme de bon sens se demande par quelle aberration l'État y met des écoles, y assemble des jeunes gens, comment les jolies femmes y sont respectées, comment l'or étalé par les changeurs[1] ne s'envole pas magiquement de leurs sébiles[2]. Mais si l'on vient à songer qu'il est peu d'exemples de crimes, voire même de délits commis par les jeunes gens, de quel respect ne doit-on pas être pris pour ces patients Tantales[3] qui se combattent eux-mêmes, et sont presque toujours victorieux ! S'il était bien peint dans sa lutte avec Paris, le pauvre étudiant fournirait un des sujets les plus dramatiques de notre civilisation moderne. Madame de Beauséant regardait vainement Eugène pour le convier à parler, il ne voulut rien dire en présence du vicomte.

---

1. Changeurs : banquiers.
2. Sébiles : petits récipients destinés à recevoir de l'argent.
3. Tantale : personnage de la mythologie grecque condamné au supplice de ne pouvoir ni boire ni manger tout en ayant sous les yeux un jardin de délices.

« Me menez-vous ce soir aux Italiens ? demanda la vicomtesse à son mari.

930 – Vous ne pouvez douter du plaisir que j'aurais à vous obéir, répondit-il avec une galanterie moqueuse dont l'étudiant fut la dupe, mais je dois aller rejoindre quelqu'un aux Variétés[1]. »

« Sa maîtresse », se dit-elle.

« Vous n'avez donc pas d'Ajuda ce soir ? demanda le vicomte.

935 – Non, répondit-elle avec humeur.

– Eh bien ! s'il vous faut absolument un bras, prenez celui de monsieur de Rastignac. »

La vicomtesse regarda Eugène en souriant.

« Ce sera bien compromettant pour vous, dit-elle.

940 – *Le Français aime le péril, parce qu'il y trouve la gloire*, a dit monsieur de Chateaubriand[2] », répondit Rastignac en s'inclinant.

Quelques moments après, il fut emporté près de madame de Beauséant, dans un coupé rapide, au théâtre à la mode, et crut à quelque féerie[3] lorsqu'il entra dans une loge de face[4], et qu'il se vit le but de 945 toutes les lorgnettes[5] concurremment avec[6] la vicomtesse, dont la toilette était délicieuse. Il marchait d'enchantements en enchantements.

« Vous avez à me parler, lui dit madame de Beauséant. Ah ! tenez, voici madame de Nucingen à trois loges de la nôtre. Sa sœur et monsieur de Trailles sont de l'autre côté. »

950 En disant ces mots, la vicomtesse regardait la loge où devait être mademoiselle de Rochefide, et, n'y voyant pas monsieur d'Ajuda, sa figure prit un éclat extraordinaire.

« Elle est charmante, dit Eugène après avoir regardé madame de Nucingen.

---

1. Variétés : théâtre de boulevard, où se jouaient des comédies légères.

2. La citation exacte est : « Un Français passe toujours du côté du péril, parce qu'il est sûr d'y trouver la gloire. » Elle est extraite des *Mélanges politiques*, parus en 1836, de l'écrivain et homme politique français François René de Chateaubriand (1768-1848).

3. Féerie : spectacle merveilleux, magique.

4. Les loges face à la scène sont considérées comme les meilleures places.

5. Lorgnettes : jumelles.

6. Concurremment avec : en même temps que.

955   – Elle a les cils blonds.

      – Oui, mais quelle jolie taille mince !

      – Elle a de grosses mains.

      – Les beaux yeux !

      – Elle a le visage en long.

960   – Mais la forme longue a de la distinction.

      – Cela est heureux pour elle qu'il y en ait là. Voyez comment elle prend et quitte son lorgnon ! Le Goriot perce dans tous ses mouvements », dit la vicomtesse au grand étonnement d'Eugène.

      En effet, madame de Beauséant lorgnait la salle et semblait ne
965 pas faire attention à madame de Nucingen, dont elle ne perdait cependant pas un geste. L'assemblée était exquisément belle. Delphine de Nucingen n'était pas peu flattée d'occuper exclusivement le jeune, le beau, l'élégant cousin de madame de Beauséant, il ne regardait qu'elle.

970   « Si vous continuez à la couvrir de vos regards, vous allez faire scandale, monsieur de Rastignac. Vous ne réussirez à rien, si vous vous jetez ainsi à la tête des gens.

      – Ma chère cousine, dit Eugène, vous m'avez déjà bien protégé ; si vous voulez achever votre ouvrage, je ne vous demande plus que
975 de me rendre un service qui vous donnera peu de peine et me fera grand bien. Me voilà pris.

      – Déjà ?

      – Oui.

      – Et de cette femme ?

980   – Mes prétentions seraient-elles donc écoutées ailleurs ? dit-il en lançant un regard pénétrant à sa cousine. Madame la duchesse de Carigliano est attachée à madame la duchesse de Berry, reprit-il après une pause, vous devez la voir, ayez la bonté de me présenter chez elle et de m'amener au bal qu'elle donne lundi. J'y rencontrerai
985 madame de Nucingen, et je livrerai ma première escarmouche[1].

      – Volontiers, dit-elle. Si vous vous sentez déjà du goût pour elle,

---

1. **Escarmouche**: attaque.

vos affaires de cœur vont très bien. Voici de Marsay dans la loge de
la princesse Galathionne. Madame de Nucingen est au supplice,
elle se dépite[1]. Il n'y a pas de meilleur moment pour aborder une
femme, surtout une femme de banquier. Ces dames de la Chaussée-
d'Antin aiment toutes la vengeance.

– Que feriez-vous donc, vous, en pareil cas ?

– Moi, je souffrirais en silence. »

En ce moment le marquis d'Ajuda se présenta dans la loge de
madame de Beauséant.

« J'ai mal fait mes affaires afin de venir vous retrouver, dit-il, et
je vous en instruis pour que ce ne soit pas un sacrifice. »

Les rayonnements du visage de la vicomtesse apprirent à Eugène
à reconnaître les expressions d'un véritable amour, et à ne pas les
confondre avec les simagrées[2] de la coquetterie parisienne. Il admira
sa cousine, devint muet et céda sa place à monsieur d'Ajuda en
soupirant. « Quelle noble, quelle sublime créature est une femme
qui aime ainsi ! se dit-il. Et cet homme la trahirait pour une poupée !
comment peut-on la trahir ? » Il se sentit au cœur une rage d'enfant.
Il aurait voulu se rouler aux pieds de madame de Beauséant, il souhaitait le pouvoir des démons afin de l'emporter dans son cœur,
comme un aigle enlève de la plaine dans son aire une jeune chèvre
blanche qui tète encore. Il était humilié d'être dans ce grand Musée
de la beauté sans son tableau, sans une maîtresse à lui. « Avoir une
maîtresse et une position quasi royale, se disait-il, c'est le signe de la
puissance ! » Et il regarda madame de Nucingen comme un homme
insulté regarde son adversaire. La vicomtesse se retourna vers lui
pour lui adresser sur sa discrétion mille remerciements dans un
clignement d'yeux. Le premier acte était fini.

« Vous connaissez assez madame de Nucingen pour lui présenter
monsieur de Rastignac ? dit-elle au marquis d'Ajuda.

– Mais elle sera charmée de voir monsieur », dit le marquis.

---

1. **Se dépite** : est contrariée, vexée.
2. **Simagrées** : manières, minauderies.

Le beau Portugais se leva, prit le bras de l'étudiant, qui en un clin d'œil se trouva auprès de madame de Nucingen.

1020 «Madame la baronne, dit le marquis, j'ai l'honneur de vous présenter le chevalier Eugène de Rastignac, un cousin de la vicomtesse de Beauséant. Vous faites une si vive impression sur lui, que j'ai voulu compléter son bonheur en le rapprochant de son idole.»

Ces mots furent dits avec un certain accent de raillerie qui en 1025 faisait passer la pensée un peu brutale, mais qui, bien sauvée, ne déplaît jamais à une femme. Madame de Nucingen sourit, et offrit à Eugène la place de son mari, qui venait de sortir.

«Je n'ose pas vous proposer de rester près de moi, monsieur, lui dit-elle. Quand on a le bonheur d'être auprès de madame de 1030 Beauséant, on y reste.

– Mais, lui dit à voix basse Eugène, il me semble, madame, que si je veux plaire à ma cousine, je demeurerai près de vous. Avant l'arrivée de monsieur le marquis, nous parlions de vous et de la distinction[1] de toute votre personne», dit-il à haute voix.

1035 Monsieur d'Ajuda se retira.

«Vraiment, monsieur, dit la baronne, vous allez me rester ? Nous ferons donc connaissance, madame de Restaud m'avait déjà donné le plus vif désir de vous voir.

– Elle est donc bien fausse, elle m'a fait consigner à sa porte.

1040 – Comment ?

– Madame, j'aurai la conscience de vous en dire la raison ; mais je réclame toute votre indulgence[2] en vous confiant un pareil secret. Je suis le voisin de monsieur votre père. J'ignorais que madame de Restaud fût sa fille. J'ai eu l'imprudence d'en parler fort innocemment, et j'ai fâché madame votre sœur et son mari. Vous ne sauriez 1045 croire combien madame la duchesse de Langeais et ma cousine ont trouvé cette apostasie filiale[3] de mauvais goût. Je leur ai raconté la scène, elles en ont ri comme des folles. Ce fut alors qu'en faisant

---

1. **Distinction** : élégance, qualité.
2. **Indulgence** : tolérance.
3. **Apostasie filiale** : abandon de son père.

un parallèle entre vous et votre sœur, madame de Beauséant me
parla de vous en fort bons termes, et me dit combien vous étiez
excellente pour mon voisin, monsieur Goriot. Comment, en effet,
ne l'aimeriez-vous pas ? il vous adore si passionnément que j'en
suis déjà jaloux. Nous avons parlé de vous ce matin pendant deux
heures. Puis, tout plein de ce que votre père m'a raconté, ce soir en
dînant avec ma cousine, je lui disais que vous ne pouviez pas être
aussi belle que vous étiez aimante. Voulant sans doute favoriser une
si chaude admiration, madame de Beauséant m'a amené ici, en me
disant avec sa grâce habituelle que je vous y verrais.

– Comment, monsieur, dit la femme du banquier, je vous dois
déjà de la reconnaissance ? Encore un peu, nous allons être de
vieux amis.

– Quoique l'amitié doive être près de vous un sentiment peu
vulgaire, dit Rastignac, je ne veux jamais être votre ami. »

Ces sottises stéréotypées à l'usage des débutants paraissent toujours charmantes aux femmes, et ne sont pauvres que lues à froid.
Le geste, l'accent, le regard d'un jeune homme, leur donnent d'in-
calculables valeurs. Madame de Nucingen trouva Rastignac charmant. Puis, comme toutes les femmes, ne pouvant rien dire à des
questions aussi drûment posées que l'était celle de l'étudiant, elle
répondit à une autre chose.

« Oui, ma sœur se fait tort par la manière dont elle se conduit
avec ce pauvre père, qui vraiment a été pour nous un dieu. Il a
fallu que monsieur de Nucingen m'ordonnât positivement de ne
voir mon père que le matin, pour que je cédasse sur ce point. Mais
j'en ai longtemps été bien malheureuse. Je pleurais. Ces violences,
venues après les brutalités du mariage, ont été l'une des raisons qui
troublèrent le plus mon ménage. Je suis certes la femme de Paris la
plus heureuse aux yeux du monde, la plus malheureuse en réalité.
Vous allez me trouver folle de vous parler ainsi. Mais vous connaissez
mon père, et, à ce titre, vous ne pouvez pas m'être étranger.

– Vous n'aurez jamais rencontré personne, lui dit Eugène, qui
soit animé d'un plus vif désir de vous appartenir. Que cherchez-vous

toutes ? le bonheur, reprit-il d'une voix qui allait à l'âme. Eh bien !
si, pour une femme, le bonheur est d'être aimée, adorée, d'avoir un
1085   ami à qui elle puisse confier ses désirs, ses fantaisies, ses chagrins, ses
joies ; se montrer dans la nudité de son âme, avec ses jolis défauts et
ses belles qualités, sans craindre d'être trahie ; croyez-moi, ce cœur
dévoué, toujours ardent, ne peut se rencontrer que chez un homme
jeune, plein d'illusions, qui peut mourir sur un seul de vos signes,
1090   qui ne sait rien encore du monde et n'en veut rien savoir, parce
que vous devenez le monde pour lui. Moi, voyez-vous, vous allez
rire de ma naïveté, j'arrive du fond d'une province, entièrement
neuf, n'ayant connu que de belles âmes, et je comptais rester sans
amour. Il m'est arrivé de voir ma cousine, qui m'a mis trop près de
1095   son cœur ; elle m'a fait deviner les mille trésors de la passion, je suis,
comme Chérubin[1], l'amant de toutes les femmes, en attendant que
je puisse me dévouer à quelqu'une d'entre elles. En vous voyant,
quand je suis entré, je me suis senti porté vers vous comme par un
courant. J'avais déjà tant pensé à vous ! Mais je ne vous avais pas
1100   rêvée aussi belle que vous l'êtes en réalité. Madame de Beauséant
m'a ordonné de ne pas vous tant regarder. Elle ne sait pas ce qu'il y
a d'attrayant à voir vos jolies lèvres rouges, votre teint blanc, vos yeux
si doux. Moi aussi, je vous dis des folies, mais laissez-les-moi dire. »
     Rien ne plaît plus aux femmes que de s'entendre débiter[2] ces
1105   douces paroles. La plus sévère dévote les écoute, même quand elle
ne doit pas y répondre. Après avoir ainsi commencé, Rastignac
défila son chapelet[3] d'une voix coquettement sourde ; et madame
de Nucingen encourageait Eugène par des sourires en regardant
de temps en temps de Marsay, qui ne quittait pas la loge de la prin-
1110   cesse Galathionne. Rastignac resta près de madame de Nucingen
jusqu'au moment où son mari vint la chercher pour l'emmener.

---

1. Chérubin : dans la pièce de théâtre *Le Mariage de Figaro* de Beaumarchais (1732-
1799), jeune homme amoureux de toutes les femmes.
2. Débiter : dire, raconter.
3. Défila son chapelet : énuméra.

«Madame, lui dit Eugène, j'aurai le plaisir de vous aller voir avant le bal de la duchesse de Carigliano.

– *Puisqui matame fous encache*, dit le baron, épais Alsacien dont la figure ronde annonçait une dangereuse finesse, *fous êtes sir d'être pien ressi*.»

«Mes affaires sont en bon train, car elle ne s'est pas bien effarouchée en m'entendant lui dire : "M'aimerez-vous bien ?" Le mors est mis à ma bête, sautons dessus et gouvernons-la», se dit Eugène en allant saluer madame de Beauséant qui se levait et se retirait avec d'Ajuda. Le pauvre étudiant ne savait pas que la baronne était distraite, et attendait de de Marsay une de ces lettres décisives qui déchirent l'âme. Tout heureux de son faux succès, Eugène accompagna la vicomtesse jusqu'au péristyle, où chacun attend sa voiture.

«Votre cousin ne se ressemble plus à lui-même, dit le Portugais en riant à la vicomtesse quand Eugène les eut quittés. Il va faire sauter la banque. Il est souple comme une anguille, et je crois qu'il ira loin. Vous seule avez pu lui trier sur le volet une femme au moment où il faut la consoler.

– Mais, dit madame de Beauséant, il faut savoir si elle aime encore celui qui l'abandonne.»

L'étudiant revint à pied du Théâtre-Italien à la rue Neuve-Sainte-Geneviève, en faisant les plus doux projets. Il avait bien remarqué l'attention avec laquelle madame de Restaud l'avait examiné, soit dans la loge de la vicomtesse, soit dans celle de madame de Nucingen, et il présuma que la porte de la comtesse ne lui serait plus fermée. Ainsi déjà quatre relations majeures, car il comptait bien plaire à la maréchale, allaient lui être acquises au cœur de la haute société parisienne. Sans trop s'expliquer les moyens, il devinait par avance que, dans le jeu compliqué des intérêts de ce monde, il devait s'accrocher à un rouage pour se trouver en haut de la machine, et il se sentait la force d'en enrayer la roue. «Si madame de Nucingen s'intéresse à moi, je lui apprendrai à gouverner son mari. Ce mari fait des affaires d'or, il pourra m'aider à ramasser tout d'un coup

une fortune. » Il ne se disait pas cela crûment, il n'était pas encore
assez politique pour chiffrer une situation, l'apprécier et la calculer ;
ces idées flottaient à l'horizon sous la forme de légers nuages, et,
quoiqu'elles n'eussent pas l'âpreté de celles de Vautrin, si elles avaient
1150 été soumises au creuset[1] de la conscience, elles n'auraient rien donné
de bien pur. Les hommes arrivent, par une suite de transactions de
ce genre, à cette morale relâchée que professe l'époque actuelle, où
se rencontrent plus rarement que dans aucun temps ces hommes
rectangulaires, ces belles volontés qui ne se plient jamais au mal, à
1155 qui la moindre déviation de la ligne droite semble être un crime :
magnifiques images de la probité[2] qui nous ont valu deux chefs-
d'œuvre, Alceste de Molière, puis récemment Jenny Deans et son
père[3], dans l'œuvre de Walter Scott. Peut-être l'œuvre opposée, la
peinture des sinuosités[4] dans lesquelles un homme du monde, un
1160 ambitieux fait rouler sa conscience, en essayant de côtoyer le mal,
afin d'arriver à son but en gardant les apparences, ne serait-elle
ni moins belle, ni moins dramatique. En atteignant au seuil de sa
pension, Rastignac s'était épris de madame de Nucingen, elle lui
avait paru svelte, fine comme une hirondelle. L'enivrante douceur
1165 de ses yeux, le tissu délicat et soyeux de sa peau sous laquelle il avait
cru voir couler le sang, le son enchanteur de sa voix, ses blonds
cheveux, il se rappelait tout ; et peut-être la marche, en mettant
son sang en mouvement, aidait-elle à cette fascination. L'étudiant
frappa rudement à la porte du père Goriot.
1170   « Mon voisin, dit-il, j'ai vu madame Delphine.
     – Où ?
     – Aux Italiens.

---

1. Creuset : tamis.
2. Probité : honnêteté.
3. Alceste : personnage du *Misanthrope*, comédie créée par Molière (1622-1673) en
1666 ; **Jenny Deans et son père** : personnages principaux du *Cœur du Midlothian*,
roman historique paru en 1818, de l'écrivain écossais Walter Scott (1771-1832).
4. Sinuosités : méandres, détours.

– S'amusait-elle bien? Entrez donc.» Et le bonhomme, qui s'était levé en chemise[1], ouvrit sa porte et se recoucha promptement.

1175 «Parlez-moi donc d'elle», demanda-t-il.

Eugène, qui se trouvait pour la première fois chez le père Goriot, ne fut pas maître d'un mouvement de stupéfaction en voyant le bouge[2] où vivait le père, après avoir admiré la toilette de la fille. La fenêtre était sans rideaux; le papier de tenture[3] collé sur les murailles 1180 s'en détachait en plusieurs endroits par l'effet de l'humidité, et se recroquevillait en laissant apercevoir le plâtre jauni par la fumée. Le bonhomme gisait[4] sur un mauvais lit, n'avait qu'une maigre couverture et un couvre-pied ouaté[5] fait avec les bons morceaux des vieilles robes de madame Vauquer. Le carreau était humide et plein 1185 de poussière. En face de la croisée se voyait une de ces vieilles commodes en bois de rose à ventre renflé, qui ont des mains en cuivre tordu en façon de sarments[6] décorés de feuilles ou de fleurs; un vieux meuble à tablette de bois sur lequel était un pot à eau dans sa cuvette et tous les ustensiles nécessaires pour se faire la barbe. Dans 1190 un coin, les souliers; à la tête du lit, une table de nuit sans porte ni marbre; au coin de la cheminée, où il n'y avait pas trace de feu, se trouvait la table carrée, en bois de noyer, dont la barre avait servi au père Goriot à dénaturer son écuelle en vermeil. Un méchant secrétaire sur lequel était le chapeau du bonhomme, un fauteuil 1195 foncé de paille et deux chaises complétaient ce mobilier misérable. La flèche du lit, attachée au plancher[7] par une loque, soutenait une mauvaise bande d'étoffe à carreaux rouges et blancs. Le plus pauvre commissionnaire[8] était certes moins mal meublé dans son grenier, que ne l'était le père Goriot chez madame Vauquer. L'aspect

---

1. **En chemise**: sans mettre de veste.
2. **Bouge**: petite pièce misérable.
3. **Tenture**: tissu servant à décorer une pièce.
4. **Gisait**: était étendu.
5. **Ouaté**: doublé de ouate, matière faite principalement avec du coton.
6. **Sarments**: rameaux de vigne.
7. **Plancher**: ici, plafond.
8. **Commissionnaire**: livreur, messager.

1200 de cette chambre donnait froid et serrait le cœur, elle ressemblait au plus triste logement d'une prison. Heureusement Goriot ne vit pas l'expression qui se peignit sur la physionomie d'Eugène quand celui-ci posa sa chandelle sur la table de nuit. Le bonhomme se tourna de son côté en restant couvert jusqu'au menton.

1205 « Eh bien ! qui aimez-vous mieux de madame de Restaud ou de madame de Nucingen ?

– Je préfère madame Delphine, répondit l'étudiant, parce qu'elle vous aime mieux. »

À cette parole chaudement dite, le bonhomme sortit son bras 1210 du lit et serra la main d'Eugène.

« Merci, merci, répondit le vieillard ému. Que vous a-t-elle donc dit de moi ? »

L'étudiant répéta les paroles de la baronne en les embellissant, et le vieillard l'écouta comme s'il eût entendu la parole de Dieu.

1215 « Chère enfant ! oui, oui, elle m'aime bien. Mais ne la croyez pas dans ce qu'elle vous a dit d'Anastasie. Les deux sœurs se jalousent, voyez-vous ? c'est encore une preuve de leur tendresse. Madame de Restaud m'aime bien aussi. Je le sais. Un père est avec ses enfants comme Dieu est avec nous, il va jusqu'au fond des cœurs, et juge 1220 les intentions. Elles sont toutes deux aussi aimantes. Oh ! si j'avais eu de bons gendres, j'aurais été trop heureux. Il n'est sans doute pas de bonheur complet ici-bas. Si j'avais vécu chez elles ; mais rien que d'entendre leurs voix, de les savoir là, de les voir aller, sortir, comme quand je les avais chez moi, ça m'eût fait cabrioler[1] le cœur. 1225 Étaient-elles bien mises ?

– Oui, dit Eugène. Mais, monsieur Goriot, comment, en ayant des filles aussi richement établies que sont les vôtres, pouvez-vous demeurer dans un taudis[2] pareil ?

– Ma foi, dit-il d'un air en apparence insouciant, à quoi cela me 1230 servirait-il d'être mieux ? Je ne puis guère vous expliquer ces choses-là ;

---

1. **Cabrioler** : ici, battre, palpiter.
2. **Taudis** : habitation sale et misérable.

je ne sais pas dire deux paroles de suite comme il faut. Tout est là, ajouta-t-il en se frappant le cœur. Ma vie, à moi, est dans mes deux filles. Si elles s'amusent, si elles sont heureuses, bravement[1] mises, si elles marchent sur des tapis, qu'importe de quel drap je sois vêtu, et

1235 comment est l'endroit où je me couche ? Je n'ai point froid si elles ont chaud, je ne m'ennuie jamais si elles rient. Je n'ai de chagrins que les leurs. Quand vous serez père, quand vous vous direz, en oyant[2] gazouiller vos enfants : "C'est sorti de moi !", que vous sentirez ces petites créatures tenir à chaque goutte de votre sang, dont elles

1240 ont été la fine fleur[3], car c'est ça ! vous vous croirez attaché à leur peau, vous croirez être agité vous-même par leur marche. Leur voix me répond partout. Un regard d'elles, quand il est triste, me fige le sang. Un jour vous saurez que l'on est bien plus heureux de leur bonheur que du sien propre. Je ne peux pas vous expliquer ça : c'est

1245 des mouvements intérieurs qui répandent l'aise partout. Enfin, je vis trois fois. Voulez-vous que je vous dise une drôle de chose ? Eh bien ! quand j'ai été père, j'ai compris Dieu. Il est tout entier partout, puisque la création est sortie de lui. Monsieur, je suis ainsi avec mes filles. Seulement j'aime mieux mes filles que Dieu n'aime le monde,

1250 parce que le monde n'est pas si beau que Dieu, et que mes filles sont plus belles que moi. Elles me tiennent si bien à l'âme, que j'avais idée que vous les verriez ce soir. Mon Dieu ! un homme qui rendrait ma petite Delphine aussi heureuse qu'une femme l'est quand elle est bien aimée ; mais je lui cirerais ses bottes, je lui ferais ses com-

1255 missions. J'ai su par sa femme de chambre que ce petit monsieur de Marsay est un mauvais chien. Il m'a pris des envies de lui tordre le cou. Ne pas aimer un bijou de femme, une voix de rossignol, et faite comme un modèle ! Où a-t-elle eu les yeux d'épouser cette grosse souche d'Alsacien ? Il leur fallait à toutes deux de jolis jeunes gens

1260 bien aimables. Enfin, elles ont fait à leur fantaisie[4]. »

---

1. **Bravement** : élégamment.
2. **En oyant** : en entendant.
3. **La fine fleur** : le meilleur.
4. **À leur fantaisie** : à leur guise, comme bon leur semblait.

Le père Goriot était sublime. Jamais Eugène ne l'avait pu voir illuminé par les feux de sa passion paternelle. Une chose digne de remarque est la puissance d'infusion[1] que possèdent les sentiments. Quelque grossière que soit une créature, dès qu'elle exprime une
1265 affection forte et vraie, elle exhale un fluide[2] particulier qui modifie la physionomie, anime le geste, colore la voix. Souvent l'être le plus stupide arrive, sous l'effort de la passion, à la plus haute éloquence[3] dans l'idée, si ce n'est dans le langage, et semble se mouvoir dans une sphère lumineuse. Il y avait en ce moment dans la voix, dans le geste de
1270 ce bonhomme, la puissance communicative qui signale le grand acteur. Mais nos beaux sentiments ne sont-ils pas les poésies de la volonté ?

« Eh bien ! vous ne serez peut-être pas fâché d'apprendre, lui dit Eugène, qu'elle va rompre sans doute avec ce de Marsay. Ce beau-fils[4] l'a quittée pour s'attacher à la princesse Galathionne.
1275 Quant à moi, ce soir, je suis tombé amoureux de madame Delphine.

– Bah ! dit le père Goriot.

– Oui. Je ne lui ai pas déplu. Nous avons parlé amour pendant une heure, et je dois aller la voir après-demain samedi.

– Oh ! que je vous aimerais, mon cher monsieur, si vous lui plaisiez.
1280 Vous êtes bon, vous ne la tourmenteriez point. Si vous la trahissiez, je vous couperais le cou, d'abord. Une femme n'a pas deux amours, voyez-vous ? Mon Dieu ! mais je dis des bêtises, monsieur Eugène. Il fait froid ici pour vous. Mon Dieu ! vous l'avez donc entendue, que vous a-t-elle dit pour moi ?
1285 – Rien, se dit en lui-même Eugène. – Elle m'a dit, répondit-il à haute voix, qu'elle vous envoyait un bon baiser de fille.

– Adieu, mon voisin, dormez bien, faites de beaux rêves ; les miens sont tout faits avec ce mot-là. Que Dieu vous protège dans tous vos désirs ! Vous avez été pour moi ce soir comme un bon ange ;
1290 vous me rapportez l'air de ma fille. »

---

1. **Puissance d'infusion** : pouvoir de transmission.
2. **Fluide** : odeur.
3. **Éloquence** : art du discours.
4. **Beau-fils** : jeune homme élégant et raffiné.

« Le pauvre homme, se dit Eugène en se couchant, il y a de quoi toucher des cœurs de marbre. Sa fille n'a pas plus pensé à lui qu'au Grand Turc[1]. »

Depuis cette conversation, le père Goriot vit dans son voisin un confident inespéré, un ami. Il s'était établi entre eux les seuls rapports par lesquels ce vieillard pouvait s'attacher à un autre homme. Les passions ne font jamais de faux calculs. Le père Goriot se voyait un peu plus près de sa fille Delphine, il s'en voyait mieux reçu, si Eugène devenait cher à la baronne. D'ailleurs il lui avait confié l'une de ses douleurs. Madame de Nucingen, à laquelle mille fois par jour il souhaitait le bonheur, n'avait pas connu les douceurs de l'amour. Certes, Eugène était, pour se servir de son expression, un des jeunes gens les plus gentils qu'il eût jamais vus, et il semblait pressentir qu'il lui donnerait tous les plaisirs dont elle avait été privée. Le bonhomme se prit donc pour son voisin d'une amitié qui alla croissant, et sans laquelle il eût été sans doute impossible de connaître le dénouement de cette histoire.

Le lendemain matin, au déjeuner, l'affectation[2] avec laquelle le père Goriot regardait Eugène, près duquel il se plaça, les quelques paroles qu'il lui dit, et le changement de sa physionomie, ordinairement semblable à un masque de plâtre, surprirent les pensionnaires. Vautrin, qui revoyait l'étudiant pour la première fois depuis leur conférence, semblait vouloir lire dans son âme. En se souvenant du projet de cet homme, Eugène, qui, avant de s'endormir, avait, pendant la nuit, mesuré le vaste champ qui s'ouvrait à ses regards, pensa nécessairement à la dot de mademoiselle Taillefer, et ne put s'empêcher de regarder Victorine comme le plus vertueux jeune homme regarde une riche héritière. Par hasard, leurs yeux se rencontrèrent. La pauvre fille ne manqua pas de trouver Eugène charmant dans sa nouvelle tenue. Le coup d'œil qu'ils échangèrent fut assez significatif pour que Rastignac ne doutât pas d'être pour elle l'objet de ces confus désirs qui atteignent toutes les jeunes filles et qu'elles

---

1. Sa fille [...] Grand Turc : sa fille ne lui a prêté aucune attention.
2. Affectation : manière.

rattachent au premier être séduisant. Une voix lui criait: «Huit cent mille francs!» Mais tout à coup il se rejeta dans ses souvenirs de
1325 la veille, et pensa que sa passion de commande pour madame de Nucingen était l'antidote[1] de ses mauvaises pensées involontaires.

«L'on donnait hier aux Italiens *Le Barbier de Séville* de Rossini[2]. Je n'avais jamais entendu de si délicieuse musique, dit-il. Mon Dieu! est-on heureux d'avoir une loge aux Italiens.»

1330 Le père Goriot saisit cette parole au vol comme un chien saisit un mouvement de son maître.

«Vous êtes comme des coqs-en-pâte[3], dit madame Vauquer, vous autres hommes, vous faites tout ce qui vous plaît.

– Comment êtes-vous revenu? demanda Vautrin.

1335 – À pied, répondit Eugène.

– Moi, reprit le tentateur, je n'aimerais pas de demi-plaisirs; je voudrais aller là dans ma voiture, dans ma loge, et revenir bien commodément. Tout ou rien! voilà ma devise.

– Et qui est bonne, reprit madame Vauquer.

1340 – Vous irez peut-être voir madame de Nucingen, dit Eugène à voix basse à Goriot. Elle vous recevra certes à bras ouverts; elle voudra savoir de vous mille petits détails sur moi. J'ai appris qu'elle ferait tout au monde pour être reçue chez ma cousine, madame la vicomtesse de Beauséant. N'oubliez pas de lui dire que je l'aime
1345 trop pour ne pas penser à lui procurer cette satisfaction.»

Rastignac s'en alla promptement à l'École de Droit, il voulait rester le moins de temps possible dans cette odieuse maison. Il flâna pendant presque toute la journée, en proie à cette fièvre de tête qu'ont connue les jeunes gens affectés de trop vives espérances. Les raison-
1350 nements de Vautrin le faisaient réfléchir à la vie sociale, au moment où il rencontra son ami Bianchon dans le jardin du Luxembourg[4].

---

1. **Antidote**: remède.
2. *Le Barbier de Séville*: opéra du compositeur italien Rossini (1792-1868), inspiré d'une comédie de Beaumarchais.
3. **Vous êtes comme des coqs-en-pâte**: vous êtes choyés, à votre aise.
4. **Jardin du Luxembourg**: jardin proche du Quartier latin.

«Où as-tu pris cet air grave? lui dit l'étudiant en médecine en lui prenant le bras pour se promener devant le palais.

– Je suis tourmenté par de mauvaises idées.

1355 – En quel genre? Ça se guérit, les idées.

– Comment?

– En y succombant.

– Tu ris sans savoir ce dont il s'agit. As-tu lu Rousseau?

– Oui.

1360 – Te souviens-tu de ce passage où il demande à son lecteur ce qu'il ferait au cas où il pourrait s'enrichir en tuant à la Chine par sa seule volonté un vieux mandarin[1], sans bouger de Paris.

– Oui.

– Eh bien?

1365 – Bah! J'en suis à mon trente-troisième mandarin.

– Ne plaisante pas. Allons, s'il t'était prouvé que la chose est possible et qu'il te suffit d'un signe de tête, le ferais-tu?

– Est-il bien vieux, le mandarin? Mais, bah! jeune ou vieux, paralytique[2] ou bien portant, ma foi... Diantre! Eh bien, non.

1370 – Tu es un brave garçon, Bianchon. Mais si tu aimais une femme à te mettre pour elle l'âme à l'envers, et qu'il lui fallût de l'argent, beaucoup d'argent pour sa toilette, pour sa voiture, pour toutes ses fantaisies enfin?

– Mais tu m'ôtes la raison, et tu veux que je raisonne.

1375 – Eh bien! Bianchon, je suis fou, guéris-moi. J'ai deux sœurs qui sont des anges de beauté, de candeur[3], et je veux qu'elles soient heureuses. Où prendre deux cent mille francs pour leur dot d'ici à cinq ans? Il est, vois-tu, des circonstances dans la vie où il faut jouer gros jeu et ne pas user son bonheur à gagner des sous.

1380 – Mais tu poses la question qui se trouve à l'entrée de la vie pour tout le monde, et tu veux couper le nœud gordien[4] avec l'épée.

---

1. **Mandarin**: dans l'ancienne Chine impériale, homme cultivé.
2. **Paralytique**: personne atteinte de paralysie.
3. **Candeur**: innocence, naïveté.
4. **Nœud gordien**: problème très difficile.

Pour agir ainsi, mon cher, il faut être Alexandre[1], sinon l'on va au bagne. Moi, je suis heureux de la petite existence que je me crée-rai en province, où je succéderai tout bêtement à mon père. Les
1385 affections de l'homme se satisfont dans le plus petit cercle aussi pleinement que dans une immense circonférence. Napoléon ne dînait pas deux fois, et ne pouvait pas avoir plus de maîtresses qu'en prend un étudiant en médecine quand il est interne[2] aux Capucins. Notre bonheur, mon cher, tiendra toujours entre la plante de nos
1390 pieds et notre occiput[3] ; et, qu'il coûte un million par an ou cent louis, la perception intrinsèque[4] en est la même au-dedans de nous. Je conclus à la vie du Chinois.

– Merci, tu m'as fait du bien, Bianchon ! nous serons toujours amis.

– Dis donc, reprit l'étudiant en médecine, en sortant du cours
1395 de Cuvier[5] au Jardin des plantes, je viens d'apercevoir la Michon-neau et le Poiret causant sur un banc avec un monsieur que j'ai vu dans les troubles de l'année dernière aux environs de la Chambre des députés, et qui m'a fait l'effet d'être un homme de la police déguisé en honnête bourgeois vivant de ses rentes. Étudions ce
1400 couple-là : je te dirai pourquoi. Adieu, je vais répondre à mon appel de quatre heures. »

Quand Eugène revint à la pension, il trouva le père Goriot qui l'attendait.

« Tenez, dit le bonhomme, voilà une lettre d'elle. Hein, la jolie
1405 écriture ! »

Eugène décacheta la lettre[6] et lut.

« Monsieur, mon père m'a dit que vous aimiez la musique italienne. Je serais heureuse si vous vouliez me faire le plaisir d'accepter une

---

1. **Alexandre le Grand** : roi et grand conquérant du IVe siècle av. J.-C.
2. **Interne** : étudiant en médecine.
3. **Occiput** : crâne.
4. **Intrinsèque** : intérieure, naturelle.
5. **Georges Cuvier** (1769-1832) : naturaliste français, élève de Geoffroy Saint-Hilaire.
6. **Décacheta la lettre** : ouvrit la lettre en ôtant le cachet de cire qui la ferme.

place dans ma loge. Nous aurons samedi la Fodor et Pellegrini[1], je
suis sûre alors que vous ne me refuserez pas. Monsieur de Nucingen
se joint à moi pour vous prier de venir dîner avec nous sans cérémonie[2]. Si vous acceptez, vous le rendrez bien content de n'avoir
pas à s'acquitter de sa corvée conjugale en m'accompagnant. Ne
me répondez pas, venez, et agréez mes compliments.

D. de N. »

« Montrez-la-moi, dit le bonhomme à Eugène quand il eut lu la
lettre. Vous irez, n'est-ce pas ? ajouta-t-il après avoir flairé le papier.
Cela sent-il bon ! Ses doigts ont touché ça, pourtant !

– Une femme ne se jette pas ainsi à la tête d'un homme, se disait
l'étudiant. Elle veut se servir de moi pour ramener de Marsay. Il n'y
a que le dépit qui fasse faire de ces choses-là.

– Eh bien ! dit le père Goriot, à quoi pensez-vous donc ? »

Eugène ne connaissait pas le délire de vanité dont certaines
femmes étaient saisies en ce moment, et ne savait pas que, pour
s'ouvrir une porte dans le faubourg Saint-Germain, la femme d'un
banquier était capable de tous les sacrifices. À cette époque, la mode
commençait à mettre au-dessus de toutes les femmes celles qui
étaient admises dans la société du faubourg Saint-Germain, dites les
dames du Petit-Château, parmi lesquelles madame de Beauséant,
son amie la duchesse de Langeais et la duchesse de Maufrigneuse
tenaient le premier rang. Rastignac seul ignorait la fureur dont
étaient saisies les femmes de la Chaussée-d'Antin pour entrer dans
le cercle supérieur où brillaient les constellations de leur sexe. Mais
sa défiance le servit bien, elle lui donna de la froideur, et le triste
pouvoir de poser des conditions au lieu d'en recevoir.

« Oui, j'irai », répondit-il.

Ainsi la curiosité le menait chez madame de Nucingen, tandis
que, si cette femme l'eût dédaigné[3], peut-être y aurait-il été conduit

---

1. **Fodor et Pellegrini** : chanteurs italiens du début du XIXᵉ siècle.
2. **Sans cérémonie** : sans manière.
3. **Dédaigné** : ignoré, délaissé.

par la passion. Néanmoins il n'attendit pas le lendemain et l'heure
1440 de partir sans une sorte d'impatience. Pour un jeune homme, il
existe dans sa première intrigue[1] autant de charmes peut-être qu'il
s'en rencontre dans un premier amour. La certitude de réussir
engendre mille félicités que les hommes n'avouent pas, et qui font
tout le charme de certaines femmes. Le désir ne naît pas moins de
1445 la difficulté que de la facilité des triomphes. Toutes les passions des
hommes sont bien certainement excitées ou entretenues par l'une
ou l'autre de ces deux causes, qui divisent l'empire amoureux. Peut-
être cette division est-elle une conséquence de la grande question
des tempéraments, qui domine, quoi qu'on en dise, la société. Si
1450 les mélancoliques ont besoin du tonique des coquetteries, peut-
être les gens nerveux ou sanguins décampent-ils si la résistance
dure trop. En d'autres termes, l'élégie est aussi essentiellement
lymphatique[2] que le dithyrambe[3] est bilieux. En faisant sa toilette,
Eugène savoura tous ces petits bonheurs dont n'osent parler les
1455 jeunes gens, de peur de se faire moquer d'eux, mais qui chatouillent
l'amour-propre. Il arrangeait ses cheveux en pensant que le regard
d'une jolie femme se coulerait sous leurs boucles noires. Il se permit
des singeries enfantines autant qu'en aurait fait une jeune fille en
s'habillant pour le bal.

1460 Il regarda complaisamment sa taille mince, en déplissant son
habit. «Il est certain, se dit-il, qu'on en peut trouver de plus mal
tournés!» Puis il descendit au moment où tous les habitués de la
pension étaient à table, et reçut gaiement le hourra de sottises que
sa tenue élégante excita. Un trait des mœurs particulières aux pen-
1465 sions bourgeoises est l'ébahissement qu'y cause une toilette soignée.
Personne n'y met un habit neuf sans que chacun dise son mot.

«Kt, kt, kt, kt, fit Bianchon en faisant claquer sa langue contre
son palais, comme pour exciter un cheval.

– Tournure de duc et pair! dit madame Vauquer.

---

1. **Intrigue**: aventure amoureuse.
2. **Lymphatique**: lente, molle.
3. **Dithyrambe**: poème enthousiaste, exalté.

1470   – Monsieur va en conquête ? fit observer mademoiselle Michonneau.

– Kocquériko ! cria le peintre.

– Mes compliments à madame votre épouse, dit l'employé au Muséum.

– Monsieur a une épouse ? demanda Poiret.

1475   – Une épouse à compartiments, qui va sur l'eau, garantie bon teint, dans les prix de vingt-cinq à quarante, dessins à carreaux du dernier goût, susceptible de se laver, d'un joli porter, moitié fil, moitié coton, moitié laine, guérissant le mal de dents, et autres maladies approuvées par l'Académie royale de Médecine ! excellente
1480 d'ailleurs pour les enfants ! meilleure encore contre les maux de tête, les plénitudes et autres maladies de l'œsophage, des yeux et des oreilles, cria Vautrin avec la volubilité comique et l'accentuation d'un opérateur[1]. Mais combien cette merveille, me direz-vous, messieurs ? deux sous ? Non. Rien du tout. C'est un reste des fournitures
1485 faites au Grand Mongol, et que tous les souverains de l'Europe, y compris le grrrrrrand-duc de Bade, ont voulu voir ! Entrez droit devant vous ! et passez au petit bureau. Allez, la musique ! Brooum, là là, trinn ! là, là, boum, boum ! Monsieur de la clarinette, tu joues faux, reprit-il d'une voix enrouée, je te donnerai sur les doigts.

1490   – Mon Dieu ! que cet homme-là est agréable, dit madame Vauquer à madame Couture, je ne m'ennuierais jamais avec lui. »

Au milieu des rires et des plaisanteries dont ce discours comiquement débité fut le signal, Eugène put saisir le regard furtif de mademoiselle Taillefer qui se pencha sur madame Couture, à l'oreille
1495 de laquelle elle dit quelques mots.

« Voilà le cabriolet, dit Sylvie.

– Où dîne-t-il donc ? demanda Bianchon.

– Chez madame la baronne de Nucingen.

– La fille de monsieur Goriot », répondit l'étudiant.

1500   À ce nom, les regards se portèrent sur l'ancien vermicellier, qui contemplait Eugène avec une sorte d'envie.

---

1. **Opérateur** : charlatan.

Rastignac arriva rue Saint-Lazare, dans une de ces maisons légères, à colonnes minces, à portiques mesquins[1], qui constituent le *joli* à Paris, une véritable maison de banquier, pleine de recherches coûteuses, de stucs[2], de paliers d'escalier en mosaïque de marbre. Il trouva madame de Nucingen dans un petit salon à peintures italiennes, dont le décor ressemblait à celui des cafés. La baronne était triste. Les efforts qu'elle fit pour cacher son chagrin intéressèrent d'autant plus vivement Eugène qu'il n'y avait rien de joué. Il croyait rendre une femme joyeuse par sa présence, et la trouvait au désespoir. Ce désappointement piqua son amour-propre.

« J'ai bien peu de droits à votre confiance, madame, dit-il après l'avoir lutinée[3] sur sa préoccupation ; mais si je vous gênais, je compte sur votre bonne foi, vous me le diriez franchement.

– Restez, dit-elle, je serais seule si vous vous en alliez. Nucingen dîne en ville, et je ne voudrais pas être seule, j'ai besoin de distraction.

– Mais qu'avez-vous ?

– Vous seriez la dernière personne à qui je le dirais, s'écria-t-elle.

– Je veux le savoir, je dois alors être pour quelque chose dans ce secret.

– Peut-être ! Mais non, reprit-elle, c'est des querelles de ménage qui doivent être ensevelies au fond du cœur. Ne vous le disais-je pas avant-hier ? je ne suis point heureuse. Les chaînes d'or sont les plus pesantes. »

Quand une femme dit à un jeune homme qu'elle est malheureuse, si ce jeune homme est spirituel, bien mis, s'il a quinze cents francs d'oisiveté dans sa poche, il doit penser ce que se disait Eugène, et devient fat.

« Que pouvez-vous désirer ? répondit-il. Vous êtes belle, jeune, aimée, riche.

– Ne parlons pas de moi, dit-elle en faisant un sinistre mouvement de tête. Nous dînerons ensemble, tête à tête, nous irons entendre

---

1. **Mesquins** : ici, de dimensions réduites.
2. **Stucs** : décors en faux marbre.
3. **Lutinée** : taquinée.

la plus délicieuse musique. Suis-je à votre goût ? reprit-elle en se
levant et montrant sa robe en cachemire blanc à dessins perses de
1535 la plus riche élégance.

– Je voudrais que vous fussiez toute à moi, dit Eugène. Vous
êtes charmante.

– Vous auriez une triste propriété, dit-elle en souriant avec amertume. Rien ici ne vous annonce le malheur, et cependant, malgré ces
1540 apparences, je suis au désespoir. Mes chagrins m'ôtent le sommeil,
je deviendrai laide.

– Oh ! cela est impossible, dit l'étudiant. Mais je suis curieux de
connaître ces peines qu'un amour dévoué n'effacerait pas ?

– Ah ! si je vous les confiais, vous me fuiriez, dit-elle. Vous ne
1545 m'aimez encore que par une galanterie qui est de costume[1] chez
les hommes ; mais si vous m'aimiez bien, vous tomberiez dans un
désespoir affreux. Vous voyez que je dois me taire. De grâce, reprit-
elle, parlons d'autre chose. Venez voir mes appartements.

– Non, restons ici », répondit Eugène en s'asseyant sur une cau-
1550 seuse[2] devant le feu près de madame de Nucingen, dont il prit la
main avec assurance.

Elle la laissa prendre et l'appuya même sur celle du jeune homme
par un de ces mouvements de force concentrée qui trahissent de
fortes émotions.

1555 « Écoutez, lui dit Rastignac ; si vous avez des chagrins, vous devez
me les confier. Je peux vous prouver que je vous aime pour vous. Ou
vous parlerez et me direz vos peines afin que je puisse les dissiper,
fallût-il tuer six hommes, ou je sortirai pour ne plus revenir.

– Eh bien ! s'écria-t-elle saisie par une pensée de désespoir qui
1560 la fit se frapper le front, je vais vous mettre à l'instant même à
l'épreuve. Oui, se dit-elle, il n'est plus que ce moyen. » Elle sonna.

« La voiture de monsieur est-elle attelée ? dit-elle à son valet de
chambre.

---

1. De costume : de coutume.
2. Causeuse : petit canapé bas.

– Oui, madame.

1565 – Je la prends. Vous lui donnerez la mienne et mes chevaux. Vous ne servirez le dîner qu'à sept heures.

– Allons, venez, dit-elle à Eugène, qui crut rêver en se trouvant dans le coupé de monsieur de Nucingen, à côté de cette femme.

– Au Palais-Royal, dit-elle au cocher, près du Théâtre-Français[1]. »

1570 En route, elle parut agitée, et refusa de répondre aux mille interrogations d'Eugène, qui ne savait que penser de cette résistance muette, compacte, obtuse[2].

« En un moment elle m'échappe », se disait-il.

Quand la voiture s'arrêta, la baronne regarda l'étudiant d'un
1575 air qui imposa silence à ses folles paroles ; car il s'était emporté.

« Vous m'aimez bien ? dit-elle.

– Oui, répondit-il en cachant l'inquiétude qui le saisissait.

– Vous ne penserez rien de mal sur moi, quoi que je puisse vous demander ?

1580 – Non.

– Êtes-vous disposé à m'obéir ?

– Aveuglément.

– Êtes-vous allé quelquefois au jeu ? dit-elle d'une voix tremblante.

– Jamais.

1585 – Ah ! je respire. Vous aurez du bonheur. Voici ma bourse, dit-elle. Prenez donc ! il y a cent francs, c'est tout ce que possède cette femme si heureuse. Montez dans une maison de jeu, je ne sais où elles sont, mais je sais qu'il y en a au Palais-Royal. Risquez les cent francs à un jeu qu'on nomme la roulette, et perdez tout, ou rappor-
1590 tez-moi six mille francs. Je vous dirai mes chagrins à votre retour.

– Je veux bien que le diable m'emporte si je comprends quelque chose à ce que je vais faire, mais je vais vous obéir », dit-il avec une joie causée par cette pensée : « Elle se compromet avec moi, elle n'aura rien à me refuser. »

---

1. Théâtre-Français : Comédie-Française, théâtre fondé en 1680 au cœur du Palais-Royal.
2. Obtuse : bornée.

1595   Eugène prend la jolie bourse, court au numéro NEUF, après s'être fait indiquer par un marchand d'habits la plus prochaine maison de jeu. Il y monte, se laisse prendre son chapeau ; mais il entre et demande où est la roulette. À l'étonnement des habitués, le garçon de salle le mène devant une longue table. Eugène, suivi
1600 de tous les spectateurs, demande sans vergogne[1] où il faut mettre l'enjeu.

    « Si vous placez un louis sur un seul de ces trente-six numéros, et qu'il sorte, vous aurez trente-six louis », lui dit un vieillard respectable à cheveux blancs.

1605   Eugène jette les cent francs sur le chiffre de son âge, vingt et un. Un cri d'étonnement part sans qu'il ait eu le temps de se reconnaître[2]. Il avait gagné sans le savoir.

    « Retirez donc votre argent, lui dit le vieux monsieur, l'on ne gagne pas deux fois dans ce système-là. »

1610   Eugène prend un râteau que lui tend le vieux monsieur, il tire à lui les trois mille six cents francs et, toujours sans rien savoir du jeu, les place sur la rouge. La galerie le regarde avec envie, en voyant qu'il continue à jouer. La roue tourne, il gagne encore, et le banquier lui jette encore trois mille six cents francs.

1615   « Vous avez sept mille deux cents francs à vous, lui dit à l'oreille le vieux monsieur. Si vous m'en croyez, vous vous en irez, la rouge a passé huit fois. Si vous êtes charitable, vous reconnaîtrez ce bon avis en soulageant la misère d'un ancien préfet de Napoléon qui se trouve dans le dernier besoin. »

1620   Rastignac étourdi se laisse prendre dix louis par l'homme à cheveux blancs, et descend avec les sept mille francs, ne comprenant encore rien au jeu, mais stupéfié de son bonheur.

    « Ah çà ! où me mènerez-vous maintenant », dit-il en montrant les sept mille francs à madame de Nucingen quand la portière fut
1625 refermée.

---

1. Sans vergogne : sans crainte, sans honte (familier).
2. Se reconnaître : comprendre ce qui se passait.

Delphine le serra par une étreinte folle et l'embrassa vivement, mais sans passion. « Vous m'avez sauvée ! » Des larmes de joie coulèrent en abondance sur ses joues. « Je vais tout vous dire, mon ami. Vous serez mon ami, n'est-ce pas ? Vous me voyez riche, opulente[1],
1630 rien ne me manque ou je parais ne manquer de rien ! Eh bien ! sachez que monsieur de Nucingen ne me laisse pas disposer d'un sou : il paye toute la maison, mes voitures, mes loges ; il m'alloue pour ma toilette une somme insuffisante, il me réduit à une misère secrète par calcul. Je suis trop fière pour l'implorer. Ne serais-je pas
1635 la dernière des créatures si j'achetais son argent au prix où il veut me le vendre[2] ! Comment, moi riche de sept cent mille francs, me suis-je laissé dépouiller ? par fierté, par indignation. Nous sommes si jeunes, si naïves, quand nous commençons la vie conjugale ! La parole par laquelle il fallait demander de l'argent à mon mari me
1640 déchirait la bouche ; je n'osais jamais, je mangeais l'argent de mes économies et celui que me donnait mon pauvre père ; puis je me suis endettée. Le mariage est pour moi la plus horrible des déceptions, je ne puis vous en parler : qu'il vous suffise de savoir que je me jetterais par la fenêtre s'il fallait vivre avec Nucingen autrement
1645 qu'en ayant chacun notre appartement séparé. Quand il a fallu lui déclarer mes dettes de jeune femme, des bijoux, des fantaisies (mon pauvre père nous avait accoutumées à ne nous rien refuser), j'ai souffert le martyre ; mais enfin j'ai trouvé le courage de les dire. N'avais-je pas une fortune à moi ? Nucingen s'est emporté, il m'a
1650 dit que je le ruinerais, des horreurs ! J'aurais voulu être à cent pieds sous terre. Comme il avait pris ma dot, il a payé ; mais en stipulant désormais pour mes dépenses personnelles une pension à laquelle je me suis résignée, afin d'avoir la paix. Depuis, j'ai voulu répondre à l'amour-propre de quelqu'un que vous connaissez, dit-elle. Si j'ai
1655 été trompée par lui, je serais mal venue à ne pas rendre justice à la noblesse de son caractère. Mais enfin il m'a quittée indignement !

---

1. Opulente : qui possède de grandes richesses.
2. Au prix où il veut me le vendre : sous-entendu, en échange de mes faveurs sexuelles.

On ne devrait jamais abandonner une femme à laquelle on a jeté, dans un jour de détresse, un tas d'or! *On* doit l'aimer toujours! Vous, belle âme de vingt et un ans, vous jeune et pur, vous me demanderez comment une femme peut accepter de l'or d'un homme? Mon Dieu! n'est-il pas naturel de tout partager avec l'être auquel nous devons notre bonheur? Quand on s'est tout donné, qui pourrait s'inquiéter d'une parcelle de ce tout? L'argent ne devient quelque chose qu'au moment où le sentiment n'est plus. N'est-on pas lié pour la vie? Qui de nous prévoit une séparation en se croyant bien aimée? Vous nous jurez un amour éternel, comment avoir alors des intérêts distincts? Vous ne savez pas ce que j'ai souffert aujourd'hui, lorsque Nucingen m'a positivement refusé de me donner six mille francs, lui qui les donne tous les mois à sa maîtresse, une fille de l'Opéra! Je voulais me tuer. Les idées les plus folles me passaient par la tête. Il y a eu des moments où j'enviais le sort d'une servante, de ma femme de chambre. Aller trouver mon père, folie! Anastasie et moi nous l'avons égorgé: mon pauvre père se serait vendu s'il pouvait valoir six mille francs. J'aurais été le désespérer en vain. Vous m'avez sauvée de la honte et de la mort, j'étais ivre de douleur. Ah! monsieur, je vous devais cette explication: j'ai été bien déraisonnablement folle avec vous. Quand vous m'avez quittée, et que je vous ai eu perdu de vue, je voulais m'enfuir à pied… où? je ne sais. Voilà la vie de la moitié des femmes de Paris: un luxe extérieur, des soucis cruels dans l'âme. Je connais de pauvres créatures encore plus malheureuses que je ne le suis. Il y a pourtant des femmes obligées de faire faire de faux mémoires[1] par leurs fournisseurs. D'autres sont forcées de voler leurs maris: les uns croient que des cachemires de cent louis se donnent pour cinq cents francs, les autres qu'un cachemire de cinq cents francs vaut cent louis. Il se rencontre de pauvres femmes qui font jeûner leurs enfants et grappillent pour avoir une robe. Moi, je suis pure de ces odieuses tromperies. Voici ma dernière angoisse. Si quelques

---

1. **Faux mémoires**: fausses factures.

femmes se vendent à leurs maris pour les gouverner, moi au moins
1690 je suis libre ! Je pourrais me faire couvrir d'or par Nucingen, et je
préfère pleurer la tête appuyée sur le cœur d'un homme que je
puisse estimer. Ah ! ce soir monsieur de Marsay n'aura pas le droit
de me regarder comme une femme qu'il a payée. » Elle se mit le
visage dans ses mains, pour ne pas montrer ses pleurs à Eugène,
1695 qui lui dégagea la figure pour la contempler, elle était sublime
ainsi. « Mêler l'argent aux sentiments, n'est-ce pas horrible ? Vous
ne pourrez pas m'aimer », dit-elle.

Ce mélange de bons sentiments, qui rendent les femmes si
grandes, et des fautes que la constitution actuelle de la société
1700 les force à commettre, bouleversait Eugène, qui disait des paroles
douces et consolantes en admirant cette belle femme, si naïvement
imprudente dans son cri de douleur.

« Vous ne vous armerez pas de ceci contre moi, dit-elle, promettez-le-moi.

1705 – Ah ! madame ! j'en suis incapable », dit-il.

Elle lui prit la main et la mit sur son cœur par un mouvement
plein de reconnaissance et de gentillesse.

« Grâce à vous me voilà redevenue libre et joyeuse. Je vivais pressée
par une main de fer. Je veux maintenant vivre simplement, ne rien
1710 dépenser. Vous me trouverez bien comme je serai, mon ami, n'est-ce
pas ? Gardez ceci, dit-elle en ne prenant que six billets de banque.
En conscience je vous dois mille écus, car je me suis considérée
comme étant de moitié avec vous. » Eugène se défendit comme une
vierge. Mais la baronne lui ayant dit : « Je vous regarde comme mon
1715 ennemi si vous n'êtes pas mon complice », il prit l'argent. « Ce sera
une mise de fonds[1] en cas de malheur, dit-il.

– Voilà le mot que je redoutais, s'écria-t-elle en pâlissant. Si vous
voulez que je sois quelque chose pour vous, jurez-moi, dit-elle, de
ne jamais retourner au jeu. Mon Dieu ! moi, vous corrompre ! j'en
1720 mourrais de douleur. »

---

1. Mise de fonds : somme d'argent destinée à être mise en jeu.

Ils étaient arrivés. Le contraste de cette misère et de cette opulence étourdissait l'étudiant, dans les oreilles duquel les sinistres paroles de Vautrin vinrent retentir.

« Mettez-vous là, dit la baronne en entrant dans sa chambre et
1725 montrant une causeuse auprès du feu, je vais écrire une lettre bien difficile ! Conseillez-moi.

– N'écrivez pas, lui dit Eugène, enveloppez les billets, mettez l'adresse, et envoyez-les par votre femme de chambre.

– Mais vous êtes un amour d'homme, dit-elle. Ah ! voilà, mon-
1730 sieur, ce que c'est que d'avoir été bien élevé ! Ceci est du Beauséant tout pur », dit-elle en souriant.

« Elle est charmante », se dit Eugène qui s'éprenait[1] de plus en plus. Il regarda cette chambre où respirait la voluptueuse élégance d'une riche courtisane.

1735 « Cela vous plaît-il ? dit-elle en sonnant sa femme de chambre.

– Thérèse, portez cela vous-même à monsieur de Marsay, et remettez-le à lui-même. Si vous ne le trouvez pas, vous me rapporterez la lettre. »

Thérèse ne partit pas sans avoir jeté un malicieux coup d'œil
1740 sur Eugène. Le dîner était servi. Rastignac donna le bras à madame de Nucingen, qui le mena dans une salle à manger délicieuse, où il retrouva le luxe de table qu'il avait admiré chez sa cousine.

« Les jours d'Italiens[2], dit-elle, vous viendrez dîner avec moi, et vous m'accompagnerez.

1745 – Je m'accoutumerais à cette douce vie si elle devait durer ; mais je suis un pauvre étudiant qui a sa fortune à faire.

– Elle se fera, dit-elle en riant. Vous voyez, tout s'arrange : je ne m'attendais pas à être si heureuse. »

Il est dans la nature des femmes de prouver l'impossible par
1750 le possible et de détruire des faits par des pressentiments. Quand madame de Nucingen et Rastignac entrèrent dans leur loge aux

---

1. **S'éprenait** : devenait très amoureux.
2. **Les jours d'Italiens** : les jours de représentation au Théâtre des Italiens.

Bouffons, elle eut un air de contentement qui la rendait si belle, que chacun se permit de ces petites calomnies contre lesquelles les femmes sont sans défense, et qui font souvent croire à des désordres
1755 inventés à plaisir. Quand on connaît Paris, on ne croit rien de ce qui s'y dit, et l'on ne dit rien de ce qui s'y fait. Eugène prit la main de la baronne, et tous deux se parlèrent par des pressions plus ou moins vives, en se communiquant les sensations que leur donnait la musique. Pour eux, cette soirée fut enivrante. Ils sortirent ensemble,
1760 et madame de Nucingen voulut reconduire Eugène jusqu'au Pont-Neuf, en lui disputant[1], pendant toute la route, un des baisers qu'elle lui avait si chaleureusement prodigués au Palais-Royal. Eugène lui reprocha cette inconséquence.

« Tantôt, répondit-elle, c'était de la reconnaissance pour un
1765 dévouement inespéré ; maintenant ce serait une promesse.

– Et vous ne voulez m'en faire aucune, ingrate[2]. » Il se fâcha. En faisant un de ces gestes d'impatience qui ravissent un amant, elle lui donna sa main à baiser, qu'il prit avec une mauvaise grâce dont elle fut enchantée.

1770 « À lundi, au bal », dit-elle.

En s'en allant à pied, par un beau clair de lune, Eugène tomba dans de sérieuses réflexions. Il était à la fois heureux et mécontent : heureux d'une aventure dont le dénouement probable lui donnait une des plus jolies et des plus élégantes femmes de Paris, objet de ses
1775 désirs ; mécontent de voir ses projets de fortune renversés, et ce fut alors qu'il éprouva la réalité des pensées indécises auxquelles il s'était livré l'avant-veille. L'insuccès nous accuse toujours la puissance de nos prétentions. Plus Eugène jouissait de la vie parisienne, moins il voulait demeurer obscur et pauvre. Il chiffonnait son billet de mille
1780 francs dans sa poche, en se faisant mille raisonnements captieux pour se l'approprier. Enfin il arriva rue Neuve-Sainte-Geneviève, et quand il fut en haut de l'escalier, il y vit de la lumière. Le père Goriot avait laissé sa porte ouverte et sa chandelle allumée, afin que

1. **En lui disputant** : en lui refusant.
2. **Ingrate** : qui ne témoigne pas de reconnaissance.

l'étudiant n'oubliât pas de *lui raconter sa fille*, suivant son expression.
1785 Eugène ne lui cacha rien.

« Mais, s'écria le père Goriot dans un violent désespoir de jalousie, elles me croient ruiné : j'ai encore treize cents livres de rente !
Mon Dieu ! la pauvre petite, que ne venait-elle ici ! j'aurais vendu
mes rentes, nous aurions pris sur le capital, et avec le reste je me
1790 serais fait du viager. Pourquoi n'êtes-vous pas venu me confier son
embarras, mon brave voisin ? Comment avez-vous eu le cœur d'aller
risquer au jeu ses pauvres petits cent francs ? c'est à fendre l'âme.
Voilà ce que c'est que des gendres ! Oh ! si je les tenais, je leur serrerais le cou. Mon Dieu ! pleurer, elle a pleuré ?
1795 — La tête sur mon gilet, dit Eugène.

— Oh ! donnez-le-moi, dit le père Goriot. Comment ! il y a eu
là des larmes de ma fille, de ma chère Delphine, qui ne pleurait
jamais étant petite ! Oh ! je vous en achèterai un autre, ne le portez
plus, laissez-le-moi. Elle doit, d'après son contrat, jouir de ses biens.
1800 Ah ! je vais aller trouver Derville, un avoué, dès demain. Je vais faire
exiger le placement de sa fortune. Je connais les lois, je suis un vieux
loup, je vais retrouver mes dents.

— Tenez, père, voici mille francs qu'elle a voulu me donner sur
notre gain. Gardez-les-lui, dans le gilet. »
1805 Goriot regarda Eugène, lui tendit la main pour prendre la sienne,
sur laquelle il laissa tomber une larme.

« Vous réussirez dans la vie, lui dit le vieillard. Dieu est juste,
voyez-vous ? Je me connais en probité, moi, et puis vous assurer qu'il
y a bien peu d'hommes qui vous ressemblent. Vous voulez donc être
1810 aussi mon cher enfant ? Allez, dormez. Vous pouvez dormir, vous
n'êtes pas encore père. Elle a pleuré, j'apprends ça, moi, qui étais
là tranquillement à manger comme un imbécile pendant qu'elle
souffrait ; moi, moi qui vendrais le Père, le Fils et le Saint-Esprit
pour leur éviter une larme à toutes deux ! »
1815 « Par ma foi, se dit Eugène en se couchant, je crois que je serai
honnête homme toute ma vie. Il y a du plaisir à suivre les inspirations de sa conscience. »

Il n'y a peut-être que ceux qui croient en Dieu qui font le bien en secret, et Eugène croyait en Dieu. Le lendemain, à l'heure du bal, Rastignac alla chez madame de Beauséant, qui l'emmena pour le présenter à la duchesse de Carigliano. Il reçut le plus gracieux accueil de la maréchale, chez laquelle il retrouva madame de Nucingen. Delphine s'était parée avec l'intention de plaire à tous pour mieux plaire à Eugène, de qui elle attendait impatiemment un coup d'œil, en croyant cacher son impatience. Pour qui sait deviner les émotions d'une femme, ce moment est plein de délices. Qui ne s'est souvent plu à faire attendre son opinion, à déguiser coquettement son plaisir, à chercher des aveux dans l'inquiétude que l'on cause, à jouir des craintes qu'on dissipera par un sourire ? Pendant cette fête, l'étudiant mesura tout à coup la portée de sa position, et comprit qu'il avait un état dans le monde en étant cousin avoué de madame de Beauséant. La conquête de madame la baronne de Nucingen, qu'on lui donnait déjà, le mettait si bien en relief, que tous les jeunes gens lui jetaient des regards d'envie ; en en surprenant quelques-uns, il goûta les premiers plaisirs de la fatuité. En passant d'un salon dans un autre, en traversant les groupes, il entendit vanter son bonheur. Les femmes lui prédisaient toutes des succès. Delphine, craignant de le perdre, lui promit de ne pas lui refuser le soir le baiser qu'elle s'était tant défendu d'accorder l'avant-veille. À ce bal, Rastignac reçut plusieurs engagements[1]. Il fut présenté par sa cousine à quelques femmes qui toutes avaient des prétentions à l'élégance, et dont les maisons passaient pour être agréables ; il se vit lancé dans le plus grand et le plus beau monde de Paris. Cette soirée eut donc pour lui les charmes d'un brillant début, et il devait s'en souvenir jusque dans ses vieux jours, comme une jeune fille se souvient du bal où elle a eu des triomphes. Le lendemain, quand, en déjeunant, il raconta ses succès au père Goriot devant les pensionnaires, Vautrin se prit à sourire d'une façon diabolique.

---

1. **Engagements** : invitations.

1850 « Et vous croyez, s'écria ce féroce logicien[1], qu'un jeune homme à la mode peut demeurer rue Neuve-Sainte-Geneviève, dans la Maison-Vauquer ? pension infiniment respectable sous tous les rapports, certainement, mais qui n'est rien moins que fashionable[2]. Elle est cossue, elle est belle de son abondance, elle est fière d'être
1855 le manoir momentané d'un Rastignac ; mais, enfin, elle est rue Neuve-Sainte-Geneviève, et ignore le luxe, parce qu'elle est purement *patriarchalorama*. Mon jeune ami, reprit Vautrin, d'un air paternellement railleur, si vous voulez faire figure à Paris, il vous faut trois chevaux et un tilbury pour le matin, un coupé pour le
1860 soir, en tout neuf mille francs pour le véhicule. Vous seriez indigne de votre destinée si vous ne dépensiez trois mille francs chez votre tailleur, si cents francs chez le parfumeur, cent écus chez le bottier, cent écus chez le chapelier. Quant à votre blanchisseuse[3], elle vous coûtera mille francs. Les jeunes gens à la mode ne peuvent se dis-
1865 penser d'être très forts sur l'article du linge : n'est-ce pas ce qu'on examine le plus souvent en eux ? L'amour et l'église veulent de belles nappes sur leurs autels. Nous sommes à quatorze mille. Je ne vous parle pas de ce que vous perdrez au jeu, en paris, en présents ; il est impossible de ne pas compter pour deux mille francs l'argent
1870 de poche. J'ai mené cette vie-là, j'en connais les débours[4]. Ajoutez à ces nécessités premières trois cents louis pour la pâtée, mille francs pour la niche. Allez, mon enfant, nous en avons pour nos petits vingt-cinq mille par an dans les flancs, ou nous tombons dans la crotte, nous nous faisons moquer de nous, et nous sommes destitué
1875 de notre avenir, de nos succès, de nos maîtresses ! J'oublie le valet de chambre et le groom[5] ! Est-ce Christophe qui portera vos billets doux ? Les écrirez-vous sur le papier dont vous vous servez ? Ce serait vous suicider. Croyez-en un vieillard plein d'expérience ! reprit-il

---

1. Logicien : personne qui raisonne avec habileté.
2. Fashionable : à la mode, élégante.
3. Blanchisseuse : personne qui nettoie et repasse le linge.
4. Débours : dépenses.
5. Groom : jeune valet d'écurie.

en faisant un *rinforzando*[1] dans sa voix de basse. Ou déportez-vous
1880 dans une vertueuse mansarde, et mariez-vous-y avec le travail, ou
prenez une autre voie. »

Et Vautrin cligna de l'œil en guignant[2] mademoiselle Taillefer
de manière à rappeler et résumer dans ce regard les raisonnements
séducteurs qu'il avait semés au cœur de l'étudiant pour le corrompre.
1885 Plusieurs jours se passèrent pendant lesquels Rastignac mena la
vie la plus dissipée. Il dînait presque tous les jours avec madame
de Nucingen, qu'il accompagnait dans le monde. Il rentrait à trois
ou quatre heures du matin, se levait à midi pour faire sa toilette,
allait se promener au Bois avec Delphine, quand il faisait beau,
1890 prodiguant ainsi son temps sans en savoir le prix, et aspirant tous
les enseignements, toutes les séductions du luxe avec l'ardeur dont
est saisi l'impatient calice d'un dattier femelle pour les fécondantes
poussières de son hyménée[3]. Il jouait gros jeu, perdait ou gagnait
beaucoup, et finit par s'habituer à la vie exorbitante des jeunes
1895 gens de Paris. Sur ses premiers gains, il avait renvoyé quinze cents
francs à sa mère et à ses sœurs, en accompagnant sa restitution
de jolis présents. Quoiqu'il eût annoncé vouloir quitter la Maison-
Vauquer, il y était encore dans les derniers jours du mois de janvier,
et ne savait comment en sortir. Les jeunes gens sont soumis presque
1900 tous à une loi en apparence inexplicable, mais dont la raison vient
de leur jeunesse même, et de l'espèce de furie[4] avec laquelle ils se
ruent au plaisir. Riches ou pauvres, ils n'ont jamais d'argent pour
les nécessités de la vie, tandis qu'ils en trouvent toujours pour leurs
caprices. Prodigues de tout ce qui s'obtient à crédit, ils sont avares
1905 de tout ce qui se paye à l'instant même, et semblent se venger de
ce qu'ils n'ont pas, en dissipant tout ce qu'ils peuvent avoir. Ainsi,
pour nettement poser la question, un étudiant prend bien plus de
soin de son chapeau que de son habit. L'énormité du gain rend

---

1. *Rinforzando* : renforcement du son.
2. **En guignant** : en regardant avec convoitise.
3. **Hyménée** : union.
4. **Furie** : fureur.

le tailleur essentiellement créditeur, tandis que la modicité[1] de la
1910 somme fait du chapelier un des êtres les plus intraitables parmi
ceux avec lesquels il est forcé de parlementer. Si le jeune homme
assis au balcon d'un théâtre offre à la lorgnette des jolies femmes
d'étourdissants gilets, il est douteux qu'il ait des chaussettes; le
bonnetier est encore un des charançons[2] de sa bourse. Rastignac
1915 en était là. Toujours vide pour madame Vauquer, toujours pleine
pour les exigences de la vanité, sa bourse avait des revers et des
succès lunatiques[3] en désaccord avec les paiements les plus naturels. Afin de quitter la pension puante, ignoble où s'humiliaient
périodiquement ses prétentions, ne fallait-il pas payer un mois à son
1920 hôtesse, et acheter des meubles pour son appartement de dandy?
c'était toujours la chose impossible. Si, pour se procurer l'argent
nécessaire à son jeu, Rastignac savait acheter chez son bijoutier
des montres et des chaînes d'or chèrement payées sur ses gains,
et qu'il portait au Mont-de-Piété, ce sombre et discret ami de la
1925 jeunesse, il se trouvait sans invention comme sans audace quand
il s'agissait de payer sa nourriture, son logement, ou d'acheter
les outils indispensables à l'exploitation de la vie élégante. Une
nécessité vulgaire, des dettes contractées pour des besoins satisfaits,
ne l'inspiraient plus. Comme la plupart de ceux qui ont connu
1930 cette vie de hasard, il attendait au dernier moment pour solder des
créances[4] sacrées aux yeux des bourgeois, comme faisait Mirabeau[5],
qui ne payait son pain que quand il se présentait sous la forme
dragonnante[6] d'une lettre de change. Vers cette époque, Rastignac
avait perdu son argent, et s'était endetté. L'étudiant commen-
1935 çait à comprendre qu'il lui serait impossible de continuer cette
existence sans avoir des ressources fixes. Mais, tout en gémissant

1. **Modicité**: modestie.
2. **Charançons**: parasites.
3. **Lunatiques**: changeants.
4. **Solder des créances**: payer ses dettes.
5. **Mirabeau** (1749-1791): homme politique français qui participa activement aux événements révolutionnaires.
6. **Dragonnante**: maltraitante.

sous les piquantes atteintes de sa situation précaire[1], il se sentait incapable de renoncer aux jouissances excessives de cette vie, et voulait la continuer à tout prix. Les hasards sur lesquels il avait
1940 compté pour sa fortune devenaient chimériques, et les obstacles réels grandissaient. En s'initiant aux secrets domestiques de monsieur et madame de Nucingen, il s'était aperçu que, pour convertir l'amour en instrument de fortune, il fallait avoir bu toute honte, et renoncer aux nobles idées qui sont l'absolution des fautes de
1945 la jeunesse. Cette vie extérieurement splendide, mais rongée par tous les *tænias*[2] du remords, et dont les fugitifs plaisirs étaient chèrement expiés par de persistantes angoisses, il l'avait épousée, il s'y roulait en se faisant, comme le Distrait de La Bruyère[3], un lit dans la fange du fossé ; mais, comme le Distrait, il ne souillait
1950 encore que son vêtement.

« Nous avons donc tué le mandarin ? lui dit un jour Bianchon en sortant de table.

– Pas encore, répondit-il, mais il râle. »

L'étudiant en médecine prit ce mot pour une plaisanterie, et
1955 ce n'en était pas une. Eugène, qui, pour la première fois depuis longtemps, avait dîné à la pension, s'était montré pensif pendant le repas. Au lieu de sortir au dessert, il resta dans la salle à manger assis auprès de mademoiselle Taillefer, à laquelle il jeta de temps en temps des regards expressifs. Quelques pensionnaires étaient
1960 encore attablés et mangeaient des noix, d'autres se promenaient en continuant des discussions commencées. Comme presque tous les soirs, chacun s'en allait à sa fantaisie, suivant le degré d'intérêt qu'il prenait à la conversation, ou selon le plus ou le moins de pesanteur que lui causait sa digestion. En hiver, il était rare
1965 que la salle à manger fût entièrement évacuée avant huit heures, moment où les quatre femmes demeuraient seules et se vengeaient

---

1. **Précaire** : instable, fragile.
2. *Tænias* : vers intestinaux.
3. **Le Distrait de La Bruyère** : personnage des *Caractères*, œuvre de La Bruyère (1645-1696), parue en 1688.

du silence que leur sexe leur imposait au milieu de cette réunion masculine. Frappé de la préoccupation à laquelle Eugène était en proie, Vautrin resta dans la salle à manger, quoiqu'il eût paru d'abord empressé de sortir, et se tint constamment de manière à n'être pas vu d'Eugène, qui put le croire parti. Puis, au lieu d'accompagner ceux des pensionnaires qui s'en allèrent les derniers, il stationna sournoisement dans le salon. Il avait lu dans l'âme de l'étudiant et pressentait un symptôme décisif. Rastignac se trouvait en effet dans une situation perplexe que beaucoup de jeunes gens ont dû connaître. Aimante ou coquette, madame de Nucingen avait fait passer Rastignac par toutes les angoisses d'une passion véritable, en déployant pour lui les ressources de la diplomatie féminine en usage à Paris. Après s'être compromise aux yeux du public pour fixer près d'elle le cousin de madame de Beauséant, elle hésitait à lui donner réellement les droits dont il paraissait jouir. Depuis un mois elle irritait[1] si bien les sens d'Eugène, qu'elle avait fini par attaquer le cœur. Si, dans les premiers moments de sa liaison, l'étudiant s'était cru le maître, madame de Nucingen était devenue la plus forte, à l'aide de ce manège qui mettait en mouvement chez Eugène tous les sentiments, bons ou mauvais, des deux ou trois hommes qui sont dans un jeune homme de Paris. Était-ce en elle un calcul ? Non ; les femmes sont toujours vraies, même au milieu de leurs plus grandes faussetés, parce qu'elles cèdent à quelque sentiment naturel. Peut-être Delphine, après avoir laissé prendre tout à coup tant d'empire sur elle par ce jeune homme et lui avoir montré trop d'affection, obéissait-elle à un sentiment de dignité, qui la faisait ou revenir sur ses concessions[2], ou se plaire à les suspendre. Il est si naturel à une Parisienne, au moment même où la passion l'entraîne, d'hésiter dans sa chute, d'éprouver le cœur de celui auquel elle va livrer son avenir ! Toutes les espérances de madame de Nucingen avaient été trahies une première fois, et sa fidélité pour un jeune égoïste venait

1. **Irritait** : excitait.
2. **Concessions** : compromis.

d'être méconnue. Elle pouvait être défiante à bon droit. Peut-être avait-elle aperçu dans les manières d'Eugène, que son rapide succès avait rendu fat, une sorte de mésestime causée par les bizarreries de leur situation. Elle désirait sans doute paraître imposante à un homme de cet âge, et se trouver grande devant lui après avoir été si longtemps petite devant celui par qui elle était abandonnée. Elle ne voulait pas qu'Eugène la crût une facile conquête, précisément parce qu'il savait qu'elle avait appartenu à de Marsay. Enfin, après avoir subi le dégradant plaisir d'un véritable monstre, un libertin jeune, elle éprouvait tant de douceur à se promener dans les régions fleuries de l'amour, que c'était sans doute un charme pour elle d'en admirer tous les aspects, d'en écouter longtemps les frémissements, et de se laisser longtemps caresser par de chastes[1] brises. Le véritable amour payait pour le mauvais. Ce contresens sera malheureusement fréquent tant que les hommes ne sauront pas combien de fleurs fauchent dans l'âme d'une jeune femme les premiers coups de la tromperie. Quelles que fussent ses raisons, Delphine se jouait de Rastignac, et se plaisait à se jouer de lui, sans doute parce qu'elle se savait aimée et sûre de faire cesser les chagrins de son amant, suivant son royal bon plaisir de femme. Par respect de lui-même, Eugène ne voulait pas que son premier combat se terminât par une défaite, et persistait dans sa poursuite, comme un chasseur qui veut absolument tuer une perdrix à sa première fête de Saint-Hubert[2]. Ses anxiétés, son amour-propre offensé, ses désespoirs, faux ou véritables, l'attachaient de plus en plus à cette femme. Tout Paris lui donnait madame de Nucingen, auprès de laquelle il n'était pas plus avancé que le premier jour où il l'avait vue. Ignorant encore que la coquetterie d'une femme offre quelquefois plus de bénéfices que son amour ne donne de plaisir, il tombait dans de sottes rages. Si la saison pendant laquelle une femme se dispute à l'amour offrait à Rastignac le butin de ses primeurs, elles lui devenaient aussi coûteuses

---

1. Chastes : sages.
2. Saint-Hubert : fête de la chasse ; Hubert est le saint patron des chasseurs.

qu'elles étaient vertes, aigrelettes[1] et délicieuses à savourer. Parfois,
2030 en se voyant sans un sou, sans avenir, il pensait, malgré la voix de sa
conscience, aux chances de fortune dont Vautrin lui avait démontré
la possibilité dans un mariage avec mademoiselle Taillefer. Or il se
trouvait alors dans un moment où sa misère parlait si haut, qu'il
céda presque involontairement aux artifices du terrible sphinx par
2035 les regards duquel il était souvent fasciné. Au moment où Poiret
et mademoiselle Michonneau remontèrent chez eux, Rastignac,
se croyant seul entre madame Vauquer et madame Couture, qui
se tricotait des manches de laine en sommeillant auprès du poêle,
regarda mademoiselle Taillefer d'une manière assez tendre pour
2040 lui faire baisser les yeux.

«Auriez-vous des chagrins, monsieur Eugène? lui dit Victorine
après un moment de silence.

– Quel homme n'a pas ses chagrins! répondit Rastignac. Si nous
étions sûrs, nous autres jeunes gens, d'être bien aimés, avec un
2045 dévouement qui nous récompensât des sacrifices que nous sommes
toujours disposés à faire, nous n'aurions peut-être jamais de chagrins.»

Mademoiselle Taillefer lui jeta, pour toute réponse, un regard
qui n'était pas équivoque.

«Vous, mademoiselle, vous vous croyez sûre de votre cœur
2050 aujourd'hui; mais répondriez-vous de ne jamais changer?»

Un sourire vint errer sur les lèvres de la pauvre fille comme un
rayon jailli de son âme, et fit si bien reluire sa figure qu'Eugène
fut effrayé d'avoir provoqué une aussi vive explosion de sentiment.

«Quoi! si demain vous étiez riche et heureuse, si une immense
2055 fortune vous tombait des nues[2], vous aimeriez encore le jeune homme
pauvre qui vous aurait plu durant vos jours de détresse?»

Elle fit un joli signe de tête.

«Un jeune homme bien malheureux?»

Nouveau signe.

---

1. **Aigrelettes**: légèrement piquantes.
2. **Tombait des nues**: tombait du ciel.

2060 « Quelles bêtises dites-vous donc là ? s'écria madame Vauquer.

— Laissez-nous, répondit Eugène, nous nous entendons[1].

— Il y aurait donc alors promesse de mariage entre monsieur le chevalier Eugène de Rastignac et mademoiselle Victorine Taillefer ?
2065 dit Vautrin de sa grosse voix en se montrant tout à coup à la porte de la salle à manger.

— Ah ! vous m'avez fait peur, dirent à la fois madame Couture et madame Vauquer.

— Je pourrais plus mal choisir, répondit en riant Eugène à qui la voix de Vautrin causa la plus cruelle émotion qu'il eût jamais
2070 ressentie.

— Pas de mauvaises plaisanteries, messieurs, dit madame Couture. Ma fille, remontons chez nous. »

Madame Vauquer suivit ses deux pensionnaires, afin d'économiser sa chandelle et son feu en passant la soirée chez elles. Eugène
2075 se trouva seul et face à face avec Vautrin.

« Je savais bien que vous y arriveriez, lui dit cet homme en gardant un imperturbable sang-froid. Mais, écoutez ! j'ai de la délicatesse tout comme un autre, moi. Ne vous décidez pas dans ce moment, vous n'êtes pas dans votre assiette ordinaire. Vous avez des dettes.
2080 Je ne veux pas que ce soit la passion, le désespoir, mais la raison qui vous détermine à venir à moi. Peut-être vous faut-il quelque millier d'écus. Tenez, le voulez-vous ? »

Ce démon prit dans sa poche un portefeuille, et en tira trois billets de banque qu'il fit papilloter[2] aux yeux de l'étudiant. Eugène
2085 était dans la plus cruelle des situations. Il devait au marquis d'Ajuda et au comte de Trailles cent louis perdus sur parole. Il ne les avait pas, et n'osait aller passer la soirée chez madame de Restaud, où il était attendu. C'était une de ces soirées sans cérémonie où l'on mange des petits gâteaux, où l'on boit du thé, mais où l'on peut
2090 perdre six mille francs au whist[3].

---

1. **Nous nous entendons** : nous nous comprenons.
2. **Papilloter** : onduler.
3. **Whist** : jeu de cartes.

« Monsieur, lui dit Eugène en cachant avec peine un tremblement convulsif, après ce que vous m'avez confié, vous devez comprendre qu'il m'est impossible de vous avoir des obligations.

– Eh bien ! vous m'auriez fait de la peine de parler autrement, reprit le tentateur. Vous êtes un beau jeune homme, délicat, fier comme un lion et doux comme une jeune fille. Vous seriez une belle proie pour le diable. J'aime cette qualité des jeunes gens. Encore deux ou trois réflexions de haute politique, et vous verrez le monde comme il est. En y jouant quelques petites scènes de vertu, l'homme supérieur y satisfait toutes ses fantaisies aux grands applaudissements des niais du parterre. Avant peu de jours vous serez à nous. Ah ! si vous vouliez devenir mon élève, je vous ferais arriver à tout. Vous ne formeriez pas un désir qu'il ne fût à l'instant comblé, quoi que vous puissiez souhaiter : honneur, fortune, femmes. On vous réduirait toute la civilisation en ambroisie[1]. Vous seriez notre enfant gâté, notre Benjamin, nous nous exterminerions tous pour vous avec plaisir. Tout ce qui vous ferait obstacle serait aplati. Si vous conservez des scrupules, vous me prenez donc pour un scélérat ? Eh bien, un homme qui avait autant de probité que vous croyez en avoir encore, Monsieur de Turenne[2], faisait, sans se croire compromis, de petites affaires avec des brigands. Vous ne voulez pas être mon obligé, hein ? Qu'à cela ne tienne, reprit Vautrin en laissant échapper un sourire. Prenez ces chiffons, et mettez-moi là-dessus, dit-il en tirant un timbre[3], là, en travers : *Accepté pour la somme de trois mille cinq cents francs payable en un an*. Et datez ! L'intérêt est assez fort pour vous ôter tout scrupule ; vous pouvez m'appeler juif[4], et vous regarder comme quitte de toute reconnaissance. Je vous permets de me mépriser encore aujourd'hui, sûr que plus tard vous

---

1. Ambroisie : dans la mythologie grecque, nourriture des dieux.
2. Monsieur de Turenne (1611-1675) : général des armées de Louis XIII et Louis XIV.
3. Timbre : papier officiel.
4. Juif : ici, synonyme d'usurier. La religion catholique interdisant l'usure (fait de prêter de l'argent moyennant des intérêts), elle était alors le plus souvent pratiquée par des personnes de religion juive.

m'aimerez. Vous trouverez en moi de ces immenses abîmes, de ces
2120 vastes sentiments concentrés que les niais appellent des vices ; mais
vous ne me trouverez jamais ni lâche ni ingrat. Enfin, je ne suis ni
un pion ni un fou, mais une tour[1], mon petit.

– Quel homme êtes-vous donc ? s'écria Eugène, vous avez été
créé pour me tourmenter.

2125 – Mais non, je suis un bon homme qui veut se crotter pour
que vous soyez à l'abri de la boue pour le reste de vos jours. Vous
vous demandez pourquoi ce dévouement ? Eh bien ! je vous le dirai
tout doucement quelque jour, dans le tuyau de l'oreille. Je vous ai
d'abord surpris en vous montrant le carillon[2] de l'ordre social et
2130 le jeu de la machine ; mais votre premier effroi se passera comme
celui du conscrit[3] sur le champ de bataille, et vous vous accoutume-
rez à l'idée de considérer les hommes comme des soldats décidés
à périr pour le service de ceux qui se sacrent rois eux-mêmes. Les
temps sont bien changés. Autrefois on disait à un brave[4] : "Voilà
2135 cent écus, tue-moi monsieur un tel", et l'on soupait tranquillement
après avoir mis un homme à l'ombre pour un oui, pour un non.
Aujourd'hui je vous propose de vous donner une belle fortune
contre un signe de tête qui ne vous compromet en rien, et vous
hésitez. Le siècle est mou. »

2140 Eugène signa la traite[5], et l'échangea contre les billets de banque.

« Eh bien ! voyons, parlons raison, reprit Vautrin. Je veux partir
d'ici à quelques mois pour l'Amérique, aller planter mon tabac.
Je vous enverrai les cigares de l'amitié. Si je deviens riche, je vous
aiderai. Si je n'ai pas d'enfants (cas probable, je ne suis pas curieux
2145 de me replanter ici par bouture[6]), eh bien ! je vous léguerai ma fortune. Est-ce être l'ami d'un homme ? Mais je vous aime, moi. J'ai la

---

1. Vautrin emploi ici le lexique du jeu d'échecs.
2. Carillon : son des cloches.
3. Conscrit : jeune homme enrôlé, faisant son service militaire.
4. Brave : ici, homme dont la profession est de se battre.
5. Traite : lettre de change.
6. Bouture : partie d'un végétal que l'on plante pour lui faire prendre racine.

passion de me dévouer pour un autre. Je l'ai déjà fait. Voyez-vous, mon petit, je vis dans une sphère plus élevée que celles des autres hommes. Je considère les actions comme des moyens, et ne vois 2150 que le but. Qu'est-ce qu'un homme pour moi ? Ça ! fit-il en laissant claquer l'ongle de son pouce sous une de ses dents. Un homme est tout ou rien. Il est moins que rien quand il se nomme Poiret : on peut l'écraser comme une punaise[1], il est plat et il pue. Mais un homme est un dieu quand il vous ressemble : ce n'est plus une 2155 machine couverte en peau, mais un théâtre où s'émeuvent les plus beaux sentiments, et je ne vis que par les sentiments. Un sentiment, n'est-ce pas le monde dans une pensée ? Voyez le père Goriot : ses deux filles sont pour lui tout l'univers, elles sont le fil avec lequel il se dirige dans la création. Eh bien ! pour moi qui ai bien creusé 2160 la vie, il n'existe qu'un seul sentiment réel, une amitié d'homme à homme. Pierre et Jaffier, voilà ma passion. Je sais *Venise sauvée*[2] par cœur. Avez-vous vu beaucoup de gens assez poilus pour, quand un camarade dit : "Allons enterrer un corps !", y aller sans souffler[3] mot ni l'embêter de morale ? J'ai fait ça, moi. Je ne parlerais pas ainsi à 2165 tout le monde. Mais vous, vous êtes un homme supérieur, on peut tout vous dire, vous savez tout comprendre. Vous ne patouillerez[4] pas longtemps dans les marécages où vivent les crapoussins[5] qui nous entourent ici. Eh bien ! voilà qui est dit. Vous épouserez. Poussons chacun nos pointes ! La mienne est en fer et ne mollit jamais, hé, hé ! »

2170 Vautrin sortit sans vouloir entendre la réponse négative de l'étudiant, afin de le mettre à son aise. Il semblait connaître le secret de ces petites résistances, de ces combats dont les hommes se parent devant eux-mêmes, et qui leur servent à se justifier leurs actions blâmables.

---

1. **Punaise** : insecte.
2. **Venise sauvée** : référence à une tragédie d'Otway (1652-1685) très célèbre au XIXe siècle, et dans laquelle il est question de l'amitié de Jaffier pour Pierre.
3. **Souffler** : dire.
4. **Patouillerez** : pataugerez.
5. **Crapoussins** : hommes de rien.

2175 « Qu'il fasse comme il voudra, je n'épouserai certes pas mademoiselle Taillefer ! » se dit Eugène.

Après avoir subi le malaise d'une fièvre intérieure que lui causa
l'idée d'un pacte fait avec cet homme dont il avait horreur, mais
qui grandissait à ses yeux par le cynisme même de ses idées et par
2180 l'audace avec laquelle il étreignait la société, Rastignac s'habilla,
demanda une voiture, et vint chez madame de Restaud. Depuis
quelques jours, cette femme avait redoublé de soins pour un jeune
homme dont chaque pas était un progrès au cœur du grand monde,
et dont l'influence paraissait devoir être un jour redoutable. Il paya
2185 messieurs de Trailles et d'Ajuda, joua au whist une partie de la nuit,
et regagna ce qu'il avait perdu. Superstitieux comme la plupart
des hommes dont le chemin est à faire et qui sont plus ou moins
fatalistes, il voulut voir dans son bonheur une récompense du ciel
pour sa persévérance à rester dans le bon chemin. Le lendemain
2190 matin, il s'empressa de demander à Vautrin s'il avait encore sa lettre
de change. Sur une réponse affirmative, il lui rendit les trois mille
francs en manifestant un plaisir assez naturel.

« Tout va bien, lui dit Vautrin.

– Mais je ne suis pas votre complice, dit Eugène.

2195 – Je sais, je sais, répondit Vautrin en l'interrompant. Vous faites
encore des enfantillages. Vous vous arrêtez aux bagatelles de la
porte[1]. »

---

1. Vous vous arrêtez aux bagatelles de la porte : vous vous arrêtez à des choses
sans importance.

Arrêt sur lecture 2

Pour comprendre l'essentiel

Rastignac, un personnage entre deux mondes

❶ Dans ce chapitre, le contraste entre l'aspect misérable de la pension où vit Rastignac et le faste des soirées mondaines auxquelles il se rend est de plus en plus perceptible. Mettez-le en évidence et montrez comment sa relation avec le père Goriot lui permet de faire le lien entre ces deux mondes.

❷ Grâce aux conseils de Mme de Beauséant, Rastignac devient un « observateur » (p. 144) de la vie mondaine et apprend à maîtriser l'art de la repartie. Citez deux de ses répliques qui lui permettent de briller en société.

❸ Comme le souligne le titre du chapitre, Rastignac fait ses débuts dans le monde. Prouvez que son ascension sociale n'est pas encore terminée, en vous appuyant notamment sur une anticipation (prolepse) qui annonce la suite de l'intrigue.

L'argent, clé de la réussite

❹ Le chapitre s'ouvre et se clôt sur un thème central du roman : l'argent. Dites quel parallèle Balzac établit entre Rastignac et les filles du père Goriot. Vous illustrerez votre propos par des citations précises du texte.

❺ Vautrin propose à Rastignac de conclure un pacte (p. 133-139). Rappelez les termes de ce marché criminel et, en vous appuyant sur le champ lexical de la tentation, montrez en quoi le personnage de Vautrin est assimilé à la figure du diable.

❻ Par deux fois, Rastignac rembourse l'argent emprunté. Rappelez les circonstances de ces épisodes et dites quelles qualités s'ajoutent ici au portrait moral du jeune homme.

Les femmes, moteur de l'ascension sociale

❼ Pour parvenir, Rastignac a besoin d'argent et fait appel aux femmes de sa famille. Montrez, dans l'étude des lettres envoyées par sa mère et par sa sœur, qu'il jouit auprès d'elles d'une forme de souveraineté. Vous vous attacherez notamment au lexique employé dans la lettre de Laure.

❽ Vautrin se révèle être un personnage immoral. Rappelez quelle conception il a des femmes et de leur rôle dans la société, puis dites comment il tente de rallier Rastignac à sa cause.

❾ Dans ce chapitre, Rastignac se montre séducteur et calculateur. Mettez-le en évidence en étudiant la scène finale avec Delphine.

Rappelez-vous !

• Le deuxième chapitre montre l'évolution du personnage de Rastignac. Désireux de « **parvenir** » (p. 131), le jeune homme n'hésite pas à emprunter de l'argent et à jouer de son pouvoir de séduction auprès des femmes pour réussir. Balzac décrit la **réalité** et la **nature humaine** telles qu'elles sont, sans chercher à les idéaliser : Rastignac, personnage de roman réaliste, n'a donc rien d'un héros.

• Dans *Le Père Goriot*, Balzac fait alterner plusieurs **points de vue**. Le plus souvent, les scènes sont rapportées par un narrateur **omniscient** qui sait tout sur les personnages. Il peut aussi bien les décrire physiquement que livrer leurs sentiments les plus profonds. Mais parfois, les scènes sont décrites selon le point de vue **interne** d'un personnage, le plus souvent Rastignac, qui assiste ou prend part à l'action. Les descriptions sont alors **subjectives**.

Vers l'oral du Bac

Analyse des lignes 450 à 494, p. 130-132

☞ Mettre en évidence le cynisme de Vautrin dans son discours initiatique

Conseils pour la lecture à voix haute

– Il s'agit d'un discours argumentatif qui vise à convaincre Rastignac. N'ayez donc surtout pas une lecture hésitante et appliquez-vous à rendre votre lecture vivante.

– Ne lisez pas trop vite cependant. Prenez le temps de bien mettre en valeur certaines phrases, notamment les questions rhétoriques (l. 450, 454 et 457, 460).

Analyse du texte

■ *Introduction rédigée*

Jeune provincial sans argent, venu à Paris pour réussir à tout prix, le personnage de Rastignac constitue le modèle littéraire de l'ambitieux. Dans le premier chapitre du *Père Goriot*, Mme de Beauséant a commencé l'initiation mondaine de son cousin. Son regard lucide sur la société dissipe certaines illusions du jeune homme. Le personnage de Vautrin porte un regard encore plus désabusé sur le monde, comme en témoigne cet extrait qui constitue un discours initiatique dont nous allons mettre en évidence le cynisme. Dans un premier temps, nous verrons que ce discours, très terre à terre, vise à convaincre Rastignac. Puis nous montrerons en quoi Vautrin se pose en initiateur du jeune homme, avant de mettre en évidence son absence totale de morale.

■ *Analyse guidée*

I. Un discours vivant et concret

a. Les marques de l'oralité sont nombreuses dans le discours de Vautrin. Montrez que les apostrophes, les questions rhétoriques et les phrases exclamatives contribuent à rendre son discours particulièrement vivant.

b. Vautrin emploie des tournures familières. Relevez-les et expliquez en quoi il fait ainsi appel à une forme de sagesse populaire. Vous pourrez vous aider des notes de bas de page.

c. Le discours de Vautrin est très imagé. Mettez en évidence la métaphore filée de la lutte et de la guerre, puis dites quelle vision de la société elle traduit.

II. Un discours initiatique

a. Vautrin ne laisse pas la parole à Rastignac. Son discours s'apparente à un monologue qui instaure une relation de maître à élève. Relevez les marques du registre didactique (impératifs, tournures impersonnelles...) et interprétez l'emploi de la première personne du pluriel.

b. Vautrin fait preuve d'autorité dans son discours : lui seul semble détenir la vérité sur le monde et ses lois. Dites quel temps verbal est majoritairement employé dans cet extrait et analysez les phrases qui s'apparentent à des vérités générales.

c. Vautrin veut obliger Rastignac à suivre ses conseils. Repérez le passage où il s'érige en véritable guide et explicitez ses intentions à l'égard du jeune homme.

III. Un discours cynique

a. Le discours de Vautrin affiche un cynisme sans bornes. Montrez que ses préceptes témoignent d'un refus explicite de toute morale, en vous appuyant notamment sur les différentes occurrences du terme « corruption ».

b. Vautrin manifeste également son mépris à l'égard des institutions sociales. Dites sur quoi repose sa critique du mariage et du travail.

c. Vautrin se moque des ambitions professionnelles de Rastignac. Mettez en évidence l'ironie dans son discours.

■ *Conclusion rédigée*

Ce discours terre à terre livre une vision du monde désabusée et cynique. À travers cet exposé magistral, ponctué de nombreuses marques d'oralité, Vautrin dresse un portrait noir de la société. Nouvel initiateur de Rastignac, il dénonce le règne des apparences, dévoile à son jeune élève les lois secrètes qui régissent la société, et lui enseigne les règles à suivre pour réussir. Des règles immorales et indécentes, car l'école de Vautrin est avant tout une école du cynisme. Il invite en effet Rastignac à la corruption et le prépare ainsi au marché sordide et criminel qu'il s'apprête à lui proposer.

Les trois questions de l'examinateur

Question 1. Dans cet extrait se trouvent deux mots en italique. Relevez-les et dites pourquoi, à votre avis, l'auteur a choisi de mettre ces mots en italique.

Question 2. En quoi le plan échafaudé par Vautrin ressemble-t-il à celui proposé, dans le premier chapitre, par Mme de Beauséant ?

Question 3. Montrez que, comme Vautrin, Balzac fait grand usage des affirmations à valeur de vérité générale dans *Le Père Goriot*.

Chapitre 3

Trompe-la-Mort

Deux jours après, Poiret et mademoiselle Michonneau se trouvaient assis sur un banc, au soleil, dans une allée solitaire du Jardin des plantes, et causaient avec le monsieur qui paraissait à bon droit suspect à l'étudiant en médecine.

5 « Mademoiselle, disait monsieur Gondureau, je ne vois pas d'où naissent vos scrupules. Son Excellence Monseigneur le Ministre de la Police Générale du Royaume…

– Ah ! Son Excellence Monseigneur le Ministre de la Police Générale du Royaume… répéta Poiret.

10 – Oui, Son Excellence s'occupe de cette affaire », dit Gondureau.

À qui ne paraîtra-t-il pas invraisemblable que Poiret, ancien employé, sans doute homme de vertus bourgeoises, quoique dénué d'idées, continuât d'écouter le prétendu rentier de la rue de Buffon[1], au moment où il prononçait le mot de police en laissant 15 ainsi voir la physionomie d'un agent de la rue de Jérusalem[2] à travers son masque d'honnête homme ? Cependant rien n'était plus naturel. Chacun comprendra mieux l'espèce particulière à laquelle appartenait Poiret, dans la grande famille des niais, après une remarque déjà faite par certains observateurs, mais qui jusqu'à 20 présent n'a pas été publiée. Il est une nation plumigère[3] serrée, au

---

1. Rue de Buffon : rue située dans le quartier du Jardin des plantes.
2. Rue de Jérusalem : rue où se trouvait la préfecture de police, à Paris, sur l'île de la Cité.
3. Nation plumigère : ensemble de personnes tenant un porte-plume. Balzac désigne ainsi les employés de bureaux.

budget entre le premier degré de latitude qui comporte les traitements de douze cents francs, espèce de Groenland administratif,
et le troisième degré, où commencent les traitements un peu plus
chauds de trois à six mille, région tempérée, où s'acclimate la gra-
25 tification[1], où elle fleurit malgré les difficultés de la culture. Un
des traits caractéristiques qui trahit le mieux l'infirme étroitesse
de cette gent subalterne, est une sorte de respect involontaire,
machinal, instinctif, pour ce grand lama[2] de tout ministère, connu
de l'employé par une signature illisible et sous le nom de SON
30 EXCELLENCE MONSEIGNEUR LE MINISTRE, cinq mots qui équivalent
à l'*Il Bondo Cani* du *Calife de Bagdad*[3], et qui, aux yeux de ce peuple
aplati, représente un pouvoir sacré, sans appel. Comme le pape
pour les chrétiens, Monseigneur est administrativement infaillible
aux yeux de l'employé ; l'éclat qu'il jette se communique à ses
35 actes, à ses paroles, à celles dites en son nom ; il couvre tout de sa
broderie, et légalise les actions qu'il ordonne ; son nom d'Excellence, qui atteste la pureté de ses intentions et la sainteté de ses
vouloirs, sert de passeport aux idées les moins admissibles. Ce que
ces pauvres gens ne feraient pas dans leur intérêt, ils s'empressent
40 de l'accomplir dès que le mot Son Excellence est prononcé. Les
bureaux ont leur obéissance passive, comme l'armée a la sienne :
système qui étouffe la conscience, annihile un homme et finit, avec
le temps, par l'adapter comme une vis ou un écrou à la machine
gouvernementale. Aussi monsieur Gondureau, qui paraissait se
45 connaître en hommes, distingua-t-il promptement en Poiret un
de ces niais bureaucratiques[4], et fit-il sortir le *Deus ex machina*[5],
le mot talismanique[6] de Son Excellence, au moment où il fallait,

---

1. Gratification : faveur.
2. Grand lama : dans la religion bouddhiste, prêtre vénéré comme l'incarnation de Bouddha.
3. *Il Bondo Cani* du *Calife de Bagdad* : allusion à Isaun, personnage principal de l'opéra de Boieldieu (1775-1834) *Le Calife de Bagdad* joué en 1800.
4. Bureaucratiques : caractéristiques des employés de bureau (péjoratif).
5. *Deus ex machina* : terme employé au théâtre pour désigner l'intervention d'un personnage provoquant un dénouement inattendu.
6. Talismanique : magique.

en démasquant ses batteries, éblouir le Poiret, qui lui semblait le
mâle de la Michonneau, comme la Michonneau lui semblait la
50 femelle du Poiret.

«Du moment où Son Excellence elle-même, Son Excellence
Monseigneur le! Ah! c'est très différent, dit Poiret.

– Vous entendez monsieur, dans le jugement duquel vous parais-
siez avoir confiance, reprit le faux rentier en s'adressant à made-
55 moiselle Michonneau. Eh bien! Son Excellence a maintenant la
certitude la plus complète que le prétendu Vautrin, logé dans la
Maison-Vauquer, est un forçat évadé du bagne de Toulon[1], où il est
connu sous le nom de *Trompe-la-Mort*.

– Ah! Trompe-la-Mort, dit Poiret, il est bien heureux, s'il a mérité
60 ce nom-là.

– Mais oui, reprit l'agent. Ce sobriquet est dû au bonheur qu'il
a eu de ne jamais perdre la vie dans les entreprises extrêmement
audacieuses qu'il a exécutées. Cet homme est dangereux, voyez-vous!
Il a des qualités qui le rendent extraordinaire. Sa condamnation est
65 même une chose qui lui a fait dans sa partie un honneur infini…

– C'est donc un homme d'honneur, demanda Poiret.

– À sa manière. Il a consenti à prendre sur son compte le crime
d'un autre, un faux commis par un très beau jeune homme qu'il
aimait beaucoup, un jeune Italien assez joueur, entré depuis au
70 service militaire, où il s'est d'ailleurs parfaitement comporté.

– Mais si Son Excellence le Ministre de la Police est sûr que monsieur Vautrin soit Trompe-la-Mort, pourquoi donc aurait-il besoin
de moi? dit mademoiselle Michonneau.

– Ah! oui, dit Poiret, si en effet le Ministre, comme vous nous
75 avez fait l'honneur de nous le dire, a une certitude quelconque…

– Certitude n'est pas le mot; seulement on se doute. Vous allez
comprendre la question. Jacques Collin, surnommé Trompe-la-Mort,
a toute la confiance des trois bagnes, qui l'ont choisi pour être leur

---

1. Bagne de Toulon: prison située dans le sud de la France. Ouvert en 1748, ce fut
un des plus grands établissements pénitenciers français jusqu'à sa fermeture en
1873.

agent et leur banquier. Il gagne beaucoup à s'occuper de ce genre
80 d'affaires, qui nécessairement veut un homme de marque[1].

– Ah! ah! comprenez-vous le calembour[2], mademoiselle? dit
Poiret. Monsieur l'appelle un homme de *marque*, parce qu'il a été
marqué[3].

– Le faux Vautrin, dit l'agent en continuant, reçoit les capitaux
85 de messieurs les forçats, les place, les leur conserve, et les tient à la
disposition de ceux qui s'évadent, ou de leurs familles, quand ils
en disposent par testament, ou de leurs maîtresses, quand ils tirent
sur lui pour elles[4].

– De leurs maîtresses! Vous voulez dire de leurs femmes, fit
90 observer Poiret.

– Non, monsieur. Le forçat n'a généralement que des épouses
illégitimes, que nous nommons des concubines.

– Ils vivent donc tous en état de concubinage?

– Conséquemment.

95 – Eh bien! dit Poiret, voilà des horreurs que Monseigneur ne
devrait pas tolérer. Puisque vous avez l'honneur de voir Son Excellence, c'est à vous, qui me paraissez avoir des idées philanthropiques[5],
à l'éclairer sur la conduite immorale de ces gens, qui donnent un
très mauvais exemple au reste de la société.

100 – Mais, monsieur, le gouvernement ne les met pas là pour offrir
le modèle de toutes les vertus.

– C'est juste. Cependant, monsieur, permettez.

– Mais, laissez donc dire monsieur, mon cher mignon, dit mademoiselle Michonneau.

105 – Vous comprenez, mademoiselle, reprit Gondureau. Le gouvernement peut avoir un grand intérêt à mettre la main sur une caisse

---

1. **Homme de marque**: homme de confiance.
2. **Calembour**: jeu de mots.
3. **Marqué**: en arrivant au bagne, les forçats recevaient une marque sur le corps, au
fer rouge, qui leur restait à vie.
4. **Quand ils tirent sur lui pour elles**: quand ses anciens codétenus lui demandent
de prêter de l'argent à leurs maîtresses.
5. **Philanthropiques**: généreuses, humanistes.

illicite[1], que l'on dit monter à un total assez majeur. Trompe-la-Mort encaisse des valeurs considérables en recelant non seulement les sommes possédées par quelques-uns de ses camarades, mais encore
110 celles qui proviennent de la Société des Dix Mille…

– Dix mille voleurs ! s'écria Poiret effrayé.

– Non, la Société des Dix Mille est une association de hauts voleurs, de gens qui travaillent en grand, et ne se mêlent pas d'une affaire où il n'y a pas dix mille francs à gagner. Cette société se
115 compose de tout ce qu'il y a de plus distingué parmi ceux de nos hommes qui vont droit en cour d'assises[2]. Ils connaissent le Code, et ne risquent jamais de se faire appliquer la peine de mort quand ils sont pincés. Collin est leur homme de confiance, leur conseil. À l'aide de ses immenses ressources, cet homme a su se créer une
120 police à lui, des relations fort étendues qu'il enveloppe d'un mystère impénétrable. Quoique depuis un an nous l'ayons entouré d'espions, nous n'avons pas encore pu voir dans son jeu. Sa caisse et ses talents servent donc constamment à solder le vice, à faire les fonds au crime, et entretiennent sur pied une armée de mauvais
125 sujets qui sont dans un perpétuel état de guerre avec la société. Saisir Trompe-la-Mort et s'emparer de sa banque, ce sera couper le mal dans sa racine. Aussi cette expédition est-elle devenue une affaire d'État et de haute politique, susceptible d'honorer ceux qui coopéreront à sa réussite. Vous-même, monsieur, pourriez être de
130 nouveau employé dans l'administration, devenir secrétaire d'un commissaire de police, fonctions qui ne vous empêcheraient point de toucher votre pension de retraite.

– Mais pourquoi, dit mademoiselle Michonneau, Trompe-la-Mort ne s'en va-t-il pas avec la caisse ?
135 – Oh ! fit l'agent, partout où il irait, il serait suivi d'un homme chargé de le tuer, s'il volait le bagne. Puis une caisse ne s'enlève pas aussi facilement qu'on enlève une demoiselle de bonne maison.

---

1. Illicite : illégale, frauduleuse.
2. Cour d'assises : tribunal où sont jugées les affaires de crime.

D'ailleurs, Collin est un gaillard incapable de faire un trait semblable, il se croirait déshonoré.

140 — Monsieur, dit Poiret, vous avez raison, il serait tout à fait déshonoré.

— Tout cela ne nous dit pas pourquoi vous ne venez pas tout bonnement vous emparer de lui, demanda mademoiselle Michonneau.

— Eh bien ! mademoiselle, je réponds... Mais, lui dit-il à l'oreille,
145 empêchez votre monsieur de m'interrompre, ou nous n'en aurons jamais fini. Il doit avoir beaucoup de fortune pour se faire écouter, ce vieux-là. Trompe-la-Mort, en venant ici, a chaussé la peau d'un honnête homme, il s'est fait bon bourgeois de Paris, il s'est logé dans une pension sans apparence ; il est fin, allez ! on ne le prendra
150 jamais sans vert[1]. Donc monsieur Vautrin est un homme considéré, qui fait des affaires considérables. »

« Naturellement », se dit Poiret à lui-même.

« Le Ministre, si l'on se trompait en arrêtant un vrai Vautrin, ne veut pas se mettre à dos le commerce de Paris, ni l'opinion publique.
155 Monsieur le Préfet de police branle dans le manche[2], il a des ennemis. S'il y avait erreur, ceux qui veulent sa place profiteraient des clabaudages[3] et des criailleries libérales[4] pour le faire sauter. Il s'agit ici de procéder comme dans l'affaire de Cogniard, le faux comte de Sainte-Hélène ; si ç'avait été un vrai comte de Sainte-Hélène[5],
160 nous n'étions pas propres. Aussi faut-il vérifier.

— Oui, mais vous avez besoin d'une jolie femme, dit vivement mademoiselle Michonneau.

— Trompe-la-Mort ne se laisserait pas aborder par une femme, dit l'agent. Apprenez un secret : il n'aime pas les femmes.

---

1. **On ne le prendra jamais sans vert** : on ne le prendra jamais au dépourvu.
2. **Branle dans le manche** : manque de stabilité, d'appui.
3. **Clabaudages** : médisances.
4. **Criailleries libérales** : revendications du Parti libéral, qui défendait le maintien des libertés individuelles face au retour de la monarchie conservatrice.
5. **Comte de Sainte-Hélène** : affaire véridique de l'ancien forçat nommé Cogniard qui prit une fausse identité et se fit appeler comte de Sainte-Hélène. Il fut démasqué en 1817.

165 — Mais je ne vois pas alors à quoi je suis bonne pour une semblable vérification, une supposition que je consentirais à la faire
pour deux mille francs.

— Rien de plus facile, dit l'inconnu. Je vous remettrai un flacon
contenant une dose de liqueur préparée pour donner un coup de
170 sang qui n'a pas le moindre danger et simule une apoplexie[1]. Cette
drogue peut se mêler également au vin et au café. Sur-le-champ
vous transportez votre homme sur un lit, et vous le déshabillez afin
de savoir s'il ne meurt pas. Au moment où vous serez seule, vous
lui donnerez une claque sur l'épaule, paf! et vous verrez reparaître
175 les lettres.

— Mais c'est rien du tout, ça, dit Poiret.

— Eh bien! consentez-vous? dit Gondureau à la vieille fille.

— Mais, mon cher monsieur, dit mademoiselle Michonneau, au
cas où il n'y aurait point de lettres, aurais-je les deux mille francs.
180 — Non.

— Quelle sera donc l'indemnité?

— Cinq cents francs.

— Faire une chose pareille pour si peu. Le mal est le même dans
la conscience, et j'ai ma conscience à calmer, monsieur.
185 — Je vous affirme, dit Poiret, que mademoiselle a beaucoup
de conscience, outre que c'est une très aimable personne et bien
entendue.

— Eh bien! reprit mademoiselle Michonneau, donnez-moi trois
mille francs si c'est Trompe-la-Mort, et rien si c'est un bourgeois.
190 — Ça va, dit Gondureau, mais à condition que l'affaire sera faite
demain.

— Pas encore, mon cher monsieur, j'ai besoin de consulter mon
confesseur.

— Finaude[2]! dit l'agent en se levant. À demain alors. Et si vous
195 étiez pressée de me parler, venez petite rue Sainte-Anne, au bout

---

1. **Apoplexie**: malaise.
2. **Finaude**: maligne.

de la cour de la Sainte-Chapelle. Il n'y a qu'une porte sous la voûte. Demandez monsieur Gondureau. »

Bianchon, qui revenait du cours de Cuvier, eut l'oreille frappée du mot assez original de Trompe-la-Mort, et entendit le « ça va » du célèbre chef de la police de sûreté.

« Pourquoi n'en finissez-vous pas, ce serait trois cents francs de rente viagère, dit Poiret à mademoiselle Michonneau.

– Pourquoi ? dit-elle. Mais il faut y réfléchir. Si monsieur Vautrin était ce Trompe-la-Mort, peut-être y aurait-il plus d'avantage à s'arranger avec lui. Cependant, lui demander de l'argent, ce serait le prévenir, et il serait homme à décamper *gratis*. Ce serait un *puff*[1] abominable.

– Quand il serait prévenu, reprit Poiret, ce monsieur ne nous a-t-il pas dit qu'il était surveillé ? Mais vous, vous perdriez tout.

– D'ailleurs, pensa mademoiselle Michonneau, je ne l'aime point, cet homme ! Il ne sait me dire que des choses désagréables.

– Mais, reprit Poiret, vous feriez mieux. Ainsi que l'a dit ce monsieur, qui me paraît fort bien, outre qu'il est très proprement couvert, c'est un acte d'obéissance aux lois que de débarrasser la société d'un criminel, quelque vertueux qu'il puisse être. Qui a bu boira. S'il lui prenait fantaisie de nous assassiner tous ? Mais, que diable ! nous serions coupables de ces assassinats, sans compter que nous en serions les premières victimes. »

La préoccupation de mademoiselle Michonneau ne lui permettait pas d'écouter les phrases tombant une à une de la bouche de Poiret, comme les gouttes d'eau qui suintent à travers le robinet d'une fontaine mal fermée. Quand une fois ce vieillard avait commencé la série de ses phrases, et que mademoiselle Michonneau ne l'arrêtait pas, il parlait toujours, à l'instar d'une mécanique montée. Après avoir entamé un premier sujet, il était conduit par ses parenthèses à en traiter de tout opposés, sans avoir rien conclu. En arrivant à la Maison-Vauquer, il s'était faufilé dans une suite de

---

1. **Puff**: tromperie.

passages et de citations transitoires qui l'avaient amené à raconter sa
déposition dans l'affaire du sieur Ragoulleau et de la dame Morin[1],
230 où il avait comparu en qualité de témoin à décharge. En entrant,
sa compagne ne manqua pas d'apercevoir Eugène de Rastignac
engagé avec mademoiselle Taillefer dans une intime causerie dont
l'intérêt était si palpitant que le couple ne fit aucune attention au
passage des deux vieux pensionnaires quand ils traversèrent la
235 salle à manger.

«Ça devait finir par là, dit mademoiselle Michonneau à Poiret.
Ils se faisaient des yeux à s'arracher l'âme depuis huit jours.

– Oui, répondit-il. Aussi fut-elle condamnée.

– Qui?

240 – Madame Morin.

– Je vous parle de mademoiselle Victorine, dit la Michonneau
en entrant, sans y faire attention, dans la chambre de Poiret, et
vous me répondez par madame Morin. Qu'est-ce que c'est que
cette femme-là?

245 – De quoi serait donc coupable mademoiselle Victorine? demanda
Poiret.

– Elle est coupable d'aimer M. Eugène de Rastignac, et va de
l'avant sans savoir où ça la mènera, pauvre innocente!»

Eugène avait été, pendant la matinée, réduit au désespoir par
250 madame de Nucingen. Dans son for intérieur[2], il s'était abandonné
complètement à Vautrin, sans vouloir sonder ni les motifs de l'amitié
que lui portait cet homme extraordinaire, ni l'avenir d'une semblable
union. Il fallait un miracle pour le tirer de l'abîme[3] où il avait déjà
mis le pied depuis une heure, en échangeant avec mademoiselle
255 Taillefer les plus douces promesses. Victorine croyait entendre la
voix d'un ange, les cieux s'ouvraient pour elle, la Maison-Vauquer

---

1. **L'affaire du sieur Ragoulleau et de la dame Morin**: affaire véridique qui fait
référence à la condamnation aux travaux forcés de Mme Morin pour l'assassinat de
Ragoulleau.
2. Dans son for intérieur: en lui-même.
3. Abîme: gouffre.

se parait des teintes fantastiques que les décorateurs donnent aux palais de théâtre : elle aimait, elle était aimée, elle le croyait du moins ! Et quelle femme ne l'aurait cru comme elle en voyant Rastignac, en l'écoutant durant cette heure dérobée à tous les argus[1] de la maison ? En se débattant contre sa conscience, en sachant qu'il faisait mal et voulant faire mal, en se disant qu'il rachèterait ce péché véniel[2] par le bonheur d'une femme, il s'était embelli de son désespoir, et resplendissait de tous les feux de l'enfer qu'il avait au cœur. Heureusement pour lui, le miracle eut lieu : Vautrin entra joyeusement, et lut dans l'âme des deux jeunes gens qu'il avait mariés par les combinaisons de son infernal génie, mais dont il troubla soudain la joie en chantant de sa grosse voix railleuse :

Ma Fanchette est charmante
Dans sa simplicité[3]*…*

Victorine se sauva en emportant autant de bonheur qu'elle avait eu jusqu'alors de malheur dans sa vie. Pauvre fille ! un serrement de mains, sa joue effleurée par les cheveux de Rastignac, une parole dite si près de son oreille qu'elle avait senti la chaleur des lèvres de l'étudiant, la pression de sa taille par un bras tremblant, un baiser pris sur son cou, furent les accordailles[4] de sa passion, que le voisinage de la grosse Sylvie, menaçant d'entrer dans cette radieuse salle à manger, rendit plus ardentes, plus vives, plus engageantes que les plus beaux témoignages de dévouement racontés dans les plus célèbres histoires d'amour. Ces *menus suffrages*[5], suivant une jolie expression de nos ancêtres, paraissaient être des crimes à une pieuse jeune fille confessée tous les quinze jours ! En cette heure, elle avait prodigué plus de trésors d'âme que plus tard, riche et heureuse, elle n'en aurait donné en se livrant tout entière.

---

1. **Argus** : surveillants.
2. **Véniel** : de peu d'importance.
3. Air d'un opéra-comique de 1813, *Les Deux Jaloux*, du compositeur français Vial (1771-1837).
4. **Accordailles** : promesses de mariage.
5. ***Menus suffrages*** : au Moyen Âge, impôts payés en nature.

285 «L'affaire est faite, dit Vautrin à Eugène. Nos deux dandies se sont piochés[1]. Tout s'est passé convenablement. Affaire d'opinion. Notre pigeon a insulté mon faucon. À demain, dans la redoute de Clignancourt[2]. À huit heures et demie, mademoiselle Taillefer

290 héritera de l'amour et de la fortune de son père, pendant qu'elle sera là tranquillement à tremper ses mouillettes de pain beurré dans son café. N'est-ce pas drôle à se dire ? Ce petit Taillefer est très fort à l'épée, il est confiant comme un brelan carré[3] ; mais il sera saigné par un coup que j'ai inventé, une manière de relever l'épée et de vous piquer le front. Je vous montrerai cette botte-là[4], car elle est

295 furieusement utile.»

Rastignac écoutait d'un air stupide, et ne pouvait rien répondre. En ce moment le père Goriot, Bianchon et quelques autres pensionnaires arrivèrent.

«Voilà comme je vous voulais, lui dit Vautrin. Vous savez ce que

300 vous faites. Bien, mon petit aiglon[5]! vous gouvernerez les hommes; vous êtes fort, carré, poilu ; vous avez mon estime.»

Il voulut lui prendre la main. Rastignac retira vivement la sienne, et tomba sur une chaise en pâlissant ; il croyait voir une mare de sang devant lui.

305 «Ah ! nous avons encore quelques petits langes[6] tachés de vertu, dit Vautrin à voix basse. Papa d'Oliban[7] a trois millions, je sais sa fortune. La dot vous rendra blanc comme une robe de mariée, et à vos propres yeux.»

Rastignac n'hésita plus. Il résolut d'aller prévenir pendant la

310 soirée messieurs Taillefer père et fils. En ce moment, Vautrin l'ayant quitté, le père Goriot lui dit à l'oreille : «Vous êtes triste, mon enfant !

---

1. Piochés : battus.
2. Redoute de Clignancourt : fortification dans le nord de Paris, où avaient lieu les duels.
3. Confiant comme un brelan carré : extrêmement confiant.
4. Cette botte-là : ce coup porté à un adversaire.
5. L'Aiglon était le surnom donné au fils de Napoléon Ier. Vautrin voit peut-être ici en Rastignac son digne successeur.
6. Langes : tissus dans lesquels on enveloppe les nouveau-nés.
7. Voir note 6, p. 105.

je vais vous égayer, moi. Venez ! » Et le vieux vermicellier allumait son rat-de-cave à une des lampes. Eugène le suivit tout ému de curiosité.

« Entrons chez vous, dit le bonhomme, qui avait demandé la
315 clef de l'étudiant à Sylvie. Vous avez cru ce matin qu'elle ne vous aimait pas, hein ! reprit-il. Elle vous a renvoyé de force, et vous vous en êtes allé fâché, désespéré. Nigaudinos[1] ! Elle m'attendait. Comprenez-vous ? Nous devions aller achever d'arranger un bijou d'appartement[2] dans lequel vous irez demeurer d'ici à trois jours.
320 Ne me vendez pas[3]. Elle veut vous faire une surprise ; mais je ne tiens pas à vous cacher plus longtemps le secret. Vous serez rue d'Artois, à deux pas de la rue Saint-Lazare. Vous y serez comme un prince. Nous vous avons eu des meubles comme pour une épousée[4]. Nous avons fait bien des choses depuis un mois, en ne vous en disant rien.
325 Mon avoué s'est mis en campagne, ma fille aura ses trente-six mille francs par an, l'intérêt de sa dot, et je vais faire exiger le placement de ses huit cent mille francs en bons biens au soleil. »

Eugène était muet et se promenait, les bras croisés, de long en long, dans sa pauvre chambre en désordre. Le père Goriot saisit
330 un moment où l'étudiant lui tournait le dos, et mit sur la cheminée une boîte en maroquin[5] rouge, sur laquelle étaient imprimées en or les armes de Rastignac[6].

« Mon cher enfant, disait le pauvre bonhomme, je me suis mis dans tout cela jusqu'au cou. Mais, voyez-vous, il y avait à moi bien
335 de l'égoïsme, je suis intéressé dans votre changement de quartier. Vous ne me refuserez pas, hein ! si je vous demande quelque chose ?

– Que voulez-vous ?

– Au-dessus de votre appartement, au cinquième, il y a une chambre qui en dépend, j'y demeurerai, pas vrai ? Je me fais vieux,

---

1. **Nigaudinos** : nigauds.
2. **Un bijou d'appartement** : un appartement splendide.
3. **Ne me vendez pas** : ne lui dites pas que je vous ai averti.
4. **Épousée** : jeune mariée.
5. **Maroquin** : cuir.
6. **Les armes de Rastignac** : le blason de la famille Rastignac.

340 je suis trop loin de mes filles. Je ne vous gênerai pas. Seulement je serai là. Vous me parlerez d'elle tous les soirs. Ça ne vous contrariera pas, dites? Quand vous rentrerez, que je serai dans mon lit, je vous entendrai, je me dirai: "Il vient de voir ma petite Delphine. Il l'a menée au bal, elle est heureuse par lui." Si j'étais malade, ça
345 me mettrait du baume dans le cœur de vous écouter revenir, vous remuer, aller. Il y aura tant de ma fille en vous! Je n'aurai qu'un pas à faire pour être aux Champs-Élysées, où elles passent tous les jours, je les verrai toujours, tandis que quelquefois j'arrive trop tard. Et puis elle viendra chez vous peut-être! Je l'entendrai, je la verrai
350 dans sa douillette[1] du matin, trottant, allant gentiment comme une petite chatte. Elle est redevenue, depuis un mois, ce qu'elle était, jeune fille, gaie, pimpante. Son âme est en convalescence[2], elle vous doit le bonheur. Oh! je ferais pour vous l'impossible. Elle me disait tout à l'heure en revenant: "Papa, je suis bien heureuse!"
355 Quand elles me disent cérémonieusement, *Mon père*, elles me glacent; mais quand elles m'appellent *papa*, il me semble encore les voir petites, elles me rendent tous mes souvenirs. Je suis mieux leur père. Je crois qu'elles ne sont encore à personne! (Le bonhomme s'essuya les yeux, il pleurait.) Il y a longtemps que je n'avais entendu
360 cette phrase, longtemps qu'elle ne m'avait donné le bras. Oh! oui, voilà bien dix ans que je n'ai marché côte à côte avec une de mes filles. Est-ce bon de se frotter à sa robe, de se mettre à son pas, de partager sa chaleur! Enfin, j'ai mené Delphine, ce matin, partout. J'entrais avec elle dans les boutiques. Et je l'ai reconduite chez elle.
365 Oh! gardez-moi près de vous. Quelquefois vous aurez besoin de quelqu'un pour vous rendre service, je serai là. Oh! si cette grosse souche d'Alsacien mourait, si sa goutte avait l'esprit de remonter dans l'estomac, ma pauvre fille serait-elle heureuse! Vous seriez mon gendre, vous seriez ostensiblement son mari. Bah! elle est si
370 malheureuse de ne rien connaître aux plaisirs de ce monde, que

---

1. Douillette: robe de chambre.
2. Convalescence: temps de la guérison.

je l'absous de tout. Le bon Dieu doit être du côté des pères qui aiment bien. Elle vous aime trop ! dit-il en hochant la tête après une pause. En allant, elle causait de vous avec moi : "N'est-ce pas, mon père, il est bien ! il a bon cœur ! Parle-t-il de moi ?" Bah, elle m'en a dit, depuis la rue d'Artois jusqu'au passage des Panoramas[1], des volumes ! Elle m'a enfin versé son cœur dans le mien. Pendant toute cette bonne matinée je n'étais plus vieux, je ne pesais pas une once[2]. Je lui ai dit que vous m'aviez remis le billet de mille francs. Oh ! la chérie, elle en a été émue aux larmes. Qu'avez-vous donc là sur votre cheminée ? » dit enfin le père Goriot qui se mourait d'impatience en voyant Rastignac immobile.

Eugène tout abasourdi regardait son voisin d'un air hébété. Ce duel, annoncé par Vautrin pour le lendemain, contrastait si violemment avec la réalisation de ses plus chères espérances, qu'il éprouvait toutes les sensations du cauchemar. Il se tourna vers la cheminée, y aperçut la petite boîte carrée, l'ouvrit, et trouva dedans un papier qui couvrait une montre de Bréguet[3]. Sur ce papier étaient écrits ces mots : « Je veux que vous pensiez à moi à toute heure, *parce que…* Delphine. »

Ce dernier mot faisait sans doute allusion à quelque scène qui avait eu lieu entre eux. Eugène en fut attendri. Ses armes étaient intérieurement émaillées[4] dans l'or de la boîte. Ce bijou si longtemps envié, la chaîne, la clef, la façon[5], les dessins répondaient à tous ses vœux. Le père Goriot était radieux. Il avait sans doute promis à sa fille de lui rapporter les moindres effets de la surprise que causerait son présent à Eugène, car il était en tiers dans ces jeunes émotions et ne paraissait pas le moins heureux. Il aimait déjà Rastignac et pour sa fille et pour lui-même.

---

1. Passage des Panoramas : passage couvert situé dans le quartier de la Chaussée-d'Antin.
2. Once : unité de poids.
3. Abraham Louis Bréguet (1747-1823) : célèbre horloger français.
4. Émaillées : recouvertes d'émail.
5. Façon : style.

«Vous irez la voir ce soir, elle vous attend. La grosse souche
400 d'Alsacien soupe[1] chez sa danseuse. Ah! ah! il a été bien sot quand
mon avoué lui a dit son fait. Ne prétend-il pas aimer ma fille à l'adoration? qu'il y touche et je le tue. L'idée de savoir ma Delphine à…
(il soupira) me ferait commettre un crime; mais ce ne serait pas
un homicide[2], c'est une tête de veau sur un corps de porc. Vous
405 me prendrez avec vous, n'est-ce pas?

– Oui, mon bon père Goriot, vous savez bien que je vous aime…

– Je le vois, vous n'avez pas honte de moi, vous! Laissez-
moi vous embrasser. (Et il serra l'étudiant dans ses bras.) – Vous la
rendrez bien heureuse, promettez-le-moi! Vous irez ce soir, n'est-ce
410 pas?

– Oh, oui! Je dois sortir pour des affaires qu'il est impossible
de remettre.

– Puis-je vous être bon à quelque chose?

– Ma foi, oui! Pendant que j'irai chez madame de Nucingen,
415 allez chez M. Taillefer le père, lui dire de me donner une heure dans
la soirée pour lui parler d'une affaire de la dernière importance.

– Serait-ce donc vrai, jeune homme, dit le père Goriot en changeant de visage; feriez-vous la cour à sa fille, comme le disent ces
imbéciles d'en bas? Tonnerre de Dieu! vous ne savez pas ce que
420 c'est qu'une tape à la Goriot. Et si vous nous trompiez, ce serait
l'affaire d'un coup de poing. Oh! ce n'est pas possible.

– Je vous jure que je n'aime qu'une femme au monde, dit l'étudiant, je ne le sais que depuis un moment.

– Ah, quel bonheur! fit le père Goriot.

425 – Mais, reprit l'étudiant, le fils de Taillefer se bat demain, et j'ai
entendu dire qu'il serait tué.

– Qu'est-ce que cela vous fait? dit Goriot.

– Mais il faut lui dire d'empêcher son fils de se rendre…» s'écria
Eugène.

---

1. **Soupe**: dîne.
2. **Homicide**: meurtre.

430   En ce moment, il fut interrompu par la voix de Vautrin, qui se fit entendre sur le pas de sa porte, où il chantait :

Ô Richard, ô mon roi !
L'univers t'abandonne…

Broum ! broum ! broum ! broum ! broum !

435   *J'ai longtemps parcouru le monde,*
Et l'on m'a vu…

Tra la, la, la, la[1]…

« Messieurs, cria Christophe, la soupe vous attend, et tout le monde est à table.

440   – Tiens, dit Vautrin, viens prendre une bouteille de mon vin de Bordeaux.

– La trouvez-vous jolie, la montre ? dit le père Goriot. Elle a bon goût, hein ! »

Vautrin, le père Goriot et Rastignac descendirent ensemble et
445   se trouvèrent, par suite de leur retard, placés à côté les uns des autres à table. Eugène marqua la plus grande froideur à Vautrin pendant le dîner, quoique jamais cet homme, si aimable aux yeux de madame Vauquer, n'eût déployé autant d'esprit. Il fut pétillant de saillies[2], et sut mettre en train[3] tous les convives. Cette assurance,
450   ce sang-froid consternaient Eugène.

« Sur quelle herbe avez-vous donc marché aujourd'hui ? lui dit madame Vauquer. Vous êtes gai comme un pinson.

– Je suis toujours gai quand j'ai fait de bonnes affaires.

– Des affaires ? dit Eugène.

455   – Eh bien, oui. J'ai livré une partie de marchandises qui me vaudra de bons droits de commission. Mademoiselle Michonneau, dit-il en

---

1. Air de l'opéra-comique *Richard Cœur de Lion*, de Sedaine (1719-1797) et Grétry (1741-1813) ; ce passage en particulier était le chant de ralliement des royalistes pendant la Révolution française.
2. Saillies : traits d'humour, mots d'esprit.
3. Mettre en train : égayer.

s'apercevant que la vieille fille l'examinait, ai-je dans la figure un trait qui vous déplaise, que vous me faites l'*œil américain*[1] ? Faut le dire ! je le changerai pour vous être agréable. Poiret, nous ne nous
460 fâcherons pas pour ça, hein ? dit-il en guignant le vieil employé.

   – Sac à papier ! vous devriez poser pour un Hercule-Farceur[2], dit le jeune peintre à Vautrin.

   – Ma foi, ça va ! si mademoiselle Michonneau veut poser en Vénus du Père-Lachaise[3], répondit Vautrin.
465   – Et Poiret ? dit Bianchon.

   – Oh ! Poiret posera en Poiret. Ce sera le dieu des jardins ! s'écria Vautrin. Il dérive de poire…

   – Molle ! reprit Bianchon. Vous seriez alors entre la poire et le fromage.
470   – Tout ça, c'est des bêtises, dit madame Vauquer, vous feriez mieux de nous donner de votre vin de Bordeaux dont j'aperçois une bouteille qui montre son nez ! Ça nous entretiendra en joie, outre que c'est bon à l'*estomaque*.

   – Messieurs, dit Vautrin, madame la présidente nous rappelle à
475 l'ordre. Madame Couture et mademoiselle Victorine ne se formali-seront pas de vos discours badins[4] ; mais respectez l'innocence du père Goriot. Je vous propose une petite bouteillorama de vin de Bordeaux, que le nom de Laffitte[5] rend doublement illustre, soit dit sans allusion politique. Allons, Chinois ! dit-il en regardant Chris-
480 tophe qui ne bougea pas. Ici, Christophe ! Comment tu n'entends pas ton nom ? Chinois, amène les liquides !

   – Voilà, monsieur », dit Christophe en lui présentant la bouteille.

---

1. **Me faites l'*œil américain*** : me regarde d'un air méfiant.
2. **Hercule-Farceur** : allusion à l'*Hercule Farnèse*, statue devenue un modèle de pose pour les sculpteurs.
3. **Vénus du Père-Lachaise** : allusion à une statue de Vénus, déesse de l'amour et de la beauté dans la mythologie grecque, qui est au Père-Lachaise, le plus grand cimetière parisien.
4. **Badins** : légers.
5. **Jacques Laffitte** (1767-1844) : homme politique français ; le château-lafite est un grand cru de Bordeaux.

Après avoir rempli le verre d'Eugène et celui du père Goriot, il s'en versa lentement quelques gouttes qu'il dégusta, pendant que ses deux voisins buvaient, et tout à coup il fit une grimace.

« Diable! diable! il sent le bouchon. Prends cela pour toi, Christophe, et va nous en chercher; à droite, tu sais? Nous sommes seize, descends huit bouteilles.

– Puisque vous vous fendez[1], dit le peintre, je paye un cent de marrons.

– Oh! oh!

– Booououh!

– Prrrr! »

Chacun poussa des exclamations qui partirent comme les fusées d'une girandole[2].

« Allons, maman Vauquer, deux de champagne, lui cria Vautrin.

– Quien, c'est cela! Pourquoi pas demander la maison? Deux de champagne! mais ça coûte douze francs! Je ne les gagne pas, non! Mais si monsieur Eugène veut les payer, j'offre du cassis.

– V'là son cassis qui purge comme de la manne[3], dit l'étudiant en médecine à voix basse…

– Veux-tu te taire, Bianchon, s'écria Rastignac, je ne peux pas entendre parler de manne sans que le cœur… Oui, va pour le vin de Champagne, je le paye, ajouta l'étudiant.

– Sylvie, dit madame Vauquer, donnez les biscuits et les petits gâteaux.

– Vos petits gâteaux sont trop grands, dit Vautrin, ils ont de la barbe[4]. Mais quant aux biscuits, aboulez[5]. »

En un moment le vin de Bordeaux circula, les convives s'animèrent, la gaieté redoubla. Ce fut des rires féroces, au milieu desquels éclatèrent quelques imitations des diverses voix d'animaux. L'employé

---

1. **Vous vous fendez**: vous faites un effort.
2. **Girandole**: feu d'artifice.
3. **Qui purge comme de la manne**: qui fait le même effet qu'un laxatif.
4. Métaphore qui signifie que les gâteaux de Mme Vauquer sont rassis.
5. **Aboulez**: donnez (populaire).

au Muséum s'étant avisé de reproduire un cri de Paris[1] qui avait de l'analogie avec[2] le miaulement du chat amoureux, aussitôt huit voix beuglèrent simultanément les phrases suivantes :

515 «À repasser les couteaux ! – Mo-ron[3] pour les p'tits oiseaux ! – Voilà le plaisir, mesdames, voilà le plaisir ! – À raccommoder la faïence ! – À la barque, à la barque ! – Battez vos femmes, vos habits ! – Vieux habits, vieux galons, vieux chapeaux à vendre ! – À la cerise, à la douce ! » La palme fut à Bianchon pour l'accent nasillard avec

520 lequel il cria : «Marchand de parapluies ! » En quelques instants ce fut un tapage à casser la tête, une conversation pleine de coq-à-l'âne[4], un véritable opéra que Vautrin conduisait comme un chef d'orchestre, en surveillant Eugène et le père Goriot, qui semblaient ivres déjà. Le dos appuyé sur leur chaise, tous deux contemplaient

525 ce désordre inaccoutumé d'un air grave, en buvant peu ; tous deux étaient préoccupés de ce qu'ils avaient à faire pendant la soirée, et néanmoins ils se sentaient incapables de se lever. Vautrin, qui suivait les changements de leur physionomie en leur lançant des regards de côté, saisit le moment où leurs yeux vacillèrent et parurent

530 vouloir se fermer, pour se pencher à l'oreille de Rastignac et lui dire : «Mon petit gars, nous ne sommes pas assez rusé pour lutter avec notre papa Vautrin, et il vous aime trop pour vous laisser faire des sottises. Quand j'ai résolu quelque chose, le bon Dieu seul est assez fort pour me barrer le passage. Ah ! nous voulions aller

535 prévenir le père Taillefer, commettre des fautes d'écolier ! Le four est chaud, la farine est pétrie, le pain est sur la pelle ; demain nous en ferons sauter les miettes par-dessus notre tête en y mordant ; et nous empêcherions d'enfourner ?... non, non, tout cuira ! Si nous avons quelques petits remords, la digestion les emportera.

540 Pendant que nous dormirons notre petit somme, le colonel comte

---

1. Cri de Paris : référence aux expressions lancées par les marchands ambulants pour vendre leurs produits.
2. Qui avait de l'analogie avec : qui ressemblait à.
3. Moron ou mouron : graines pour les oiseaux.
4. Coq-à-l'âne : suite de propos décousus, sans lien logique.

Franchessini vous ouvrira la succession de Michel Taillefer avec la pointe de son épée. En héritant de son frère, Victorine aura quinze petits mille francs de rente. J'ai déjà pris des renseignements, et sais que la succession de la mère monte à plus de trois cent mille… »

545 Eugène entendit ces paroles sans pouvoir y répondre : il sentait sa langue collée à son palais, et se trouvait en proie à une somnolence invincible ; il ne voyait déjà plus la table et les figures des convives qu'à travers un brouillard lumineux. Bientôt le bruit s'apaisa, les pensionnaires s'en allèrent un à un. Puis, quand il ne resta plus 550 que madame Vauquer, madame Couture, mademoiselle Victorine, Vautrin et le père Goriot, Rastignac aperçut, comme s'il eût rêvé, madame Vauquer occupée à prendre les bouteilles pour en vider les restes de manière à en faire des bouteilles pleines.

« Ah ! sont-ils fous, sont-ils jeunes ! » disait la veuve.

555 Ce fut la dernière phrase que put comprendre Eugène.

« Il n'y a que monsieur Vautrin pour faire de ces farces-là, dit Sylvie. Allons, voilà Christophe qui ronfle comme une toupie.

– Adieu, maman, dit Vautrin. Je vais au boulevard admirer M. Marty[1] dans *Le Mont Sauvage*, une grande pièce tirée du *Solitaire*. Si vous 560 voulez, je vous y mène ainsi que ces dames.

– Je vous remercie, dit madame Couture.

– Comment, ma voisine ! s'écria madame Vauquer, vous refusez de voir une pièce prise dans *Le Solitaire*, un ouvrage fait par Atala de Chateaubriand[2], et que nous aimions tant à lire, qui est si joli que 565 nous pleurions comme des madeleines d'Élodie[3] sous les *tyeuilles* cet été dernier, enfin un ouvrage moral qui peut être susceptible d'instruire votre demoiselle ?

---

1. M. Marty : acteur français, célèbre au XIXᵉ siècle pour ses rôles mélodramatiques ; *Le Mont sauvage* est un mélodrame créé en 1821 et inspiré du roman *Le Solitaire*, dans lequel M. Marty excella.

2. Atala : roman de François René de Chateaubriand (1768-1848) paru en 1801. L'intrigue se passe dans une tribu indienne d'Amérique du Nord à la fin du XVIIᵉ siècle et raconte la tragique passion d'Atala et Chactas.

3. Nous pleurions comme des madeleines d'Élodie : nous pleurions à chaudes larmes, à cause d'Élodie, héroïne du *Solitaire*.

– Il nous est défendu d'aller à la comédie, répondit Victorine.

– Allons, les voilà partis, ceux-là », dit Vautrin en remuant d'une
570 manière comique la tête du père Goriot et celle d'Eugène.

En plaçant la tête de l'étudiant sur la chaise, pour qu'il pût dormir
commodément, il le baisa chaleureusement au front, en chantant :

Dormez, mes chères amours !
Pour vous je veillerai toujours[1].

575 « J'ai peur qu'il ne soit malade, dit Victorine.

– Restez à le soigner alors, reprit Vautrin. C'est, lui souffla-t-il
à l'oreille, votre devoir de femme soumise. Il vous adore, ce jeune
homme, et vous serez sa petite femme, je vous le prédis. Enfin, dit-il
à haute voix, *ils furent considérés dans tout le pays, vécurent heureux, et*
580 *eurent beaucoup d'enfants.* Voilà comment finissent tous les romans
d'amour. Allons, maman, dit-il en se tournant vers madame Vauquer,
qu'il étreignit, mettez le chapeau, la belle robe à fleurs, l'écharpe
de la comtesse. Je vais vous aller chercher un fiacre, soi-même. » Et
il partit en chantant :

585 *Soleil, soleil, divin soleil,*
Toi qui fais mûrir les citrouilles…

« Mon Dieu ! dites donc, madame Couture, cet homme-là me
ferait vivre heureuse sur les toits. Allons, dit-elle en se tournant vers
le vermicellier, voilà le père Goriot parti. Ce vieux cancre-là[2] n'a
590 jamais eu l'idée de me mener *nune*[3] part, lui. Mais il va tomber par
terre, mon Dieu ! C'est-y indécent à un homme d'âge de perdre la
raison ! Vous me direz qu'on ne perd point ce qu'on n'a pas, Sylvie,
montez-le donc chez lui. »

Sylvie prit le bonhomme par-dessous le bras, le fit marcher, et
595 le jeta tout habillé comme un paquet au travers de son lit.

---

1. Référence à une romance d'Amédée de Beauplan (1790-1853).
2. Ce cancre-là : cet avare.
3. *Nune* : nulle.

« Pauvre jeune homme, disait madame Couture en écartant les cheveux d'Eugène qui lui tombaient dans les yeux, il est comme une jeune fille, il ne sait pas ce que c'est qu'un excès.

600 — Ah ! je peux bien dire que depuis trente et un ans que je tiens ma pension, dit madame Vauquer, il m'est passé bien des jeunes gens par les mains, comme on dit, mais je n'en ai jamais vu d'aussi gentil, d'aussi distingué que monsieur Eugène. Est-il beau quand il dort ! Prenez-lui donc la tête sur votre épaule, madame Couture. Bah ! il tombe sur celle de mademoiselle Victorine : il y a un dieu

605 pour les enfants. Encore un peu, il se fendait la tête sur la pomme de la chaise. À eux deux, ils feraient un bien joli couple.

— Ma voisine, taisez-vous donc, s'écria madame Couture, vous dites des choses…

— Bah ! fit madame Vauquer, il n'entend pas. Allons, Sylvie, viens

610 m'habiller. Je vais mettre mon grand corset.

— Ah bien ! votre grand corset, après avoir dîné, madame, dit Sylvie. Non, cherchez quelqu'un pour vous serrer, ce ne sera pas moi qui serai votre assassin. Vous commettriez là une imprudence à vous coûter la vie.

615 — Ça m'est égal, il faut faire honneur à monsieur Vautrin.

— Vous aimez donc bien vos héritiers ?

— Allons, Sylvie, pas de raisons, dit la veuve en s'en allant.

— À son âge », dit la cuisinière en montrant sa maîtresse à Victorine.

Madame Couture et sa pupille, sur l'épaule de laquelle dormait

620 Eugène, restèrent seules dans la salle à manger. Les ronflements de Christophe retentissaient dans la maison silencieuse, et faisaient ressortir le paisible sommeil d'Eugène, qui dormait aussi gracieusement qu'un enfant. Heureuse de pouvoir se permettre un de ces actes de charité par lesquels s'épanchent[1] tous les sentiments de la femme,

625 et qui lui faisait sans crime sentir le cœur du jeune homme battant sur le sien, Victorine avait dans la physionomie quelque chose de maternellement protecteur qui la rendait fière. À travers les mille

---

1. **S'épanchent** : se déversent, s'expriment.

pensées qui s'élevaient dans son cœur, perçait un tumultueux[1] mouvement de volupté qu'excitait l'échange d'une jeune et pure chaleur.

630 «Pauvre chère fille!» dit madame Couture en lui pressant la main.

La vieille dame admirait cette candide[2] et souffrante figure, sur laquelle était descendue l'auréole du bonheur. Victorine ressemblait à l'une de ces naïves peintures du Moyen Âge dans lesquelles tous les accessoires sont négligés par l'artiste, qui a réservé la magie d'un

635 pinceau calme et fier pour la figure jaune de ton, mais où le ciel semble se refléter avec ses teintes d'or.

«Il n'a pourtant pas bu plus de deux verres, maman, dit Victorine en passant ses doigts dans la chevelure d'Eugène.

– Mais si c'était un débauché, ma fille, il aurait porté le vin

640 comme tous ces autres. Son ivresse fait son éloge.»

Le bruit d'une voiture retentit dans la rue.

«Maman, dit la jeune fille, voici monsieur Vautrin. Prenez donc monsieur Eugène. Je ne voudrais pas être vue ainsi par cet homme, il a des expressions qui salissent l'âme, et des regards qui gênent

645 une femme comme si on lui enlevait sa robe.

– Non, dit madame Couture, tu te trompes! Monsieur Vautrin est un brave homme, un peu dans le genre de défunt monsieur Couture, brusque, mais bon, un bourru[3] bienfaisant.»

En ce moment Vautrin entra tout doucement, et regarda le

650 tableau formé par ces deux enfants que la lueur de la lampe semblait caresser.

«Eh bien! dit-il en se croisant les bras, voilà de ces scènes qui auraient inspiré de belles pages à ce bon Bernardin de Saint-Pierre[4], l'auteur de *Paul et Virginie*. La jeunesse est bien belle, madame

655 Couture. Pauvre enfant, dors, dit-il en contemplant Eugène, le bien vient quelquefois en dormant. Madame, reprit-il en s'adressant à la

---

1. **Tumultueux**: troublé, agité.
2. **Candide**: naïve.
3. **Bourru**: rude, revêche.
4. **Henri Bernardin de Saint-Pierre** (1737-1814): écrivain français dont le roman *Paul et Virginie*, paru en 1787, raconte l'idylle entre deux adolescents sur une île.

veuve, ce qui m'attache à ce jeune homme, ce qui m'émeut, c'est
de savoir la beauté de son âme en harmonie avec celle de sa figure.
Voyez, n'est-ce pas un chérubin[1] posé sur l'épaule d'un ange ? il
660 est digne d'être aimé, celui-là ! Si j'étais femme, je voudrais mourir
(non, pas si bête !) vivre pour lui. En les admirant ainsi, madame,
dit-il à voix basse et se penchant à l'oreille de la veuve, je ne puis
m'empêcher de penser que Dieu les a créés pour être l'un à l'autre.
La Providence a des voies bien cachées, elle sonde les reins et les
665 cœurs[2], s'écria-t-il à haute voix. En vous voyant unis, mes enfants,
unis par une même pureté, par tous les sentiments humains, je me
dis qu'il est impossible que vous soyez jamais séparés dans l'avenir.
Dieu est juste. Mais, dit-il à la jeune fille, il me semble avoir vu chez
vous des lignes de prospérité[3]. Donnez-moi votre main, mademoi-
670 selle Victorine ? je me connais en chiromancie[4], j'ai dit souvent
la bonne aventure[5]. Allons, n'ayez pas peur. Oh ! qu'aperçois-je ?
Foi d'honnête homme, vous serez avant peu l'une des plus riches
héritières de Paris. Vous comblerez de bonheur celui qui vous aime.
Votre père vous appelle auprès de lui. Vous vous mariez avec un
675 homme titré, jeune, beau, qui vous adore.

En ce moment, les pas lourds de la coquette veuve qui descendait
interrompirent les prophéties de Vautrin.

« Voilà mamman Vauquerre belle comme un astrrre, ficelée
comme une carotte. N'étouffons-nous pas un petit brin ? lui dit-il
680 en mettant sa main sur le haut du busc ; les avant-cœurs[6] sont bien
pressés, maman. Si nous pleurons, il y aura explosion ; mais je ramas-
serai les débris avec un soin d'antiquaire.

– Il connaît le langage de la galanterie française, celui-là ! dit la
veuve en se penchant à l'oreille de madame Couture.

---

1. Chérubin : ici, ange.
2. Elle sonde les reins et les cœurs : elle connaît toutes nos pensées et tous nos
actes ; à l'origine, l'expression provient de la Bible.
3. Prospérité : fortune, richesse.
4. Chiromancie : deviner l'avenir en lisant les lignes de la main.
5. J'ai dit souvent la bonne aventure : j'ai souvent prédit l'avenir.
6. Avant-cœurs : côtes.

685 – Adieu, enfants, reprit Vautrin en se tournant vers Eugène et Victorine. Je vous bénis, leur dit-il en leur imposant ses mains au-dessus de leurs têtes. Croyez-moi, mademoiselle, c'est quelque chose que les vœux d'un honnête homme, ils doivent porter bonheur, Dieu les écoute.

690 – Adieu, ma chère amie, dit madame Vauquer à sa pensionnaire. Croyez-vous, ajouta-t-elle à voix basse, que monsieur Vautrin ait des intentions relatives à ma personne ?

– Heu ! heu !

– Ah ! ma chère mère, dit Victorine en soupirant et en regardant 695 ses mains, quand les deux femmes furent seules, si ce bon monsieur Vautrin disait vrai !

– Mais il ne faut qu'une chose pour cela, répondit la vieille dame, seulement que ton monstre de frère tombe de cheval.

– Ah ! maman.

700 – Mon Dieu, peut-être est-ce un péché que de souhaiter du mal à son ennemi, reprit la veuve. Eh bien ! j'en ferai pénitence. En vérité, je porterai de bon cœur des fleurs sur sa tombe. – Mauvais cœur ! il n'a pas le courage de parler pour sa mère, dont il garde à ton détriment l'héritage par les micmacs[1]. Ma cousine avait une 705 belle fortune. Pour ton malheur, il n'a jamais été question de son apport dans le contrat.

– Mon bonheur me serait souvent pénible à porter s'il coûtait la vie à quelqu'un, dit Victorine. Et s'il fallait, pour être heureuse, que mon frère disparût, j'aimerais mieux toujours être ici.

710 – Mon Dieu, comme dit ce bon monsieur Vautrin, qui, tu le vois, est plein de religion, reprit madame Couture, j'ai eu du plaisir à savoir qu'il n'est pas incrédule comme les autres, qui parlent de Dieu avec moins de respect que n'en a le diable. Eh bien ! qui peut savoir par quelles voies il plaît à la Providence de nous conduire ? »

715 Aidées par Sylvie, les deux femmes finirent par transporter Eugène dans sa chambre, le couchèrent sur son lit, et la cuisinière

---

1. **Micmacs** : manigances.

lui défit ses habits pour le mettre à l'aise. Avant de partir, quand sa protectrice eut le dos tourné, Victorine mit un baiser sur le front d'Eugène avec tout le bonheur que devait lui causer ce criminel

720 larcin[1]. Elle regarda sa chambre, ramassa pour ainsi dire dans une seule pensée les mille félicités de cette journée, en fit un tableau qu'elle contempla longtemps, et s'endormit la plus heureuse créature de Paris. Le festoiement[2] à la faveur duquel Vautrin avait fait boire à Eugène et au père Goriot du vin narcotisé[3] décida la perte

725 de cet homme. Bianchon, à moitié gris[4], oublia de questionner mademoiselle Michonneau sur Trompe-la-Mort. S'il avait prononcé ce nom, il aurait certes éveillé la prudence de Vautrin, ou, pour lui rendre son vrai nom, de Jacques Collin, l'une des célébrités du bagne. Puis le sobriquet de Vénus du Père-Lachaise décida made-

730 moiselle Michonneau à livrer le forçat au moment où, confiante en la générosité de Collin, elle calculait s'il ne valait pas mieux le prévenir et le faire évader pendant la nuit. Elle venait de sortir, accompagnée de Poiret, pour aller trouver le fameux chef de la police de sûreté, petite rue Sainte-Anne, croyant encore avoir

735 affaire à un employé supérieur nommé Gondureau. Le directeur de la police judiciaire la reçut avec grâce. Puis, après une conversation où tout fut précisé, mademoiselle Michonneau demanda la potion à l'aide de laquelle elle devait opérer la vérification de la marque. Au geste de contentement que fit le grand homme de la

740 petite rue Sainte-Anne, en cherchant une fiole[5] dans le tiroir de son bureau, mademoiselle Michonneau devina qu'il y avait dans cette capture quelque chose de plus important que l'arrestation d'un simple forçat. À force de se creuser la cervelle, elle soupçonna que la police espérait, d'après quelques révélations faites par les

745 traîtres du bagne, arriver à temps pour mettre la main sur des

---

1. **Larcin** : vol.
2. **Festoiement** : dîner festif.
3. **Narcotisé** : dans lequel a été mélangé un puissant somnifère.
4. **Gris** : soûl.
5. **Fiole** : petite bouteille.

valeurs considérables. Quand elle eut exprimé ses conjectures à ce renard, il se mit à sourire, et voulut détourner les soupçons de la vieille fille.

«Vous vous trompez, répondit-il. Collin est la *sorbonne* la plus
750 dangereuse qui jamais se soit trouvée du côté des voleurs. Voilà tout. Les coquins le savent bien ; il est leur drapeau, leur soutien, leur Bonaparte enfin ; ils l'aiment tous. Ce drôle ne nous laissera jamais sa *tronche* en place de Grève[1]. »

Mademoiselle Michonneau ne comprenant pas, Gondureau lui
755 expliqua les deux mots d'argot dont il s'était servi. *Sorbonne* et *tronche* sont deux énergiques expressions du langage des voleurs, qui, les premiers, ont senti la nécessité de considérer la tête humaine sous deux aspects. La *sorbonne* est la tête de l'homme vivant, son conseil, sa pensée. La *tronche* est un mot de mépris destiné à exprimer combien
760 la tête devient peu de chose quand elle est coupée.

«Collin nous joue, reprit-il. Quand nous rencontrons de ces hommes en façon de barres d'acier trempées à l'anglaise, nous avons la ressource de les tuer si, pendant leur arrestation, ils s'avisent de faire la moindre résistance. Nous comptons sur quelques voies de
765 fait[2] pour tuer Collin demain matin. On évite ainsi le procès, les frais de garde, la nourriture, et ça débarrasse la société. Les procédures, les assignations[3] aux témoins, leurs indemnités, l'exécution, tout ce qui doit légalement nous défaire de ces garnements-là coûte au-delà des mille écus que vous aurez. Il y a économie de temps. En
770 donnant un bon coup de baïonnette[4] dans la panse[5] de Trompe-la-Mort, nous empêcherons une centaine de crimes, et nous éviterons la corruption de cinquante mauvais sujets qui se tiendront bien sagement aux environs de la correctionnelle[6]. Voilà de la police

---

1. Place de Grève : actuelle place de l'Hôtel-de-Ville, sur laquelle se déroulaient les exécutions.
2. Voies de fait : actes de violence.
3. Assignations : invitations à comparaître devant un tribunal.
4. Baïonnette : couteau qui s'adapte à l'extrémité d'un fusil.
5. Panse : ventre (familier).
6. La correctionnelle : le tribunal où sont jugés les délits.

bien faite. Selon les vrais philanthropes, se conduire ainsi, c'est
775 prévenir les crimes.

– Mais c'est servir son pays, dit Poiret.

– Eh bien! répliqua le chef, vous dites des choses sensées ce soir,
vous. Oui, certes, nous servons le pays. Aussi le monde est-il bien
injuste à notre égard. Nous rendons à la société de bien grands
780 services ignorés. Enfin, il est d'un homme supérieur de se mettre
au-dessus des préjugés, et d'un chrétien d'adopter les malheurs
que le bien entraîne après soi quand il n'est pas fait selon les idées
reçues. Paris est Paris, voyez-vous? Ce mot explique ma vie. J'ai
l'honneur de vous saluer, mademoiselle. Je serai avec mes gens au
785 Jardin du Roi[1] demain. Envoyez Christophe rue de Buffon, chez
monsieur Gondureau, dans la maison où j'étais. Monsieur, je suis
votre serviteur. S'il vous était jamais volé quelque chose, usez de
moi pour vous le faire retrouver, je suis à votre service.

– Eh bien! dit Poiret à mademoiselle Michonneau, il se ren-
790 contre des imbéciles que ce mot de police met sens dessus dessous.
Ce monsieur est très aimable, et ce qu'il vous demande est simple
comme bonjour. »

Le lendemain devait prendre place parmi les jours les plus
extraordinaires de l'histoire de la Maison-Vauquer. Jusqu'alors
795 l'événement le plus saillant de cette vie paisible avait été l'apparition météorique[2] de la fausse comtesse de l'Ambermesnil. Mais tout
allait pâlir devant les péripéties de cette grande journée, de laquelle
il serait éternellement question dans les conversations de madame
Vauquer. D'abord Goriot et Eugène de Rastignac dormirent jusqu'à
800 onze heures. Madame Vauquer, rentrée à minuit de la Gaîté[3], resta
jusqu'à dix heures et demie au lit. Le long sommeil de Christophe,
qui avait achevé le vin offert par Vautrin, causa des retards dans
le service de la maison. Poiret et mademoiselle Michonneau ne se
plaignirent pas de ce que le déjeuner se reculait. Quant à Victorine

---

1. **Jardin du Roi**: ancien nom du Jardin des plantes.
2. **Météorique**: fulgurante, foudroyante.
3. **Gaîté**: théâtre parisien.

805 et à madame Couture, elles dormirent la grasse matinée. Vautrin
sortit avant huit heures, et revint au moment même où le déjeuner
fut servi. Personne ne réclama donc, lorsque, vers onze heures un
quart, Sylvie et Christophe allèrent frapper à toutes les portes, en
disant que le déjeuner attendait. Pendant que Sylvie et le domestique
810 s'absentèrent, mademoiselle Michonneau, descendant la première,
versa la liqueur dans le gobelet d'argent appartenant à Vautrin, et
dans lequel la crème pour son café chauffait au bain-marie[1], parmi
tous les autres. La vieille fille avait compté sur cette particularité de
la pension pour faire son coup. Ce ne fut pas sans quelques diffi-
815 cultés que les sept pensionnaires se trouvèrent réunis. Au moment
où Eugène, qui se détirait les bras, descendait le dernier de tous,
un commissionnaire lui remit une lettre de madame de Nucingen.
Cette lettre était ainsi conçue :

«Je n'ai ni fausse vanité ni colère avec vous, mon ami. Je vous
820 ai attendu jusqu'à deux heures après minuit. Attendre un être que
l'on aime ! Qui a connu ce supplice ne l'impose à personne. Je vois
bien que vous aimez pour la première fois. Qu'est-il donc arrivé ?
L'inquiétude m'a prise. Si je n'avais craint de livrer les secrets de
mon cœur, je serais allée savoir ce qui vous advenait d'heureux ou
825 de malheureux. Mais sortir à cette heure, soit à pied, soit en voiture, n'était-ce pas se perdre[2] ? J'ai senti le malheur d'être femme.
Rassurez-moi, expliquez-moi pourquoi vous n'êtes pas venu, après ce
que vous a dit mon père. Je me fâcherai, mais je vous pardonnerai.
Êtes-vous malade ? pourquoi se loger si loin ? Un mot de grâce. À
830 bientôt, n'est-ce pas ? Un mot me suffira si vous êtes occupé. Dites :
J'accours, ou je souffre. Mais si vous étiez mal portant, mon père
serait venu me le dire ! Qu'est-il donc arrivé ?… »

«Oui, qu'est-il arrivé ? s'écria Eugène qui se précipita dans la salle
à manger, en froissant la lettre sans l'achever. Quelle heure est-il ?

---

1. **Au bain-marie** : dans un récipient plongé dans l'eau bouillante.
2. **Se perdre** : se compromettre.

835   — Onze heures et demie », dit Vautrin en sucrant son café.

Le forçat évadé jeta sur Eugène le regard froidement fascinateur que certains hommes éminemment magnétiques[1] ont le don de lancer, et qui, dit-on, calme les fous furieux dans les maisons d'aliénés[2]. Eugène trembla de tous ses membres. Le bruit d'un
840   fiacre se fit entendre dans la rue, et un domestique à la livrée de monsieur Taillefer, et que reconnut sur-le-champ madame Couture, entra précipitamment d'un air effaré.

« Mademoiselle, s'écria-t-il, monsieur votre père vous demande. Un grand malheur est arrivé. Monsieur Frédéric s'est battu en duel,
845   il a reçu un coup d'épée dans le front, les médecins désespèrent de le sauver ; vous aurez à peine le temps de lui dire adieu, il n'a plus sa connaissance.

— Pauvre jeune homme ! s'écria Vautrin. Comment se querelle-t-on quand on a trente bonnes mille livres de rente ? Décidément
850   la jeunesse ne sait pas se conduire.

— Monsieur ! lui cria Eugène.

— Eh bien ! quoi, grand enfant ? » dit Vautrin en achevant de boire son café tranquillement, opération que mademoiselle Michonneau suivait de l'œil avec trop d'attention pour s'émouvoir de l'événement
855   extraordinaire qui stupéfiait tout le monde. « N'y a-t-il pas des duels tous les matins à Paris ?

— Je vais avec vous, Victorine », disait madame Couture.

Et ces deux femmes s'envolèrent sans châle ni chapeau. Avant de s'en aller, Victorine, les yeux en pleurs, jeta sur Eugène un regard
860   qui lui disait : « Je ne croyais pas que notre bonheur dût me causer des larmes ! »

« Bah ! vous êtes donc prophète, monsieur Vautrin ? dit madame Vauquer.

— Je suis tout, dit Jacques Collin.

865   — C'est-y singulier ! reprit madame Vauquer en enfilant une suite de phrases insignifiantes sur cet événement. La mort nous

---

1. Magnétiques : qui charment, qui fascinent.
2. Aliénés : fous.

prend sans nous consulter. Les jeunes gens s'en vont souvent avant les vieux. Nous sommes heureuses, nous autres femmes, de n'être pas sujettes au duel ; mais nous avons d'autres maladies que n'ont
870 pas les hommes. Nous faisons les enfants, et le mal de mère dure longtemps ! Quel quine[1] pour Victorine ! Son père est forcé de l'adopter.

– Voilà ! dit Vautrin en regardant Eugène, hier elle était sans un sou, ce matin elle est riche de plusieurs millions.
875 – Dites donc, monsieur Eugène, s'écria madame Vauquer, vous avez mis la main au bon endroit. »

À cette interpellation, le père Goriot regarda l'étudiant et lui vit à la main la lettre chiffonnée.

«Vous ne l'avez pas achevée ! qu'est-ce que cela veut dire ? seriez-
880 vous comme les autres ? lui demanda-t-il.

– Madame, je n'épouserai jamais mademoiselle Victorine », dit Eugène en s'adressant à madame Vauquer avec un sentiment d'horreur et de dégoût qui surprit les assistants.

Le père Goriot saisit la main de l'étudiant et la lui serra. Il aurait
885 voulu la baiser.

«Oh ! oh ! fit Vautrin. Les Italiens ont un bon mot : *col tempo*[2] !

– J'attends la réponse, dit à Rastignac le commissionnaire de madame de Nucingen.

– Dites que j'irai. »
890 L'homme s'en alla. Eugène était dans un violent état d'irritation qui ne lui permettait pas d'être prudent. «Que faire ! disait-il à haute voix, en se parlant à lui-même. Point de preuves ! »

Vautrin se mit à sourire. En ce moment la potion absorbée par l'estomac commençait à opérer. Néanmoins le forçat était si robuste
895 qu'il se leva, regarda Rastignac, lui dit d'une voix creuse : «Jeune homme, le bien nous vient en dormant. »

Et il tomba roide mort.

---

1. **Quine** : chance.
2. ***Col tempo*** : «avec le temps », en italien.

« Il y a donc une justice divine, dit Eugène.

– Eh bien ! qu'est-ce qui lui prend donc, à ce pauvre cher mon-
900 sieur Vautrin ?

– Une apoplexie, cria mademoiselle Michonneau.

– Sylvie, allons, ma fille, va chercher le médecin, dit la veuve.
Ah ! monsieur Rastignac, courez donc vite chez monsieur Bianchon ; Sylvie peut ne pas rencontrer notre médecin, monsieur
905 Grimprel. »

Rastignac, heureux d'avoir un prétexte de quitter cette épouvantable caverne, s'enfuit en courant.

« Christophe, allons, trotte chez l'apothicaire[1] demander quelque
chose contre l'apoplexie. »

910 Christophe sortit.

« Mais, père Goriot, aidez-nous donc à le transporter là-haut,
chez lui. »

Vautrin fut saisi, manœuvré à travers l'escalier et mis sur son lit.

« Je ne vous suis bon à rien, je vais voir ma fille, dit monsieur
915 Goriot.

– Vieil égoïste ! s'écria madame Vauquer, va, je te souhaite de
mourir comme un chien.

– Allez donc voir si vous avez de l'éther[2] », dit à madame Vauquer mademoiselle Michonneau qui, aidée par Poiret, avait défait
920 les habits de Vautrin.

Madame Vauquer descendit chez elle et laissa mademoiselle
Michonneau maîtresse du champ de bataille.

« Allons, ôtez-lui donc sa chemise et retournez-le vite ! Soyez
donc bon à quelque chose en m'évitant de voir des nudités, dit-elle
925 à Poiret. Vous restez là comme Baba[3]. »

Vautrin retourné, mademoiselle Michonneau appliqua sur l'épaule
du malade une forte claque et les deux fatales lettres reparurent
en blanc au milieu de la place rouge.

---

1. **Apothicaire** : pharmacien.
2. **Éther** : alcool dont les vapeurs étaient censées ranimer les personnes évanouies.
3. **Comme Baba** : sans bouger.

«Tiens, vous avez bien lestement[1] gagné votre gratification de
930 trois mille francs», s'écria Poiret en tenant Vautrin debout, pendant
que mademoiselle Michonneau lui remettait sa chemise. «Ouf! il
est lourd, reprit-il en le couchant.

– Taisez-vous. S'il y avait une caisse?» dit vivement la vieille fille
dont les yeux semblaient percer les murs, tant elle examinait avec
935 avidité les moindres meubles de la chambre. «Si l'on pouvait ouvrir
ce secrétaire[2], sous un prétexte quelconque? reprit-elle.

– Ce serait peut-être mal, répondit Poiret.

– Non. L'argent volé, ayant été celui de tout le monde, n'est plus
à personne. Mais le temps nous manque, répondit-elle. J'entends
940 la Vauquer.

– Voilà de l'éther, dit madame Vauquer. Par exemple, c'est
aujourd'hui la journée aux aventures. Dieu! cet homme-là ne peut
pas être malade, il est blanc comme un poulet.

– Comme un poulet? répéta Poiret.

945 – Son cœur bat régulièrement, dit la veuve en lui posant la
main sur le cœur.

– Régulièrement? dit Poiret étonné.

– Il est très bien.

– Vous trouvez? demanda Poiret.

950 – Dame! il a l'air de dormir. Sylvie est allée chercher un médecin.
Dites donc, mademoiselle Michonneau, il renifle à l'éther. Bah!
c'est un *sepasse* (un spasme[3]). Son pouls est bon. Il est fort comme
un Turc. Voyez donc, mademoiselle, quelle palatine[4] il a sur l'estomac; il vivra cent ans, cet homme-là! Sa perruque tient bien tout
955 de même. Tiens, elle est collée, il a de faux cheveux, rapport à ce
qu'il est rouge[5]. On dit qu'ils sont tout bons ou tout mauvais, les
rouges! Il serait donc bon, lui?

---

1. **Lestement**: largement.
2. **Secrétaire**: meuble à tiroirs où l'on range généralement les papiers importants.
3. **Spasme**: contraction musculaire involontaire.
4. **Palatine**: fourrure; l'expression désigne ici les poils de Vautrin.
5. **Rouge**: roux.

– Bon à pendre, dit Poiret.

960 – Vous voulez dire au cou d'une jolie femme, s'écria vivement mademoiselle Michonneau. Allez-vous-en donc, monsieur Poiret. Ça nous regarde, nous autres, de vous soigner quand vous êtes malades. D'ailleurs, pour ce à quoi vous êtes bon, vous pouvez bien vous promener, ajouta-t-elle. Madame Vauquer et moi, nous garderons bien ce cher monsieur Vautrin. »

965 Poiret s'en alla doucement et sans murmurer, comme un chien à qui son maître donne un coup de pied. Rastignac était sorti pour marcher, pour prendre l'air, il étouffait. Ce crime commis à heure fixe, il avait voulu l'empêcher la veille. Qu'était-il arrivé ? Que devait-il faire ? Il tremblait d'en être le complice. Le sang-froid de Vautrin 970 l'épouvantait encore.

« Si cependant Vautrin mourait sans parler », se disait Rastignac.

Il allait à travers les allées du Luxembourg, comme s'il eût été traqué par une meute de chiens, et il lui semblait en entendre les aboiements.

975 « Eh bien ! lui cria Bianchon, as-tu lu *Le Pilote* ? »

Le Pilote était une feuille radicale[1] dirigée par monsieur Tissot, et qui donnait pour la province, quelques heures après les journaux du matin, une édition où se trouvaient les nouvelles du jour, qui alors avaient, dans les départements, vingt-quatre heures d'avance 980 sur les autres feuilles.

« Il s'y trouve une fameuse histoire, dit l'interne de l'hôpital Cochin. Le fils Taillefer s'est battu en duel avec le comte Franchessini, de la vieille garde, qui lui a mis deux pouces de fer dans le front. Voilà la petite Victorine un des plus riches partis de Paris. Hein ! si 985 l'on avait su cela ? Quel trente-et-quarante[2] que la mort ! Est-il vrai que Victorine te regardait d'un bon œil, toi ?

– Tais-toi, Bianchon, je ne l'épouserai jamais. J'aime une délicieuse femme, je suis aimé, je…

---

1. Feuille radicale : journal d'opposition.
2. Trente-et-quarante : jeu de cartes ; par extension, l'expression désigne un retournement de situation spectaculaire.

– Tu dis cela comme si tu te battais les flancs pour ne pas être
infidèle. Montre-moi donc une femme qui vaille le sacrifice de la
fortune du sieur Taillefer.

– Tous les démons sont donc après moi ? s'écria Rastignac.

– Après qui donc en as-tu ? es-tu fou ? Donne-moi donc la main,
dit Bianchon, que je te tâte le pouls. Tu as la fièvre.

– Va donc chez la mère Vauquer, lui dit Eugène, ce scélérat de
Vautrin vient de tomber comme mort.

– Ah ! dit Bianchon, qui laissa Rastignac seul, tu me confirmes
des soupçons que je veux aller vérifier. »

La longue promenade de l'étudiant en droit fut solennelle.
Il fit en quelque sorte le tour de sa conscience. S'il flotta, s'il
examina, s'il hésita, du moins sa probité sortit de cette âpre[1] et
terrible discussion éprouvée comme une barre de fer qui résiste
à tous les essais. Il se souvint des confidences que le père Goriot
lui avait faites la veille, il se rappela l'appartement choisi pour lui
près de Delphine, rue d'Artois ; il reprit sa lettre, la relut, la baisa.
« Un tel amour est mon ancre de salut[2], se dit-il. Ce pauvre vieillard
a bien souffert par le cœur. Il ne dit rien de ses chagrins, mais qui
ne les devinerait pas ! Eh bien ! j'aurai soin de lui comme d'un
père, je lui donnerai mille jouissances. Si elle m'aime, elle viendra souvent chez moi passer la journée près de lui. Cette grande
comtesse de Restaud est une infâme, elle ferait un portier de son
père. Chère Delphine ! elle est meilleure pour le bonhomme, elle
est digne d'être aimée. Ah ! ce soir je serai donc heureux ! » Il tira
la montre, l'admira. « Tout m'a réussi ! Quand on s'aime bien pour
toujours, l'on peut s'aider, je puis recevoir cela. D'ailleurs je par-
viendrai, certes, et pourrai tout rendre au centuple. Il n'y a dans
cette liaison ni crime, ni rien qui puisse faire froncer le sourcil à
la vertu la plus sévère. Combien d'honnêtes gens contractent des
unions semblables ! Nous ne trompons personne ; et ce qui nous

---

1. Âpre : violente.
2. Mon ancre de salut : ma chance de survivre, d'être sauvé.

1020 avilit[1], c'est le mensonge. Mentir, n'est-ce pas abdiquer[2]? Elle s'est depuis longtemps séparée de son mari. D'ailleurs, je lui dirai, moi, à cet Alsacien, de me céder une femme qu'il lui est impossible de rendre heureuse. »

Le combat de Rastignac dura longtemps. Quoique la victoire
1025 dût rester aux vertus de la jeunesse, il fut néanmoins ramené par une invincible curiosité sur les quatre heures et demie, à la nuit tombante, vers la Maison-Vauquer, qu'il se jurait à lui-même de quitter pour toujours. Il voulait savoir si Vautrin était mort. Après avoir eu l'idée de lui administrer un vomitif[3], Bianchon avait fait
1030 porter à son hôpital les matières rendues par Vautrin, afin de les analyser chimiquement. En voyant l'insistance que mit mademoiselle Michonneau à vouloir les faire jeter, ses doutes se fortifièrent. Vautrin fut d'ailleurs trop promptement rétabli pour que Bianchon ne soupçonnât pas quelque complot contre le joyeux boute-en-train[4] de
1035 la pension. À l'heure où rentra Rastignac, Vautrin se trouvait donc debout près du poêle dans la salle à manger. Attirés plus tôt que de coutume par la nouvelle du duel de Taillefer le fils, les pensionnaires, curieux de connaître les détails de l'affaire et l'influence qu'elle avait eue sur la destinée de Victorine, étaient réunis, moins le père
1040 Goriot, et devisaient[5] de cette aventure. Quand Eugène entra, ses yeux rencontrèrent ceux de l'imperturbable Vautrin, dont le regard pénétra si avant dans son cœur et y remua si fortement quelques cordes mauvaises, qu'il en frissonna.

« Eh bien ! cher enfant, lui dit le forçat évadé, la Camuse[6] aura
1045 longtemps tort avec moi. J'ai, selon ces dames, soutenu victorieusement un coup de sang[7] qui aurait dû tuer un bœuf.

– Ah ! vous pouvez bien dire un taureau, s'écria la veuve Vauquer.

---

1. **Avilit** : abaisse, déshonore.
2. **Abdiquer** : renoncer.
3. **Vomitif** : médicament qui provoque le vomissement.
4. **Boute-en-train** : personne qui amuse tout le monde (familier).
5. **Devisaient** : discutaient.
6. **La Camuse** : la Mort.
7. **Coup de sang** : malaise.

– Seriez-vous donc fâché de me voir en vie ? dit Vautrin à l'oreille de Rastignac, dont il crut deviner les pensées. Ce serait d'un homme diantrement[1] fort !

– Ah ! ma foi, dit Bianchon, mademoiselle Michonneau parlait avant-hier d'un monsieur surnommé *Trompe-la-Mort*; ce nom-là vous irait bien. »

Ce mot produisit sur Vautrin l'effet de la foudre : il pâlit et chancela, son regard magnétique tomba comme un rayon de soleil sur mademoiselle Michonneau, à laquelle ce jet de volonté cassa les jarrets[2]. La vieille fille se laissa couler sur une chaise. Poiret s'avança vivement entre elle et Vautrin, comprenant qu'elle était en danger, tant la figure du forçat devint férocement significative en déposant le masque bénin[3] sous lequel se cachait sa vraie nature. Sans rien comprendre encore à ce drame, tous les pensionnaires restèrent ébahis. En ce moment, l'on entendit le pas de plusieurs hommes, et le bruit de quelques fusils que des soldats firent sonner sur le pavé de la rue. Au moment où Collin cherchait machinalement une issue en regardant les fenêtres et les murs, quatre hommes se montrèrent à la porte du salon. Le premier était le chef de la police de sûreté, les trois autres étaient des officiers de paix.

« Au nom de la loi et du roi », dit un des officiers dont le discours fut couvert par un murmure d'étonnement.

Bientôt le silence régna dans la salle à manger, les pensionnaires se séparèrent pour livrer passage à trois de ces hommes qui tous avaient la main dans leur poche de côté et y tenaient un pistolet armé. Deux gendarmes qui suivaient les agents occupèrent la porte du salon, et deux autres se montrèrent à celle qui sortait par l'escalier. Le pas et les fusils de plusieurs soldats retentirent sur le pavé caillouteux qui longeait la façade. Tout espoir de fuite fut donc interdit à Trompe-la-Mort, sur qui tous les regards s'arrêtèrent irrésistiblement. Le chef alla droit à lui, commença par

---

1. **Diantrement** : extrêmement (familier).
2. **Cassa les jarrets** : retira toute force.
3. **Bénin** : aimable.

lui donner sur la tête une tape si violemment appliquée qu'il fit
1080 sauter la perruque et rendit à la tête de Collin toute son horreur.
Accompagnées de cheveux rouge brique[1] et courts qui leur donnaient un épouvantable caractère de force mêlée de ruse, cette
tête et cette face, en harmonie avec le buste, furent intelligemment
illuminées comme si les feux de l'enfer les eussent éclairées. Cha-
1085 cun comprit tout Vautrin, son passé, son présent, son avenir, ses
doctrines implacables[2], la religion de son bon plaisir, la royauté
que lui donnaient le cynisme de ses pensées, de ses actes, et la
force d'une organisation faite à tout. Le sang lui monta au visage,
et ses yeux brillèrent comme ceux d'un chat sauvage. Il bondit sur
1090 lui-même par un mouvement empreint d'une si féroce énergie,
il rugit si bien qu'il arracha des cris de terreur à tous les pensionnaires. À ce geste de lion, et s'appuyant de la clameur générale[3],
les agents tirèrent leurs pistolets. Collin comprit son danger en
voyant briller le chien[4] de chaque arme, et donna tout à coup la
1095 preuve de la plus haute puissance humaine. Horrible et majestueux
spectacle ! sa physionomie présenta un phénomène qui ne peut
être comparé qu'à celui de la chaudière pleine de cette vapeur
fumeuse qui soulèverait des montagnes, et que dissout en un clin
d'œil une goutte d'eau froide. La goutte d'eau qui froidit sa rage
1100 fut une réflexion rapide comme un éclair. Il se mit à sourire et
regarda sa perruque.

« Tu n'es pas dans tes jours de politesse, dit-il au chef de la police
de sûreté. Et il tendit ses mains aux gendarmes en les appelant par
un signe de tête. Messieurs les gendarmes, mettez-moi les menottes
1105 ou les poucettes[5]. Je prends à témoin les personnes présentes que
je ne résiste pas. » Un murmure admiratif, arraché par la promp-
titude avec laquelle la lave et le feu sortirent et rentrèrent dans ce

---

1. **Rouge brique** : rouge foncé.
2. **Doctrines implacables** : théories inflexibles, impitoyables.
3. **Clameur générale** : ensemble de cris confus poussés par la foule.
4. **Chien** : pièce d'une arme à feu.
5. **Poucettes** : cordes pour attacher les pouces d'un prisonnier.

volcan humain, retentit dans la salle. «Ça te la coupe[1], monsieur l'enfonceur, reprit le forçat en regardant le célèbre directeur de la police judiciaire.

— Allons, qu'on se déshabille, lui dit l'homme de la petite rue Sainte-Anne d'un air plein de mépris.

— Pourquoi? dit Collin, il y a des dames. Je ne nie rien, et je me rends.»

Il fit une pause, et regarda l'assemblée comme un orateur qui va dire des choses surprenantes.

«Écrivez, papa Lachapelle, dit-il en s'adressant à un petit vieillard en cheveux blancs qui s'était assis au bout de la table après avoir tiré d'un portefeuille[2] le procès-verbal[3] de l'arrestation. Je reconnais être Jacques Collin, dit Trompe-la-Mort, condamné à vingt ans de fers[4]: et je viens de prouver que je n'ai pas volé mon surnom. Si j'avais seulement levé la main, dit-il aux pensionnaires, ces trois mouchards[5]-là répandaient tout mon *raisiné*[6] sur le *trimar*[7] domestique de maman Vauquer. Ces drôles se mêlent de combiner des guets-apens[8]!»

Madame Vauquer se trouva mal en entendant ces mots.

«Mon Dieu! c'est à en faire une maladie; moi qui étais hier à la Gaîté avec lui, dit-elle à Sylvie.

— De la philosophie, maman, reprit Collin. Est-ce un malheur d'être allée dans ma loge hier, à la Gaîté? s'écria-t-il. Êtes-vous meilleure que nous? Nous avons moins d'infamie sur l'épaule que vous n'en avez dans le cœur, membres flasques[9] d'une société gangrenée[10]: le meilleur d'entre vous ne me résistait pas.» Ses yeux s'arrêtèrent

---

1. **Ça te la coupe**: ça te rend muet de stupeur (argot).
2. **Portefeuille**: étui.
3. **Procès-verbal**: constat.
4. **De fers**: de prison.
5. **Mouchards**: policiers (argot).
6. *Raisiné*: sang (argot).
7. *Trimar*: sot (argot).
8. **Guets-apens**: pièges.
9. **Flasques**: mous.
10. **Gangrenée**: corrompue.

1135 sur Rastignac, auquel il adressa un sourire gracieux qui contrastait singulièrement avec la rude expression de sa figure. « Notre marché va toujours, mon ange, en cas d'acceptation, toutefois ! Vous savez ? » Il chanta :

Ma Fanchette est charmante
Dans sa simplicité.

1140 « Ne soyez pas embarrassé, reprit-il, je sais faire mes recouvrements[1]. L'on me craint trop pour me flouer, moi ! »

Le bagne avec ses mœurs et son langage, avec ses brusques transitions du plaisant à l'horrible, son épouvantable grandeur, sa familiarité, sa bassesse, fut tout à coup représenté dans cette 1145 interpellation et par cet homme, qui ne fut plus un homme, mais le type de toute une nation dégénérée[2], d'un peuple sauvage et logique, brutal et souple. En un moment Collin devint un poème infernal où se peignirent tous les sentiments humains, moins un seul, celui du repentir. Son regard était celui de l'archange déchu[3] 1150 qui veut toujours la guerre. Rastignac baissa les yeux en acceptant ce cousinage[4] criminel comme une expiation de ses mauvaises pensées.

« Qui m'a trahi ? » dit Collin en promenant son terrible regard sur l'assemblée. Et l'arrêtant sur mademoiselle Michonneau : « C'est 1155 toi, lui dit-il, vieille cagnotte[5], tu m'as donné un faux coup de sang, curieuse ! En disant deux mots, je pourrais te faire scier le cou dans huit jours. Je te pardonne, je suis chrétien. D'ailleurs ce n'est pas toi qui m'as vendu. Mais qui ? Ah ! ah ! vous fouillez là-haut, s'écria-t-il en entendant les officiers de la police judiciaire 1160 qui ouvraient ses armoires et s'emparaient de ses effets[6]. Dénichés

---

1. **Faire mes recouvrements** : me faire rembourser.
2. **Dégénérée** : décadente.
3. **Archange déchu** : Satan, le diable.
4. **Cousinage** : lien.
5. **Vieille cagnotte** : vieux policier.
6. **Effets** : affaires.

les oiseaux, envolés d'hier. Et vous ne saurez rien. Mes livres de commerce sont là, dit-il en se frappant le front. Je sais qui m'a vendu maintenant. Ce ne peut être que ce gredin de Fil-de-Soie. Pas vrai, père l'empoigneur ? dit-il au chef de police. Ça s'accorde
1165 trop bien avec le séjour de nos billets de banque là-haut. Plus rien, mes petits mouchards. Quant à Fil-de-Soie, il sera *terré* [1] sous quinze jours, lors même que vous le feriez garder par toute votre gendarmerie. Que lui avez-vous donné, à cette Michonnette ? dit-il aux gens de la police, quelque millier d'écus ? Je valais mieux que
1170 ça, Ninon cariée, Pompadour en loques[2], Vénus du Père-Lachaise. Si tu m'avais prévenu, tu aurais eu six mille francs. Ah ! tu ne t'en doutais pas, vieille vendeuse de chair, sans quoi j'aurais eu la préférence. Oui, je les aurais donnés pour éviter un voyage qui me contrarie et qui me fait perdre de l'argent, disait-il pendant qu'on
1175 lui mettait les menottes. Ces gens-là vont se faire un plaisir de me traîner un temps infini pour m'*otolondrer*[3]. S'ils m'envoyaient tout de suite au bagne, je serais bientôt rendu à mes occupations, malgré nos petits badauds du quai des Orfèvres[4]. Là-bas, ils vont tous se mettre l'âme à l'envers pour faire évader leur général,
1180 ce bon Trompe-la-Mort ! Y a-t-il un de vous qui soit, comme moi, riche de plus de dix mille frères prêts à tout faire pour vous ? demanda-t-il avec fierté. Il y a du bon là, dit-il en se frappant le cœur ; je n'ai jamais trahi personne ! Tiens, cagnotte, vois-les, dit-il en s'adressant à la vieille fille. Ils me regardent avec terreur, mais
1185 toi tu leur soulèves le cœur de dégoût. Ramasse ton lot. » Il fit une pause en contemplant les pensionnaires. « Êtes-vous bêtes, vous autres ! n'avez-vous jamais vu de forçat ? Un forçat de la trempe de Collin, ici présent, est un homme moins lâche que les autres,

---

1. *Terré* : tué, en argot.
2. Ninon de Lenclos (1616-1705) : courtisane ; **Marquise de Pompadour** : maîtresse favorite de Louis XV.
3. M'*otolondrer* : m'abrutir.
4. Nos petits badauds du quai des Orfèvres : les policiers ; le quai des Orfèvres est l'endroit où se situent les locaux de la police à Paris.

et qui proteste contre les profondes déceptions du contrat social,
comme dit Jean-Jacques[1], dont je me glorifie d'être l'élève. Enfin,
je suis seul contre le gouvernement avec son tas de tribunaux, de
gendarmes, de budgets, et je les roule.

– Diantre ! dit le peintre, il est fameusement beau à dessiner.

– Dis-moi, menin[2] de monseigneur le bourreau, gouverneur
de la Veuve (nom plein de terrible poésie que les forçats donnent à la guillotine), ajouta-t-il en se tournant vers le chef de la
police de sûreté, sois bon enfant, dis-moi si c'est Fil-de-Soie qui
m'a vendu ! Je ne voudrais pas qu'il payât pour un autre, ce ne
serait pas juste. »

En ce moment les agents qui avaient tout ouvert et tout inventorié[3] chez lui rentrèrent et parlèrent à voix basse au chef de l'expédition. Le procès-verbal était fini.

« Messieurs, dit Collin en s'adressant aux pensionnaires, ils vont
m'emmener. Vous avez été tous très aimables pour moi pendant
mon séjour ici, j'en aurai de la reconnaissance. Recevez mes adieux.
Vous me permettrez de vous envoyer des figues de Provence. » Il
fit quelques pas, et se retourna pour regarder Rastignac. « Adieu,
Eugène, dit-il d'une voix douce et triste qui contrastait singulièrement avec le ton brusque de ses discours. Si tu étais gêné, je t'ai
laissé un ami dévoué. » Malgré ses menottes, il put se mettre en
garde, fit un appel de maître d'armes[4], cria : « Une, deux ! » et se
fendit. « En cas de malheur, adresse-toi là. Homme et argent, tu
peux disposer de tout. »

Ce singulier personnage mit assez de bouffonnerie dans ces
dernières paroles pour qu'elles ne pussent être comprises que de
Rastignac et de lui. Quand la maison fut évacuée par les gendarmes,

---

1. Référence à *Du contrat social* de Jean-Jacques Rousseau (1712-1778), philosophe des Lumières. Dans cet ouvrage de philosophie politique paru en 1762, Rousseau expose ses réflexions sur le fonctionnement de la démocratie et affirme le principe de souveraineté du peuple.
2. Menin : personne noble attachée au service d'une famille royale.
3. Inventorié : examiné.
4. Appel de maître d'armes : signal d'attaque.

par les soldats et par les agents de la police, Sylvie, qui frottait de vinaigre les tempes de sa maîtresse[1], regarda les pensionnaires étonnés.

«Eh bien! dit-elle, c'était un bon homme tout de même.»

1220 Cette phrase rompit le charme[2] que produisaient sur chacun l'affluence et la diversité des sentiments excités par cette scène. En ce moment, les pensionnaires, après s'être examinés entre eux, virent tous à la fois mademoiselle Michonneau grêle, sèche et froide autant qu'une momie, tapie[3] près du poêle, les yeux baissés, comme 1225 si elle eût craint que l'ombre de son abat-jour ne fût pas assez forte pour cacher l'expression de ses regards. Cette figure, qui leur était antipathique[4] depuis si longtemps, fut tout à coup expliquée. Un murmure, qui, par sa parfaite unité de son, trahissait un dégoût unanime, retentit sourdement. Mademoiselle Michonneau l'entendit 1230 et resta. Bianchon, le premier, se pencha vers son voisin.

«Je décampe si cette fille doit continuer à dîner avec nous», dit-il à demi-voix.

En un clin d'œil chacun, moins Poiret, approuva la proposition de l'étudiant en médecine, qui, fort de l'adhésion générale, s'avança 1235 vers le vieux pensionnaire.

«Vous qui êtes lié particulièrement avec mademoiselle Michonneau, lui dit-il, parlez-lui, faites-lui comprendre qu'elle doit s'en aller à l'instant même.

– À l'instant même?» répéta Poiret étonné.

1240 Puis il vint auprès de la vieille, et lui dit quelques mots à l'oreille.

«Mais mon terme est payé, je suis ici pour mon argent comme tout le monde, dit-elle en lançant un regard de vipère sur les pensionnaires.

– Qu'à cela ne tienne, nous nous cotiserons[5] pour vous le rendre, 1245 dit Rastignac.

---

1. Le vinaigre était à l'époque utilisé pour ranimer les personnes évanouies.
2. **Rompit le charme**: sortit de la torpeur, de l'engourdissement.
3. **Tapie**: blottie.
4. **Antipathique**: désagréable.
5. **Nous nous cotiserons**: nous rassemblerons cette somme d'argent.

– Monsieur soutient Collin, répondit-elle en jetant sur l'étudiant un regard venimeux[1] et interrogateur, il n'est pas difficile de savoir pourquoi. »

À ce mot, Eugène bondit comme pour se ruer sur la vieille fille
1250 et l'étrangler. Ce regard, dont il comprit les perfidies[2], venait de jeter une horrible lumière dans son âme.

« Laissez-la donc », s'écrièrent les pensionnaires.

Rastignac se croisa les bras et resta muet.

« Finissons-en avec mademoiselle Judas, dit le peintre en s'adres-
1255 sant à madame Vauquer. Madame, si vous ne mettez pas à la porte la Michonneau, nous quittons tous votre baraque[3], et nous dirons partout qu'il ne s'y trouve que des espions et des forçats. Dans le cas contraire, nous nous tairons tous sur cet événement, qui, au bout du compte, pourrait arriver dans les meilleures sociétés, jusqu'à
1260 ce qu'on marque les galériens[4] au front, et qu'on leur défende de se déguiser en bourgeois de Paris, et de se faire aussi bêtement farceurs qu'ils le sont tous. »

À ce discours, madame Vauquer retrouva miraculeusement la santé, se redressa, se croisa les bras, ouvrit ses yeux clairs et sans
1265 apparence de larmes.

« Mais, mon cher monsieur, vous voulez donc la ruine de ma maison ? Voilà monsieur Vautrin… Oh ! mon Dieu, se dit-elle en s'interrompant elle-même, je ne puis pas m'empêcher de l'appeler par son nom d'honnête homme ! Voilà, reprit-elle, un appartement
1270 vide, et vous voulez que j'en aie deux de plus à louer dans une saison où tout le monde est casé.

– Messieurs, prenons nos chapeaux, et allons dîner place Sorbonne, chez Flicoteaux[5] », dit Bianchon.

---

1. **Venimeux** : malveillant.
2. **Perfidies** : fourberies, trahisons.
3. **Baraque** : maison (familier et péjoratif).
4. **Galériens** : forçats, bagnards.
5. **Flicoteaux** : restaurant bon marché.

Madame Vauquer calcula d'un seul coup d'œil le parti le plus
1275 avantageux, et roula jusqu'à mademoiselle Michonneau.

«Allons, ma chère petite belle, vous ne voulez pas la mort de mon
établissement, hein? Vous voyez à quelle extrémité me réduisent
ces messieurs; remontez dans votre chambre pour ce soir.

– Du tout, du tout, crièrent les pensionnaires, nous voulons
1280 qu'elle sorte à l'instant.

– Mais elle n'a pas dîné, cette pauvre demoiselle, dit Poiret d'un
ton piteux.

– Elle ira dîner où elle voudra, crièrent plusieurs voix.

– À la porte, la moucharde[1]!

1285 – À la porte, les mouchards!

– Messieurs, s'écria Poiret, qui s'éleva tout à coup à la hauteur
du courage que l'amour prête aux béliers, respectez une personne
du sexe[2].

– Les mouchards ne sont d'aucun sexe, dit le peintre.

1290 – Fameux sexorama!

– À la porterama!

– Messieurs, ceci est indécent. Quand on renvoie les gens, on
doit y mettre des formes. Nous avons payé, nous restons, dit Poiret
en se couvrant de sa casquette et se plaçant sur une chaise à côté de
1295 mademoiselle Michonneau, que prêchait madame Vauquer.

– Méchant, lui dit le peintre d'un air comique, petit méchant, va!

– Allons, si vous ne vous en allez pas, nous nous en allons, nous
autres», dit Bianchon.

Et les pensionnaires firent en masse un mouvement vers le salon.

1300 «Mademoiselle, que voulez-vous donc? s'écria madame Vauquer, je suis ruinée. Vous ne pouvez pas rester, ils vont en venir à
des actes de violence.»

Mademoiselle Michonneau se leva.

---

1. **Moucharde**: ici, indicatrice de la police.
2. **Une personne du sexe**: une femme.

« Elle s'en ira ! – Elle ne s'en ira pas ! – Elle s'en ira ! – Elle ne
1305 s'en ira pas ! » Ces mots dit alternativement, et l'hostilité[1] des propos
qui commençaient à se tenir sur elle, contraignirent mademoiselle
Michonneau à partir, après quelques stipulations[2] faites à voix basse
avec l'hôtesse.

« Je vais chez madame Buneaud, dit-elle d'un air menaçant.

1310 – Allez où vous voudrez, mademoiselle, dit madame Vauquer,
qui vit une cruelle injure dans le choix qu'elle faisait d'une maison
avec laquelle elle rivalisait, et qui lui était conséquemment odieuse.
Allez chez la Buneaud, vous aurez du vin à faire danser les chèvres,
et des plats achetés chez les regrattiers[3]. »

1315 Les pensionnaires se mirent sur deux files dans le plus grand
silence. Poiret regarda si tendrement mademoiselle Michonneau,
il se montra si naïvement indécis, sans savoir s'il devait la suivre ou
rester, que les pensionnaires, heureux du départ de mademoiselle
Michonneau, se mirent à rire en se regardant.

1320 « Xi, xi, xi, Poiret, lui cria le peintre. Allons, houpe là, haoup ! »
L'employé au Muséum se mit à chanter comiquement ce début
d'une romance connue :

Partant pour la Syrie,
Le jeune et beau Dunois[4]...

1325 « Allez donc, vous en mourez d'envie, *trahit sua quemque volup-*
tas[5], dit Bianchon.

– Chacun suit sa particulière, traduction libre de Virgile », dit
le répétiteur[6].

Mademoiselle Michonneau ayant fait le geste de prendre le
1330 bras de Poiret en le regardant, il ne put résister à cet appel, et vint

---

1. **Hostilité** : agressivité.
2. **Stipulations** : arrangements.
3. **Regrattiers** : marchands de produits de mauvaise qualité.
4. Air d'une romance du XVIIIe siècle, signe de ralliement des bonapartistes.
5. *Trahit sua quemque voluptas* : « Chacun est entraîné par son propre plaisir »,
vers des *Bucoliques* de Virgile, poète latin du Ier siècle av. J.-C.
6. **Répétiteur** : maître d'études, surveillant.

donner son appui à la vieille. Des applaudissements éclatèrent, et il y eut une explosion de rires. «Bravo, Poiret! – Ce vieux Poiret! – Apollon-Poiret. – Mars-Poiret[1]. – Courageux Poiret!»

1335 En ce moment, un commissionnaire entra, remit une lettre à madame Vauquer, qui se laissa couler sur sa chaise, après l'avoir lue.

«Mais il n'y a plus qu'à brûler ma maison, le tonnerre y tombe. Le fils Taillefer est mort à trois heures. Je suis bien punie d'avoir souhaité du bien à ces dames au détriment de ce pauvre jeune homme. Madame Couture et Victorine me redemandent leurs effets,

1340 et vont demeurer chez son père. Monsieur Taillefer permet à sa fille de garder la veuve Couture comme demoiselle de compagnie. Quatre appartements vacants[2], cinq pensionnaires de moins!» Elle s'assit et parut près de pleurer. «Le malheur est entré chez moi», s'écria-t-elle.

1345 Le roulement d'une voiture qui s'arrêtait retentit tout à coup dans la rue.

«Encore quelque chape-chute[3]», dit Sylvie.

Goriot montra soudain une physionomie brillante et colorée de bonheur, qui pouvait faire croire à sa régénération[4].

1350 «Goriot en fiacre, dirent les pensionnaires, la fin du monde arrive.»

Le bonhomme alla droit à Eugène, qui restait pensif dans un coin, et le prit par le bras: «Venez, lui dit-il d'un air joyeux.

– Vous ne savez donc pas ce qui se passe? lui dit Eugène. Vautrin

1355 était un forçat que l'on vient d'arrêter, et le fils Taillefer est mort.

– Eh bien! qu'est-ce que ça nous fait? répondit le père Goriot. Je dîne avec ma fille, chez vous, entendez-vous? Elle vous attend, venez!»

---

1. Apollon-Poiret, Mars-Poiret: comparaisons ironiques de Poiret à des dieux de la mythologie grecque et latine. Après Mlle Michonneau, c'est au tour de Poiret de subir les moqueries.
2. Vacants: vides.
3. Chape-chute: mésaventure.
4. Régénération: renaissance.

Il tira si violemment Rastignac par le bras, qu'il le fit marcher
de force, et parut l'enlever comme si c'eût été sa maîtresse.

«Dînons», cria le peintre.

En ce moment chacun prit sa chaise et s'attabla.

«Par exemple, dit la grosse Sylvie, tout est malheur aujourd'hui,
mon haricot de mouton s'est attaché. Bah! vous le mangerez brûlé,
tant pire!»

Madame Vauquer n'eut pas le courage de dire un mot en ne
voyant que dix personnes au lieu de dix-huit autour de sa table; mais
chacun tenta de la consoler et de l'égayer. Si d'abord les externes
s'entretinrent de Vautrin et des événements de la journée, ils obéi-
rent bientôt à l'allure serpentine[1] de leur conversation, et se mirent
à parler des duels, du bagne, de la justice, des lois à refaire, des
prisons. Puis ils se trouvèrent à mille lieues de Jacques Collin, de
Victorine et de son frère. Quoiqu'ils ne fussent que dix, ils crièrent
comme vingt, et semblaient être plus nombreux qu'à l'ordinaire; ce
fut toute la différence qu'il y eut entre ce dîner et celui de la veille.
L'insouciance habituelle de ce monde égoïste qui, le lendemain,
devait avoir dans les événements quotidiens de Paris une autre proie
à dévorer, reprit le dessus, et madame Vauquer elle-même se laissa
calmer par l'espérance, qui emprunta la voix de la grosse Sylvie.

Cette journée devait être jusqu'au soir une fantasmagorie[2] pour
Eugène, qui, malgré la force de son caractère et la bonté de sa
tête, ne savait comment classer ses idées, quand il se trouva dans le
fiacre à côté du père Goriot dont les discours trahissaient une joie
inaccoutumée, et retentissaient à son oreille, après tant d'émotions,
comme les paroles que nous entendons en rêve.

«C'est fini de ce matin. Nous dînons tous les trois ensemble,
ensemble! comprenez-vous? Voici quatre ans que je n'ai dîné avec
ma Delphine, ma petite Delphine. Je vais l'avoir à moi pendant toute
une soirée. Nous sommes chez vous depuis ce matin. J'ai travaillé

---

1. **Serpentine**: sinueuse, qui fait des détours.
2. **Fantasmagorie**: spectacle irréel, illusion d'optique.

1390 comme un manœuvre[1], habit bas[2]. J'aidais à porter les meubles.
Ah! ah! vous ne savez pas comme elle est gentille à table, elle s'occupera de moi: "Tenez, papa, mangez donc de cela, c'est bon." Et
alors je ne peux pas manger. Oh! y a-t-il longtemps que je n'ai été
tranquille avec elle comme nous allons l'être!

1395 — Mais, lui dit Eugène, aujourd'hui le monde est donc renversé?

— Renversé? dit le père Goriot. Mais à aucune époque le monde
n'a si bien été. Je ne vois que des figures gaies dans les rues, des
gens qui se donnent des poignées de main, et qui s'embrassent;
des gens heureux comme s'ils allaient tous dîner chez leurs filles, y
1400 *gobichonner*[3] un bon petit dîner qu'elle a commandé devant moi au
chef du café des Anglais[4]. Mais bah! près d'elle le chicotin[5] serait
doux comme miel.

— Je crois revenir à la vie, dit Eugène.

— Mais marchez donc, cocher, cria le père Goriot en ouvrant la
1405 glace de devant. Allez donc plus vite, je vous donnerai cent sous
pour boire si vous me menez en dix minutes là où vous savez.» En
entendant cette promesse, le cocher traversa Paris avec la rapidité
de l'éclair.

«Il ne va pas, ce cocher, disait le père Goriot.

1410 — Mais où me conduisez-vous donc? lui demanda Rastignac.

— Chez vous», dit le père Goriot.

La voiture s'arrêta rue d'Artois. Le bonhomme descendit le
premier et jeta dix francs au cocher, avec la prodigalité d'un homme
veuf qui, dans le paroxysme[6] de son plaisir, ne prend garde à rien.

1415 «Allons, montons», dit-il à Rastignac en lui faisant traverser
une cour et le conduisant à la porte d'un appartement situé au
troisième étage, sur le derrière d'une maison neuve et de belle
apparence. Le père Goriot n'eut pas besoin de sonner. Thérèse, la

---

1. **Manœuvre**: ouvrier.
2. **Habit bas**: sans vêtement.
3. *Gobichonner*: manger, gober.
4. **Café des Anglais**: grand restaurant situé dans le quartier de la Chaussée-d'Antin.
5. **Chicotin**: suc très amer.
6. **Paroxysme**: comble.

femme de chambre de madame de Nucingen, leur ouvrit la porte.
1420 Eugène se vit dans un délicieux appartement de garçon[1], composé
d'une antichambre, d'un petit salon, d'une chambre à coucher
et d'un cabinet ayant vue sur un jardin. Dans le petit salon, dont
l'ameublement et le décor pouvaient soutenir la comparaison avec
ce qu'il y avait de plus joli, de plus gracieux, il aperçut, à la lumière
1425 des bougies, Delphine, qui se leva d'une causeuse, au coin du feu,
mit son écran[2] sur la cheminée, et lui dit avec une intonation de
voix chargée de tendresse : « Il a donc fallu vous aller chercher,
monsieur qui ne comprenez rien. »

Thérèse sortit. L'étudiant prit Delphine dans ses bras, la serra
1430 vivement et pleura de joie. Ce dernier contraste entre ce qu'il voyait
et ce qu'il venait de voir, dans un jour où tant d'irritations avaient
fatigué son cœur et sa tête, détermina chez Rastignac un accès de
sensibilité nerveuse.

« Je savais bien, moi, qu'il t'aimait, dit tout bas le père Goriot à
1435 sa fille pendant qu'Eugène abattu gisait sur la causeuse sans pouvoir
prononcer une parole ni se rendre compte encore de la manière
dont ce dernier coup de baguette avait été frappé.

– Mais venez donc voir, lui dit madame de Nucingen en le prenant
par la main et l'emmenant dans une chambre dont les tapis, les
1440 meubles et les moindres détails lui rappelèrent, en de plus petites
proportions, celle de Delphine.

– Il y manque un lit, dit Rastignac.

– Oui, monsieur », dit-elle en rougissant et lui serrant la main.
Eugène la regarda, et comprit, jeune encore, tout ce qu'il y avait
1445 de pudeur vraie dans un cœur de femme aimante.

« Vous êtes une de ces créatures que l'on doit adorer toujours, lui
dit-il à l'oreille. Oui, j'ose vous le dire, puisque nous nous comprenons
si bien : plus vif et sincère est l'amour, plus il doit être voilé, mystérieux. Ne donnons notre secret à personne.

---

1. **Appartement de garçon** : appartement de célibataire, garçonnière.
2. **Écran** : panneau que l'on place devant une cheminée pour se protéger de la chaleur et de la luminosité.

1450   – Oh ! je ne serai pas quelqu'un, moi, dit le père Goriot en grognant.

– Vous savez bien que vous êtes *nous*, vous…

– Ah ! voilà ce que je voulais. Vous ne ferez pas attention à moi, n'est-ce pas ? J'irai, je viendrai comme un bon esprit qui est partout,
1455   et qu'on sait être là sans le voir. Eh bien ! Delphinette, Ninette, Dedel ! n'ai-je pas eu raison de te dire : "Il y a un joli appartement rue d'Artois, meublons-le pour lui !" Tu ne voulais pas. Ah ! c'est moi qui suis l'auteur de ta joie, comme je suis l'auteur de tes jours. Les pères doivent toujours donner pour être heureux. Donner toujours,
1460   c'est ce qui fait qu'on est père.

– Comment ? dit Eugène.

– Oui, elle ne voulait pas, elle avait peur qu'on ne dît des bêtises, comme si le monde valait le bonheur ! Mais toutes les femmes rêvent de faire ce qu'elle fait… »

1465   Le père Goriot parlait tout seul, madame de Nucingen avait emmené Rastignac dans le cabinet où le bruit d'un baiser retentit, quelque légèrement qu'il fût pris. Cette pièce était en rapport avec l'élégance de l'appartement, dans lequel d'ailleurs rien ne manquait.

« A-t-on bien deviné vos vœux ? dit-elle en revenant dans le salon
1470   pour se mettre à table.

– Oui, dit-il, trop bien. Hélas ! ce luxe si complet, ces beaux rêves réalisés, toutes les poésies d'une vie jeune, élégante, je les sens trop pour ne pas les mériter ; mais je ne puis les accepter de vous, et je suis trop pauvre encore pour…

1475   – Ah ! ah ! vous me résistez déjà », dit-elle d'un petit air d'autorité railleuse en faisant une de ces jolies moues[1] que font les femmes quand elles veulent se moquer de quelque scrupule pour le mieux dissiper.

Eugène s'était trop solennellement interrogé pendant cette
1480   journée, et l'arrestation de Vautrin, en lui montrant la profondeur de l'abîme dans lequel il avait failli rouler, venait de trop bien

---

1. **Moues** : mimiques, grimaces.

corroborer[1] ses sentiments nobles et sa délicatesse pour qu'il cédât à cette caressante réfutation de ses idées généreuses. Une profonde tristesse s'empara de lui.

1485 « Comment ! dit madame de Nucingen, vous refuseriez ? Savez-vous ce que signifie un refus semblable ? Vous doutez de l'avenir, vous n'osez pas vous lier à moi. Vous avez donc peur de trahir mon affection ? Si vous m'aimez, si je… vous aime, pourquoi reculez-vous devant d'aussi minces obligations ? Si vous connaissiez le plaisir que 1490 j'ai eu à m'occuper de tout ce ménage de garçon, vous n'hésiteriez pas, et vous me demanderiez pardon. J'avais de l'argent à vous, et je l'ai bien employé, voilà tout. Vous croyez être grand, et vous êtes petit. Vous demandez bien plus… (Ah ! dit-elle en saisissant un regard de passion chez Eugène) et vous faites des façons pour 1495 des niaiseries. Si vous ne m'aimez point, oh ! oui, n'acceptez pas. Mon sort est dans un mot. Parlez ! Mais, mon père, dites-lui donc quelques bonnes raisons, ajouta-t-elle en se tournant vers son père après une pause. Croit-il que je ne sois pas moins chatouilleuse[2] que lui sur notre honneur ? »

1500 Le père Goriot avait le sourire fixe d'un thériaki[3] en voyant, en écoutant cette jolie querelle.

« Enfant ! vous êtes à l'entrée de la vie, reprit-elle en saisissant la main d'Eugène, vous trouvez une barrière insurmontable pour beaucoup de gens, une main de femme vous l'ouvre, et vous reculez ! 1505 Mais vous réussirez, vous ferez une brillante fortune, le succès est écrit sur votre beau front. Ne pourrez-vous pas alors me rendre ce que je vous prête aujourd'hui ? Autrefois les dames ne donnaient-elles pas à leurs chevaliers des armures, des épées, des casques, des cottes de mailles, des chevaux, afin qu'ils pussent aller combattre 1510 en leur nom dans les tournois ? Eh bien ! Eugène, les choses que je vous offre sont les armes de l'époque, des outils nécessaires à qui veut être quelque chose. Il est joli, le grenier où vous êtes,

---

1. **Corroborer** : confirmer.
2. **Chatouilleuse** : susceptible.
3. **Thériaki** : mangeur d'opium, drogue très en vogue au XIXe siècle.

s'il ressemble à la chambre de papa. Voyons, nous ne dînerons
donc pas ? Voulez-vous m'attrister ? Répondez donc ! dit-elle en lui
secouant la main. Mon Dieu, papa, décide-le donc, ou je sors et
ne le revois jamais.

— Je vais vous décider, dit le père Goriot en sortant de son extase[1].
Mon cher monsieur Eugène, vous allez emprunter de l'argent à
des juifs, n'est-ce pas ?

— Il le faut bien, dit-il.

— Bon, je vous tiens, reprit le bonhomme en tirant un mauvais
portefeuille en cuir tout usé. Je me suis fait juif, j'ai payé toutes les
factures, les voici. Vous ne devez pas un centime pour tout ce qui
se trouve ici. Ça ne fait pas une grosse somme, tout au plus cinq
mille francs. Je vous les prête, moi ! Vous ne me refuserez pas, je ne
suis pas une femme. Vous m'en ferez une reconnaissance sur un
chiffon de papier, et vous me les rendrez plus tard. »

Quelques pleurs roulèrent à la fois dans les yeux d'Eugène et
de Delphine, qui se regardèrent avec surprise. Rastignac tendit la
main au bonhomme et la lui serra.

« Eh bien, quoi ! n'êtes-vous pas mes enfants ? dit Goriot.

— Mais, mon pauvre père, dit madame de Nucingen, comment
avez-vous donc fait ?

— Ah ! nous y voilà, répondit-il. Quand je t'ai eu décidée à le
mettre près de toi, que je t'ai vue achetant des choses comme pour
une mariée, je me suis dit : "Elle va se trouver dans l'embarras !"
L'avoué prétend que le procès à intenter à ton mari, pour lui faire
rendre ta fortune, durera plus de six mois. Bon. J'ai vendu mes
treize cent cinquante livres de rente perpétuelle ; je me suis fait,
avec quinze mille francs, douze cents francs de rentes viagères bien
hypothéquées[2], et j'ai payé vos marchands avec le reste du capital,
mes enfants. Moi, j'ai là-haut une chambre de cinquante écus par
an, je peux vivre comme un prince avec quarante sous par jour,

---

1. Extase : état de joie extrême.
2. Hypothéquées : soumises à l'hypothèque, c'est-à-dire à la saisie éventuelle pour
garantir une dette.

et j'aurai encore du reste. Je n'use rien, il ne me faut presque pas
d'habits. Voilà quinze jours que je ris dans ma barbe[1] en me disant:
"Vont-ils être heureux!" Eh bien, n'êtes-vous pas heureux?

– Oh! papa, papa!» dit madame de Nucingen en sautant sur
son père qui la reçut sur ses genoux. Elle le couvrit de baisers, lui
caressa les joues avec ses cheveux blonds, et versa des pleurs sur
ce vieux visage épanoui, brillant. «Cher père, vous êtes un père!
Non, il n'existe pas deux pères comme vous sous le ciel. Eugène
vous aimait bien déjà, que sera-ce maintenant!

– Mais, mes enfants, dit le père Goriot qui depuis dix ans n'avait
pas senti le cœur de sa fille battre sur le sien, mais, Delphinette, tu
veux donc me faire mourir de joie! Mon pauvre cœur se brise. Allez,
monsieur Eugène, nous sommes déjà quittes!» Et le vieillard serrait
sa fille par une étreinte si sauvage, si délirante, qu'elle dit: «Ah! tu
me fais mal. – Je t'ai fait mal!» dit-il en pâlissant. Il la regarda d'un
air surhumain de douleur. Pour bien peindre la physionomie de ce
Christ de la Paternité, il faudrait aller chercher des comparaisons
dans les images que les princes de la palette[2] ont inventées pour
peindre la passion soufferte au bénéfice des mondes par le Sauveur
des hommes[3]. Le père Goriot baisa bien doucement la ceinture que
ses doigts avaient trop pressée. «Non, non, je ne t'ai pas fait mal;
non, reprit-il en la questionnant par un sourire; c'est toi qui m'as
fait mal avec ton cri. Ça coûte plus cher, dit-il à l'oreille de sa fille
en la lui baisant avec précaution, mais il faut l'attraper, sans quoi
il se fâcherait.»

Eugène était pétrifié par l'inépuisable dévouement de cet homme,
et le contemplait en exprimant cette naïve admiration qui, au jeune
âge, est de la foi.

«Je serai digne de tout cela, s'écria-t-il.

– Ô mon Eugène, c'est beau ce que vous venez de dire là.» Et
madame de Nucingen baisa l'étudiant au front.

---

1. **Je ris dans ma barbe**: je dissimule ma satisfaction.
2. **Les princes de la palette**: les peintres les plus renommés.
3. **Le Sauveur des hommes**: Jésus-Christ.

1575 « Il a refusé pour toi mademoiselle Taillefer et ses millions, dit le père Goriot. Oui, elle vous aimait, la petite ; et, son frère mort, la voilà riche comme Crésus.

– Oh ! pourquoi le dire ? s'écria Rastignac.

– Eugène, lui dit Delphine à l'oreille, maintenant j'ai un regret
1580 pour ce soir. Ah ! je vous aimerai bien, moi ! et toujours.

– Voilà la plus belle journée que j'aie eue depuis vos mariages, s'écria le père Goriot. Le bon Dieu peut me faire souffrir tant qu'il lui plaira, pourvu que ce ne soit pas par vous, je me dirai : "En février de cette année, j'ai été pendant un moment plus heureux que les
1585 hommes ne peuvent l'être pendant toute leur vie." Regarde-moi, Fifine ! dit-il à sa fille. Elle est bien belle, n'est-ce pas ? Dites-moi donc, avez-vous rencontré beaucoup de femmes qui aient ses jolies couleurs et sa petite fossette[1] ? Non, pas vrai ? Eh bien, c'est moi qui ai fait cet amour de femme. Désormais, en se trouvant heureuse par
1590 vous, elle deviendra mille fois mieux. Je puis aller en enfer, mon voisin, dit-il, s'il vous faut ma part de paradis, je vous la donne. Mangeons, mangeons, reprit-il en ne sachant plus ce qu'il disait, tout est à nous.

– Ce pauvre père !

1595 – Si tu savais, mon enfant, dit-il en se levant et allant à elle, lui prenant la tête et la baisant au milieu de ses nattes de cheveux, combien tu peux me rendre heureux à bon marché ! viens me voir quelquefois, je serai là-haut, tu n'auras qu'un pas à faire. Promets-le-moi, dis !

1600 – Oui, cher père.

– Dis encore.

– Oui, mon bon père.

– Tais-toi, je te le ferais dire cent fois si je m'écoutais. Dînons. »

La soirée tout entière fut employée en enfantillages, et le père
1605 Goriot ne se montra pas le moins fou des trois. Il se couchait aux

---

1. Fossette : léger creux qui marque certaines parties du visage, comme les joues ou le menton.

pieds de sa fille pour les baiser ; il la regardait longtemps dans les yeux ; il frottait sa tête contre sa robe ; enfin il faisait des folies comme en aurait fait l'amant le plus jeune et le plus tendre.

« Voyez-vous ? dit Delphine à Eugène, quand mon père est avec
1610 nous, il faut être tout à lui. Ce sera pourtant bien gênant quelquefois. »

Eugène, qui s'était senti déjà plusieurs fois des mouvements de jalousie, ne pouvait pas blâmer ce mot, qui renfermait le principe de toutes les ingratitudes.

« Et quand l'appartement sera-t-il fini ? dit Eugène en regardant
1615 autour de la chambre. Il faudra donc nous quitter ce soir ?

– Oui, mais demain vous viendrez dîner avec moi, dit-elle d'un air fin. Demain est un jour d'Italiens.

– J'irai au parterre[1], moi », dit le père Goriot.

Il était minuit. La voiture de madame de Nucingen attendait.
1620 Le père Goriot et l'étudiant retournèrent à la Maison-Vauquer en s'entretenant de Delphine avec un croissant enthousiasme qui produisit un curieux combat d'expressions entre ces deux violentes passions. Eugène ne pouvait pas se dissimuler que l'amour du père, qu'aucun intérêt personnel n'entachait, écrasait le sien par
1625 sa persistance et par son étendue. L'idole était toujours pure et belle pour le père, et son adoration s'accroissait de tout le passé comme de l'avenir. Ils trouvèrent madame Vauquer seule au coin de son poêle, entre Sylvie et Christophe. La vieille hôtesse était là comme Marius sur les ruines de Carthage[2]. Elle attendait les deux
1630 seuls pensionnaires qui lui restaient, en se désolant avec Sylvie. Quoique lord Byron ait prêté d'assez belles lamentations au Tasse[3], elles sont bien loin de la profonde vérité de celles qui échappaient à madame Vauquer.

---

1. Au parterre : places situées devant la scène, moins chères que dans les loges.
2. Comme Marius sur les ruines de Carthage : sujet de tableaux et de sculptures du xixe siècle, représentant l'exil du général romain Marius (157-86 av. J.-C.) à Carthage, ville de l'actuelle Tunisie, qui fut détruite par les Romains.
3. Lord Byron : poète romantique anglais (1788-1824), auteur en 1817 des *Lamentations du Tasse*, en référence au grand poète italien du xvie siècle.

«Il n'y aura donc que trois tasses de café à faire demain matin,
1635 Sylvie. Hein! ma maison déserte, n'est-ce pas à fendre le cœur?
Qu'est-ce que la vie sans mes pensionnaires? Rien du tout. Voilà
ma maison démeublée de ses hommes. La vie est dans les meubles.
Qu'ai-je fait au ciel pour m'être attiré tous ces désastres? Nos provisions de haricots et de pommes de terre sont faites pour vingt
1640 personnes. La police chez moi! Nous allons donc ne manger que
des pommes de terre! Je renverrai donc Christophe!»

Le Savoyard, qui dormait, se réveilla soudain et dit:

«Madame?

– Pauvre garçon! c'est comme un dogue, dit Sylvie.

1645 – Une saison morte, chacun s'est casé. D'où me tombera-t-il des
pensionnaires? J'en perdrai la tête. Et cette sibylle[1] de Michonneau
qui m'enlève Poiret! Qu'est-ce qu'elle lui faisait donc pour s'être
attaché cet homme-là qui la suit comme un toutou?

– Ah! dame! fit Sylvie en hochant la tête, ces vieilles filles, ça
1650 connaît les rubriques[2].

– Ce pauvre monsieur Vautrin dont ils ont fait un forçat, reprit
la veuve, eh bien! Sylvie, c'est plus fort que moi, je ne le crois pas
encore. Un homme gai comme ça, qui prenait du *gloria* pour quinze
francs par mois, et qui payait rubis sur l'ongle[3]!

1655 – Et qui était généreux! dit Christophe.

– Il y a erreur, dit Sylvie.

– Mais non, il a avoué lui-même, reprit madame Vauquer. Et dire
que toutes ces choses-là sont arrivées chez moi, dans un quartier où
il ne passe pas un chat! Foi d'honnête femme, je rêve. Car, vois-tu,
1660 nous avons vu Louis XVI avoir son accident, nous avons vu tomber
l'Empereur, nous l'avons vu revenir et retomber[4], tout cela c'était
dans l'ordre des choses possibles; tandis qu'il n'y a point de chances

---

1. **Sibylle**: femme qui prédit l'avenir.
2. **Rubriques**: ruses, astuces.
3. **Qui payait rubis sur l'ongle**: qui honorait ses dettes.
4. Allusion aux différents bouleversements politiques qui agitèrent la fin du xviiie et
le début du xixe siècle.

contre des pensions bourgeoises : on peut se passer de roi, mais il faut toujours qu'on mange ; et quand une honnête femme, née de
1665 Conflans, donne à dîner avec toutes bonnes choses, mais à moins que la fin du monde n'arrive… Mais, c'est ça, c'est la fin du monde.

– Et penser que mademoiselle Michonneau, qui vous fait tout ce tort, va recevoir, à ce qu'on dit, mille écus de rente, s'écria Sylvie.

– Ne m'en parle pas, ce n'est qu'une scélérate ! dit madame
1670 Vauquer. Et elle va chez la Buneaud, par-dessus le marché ! Mais elle est capable de tout, elle a dû faire des horreurs, elle a tué, volé dans son temps. Elle devait aller au bagne à la place de ce pauvre cher homme… »

En ce moment Eugène et le père Goriot sonnèrent.

1675 « Ah ! voilà mes deux fidèles », dit la veuve en soupirant.

Les deux fidèles, qui n'avaient qu'un fort léger souvenir des désastres de la pension bourgeoise, annoncèrent sans cérémonie à leur hôtesse qu'ils allaient demeurer à la Chaussée-d'Antin.

« Ah ! Sylvie ! dit la veuve, voilà mon dernier atout[1]. Vous m'avez
1680 donné le coup de la mort, messieurs ! ça m'a frappée dans l'estomac. J'ai une barre là. Voilà une journée qui me met dix ans de plus sur la tête. Je deviendrai folle, ma parole d'honneur ! Que faire des haricots ? Ah ! bien, si je suis seule ici, tu t'en iras demain, Christophe. Adieu, messieurs, bonne nuit.

1685 – Qu'a-t-elle donc ? demanda Eugène à Sylvie.

– Dame ! voilà tout le monde parti par suite des affaires. Ça lui a troublé la tête. Allons, je l'entends qui pleure. Ça lui fera du bien de *chigner*[2]. Voilà la première fois qu'elle se vide les yeux depuis que je suis à son service. »

1690 Le lendemain, madame Vauquer s'était, suivant son expression, *raisonnée*. Si elle parut affligée comme une femme qui avait perdu tous ses pensionnaires, et dont la vie était bouleversée, elle avait toute sa tête, et montra ce qu'était la vraie douleur, une douleur

---

1. **Atout** : carte.
2. *Chigner* : pleurer.

profonde, la douleur causée par l'intérêt froissé, par les habitudes rompues. Certes, le regard qu'un amant jette sur les lieux habités par sa maîtresse, en les quittant, n'est pas plus triste que ne le fut celui de madame Vauquer sur sa table vide. Eugène la consola en lui disant que Bianchon, dont l'internat finissait dans quelques jours, viendrait sans doute le remplacer; que l'employé du Muséum avait souvent manifesté le désir d'avoir l'appartement de madame Couture, et que dans peu de jours elle aurait remonté son personnel.

«Dieu vous entende, mon cher monsieur! mais le malheur est ici. Avant dix jours, la mort y viendra, vous verrez, lui dit-elle en jetant un regard lugubre sur la salle à manger. Qui prendra-t-elle?

– Il fait bon déménager, dit tout bas Eugène au père Goriot.

– Madame, dit Sylvie en accourant effarée, voici trois jours que je n'ai vu Mistigris.

– Ah! bien, si mon chat est mort, s'il nous a quittés, je…»

La pauvre veuve n'acheva pas, elle joignit les mains et se renversa sur le dos de son fauteuil, accablée par ce terrible pronostic.

Vers midi, heure à laquelle les facteurs arrivaient dans le quartier du Panthéon[1], Eugène reçut une lettre élégamment enveloppée, cachetée aux armes de Beauséant. Elle contenait une invitation adressée à monsieur et à madame de Nucingen pour le grand bal annoncé depuis un mois, et qui devait avoir lieu chez la vicomtesse. À cette invitation était joint un petit mot pour Eugène:

«J'ai pensé, monsieur, que vous vous chargeriez avec plaisir d'être l'interprète de mes sentiments auprès de madame de Nucingen; je vous envoie l'invitation que vous m'avez demandée, et serai charmée de faire la connaissance de la sœur de madame de Restaud. Amenez-moi donc cette jolie personne, et faites en sorte qu'elle ne prenne pas toute votre affection, vous m'en devez beaucoup en retour de celle que je vous porte.

Vicomtesse de Beauséant.»

---

1. Quartier du Panthéon: quartier situé non loin du Quartier latin.

1725 « Mais, se dit Eugène en relisant ce billet, madame de Beauséant me dit assez clairement qu'elle ne veut pas du baron de Nucingen. » Il alla promptement chez Delphine, heureux d'avoir à lui procurer une joie dont il recevrait sans doute le prix. Madame de Nucingen était au bain. Rastignac attendit dans le boudoir, en butte aux impa-

1730 tiences naturelles à un jeune homme ardent et pressé de prendre possession d'une maîtresse, l'objet de deux ans de désirs. C'est des émotions qui ne se rencontrent pas deux fois dans la vie des jeunes gens. La première femme réellement femme à laquelle s'attache un homme, c'est-à-dire celle qui se présente à lui dans la splendeur

1735 des accompagnements que veut la société parisienne, celle-là n'a jamais de rivale. L'amour à Paris ne ressemble en rien aux autres amours. Ni les hommes ni les femmes n'y sont dupes des montres pavoisées[1] de lieux communs que chacun étale par décence[2] sur ses affections soi-disant désintéressées. En ce pays, une femme ne doit

1740 pas satisfaire seulement le cœur et les sens, elle sait parfaitement qu'elle a de plus grandes obligations à remplir envers les mille vanités dont se compose la vie. Là surtout l'amour est essentielle-ment vantard, effronté, gaspilleur, charlatan et fastueux. Si toutes les femmes de la cour de Louis XIV ont envié à mademoiselle de

1745 La Vallière l'entraînement de passion qui fit oublier à ce grand prince que ses manchettes coûtaient chacune mille écus quand il les déchira pour faciliter au duc de Vermandois[3] son entrée sur la scène du monde, que peut-on demander au reste de l'humanité ? Soyez jeunes, riches et titrés, soyez mieux encore si vous pouvez ;

1750 plus vous apporterez de grains d'encens à brûler devant l'idole, plus elle vous sera favorable, si toutefois vous avez une idole. L'amour est une religion, et son culte doit coûter plus cher que celui de toutes

---

1. **Montres pavoisées** : apparences trompeuses.
2. **Décence** : politesse.
3. Référence à l'anecdote selon laquelle Louis XIV aurait déchiré ses manches en dentelle d'une grande valeur pour venir en aide à sa maîtresse, Louise de La Vallière, durant un accouchement. Mais l'enfant alors mis au monde n'est pas le duc de Vermandois, il s'agit là d'une erreur de Balzac.

les autres religions; il passe promptement, et passe en gamin qui tient à marquer son passage par des dévastations. Le luxe du senti- ment est la poésie des greniers; sans cette richesse, qu'y deviendrait l'amour? S'il est des exceptions à ces lois draconiennes[1] du code parisien, elles se rencontrent dans la solitude, chez les âmes qui ne se sont point laissé entraîner par les doctrines sociales, qui vivent près de quelque source aux eaux claires, fugitives, mais incessantes; qui, fidèles à leurs ombrages verts, heureuses d'écouter le langage de l'infini, écrit pour elles en toute chose et qu'elles retrouvent en elles-mêmes, attendent patiemment leurs ailes en plaignant ceux de la terre. Mais Rastignac, semblable à la plupart des jeunes gens, qui par avance, ont goûté les grandeurs, voulait se présenter tout armé dans la lice[2] du monde; il en avait épousé la fièvre, et se sentait peut-être la force de le dominer, mais sans connaître ni les moyens ni le but de cette ambition. À défaut d'un amour pur et sacré, qui remplit la vie, cette soif du pouvoir peut devenir une belle chose; il suffit de dépouiller tout intérêt personnel et de se proposer la grandeur d'un pays pour objet. Mais l'étudiant n'était pas encore arrivé au point d'où l'homme peut contempler le cours de la vie et la juger. Jusqu'alors il n'avait même pas complètement secoué le charme des fraîches et suaves[3] idées qui enveloppent comme d'un feuillage la jeunesse des enfants élevés en province. Il avait continuellement hésité à franchir le Rubicon parisien[4]. Malgré ses ardentes curiosités, il avait toujours conservé quelques arrière-pensées de la vie heureuse que mène le vrai gentilhomme de son château. Néanmoins ses derniers scrupules avaient disparu la veille, quand il s'était vu dans son appartement. En jouissant des avantages matériels de la fortune, comme il jouissait depuis longtemps des avantages

1. **Draconiennes** : strictes.
2. **Lice** : lieu de combats, de tournois.
3. **Suaves** : douces.
4. **Franchir le Rubicon parisien** : se lancer dans le grand monde; allusion à l'épisode au cours duquel César franchit la rivière du Rubicon, située près de Rome, et bafoua ainsi les lois de la République pour bâtir son empire.

moraux que donne la naissance, il avait dépouillé sa peau d'homme de province, et s'était doucement établi dans une position d'où il découvrait un bel avenir. Aussi, en attendant Delphine, mollement assis dans ce joli boudoir qui devenait un peu le sien, se voyait-il si
1785 loin du Rastignac venu l'année dernière à Paris, qu'en le lorgnant par un effet d'optique morale, il se demandait s'il se ressemblait en ce moment à lui-même.

«Madame est dans sa chambre», vint lui dire Thérèse qui le fit tressaillir.

1790 Il trouva Delphine étendue sur sa causeuse, au coin du feu, fraîche, reposée. À la voir ainsi étalée sur des flots de mousseline, il était impossible de ne pas la comparer à ces belles plantes de l'Inde dont le fruit vient dans la fleur.

«Eh bien ! vous voilà, dit-elle avec émotion.

1795 – Devinez ce que je vous apporte», dit Eugène en s'asseyant près d'elle et lui prenant le bras pour lui baiser la main.

Madame de Nucingen fit un mouvement de joie en lisant l'invitation. Elle tourna sur Eugène ses yeux mouillés, et lui jeta ses bras au cou pour l'attirer à elle dans un délire de satisfaction vaniteuse.

1800 «Et c'est vous (toi, lui dit-elle à l'oreille ; mais Thérèse est dans mon cabinet de toilette[1], soyons prudents !), vous à qui je dois ce bonheur ? Oui, j'ose appeler cela un bonheur. Obtenu par vous, n'est-ce pas plus qu'un triomphe d'amour-propre ? Personne ne m'a voulu présenter dans ce monde. Vous me trouverez peut-être
1805 en ce moment petite, frivole[2], légère comme une Parisienne ; mais pensez, mon ami, que je suis prête à tout vous sacrifier, et que, si je souhaite plus ardemment que jamais d'aller dans le faubourg Saint-Germain, c'est que vous y êtes.

– Ne pensez-vous pas, dit Eugène, que madame de Beauséant a
1810 l'air de nous dire qu'elle ne compte pas voir le baron de Nucingen à son bal ?

---

1. **Cabinet de toilette** : salle de bains.
2. **Frivole** : légère, futile.

– Mais oui, dit la baronne en rendant la lettre à Eugène. Ces femmes-là ont le génie de l'impertinence. Mais n'importe, j'irai. Ma sœur doit s'y trouver, je sais qu'elle prépare une toilette délicieuse. Eugène, reprit-elle à voix basse, elle y va pour dissiper d'affreux soupçons. Vous ne savez pas les bruits qui courent sur elle ? Nucingen est venu me dire ce matin qu'on en parlait hier au Cercle[1] sans se gêner. À quoi tient, mon Dieu ! l'honneur des femmes et des familles ! Je me suis sentie attaquée, blessée dans ma pauvre sœur. Selon certaines personnes, monsieur de Trailles aurait souscrit des lettres de change montant à cent mille francs, presque toutes échues[2], et pour lesquelles il allait être poursuivi. Dans cette extrémité, ma sœur aurait vendu ses diamants à un juif, ces beaux diamants que vous avez pu lui voir, et qui viennent de madame de Restaud la mère. Enfin, depuis deux jours, il n'est question que de cela. Je conçois alors qu'Anastasie se fasse faire une robe lamée[3], et veuille attirer sur elle tous les regards chez madame de Beauséant, en y paraissant dans tout son éclat et avec ses diamants. Mais je ne veux pas être au-dessous d'elle. Elle a toujours cherché à m'écraser, elle n'a jamais été bonne pour moi, qui lui rendais tant de services, qui avais toujours de l'argent pour elle quand elle n'en avait pas. Mais laissons le monde, aujourd'hui je veux être tout heureuse. »

Rastignac était encore à une heure du matin chez madame de Nucingen, qui, en lui prodiguant l'adieu des amants, cet adieu plein de joies à venir, lui dit avec une expression de mélancolie : « Je suis si peureuse, si superstitieuse, donnez à mes pressentiments le nom qu'il vous plaira, que je tremble de payer mon bonheur par quelque affreuse catastrophe.

– Enfant, dit Eugène.

– Ah ! c'est moi qui suis l'enfant ce soir », dit-elle en riant.

Eugène revint à la Maison-Vauquer avec la certitude de la quitter le lendemain, il s'abandonna donc pendant la route à ces jolis rêves

---

1. Cercle : assemblée où se réunissent les personnes influentes.
2. Échues : qui doivent être réglées.
3. Lamée : ornée de fines lames d'or ou d'argent.

que font tous les jeunes gens quand ils ont encore sur les lèvres le goût du bonheur.

1845   « Eh bien ? lui dit le père Goriot quand Rastignac passa devant sa porte.

— Eh bien ! répondit Eugène, je vous dirai tout demain.

— Tout, n'est-ce pas ? cria le bonhomme. Couchez-vous. Nous allons commencer demain notre vie heureuse. »

Arrêt
sur lecture 3

Pour comprendre l'essentiel

Des signes qui ne trompent pas

1 Deux affaires criminelles de l'époque sont évoquées dans ce chapitre. Rappelez-les et mettez en évidence leur lien avec l'intrigue.

2 Vautrin parle l'argot. Faites une recherche sur Internet pour en connaître les origines et les usages. Puis relevez quelques mots d'argot dans le texte et dites en quoi cela trahit la véritable identité du personnage.

3 Tout au long du roman, Vautrin chantonne des airs d'opérette. En vous aidant des notes de bas de page, montrez que ces couplets, et notamment le dernier (p. 210), annoncent la fin de Trompe-la-Mort.

Un premier dénouement : l'arrestation de Vautrin

4 L'arrestation de Vautrin ressemble à une scène de théâtre. Rappelez où se déroule cet épisode et dressez la liste des personnages présents en signalant le rôle tenu par Poiret et Mlle Michonneau.

5 Vautrin tente une fois encore d'échapper à la police. En vous appuyant sur les métaphores et les comparaisons employées pages 231-232, analysez ses métamorphoses successives et dites en quoi elles révèlent l'identité multiple du personnage.

❻ Avant de rejoindre le bagne, Vautrin fait ses adieux aux pensionnaires de la Maison-Vauquer. Décrivez les réactions des différents personnages et explicitez l'image de « monde renversé » (p. 243).

Un faux dénouement : le bonheur démesuré du père Goriot

❼ Le narrateur semble se moquer du père Goriot et de son amour insensé pour sa fille Delphine. Prouvez-le en vous appuyant sur les images et les comparaisons employées lors du dîner rue d'Artois (p. 243-250).

❽ Le père Goriot est érigé en « Christ de la Paternité » (p. 248). Analysez cette image en rappelant ce qui, dans ce chapitre, témoigne de son dévouement extrême envers Delphine et Rastignac.

❾ Le chapitre se clôt sur une phrase du père Goriot : « Nous allons commencer demain notre vie heureuse » (p. 258). Dites à quel genre de dénouement cette phrase prépare le lecteur.

Rappelez-vous !

• Figure prisée par la littérature du XIXe siècle, le personnage du **forçat** est, chez Balzac, incarné par **Vautrin**, un pensionnaire de la Maison-Vauquer souvent mystérieux et volontiers immoral. Pour échapper à son passé de malfrat condamné aux travaux forcés, il change tour à tour d'identité : Jacques Collin, Vautrin et Trompe-la-Mort ne sont en fait qu'un seul homme. Rattrapé par la police, il interpelle en ces mots les pensionnaires de la Maison-Vauquer : « Nous avons moins d'infamie sur l'épaule que vous n'en avez dans le cœur, membres flasques d'une société gangrenée : le meilleur d'entre vous ne me résistait pas » (p. 233). Cette critique acerbe de la société fait de Vautrin une sorte de **porte-parole de Balzac**.

• L'**ironie** du narrateur transparaît dans ce chapitre. Procédé rhétorique, l'ironie repose sur un **décalage** entre ce qu'énonce le locuteur et ce qu'il pense vraiment. Ainsi, en qualifiant le père Goriot de « Christ de la Paternité » (p. 248), le narrateur dénonce le sacrifice qu'il accomplit pour ses filles.

Vers l'oral du Bac

Analyse des lignes 1797 à 1849, p. 256-258

☛ Montrer en quoi cet extrait apparaît comme un faux dénouement

Conseils pour la lecture à voix haute

– Le texte fait alterner passages narratifs et passages au discours direct : Delphine de Nucingen, Rastignac et le père Goriot prennent chacun la parole. Pour que votre lecture soit claire, distinguez bien les deux types de texte en changeant de ton. Dans les passages au discours direct, veillez à lire les incises sur un ton plus neutre.

– Dans le long discours de Delphine, mettez en évidence les sentiments qui l'agitent successivement en variant le rythme et le ton de votre lecture.

Analyse du texte

■ *Introduction rédigée*

Le troisième chapitre du *Père Goriot* est riche en péripéties. L'ancien forçat, Vautrin dit « Trompe-la-Mort », est arrêté grâce à l'intervention de Poiret et de Mlle Michonneau. Le frère de Victorine Taillefer meurt en duel et la jeune fille hérite enfin de son père. Elle quitte alors la Maison-Vauquer accompagnée de Mme Couture. À la fin du chapitre, tout laisse donc à penser que l'intrigue principale touche également à sa fin. Le père Goriot vient en effet d'acheter pour Rastignac un appartement où tous les deux pourront voir Delphine à leur guise. Les trois protagonistes, que plus rien ne semble désormais contrarier, laissent alors éclater leur joie lors d'un dîner. Mais nous montrerons cependant que cette fin de chapitre constitue un faux dénouement. Après avoir vu que ce texte a l'apparence d'un dénouement heureux, nous mettrons en évidence les éléments qui préparent en fait une fin plus tragique, puis nous soulignerons la portée critique de l'extrait.

■ *Analyse guidée*

I. Un dénouement heureux en apparence

a. Ce passage semble réunir tous les critères d'un dénouement. Formulez les buts poursuivis par Rastignac et Delphine depuis le début du roman et montrez que tous deux y sont parvenus.

b. La satisfaction des personnages transparaît dans cet extrait. Dites en quoi le lecteur peut croire à un dénouement heureux en vous appuyant notamment sur le champ lexical du bonheur.

II. Un dénouement tragique en préparation

a. L'invitation au bal de Mme de Beauséant, qui semble être un événement heureux, va pourtant précipiter les personnages vers une fin tragique. Dites pourquoi en lisant la fin du roman.

b. Le comportement et les paroles de Delphine laissent présager un malheur imminent. Relevez et analysez les deux antithèses qui annoncent ce renversement de situation puis proposez une interprétation du mauvais pressentiment de Delphine.

c. Le chapitre se clôt sur une phrase du père Goriot : « Nous allons commencer demain notre vie heureuse » (l. 1849). Dites en quoi elle relève de l'ironie tragique.

III. Une vision critique de la société

a. Au début de l'extrait, Delphine vouvoie Rastignac en présence de la femme de chambre puis lui glisse un mot à l'oreille. Expliquez quelle critique sous-jacente de la société ce détail révèle.

b. Balzac semble dénoncer le règne des apparences. Montrez comment se traduit la rivalité entre les deux sœurs et sur quoi se fonde leur jalousie respective.

c. Le monde à l'extérieur de la maison Nucingen paraît menaçant. Prouvez-le en vous appuyant sur des citations précises du texte.

■ *Conclusion rédigée*

Ce texte a de toute évidence l'apparence d'un dénouement. À la fin du troisième chapitre, Rastignac se retourne sur sa vie passée et voit le chemin parcouru. Introduit dans le monde par Mme de Beauséant, amoureux de Delphine de Nucingen, il vient de recevoir du père Goriot un cadeau sans prix : l'appartement de la rue d'Artois. C'est triomphant qu'il apporte alors à Delphine ce qu'elle souhaitait le plus : une invitation chez Mme de Beauséant pour faire son entrée dans le monde du faubourg Saint-Germain. De cette double réussite découle un bonheur qui unit les trois personnages présents dans cette scène. Cependant, des signes inquiétants semblent le menacer : Anastasie est déjà dans l'embarras et le mauvais pressentiment de Delphine annonce un dénouement plus noir, que vient encore renforcer l'ironie tragique de la dernière phrase. C'est la critique réaliste d'une société mondaine, cruelle et décevante, qui semble justifier par avance le renversement tragique auquel le lecteur est ici préparé.

Les trois questions de l'examinateur

Question 1. Quel renversement de situation est annoncé ici par le passage consacré à Anastasie ?

Question 2. En quoi le tableau reproduit en couverture évoque-t-il l'intrigue du roman ?

Question 3. Relisez le dernier paragraphe du *Père Goriot*. Quelle image de Rastignac est déjà donnée ici ?

Les trois questions de l'examinateur

Chapitre 4

La mort du père

Le lendemain, Goriot et Rastignac n'attendaient plus que le bon vouloir d'un commissionnaire pour partir de la pension bourgeoise, quand vers midi le bruit d'un équipage qui s'arrêtait précisément à la porte de la Maison-Vauquer retentit sur la rue Neuve-Sainte-Geneviève. Madame de Nucingen descendit de sa voiture, demanda si son père était encore à la pension. Sur la réponse affirmative de Sylvie, elle monta lentement l'escalier. Eugène se trouvait chez lui sans que son voisin le sût. Il avait, en déjeunant, prié le père Goriot d'emporter ses effets, en lui disant qu'ils se retrouveraient à quatre heures rue d'Artois. Mais, pendant que le bonhomme avait été chercher des porteurs, Eugène, ayant promptement répondu à l'appel de l'école, était revenu sans que personne l'eût aperçu, pour compter[1] avec madame Vauquer, ne voulant pas laisser cette charge à Goriot, qui, dans son fanatisme[2], aurait sans doute payé pour lui. L'hôtesse était sortie, Eugène remonta chez lui pour voir s'il n'y oubliait rien et s'applaudit d'avoir eu cette pensée en voyant dans le tiroir de sa table l'acceptation en blanc[3], souscrite à Vautrin, qu'il avait insouciamment jetée là le jour où il l'avait acquittée. N'ayant pas de feu, il allait la déchirer en petits morceaux quand, en reconnaissant la voix de Delphine, il ne voulut faire aucun bruit, et s'arrêta pour l'entendre, en pensant qu'elle ne devait avoir aucun

---

1. **Compter** : régler ses comptes.
2. **Fanatisme** : frénésie, exaltation.
3. **En blanc** : non signée ou dont le montant n'est pas précisé.

secret pour lui. Puis dès les premiers mots, il trouva la conversation entre le père et la fille trop intéressante pour ne pas l'écouter.

25 «Ah! mon père, dit-elle, plaise au ciel que vous ayez eu l'idée de demander compte de ma fortune assez à temps pour que je ne sois pas ruinée! Puis-je parler?

– Oui, la maison est vide, dit le père Goriot d'une voix altérée.

– Qu'avez-vous donc, mon père? reprit madame de Nucingen.

– Tu viens, répondit le vieillard, de me donner un coup de hache 30 sur la tête. Dieu te pardonne, mon enfant! Tu ne sais pas combien je t'aime; si tu l'avais su, tu ne m'aurais pas dit brusquement de semblables choses, surtout si rien n'est désespéré. Qu'est-il donc arrivé de si pressant pour que tu sois venue me chercher ici quand dans quelques instants nous allions être rue d'Artois?

35 – Eh! mon père, est-on maître de son premier mouvement dans une catastrophe? Je suis folle! Votre avoué nous a fait découvrir un peu plus tôt le malheur qui sans doute éclatera plus tard. Votre vieille expérience commerciale va nous devenir nécessaire et je suis accourue vous chercher comme on s'accroche à une branche 40 quand on se noie. Lorsque monsieur Derville a vu Nucingen lui opposer mille chicanes[1], il l'a menacé d'un procès en lui disant que l'autorisation du président du tribunal serait promptement obtenue. Nucingen est venu ce matin chez moi pour me demander si je voulais sa ruine et la mienne. Je lui ai répondu que je ne me 45 connaissais à rien de tout cela, que j'avais une fortune, que je devais être en possession de ma fortune, et que tout ce qui avait rapport à ce démêlé regardait mon avoué, que j'étais de la dernière ignorance et dans l'impossibilité de rien entendre à ce sujet. N'était-ce pas ce que vous m'aviez recommandé de dire?

50 – Bien, répondit le père Goriot.

– Eh bien! reprit Delphine, il m'a mise au fait de ses affaires. Il a jeté tous ses capitaux et les miens dans des entreprises à peine commencées, et pour lesquelles il a fallu mettre de grandes sommes

---

1. Chicanes: points de désaccord.

en dehors. Si je le forçais à me représenter ma dot, il serait obligé
55 de déposer son bilan[1] ; tandis que, si je veux attendre un an, il s'en-
gage sur l'honneur à me rendre une fortune double ou triple de la
mienne en plaçant mes capitaux dans des opérations territoriales
à la fin desquelles je serai maîtresse de tous les biens. Mon cher
père, il était sincère, il m'a effrayée. Il m'a demandé pardon de sa
60 conduite, il m'a rendu ma liberté, m'a permis de me conduire à ma
guise, à la condition de le laisser entièrement maître de gérer les
affaires sous mon nom. Il m'a promis, pour me prouver sa bonne
foi, d'appeler monsieur Derville toutes les fois que je le voudrais
pour juger si les actes en vertu desquels il m'instituerait proprié-
65 taire seraient convenablement rédigés. Enfin, il s'est remis entre
mes mains pieds et poings liés. Il demande encore pendant deux
ans la conduite de la maison, et m'a suppliée de ne rien dépenser
pour moi de plus qu'il ne m'accorde. Il m'a prouvé que tout ce
qu'il pouvait faire était de conserver les apparences, qu'il avait
70 renvoyé sa danseuse, et qu'il allait être contraint à la plus stricte
mais à la plus sourde économie, afin d'atteindre au terme de ses
spéculations[2] sans altérer son crédit. Je l'ai malmené, j'ai tout mis
en doute afin de le pousser à bout et d'en apprendre davantage : il
m'a montré ses livres[3], enfin il a pleuré. Je n'ai jamais vu d'homme
75 en pareil état. Il avait perdu la tête, il parlait de se tuer, il délirait.
Il m'a fait pitié.

– Et tu crois à ces sornettes[4], s'écria le père Goriot. C'est un
comédien ! J'ai rencontré des Allemands en affaires : ces gens-là
sont presque tous de bonne foi, pleins de candeur ; mais, quand,
80 sous leur air de franchise et de bonhomie, ils se mettent à être
malins et charlatans, ils le sont alors plus que les autres. Ton
mari t'abuse. Il se sent serré de près, il fait le mort, il veut rester
plus maître sous ton nom qu'il ne l'est sous le sien. Il va profiter

---

1. **Déposer son bilan** : faire faillite.
2. **Spéculations** : ici, transactions financières (sens propre).
3. **Livres** : livres de compte.
4. **Sornettes** : mensonges.

de cette circonstance pour se mettre à l'abri des chances de son
85 commerce. Il est aussi fin que perfide ; c'est un mauvais gars. Non,
non, je ne m'en irai pas au Père-Lachaise en laissant mes filles
dénuées de tout. Je me connais encore un peu aux affaires. Il a,
dit-il, engagé ses fonds dans les entreprises, eh bien ! ses intérêts
sont représentés par des valeurs, par des reconnaissances, par des
90 traités ! qu'il les montre, et liquide[1] avec toi. Nous choisirons les
meilleures spéculations, nous en courrons les chances, et nous
aurons les titres recognitifs[2] en notre nom de *Delphine Goriot,
épouse séparée quant aux biens du baron de Nucingen.* Mais nous
prend-il pour des imbéciles, celui-là ? Croit-il que je puisse sup-
95 porter pendant deux jours l'idée de te laisser sans fortune, sans
pain ? Je ne la supporterais pas un jour, pas une nuit, pas deux
heures ! Si cette idée était vraie, je n'y survivrais pas. Eh quoi !
j'aurai travaillé pendant quarante ans de ma vie, j'aurai porté
des sacs sur mon dos, j'aurai sué des averses, je me serai privé
100 pendant toute ma vie pour vous, mes anges, qui me rendiez tout
travail, tout fardeau léger ; et aujourd'hui ma fortune, ma vie
s'en iraient en fumée ! Ceci me ferait mourir enragé. Par tout ce
qu'il y a de plus sacré sur terre et au ciel, nous allons tirer ça au
clair, vérifier les livres, la caisse, les entreprises ! Je ne dors pas,
105 je ne me couche pas, je ne mange pas, qu'il ne me soit prouvé
que ta fortune est là tout entière. Dieu merci, tu es séparée de
biens ; tu auras maître Derville pour avoué, un honnête homme
heureusement. Jour de Dieu ! tu garderas ton bon petit million,
tes cinquante mille livres de rente, jusqu'à la fin de tes jours, ou
110 je fais un tapage dans Paris, ah ! ah ! Mais je m'adresserais aux
chambres si les tribunaux nous victimaient[3]. Te savoir tranquille et
heureuse du côté de l'argent, mais cette pensée allégeait tous mes
maux et calmait mes chagrins. L'argent, c'est la vie. Monnaie fait
tout. Que nous chante-t-il donc, cette grosse souche d'Alsacien ?

---

1. **Liquide** : règle ses comptes.
2. **Recognitifs** : reconnaissant la dette.
3. **Victimaient** : nous donnaient tort.

115 Delphine, ne fais pas une concession d'un quart de liard à cette grosse bête, qui t'a mise à la chaîne et t'a rendue malheureuse. S'il a besoin de toi, nous le tricoterons[1] ferme, et nous le ferons marcher droit. Mon Dieu, j'ai la tête en feu, j'ai dans le crâne quelque chose qui me brûle. Ma Delphine sur la paille ! Oh ! ma

120 Fifine, toi ! Sapristi, où sont mes gants ? Allons ! partons, je veux aller tout voir, les livres, les affaires, la caisse, la correspondance à l'instant. Je ne serai calme que quand il me sera prouvé que ta fortune ne court plus de risques, et que je la verrai de mes yeux.

– Mon cher père ! allez-y prudemment. Si vous mettiez la moindre

125 velléité[2] de vengeance en cette affaire, et si vous montriez des intentions trop hostiles, je serais perdue. Il vous connaît, il a trouvé tout naturel que, sous votre inspiration, je m'inquiétasse de ma fortune ; mais, je vous le jure, il la tient en ses mains, et a voulu la tenir. Il est homme à s'enfuir avec tous les capitaux, et à nous laisser

130 là, le scélérat ! Il sait bien que je ne déshonorerai pas moi-même le nom que je porte en le poursuivant. Il est à la fois fort et faible. J'ai bien tout examiné. Si nous le poussons à bout, je suis ruinée.

– Mais c'est donc un fripon ?

– Eh bien ! oui, mon père, dit-elle en se jetant sur une chaise

135 en pleurant. Je ne voulais pas vous l'avouer pour vous épargner le chagrin de m'avoir mariée à un homme de cette espèce-là ! Mœurs secrètes et conscience, l'âme et le corps, tout en lui s'accorde ! c'est effroyable : je le hais et le méprise. Oui, je ne puis plus estimer ce vil Nucingen après tout ce qu'il m'a dit. Un homme capable

140 de se jeter dans les combinaisons commerciales dont il m'a parlé n'a pas la moindre délicatesse, et mes craintes viennent de ce que j'ai lu parfaitement dans son âme. Il m'a nettement proposé, lui, mon mari, la liberté, vous savez ce que cela signifie ? si je voulais être, en cas de malheur, un instrument entre ses mains, enfin si

145 je voulais lui servir de prête-nom.

---

1. Tricoterons : battrons, frapperons (sens figuré).
2. Velléité : volonté, intention.

– Mais les lois sont là ! Mais il y a une place de Grève pour les gendres de cette espèce-là, s'écria le père Goriot ; mais je le guillotinerais moi-même s'il n'y avait pas de bourreau.

– Non, mon père, il n'y a pas de lois contre lui. Écoutez en deux mots son langage, dégagé des circonlocutions[1] dont il l'enveloppait : "Ou tout est perdu, vous n'avez pas un liard, vous êtes ruinée ; car je ne saurais choisir pour complice une autre personne que vous ; ou vous me laisserez conduire à bien mes entreprises." Est-ce clair ? Il tient encore à moi. Ma probité de femme le rassure ; il sait que je lui laisserai sa fortune, et me contenterai de la mienne. C'est une association improbe et voleuse à laquelle je dois consentir sous peine d'être ruinée. Il m'achète ma conscience et la paye en me laissant être à mon aise la femme d'Eugène. "Je te permets de commettre des fautes, laisse-moi faire des crimes en ruinant de pauvres gens !" Ce langage est-il encore assez clair ? Savez-vous ce qu'il nomme faire des opérations ? Il achète des terrains nus[2] sous son nom, puis il y fait bâtir des maisons par des hommes de paille[3]. Ces hommes concluent les marchés pour les bâtisses avec tous les entrepreneurs, qu'ils payent en effet à longs termes, et consentent, moyennant une légère somme, à donner quittance à mon mari, qui est alors possesseur des maisons, tandis que ces hommes s'acquittent avec les entrepreneurs dupés en faisant faillite. Le nom de la maison Nucingen a servi à éblouir les pauvres constructeurs. J'ai compris cela. J'ai compris aussi que, pour prouver, en cas de besoin, le paiement de sommes énormes, Nucingen a envoyé des valeurs considérables à Amsterdam, à Londres, à Naples, à Vienne. Comment les saisirions-nous ? »

Eugène entendit le son lourd des genoux du père Goriot, qui tomba sans doute sur le carreau de sa chambre.

« Mon Dieu, que t'ai-je fait ? Ma fille livrée à ce misérable, il exigera tout d'elle s'il le veut. Pardon, ma fille ! cria le vieillard.

---

1. Circonlocutions : détours.
2. Nus : vides.
3. Hommes de paille : intermédiaires.

– Oui, si je suis dans un abîme, il y a peut-être de votre faute, dit Delphine. Nous avons si peu de raison quand nous nous marions ! Connaissons-nous le monde, les affaires, les hommes, les mœurs ? Les
180 pères devraient penser pour nous. Cher père, je ne vous reproche rien, pardonnez-moi ce mot. En ceci la faute est toute à moi. Non, ne pleurez point, papa, dit-elle en baisant le front de son père.

– Ne pleure pas non plus, ma petite Delphine. Donne tes yeux, que je les essuie en les baisant. Va ! je vais retrouver ma caboche[1],
185 et débrouiller l'écheveau d'affaires[2] que ton mari a mêlé.

– Non, laissez-moi faire ; je saurai le manœuvrer. Il m'aime, eh bien, je me servirai de mon empire sur lui pour l'amener à me placer promptement quelques capitaux en propriétés. Peut-être lui ferai-je racheter sous mon nom Nucingen, en Alsace, il y tient. Seulement
190 venez demain pour examiner ses livres, ses affaires. Monsieur Derville ne sait rien de ce qui est commercial. Non, ne venez pas demain. Je ne veux pas me tourner le sang. Le bal de madame de Beauséant a lieu après-demain, je veux me soigner pour y être belle, reposée, et faire honneur à mon cher Eugène ! Allons donc voir sa chambre. »

195 En ce moment une voiture s'arrêta dans la rue Neuve-Sainte-Geneviève, et l'on entendit dans l'escalier la voix de madame de Restaud, qui disait à Sylvie :

«Mon père y est-il ? » Cette circonstance sauva heureusement Eugène, qui méditait déjà de se jeter sur son lit et de feindre d'y
200 dormir.

«Ah ! mon père, vous a-t-on parlé d'Anastasie ? dit Delphine en reconnaissant la voix de sa sœur. Il paraîtrait qu'il arrive aussi de singulières choses dans son ménage.

– Quoi donc ! dit le père Goriot : ce serait donc ma fin. Ma pauvre
205 tête ne tiendra pas à un double malheur.

– Bonjour, mon père, dit la comtesse en entrant. Ah ! te voilà, Delphine. »

---

1. **Caboche** : tête (familier).
2. **Débrouiller l'écheveau d'affaires** : démêler les affaires.

Madame de Restaud parut embarrassée de rencontrer sa sœur.

« Bonjour, Nasie, dit la baronne. Trouves-tu donc ma présence

210 extraordinaire ? Je vois mon père tous les jours, moi.

– Depuis quand ?

– Si tu y venais, tu le saurais.

– Ne me taquine pas, Delphine, dit la comtesse d'une voix lamen-
table. Je suis bien malheureuse, je suis perdue, mon pauvre père !

215 oh ! bien perdue cette fois !

– Qu'as-tu, Nasie ? cria le père Goriot. Dis-nous tout, mon enfant.
Elle pâlit. Delphine, allons, secours-la donc, sois bonne pour elle,
je t'aimerai encore mieux, si je peux, toi !

– Ma pauvre Nasie, dit madame de Nucingen en asseyant sa

220 sœur, parle. Tu vois en nous les deux seules personnes qui t'aime-
ront toujours assez pour te pardonner tout. Vois-tu, les affections
de famille sont les plus sûres. » Elle lui fit respirer des sels, et la
comtesse revint à elle.

« J'en mourrai, dit le père Goriot. Voyons, reprit-il en remuant son

225 feu de mottes, approchez-vous toutes les deux. J'ai froid. Qu'as-tu,
Nasie ? dis vite, tu me tues…

– Eh bien ! dit la pauvre femme, mon mari sait tout. Figurez-vous,
mon père, il y a quelque temps, vous souvenez-vous de cette lettre de
change de Maxime ? Eh bien ! ce n'était pas la première. J'en avais

230 déjà payé beaucoup. Vers le commencement de janvier, monsieur
de Trailles me paraissait bien chagrin. Il ne me disait rien ; mais il
est si facile de lire dans le cœur des gens qu'on aime, un rien suffit :
puis il y a des pressentiments. Enfin il était plus aimant, plus tendre
que je ne l'avais jamais vu, j'étais toujours plus heureuse. Pauvre

235 Maxime ! dans sa pensée, il me faisait ses adieux, m'a-t-il dit ; il voulait se brûler la cervelle. Enfin je l'ai tant tourmenté, tant supplié,
je suis restée deux heures à ses genoux. Il m'a dit qu'il devait cent
mille francs ! Oh ! papa, cent mille francs ! Je suis devenue folle.
Vous ne les aviez pas, j'avais tout dévoré…

240 – Non, dit le père Goriot, je n'aurais pas pu les faire, à moins
d'aller les voler. Mais j'y aurais été, Nasie ! J'irai. »

À ce mot lugubrement jeté, comme un son du râle d'un mourant, et qui accusait l'agonie du sentiment paternel réduit à l'impuissance, les deux sœurs firent une pause. Quel égoïsme serait resté froid
245 à ce cri de désespoir qui, semblable à une pierre lancée dans un gouffre, en révélait la profondeur ?

« Je les ai trouvés en disposant de ce qui ne m'appartenait pas, mon père », dit la comtesse en fondant en larmes.

Delphine fut émue et pleura en mettant la tête sur le cou de sa sœur.
250 « Tout est donc vrai », dit-elle.

Anastasie baissa la tête, madame de Nucingen la saisit à plein corps, la baisa tendrement, et l'appuyant sur son cœur : « Ici, tu seras toujours aimée sans être jugée, lui dit-elle.

— Mes anges, dit Goriot d'une voix faible, pourquoi votre union
255 est-elle due au malheur ?

— Pour sauver la vie de Maxime, enfin pour sauver tout mon bonheur, reprit la comtesse encouragée par ces témoignages d'une tendresse chaude et palpitante, j'ai porté chez cet usurier que vous connaissez, un homme fabriqué par l'enfer, que rien ne peut atten-
260 drir, ce monsieur Gobseck, les diamants de famille auxquels tient tant monsieur de Restaud, les siens, les miens, tout, je les ai vendus. Vendus ! comprenez-vous ? Il a été sauvé ! Mais, moi, je suis morte. Restaud a tout su.

— Par qui ? Comment ? Que je le tue ! cria le père Goriot.
265 — Hier, il m'a fait appeler dans sa chambre. J'y suis allée… "Anastasie, m'a-t-il dit d'une voix… (oh ! sa voix a suffi, j'ai tout deviné), où sont vos diamants ? – Chez moi. – Non, m'a-t-il dit en me regardant, ils sont là, sur ma commode." Et il m'a montré l'écrin qu'il avait couvert de son mouchoir. "Vous savez d'où ils viennent ?" m'a-t-il
270 dit. Je suis tombée à ses genoux… J'ai pleuré, je lui ai demandé de quelle mort il voulait me voir mourir.

— Tu as dit cela ! s'écria le père Goriot. Par le sacré nom de Dieu, celui qui vous fera mal à l'une ou à l'autre, tant que je serai vivant, peut être sûr que je le brûlerai à petit feu ! Oui, je le déchiquetterai
275 comme… »

Le père Goriot se tut, les mots expiraient dans sa gorge.

«Enfin, ma chère, il m'a demandé quelque chose de plus difficile à faire que de mourir. Le ciel préserve toute femme d'entendre ce que j'ai entendu!

280 — J'assassinerai cet homme, dit le père Goriot tranquillement. Mais il n'a qu'une vie, et il m'en doit deux. Enfin, quoi? reprit-il en regardant Anastasie.

— Eh bien! dit la comtesse en continuant après une pause, il m'a regardée: "Anastasie, m'a-t-il dit, j'ensevelis tout dans le silence,
285 nous resterons ensemble, nous avons des enfants. Je ne tuerai pas monsieur de Trailles, je pourrais le manquer, et pour m'en défaire autrement je pourrais me heurter contre la justice humaine. Le tuer dans vos bras, ce serait déshonorer *les* enfants. Mais pour ne voir périr ni vos enfants, ni leur père, ni moi, je vous impose deux
290 conditions. Répondez: Ai-je un enfant à moi?" J'ai dit oui. "Lequel? a-t-il demandé. – Ernest, notre aîné. – Bien, a-t-il dit. Maintenant, jurez-moi de m'obéir désormais sur un seul point." J'ai juré. "Vous signerez la vente de vos biens quand je vous le demanderai."

— Ne signe pas, cria le père Goriot. Ne signe jamais cela. Ah! ah!
295 monsieur de Restaud, vous ne savez pas ce que c'est que de rendre une femme heureuse, elle va chercher le bonheur là où il est, et vous la punissez de votre niaise impuissance?… Je suis là, moi, halte-là! il me trouvera dans sa route. Nasie, sois en repos. Ah, il tient à son héritier! bon, bon. Je lui empoignerai son fils, qui, sacré tonnerre,
300 est mon petit-fils. Je puis bien le voir, ce marmot[1]? Je le mets dans mon village, j'en aurai soin, sois bien tranquille. Je le ferai capituler, ce monstre-là, en lui disant: "À nous deux! Si tu veux avoir ton fils, rends à ma fille son bien, et laisse-la se conduire à sa guise."

— Mon père!

305 — Oui, ton père! Ah! je suis un vrai père. Que ce drôle de grand seigneur ne maltraite pas mes filles. Tonnerre! je ne sais pas ce que j'ai dans les veines. J'y ai le sang d'un tigre, je voudrais dévorer ces

---

1. **Marmot**: enfant (familier).

deux hommes. Ô mes enfants! voilà donc votre vie? Mais c'est ma mort. Que deviendrez-vous donc quand je ne serai plus là? Les
310 pères devraient vivre autant que leurs enfants. Mon Dieu, comme ton monde est mal arrangé! Et tu as un fils cependant, à ce qu'on nous dit. Tu devrais nous empêcher de souffrir dans nos enfants. Mes chers anges, quoi! ce n'est qu'à vos douleurs que je dois votre présence. Vous ne me faites connaître que vos larmes. Eh bien, oui,
315 vous m'aimez, je le vois. Venez, venez vous plaindre ici! mon cœur est grand, il peut tout recevoir. Oui, vous aurez beau le percer, les lambeaux feront encore des cœurs de père. Je voudrais prendre vos peines, souffrir pour vous. Ah! quand vous étiez petites, vous étiez bien heureuses…

320 — Nous n'avons eu que ce temps-là de bon, dit Delphine. Où sont les moments où nous dégringolions du haut des sacs dans le grand grenier?

— Mon père! ce n'est pas tout, dit Anastasie à l'oreille de Goriot qui fit un bond. Les diamants n'ont pas été vendus cent mille francs.
325 Maxime est poursuivi. Nous n'avons plus que douze mille francs à payer. Il m'a promis d'être sage, de ne plus jouer. Il ne me reste plus au monde que son amour, et je l'ai payé trop cher pour ne pas mourir s'il m'échappait. Je lui ai sacrifié fortune, honneur, repos, enfants. Oh! faites qu'au moins Maxime soit libre, honoré, qu'il
330 puisse demeurer dans le monde où il saura se faire une position. Maintenant il ne me doit pas que le bonheur, nous avons des enfants qui seraient sans fortune. Tout sera perdu s'il est mis à Sainte-Pélagie[1].

— Je ne les ai pas, Nasie. Plus, plus rien, plus rien! C'est la fin du monde. Oh! le monde va crouler, c'est sûr. Allez-vous-en, sauvez-
335 vous avant! Ah! j'ai encore mes boucles d'argent, six couverts, les premiers que j'aie eus dans ma vie. Enfin, je n'ai plus que douze cents francs de rente viagère…

— Qu'avez-vous donc fait de vos rentes perpétuelles[2]?

----

1. Sainte-Pélagie: prison où étaient incarcérés les prisonniers pour dettes.
2. Rentes perpétuelles: rémunérations versées par l'État.

– Je les ai vendues en me réservant ce petit bout de revenu
340 pour mes besoins. Il me fallait douze mille francs pour arranger
un appartement à Fifine.

– Chez toi, Delphine ? dit madame de Restaud à sa sœur.

– Oh ! qu'est-ce que cela fait ! reprit le père Goriot, les douze
mille francs sont employés.

345 – Je devine, dit la comtesse. Pour monsieur de Rastignac. Ah !
ma pauvre Delphine, arrête-toi. Vois où j'en suis.

– Ma chère, monsieur de Rastignac est un jeune homme incapable de ruiner sa maîtresse.

– Merci, Delphine. Dans la crise où je me trouve, j'attendais
350 mieux de toi ; mais tu ne m'as jamais aimée.

– Si, elle t'aime, Nasie, cria le père Goriot, elle me le disait tout
à l'heure. Nous parlions de toi, elle me soutenait que tu étais belle
et qu'elle n'était que jolie, elle !

– Elle ! répéta la comtesse, elle est d'un beau froid.

355 – Quand cela serait, dit Delphine en rougissant, comment t'es-tu
comportée envers moi ? Tu m'as reniée, tu m'as fait fermer les
portes de toutes les maisons où je souhaitais aller, enfin tu n'as
jamais manqué la moindre occasion de me causer de la peine.
Et moi, suis-je venue, comme toi, soutirer à ce pauvre père, mille
360 francs à mille francs, sa fortune, et le réduire dans l'état où il est ?
Voilà ton ouvrage, ma sœur. Moi, j'ai vu mon père tant que j'ai pu,
je ne l'ai pas mis à la porte, et je ne suis pas venue lui lécher les
mains quand j'avais besoin de lui. Je ne savais seulement pas qu'il
eût employé ces douze mille francs pour moi. J'ai de l'ordre, moi !
365 tu le sais. D'ailleurs, quand papa m'a fait des cadeaux, je ne les ai
jamais quêtés[1].

– Tu étais plus heureuse que moi : monsieur de Marsay était
riche, tu en sais quelque chose. Tu as toujours été vilaine comme
l'or. Adieu, je n'ai ni sœur, ni…

370 – Tais-toi, Nasie ! cria le père Goriot.

_____

1. **Quêtés** : réclamés.

– Il n'y a qu'une sœur comme toi qui puisse répéter ce que le monde ne croit plus, tu es un monstre, lui dit Delphine.

– Mes enfants, mes enfants, taisez-vous, ou je me tue devant vous.

375 – Va, Nasie, je te pardonne, dit madame de Nucingen en continuant, tu es malheureuse. Mais je suis meilleure que tu ne l'es. Me dire cela au moment où je me sentais capable de tout pour te secourir, même d'entrer dans la chambre de mon mari, ce que je ne ferais ni pour moi ni pour… Ceci est digne de tout ce que tu as

380 commis de mal contre moi depuis neuf ans.

– Mes enfants, mes enfants, embrassez-vous ! dit le père. Vous êtes deux anges.

– Non, laissez-moi, cria la comtesse que Goriot avait prise par le bras et qui secoua l'embrassement de son père. Elle a moins de

385 pitié pour moi que n'en aurait mon mari. Ne dirait-on pas qu'elle est l'image de toutes les vertus !

– J'aime encore mieux passer pour devoir de l'argent à monsieur de Marsay que d'avouer que monsieur de Trailles me coûte plus de deux cent mille francs, répondit madame de Nucingen.

390 – Delphine ! cria la comtesse en faisant un pas vers elle.

– Je te dis la vérité quand tu me calomnies, répliqua froidement la baronne.

– Delphine ! tu es une… »

Le père Goriot s'élança, retint la comtesse et l'empêcha de

395 parler en lui couvrant la bouche avec sa main.

« Mon Dieu ! mon père, à quoi donc avez-vous touché ce matin ? lui dit Anastasie.

– Eh bien, oui, j'ai tort, dit le pauvre père en s'essuyant les mains à son pantalon. Mais je ne savais pas que vous viendriez, je

400 déménage. »

Il était heureux de s'être attiré un reproche qui détournait sur lui la colère de sa fille.

« Ah ! reprit-il en s'asseyant, vous m'avez fendu le cœur. Je me meurs, mes enfants ! Le crâne me cuit intérieurement comme s'il

405 avait du feu. Soyez donc gentilles, aimez-vous bien ! Vous me feriez
mourir. Delphine, Nasie, allons, vous aviez raison, vous aviez tort
toutes les deux. Voyons, Dedel, reprit-il en portant sur la baronne
des yeux pleins de larmes, il lui faut douze mille francs, cherchons-
les. Ne vous regardez pas comme ça. » Il se mit à genoux devant

410 Delphine. « Demande-lui pardon pour me faire plaisir, lui dit-il à
l'oreille, elle est la plus malheureuse, voyons ?

– Ma pauvre Nasie, dit Delphine épouvantée de la sauvage et
folle expression que la douleur imprimait sur le visage de son père,
j'ai eu tort, embrasse-moi…

415 – Ah ! vous me mettez du baume sur le cœur, cria le père Goriot.
Mais où trouver douze mille francs ? Si je me proposais comme
remplaçant[1] ?

– Ah ! mon père ! dirent les deux filles en l'entourant, non, non.

– Dieu vous récompensera de cette pensée, notre vie n'y suffirait

420 point ! n'est-ce pas, Nasie ? reprit Delphine.

– Et puis, pauvre père, ce serait une goutte d'eau, fit observer
la comtesse.

– Mais on ne peut donc rien faire de son sang ? cria le vieillard
désespéré. Je me voue à celui qui te sauvera, Nasie ! je tuerai un

425 homme pour lui. Je ferai comme Vautrin, j'irai au bagne ! je… » Il
s'arrêta comme s'il eût été foudroyé. « Plus rien ! dit-il en s'arrachant
les cheveux. Si je savais où aller pour voler, mais il est encore difficile
de trouver un vol à faire. Et puis il faudrait du monde et du temps
pour prendre la Banque. Allons, je dois mourir, je n'ai plus qu'à

430 mourir. Oui, je ne suis plus bon à rien, je ne suis plus père ! non.
Elle me demande, elle a besoin ! et moi, misérable, je n'ai rien. Ah !
tu t'es fait des rentes viagères, vieux scélérat, et tu avais des filles !
Mais tu ne les aimes donc pas ? Crève, crève comme un chien que
tu es ! Oui, je suis au-dessous d'un chien, un chien ne se conduirait

435 pas ainsi ! Oh ! ma tête ! elle bout !

---

1. Remplaçant : jeune homme payé par un autre plus fortuné pour effectuer son
service militaire à sa place. Le père Goriot a bien évidemment passé l'âge de se
porter remplaçant.

– Mais, papa, crièrent les deux jeunes femmes qui l'entouraient pour l'empêcher de se frapper la tête contre les murs, soyez donc raisonnable.»

Il sanglotait. Eugène, épouvanté, prit la lettre de change souscrite à Vautrin et dont le timbre comportait une plus forte somme; il en corrigea le chiffre, en fit une lettre de change régulière de douze mille francs à l'ordre de Goriot et entra.

«Voici tout votre argent, madame, dit-il en présentant le papier. Je dormais, votre conversation m'a réveillé, j'ai pu savoir ainsi ce que je devais à monsieur Goriot. En voici le titre que vous pouvez négocier, je l'acquitterai fidèlement.»

La comtesse, immobile, tenait le papier.

«Delphine, dit-elle pâle et tremblante de colère, de fureur, de rage, je te pardonnais tout, Dieu m'en est témoin, mais ceci! Comment, monsieur était là, tu le savais! tu as eu la petitesse de te venger en me laissant lui livrer mes secrets, ma vie, celle de mes enfants, ma honte, mon honneur! Va, tu ne m'es plus de rien, je te hais, je te ferai tout le mal possible, je…» La colère lui coupa la parole, et son gosier[1] se sécha.

«Mais c'est mon fils, notre enfant, ton frère, ton sauveur, criait le père Goriot. Embrasse-le donc, Nasie! Tiens, moi je l'embrasse, reprit-il en serrant Eugène avec une sorte de fureur. Oh! mon enfant! Je serai plus qu'un père pour toi, je veux être une famille. Je voudrais être Dieu, je te jetterais l'univers aux pieds. Mais, baise-le donc, Nasie! ce n'est pas un homme, mais un ange, un véritable ange!

– Laissez-la, mon père, elle est folle en ce moment, dit Delphine.

– Folle! folle! Et toi, qu'es-tu? demanda madame de Restaud.

– Mes enfants, je meurs si vous continuez», cria le vieillard en tombant sur son lit comme frappé par une balle. «Elles me tuent!» se dit-il.

La comtesse regarda Eugène, qui restait immobile, abasourdi par la violence de cette scène. «Monsieur», lui dit-elle en l'interrogeant

---

1. Gosier: gorge.

du geste, de la voix et du regard, sans faire attention à son père dont le gilet fut rapidement défait par Delphine.

470   «Madame, je payerai et je me tairai, répondit-il sans attendre la question.

– Tu as tué notre père, Nasie! dit Delphine en montrant le vieillard évanoui à sa sœur, qui se sauva.

– Je lui pardonne bien, dit le bonhomme en ouvrant les yeux, sa
475 situation est épouvantable et tournerait une meilleure tête. Console Nasie, sois douce pour elle, promets-le à ton pauvre père, qui se meurt, demanda-t-il à Delphine en lui pressant la main.

– Mais qu'avez-vous? dit-elle tout effrayée.

– Rien, rien, répondit le père, ça se passera. J'ai quelque chose
480 qui me presse le front, une migraine. Pauvre Nasie, quel avenir!»

En ce moment la comtesse rentra, se jeta aux genoux de son père: «Pardon! cria-t-elle.

– Allons, dit le père Goriot, tu me fais encore plus de mal main-tenant.

485   – Monsieur, dit la comtesse à Rastignac, les yeux baignés de larmes, la douleur m'a rendue injuste. Vous serez un frère pour moi? reprit-elle en lui tendant la main.

– Nasie, lui dit Delphine en la serrant, ma petite Nasie, oublions tout.

– Non, dit-elle, je m'en souviendrai, moi!

490   – Les anges, s'écria le père Goriot, vous m'enlevez le rideau que j'avais sur les yeux, votre voix me ranime. Embrassez-vous donc encore. Eh bien! Nasie, cette lettre de change te sauvera-t-elle?

– Je l'espère. Dites donc, papa, voulez-vous y mettre votre signature?

– Tiens, suis-je bête, moi, d'oublier ça! Mais je me suis trouvé
495 mal. Nasie, ne m'en veux pas. Envoie-moi dire que tu es hors de peine. Non, j'irai. Mais non, je n'irai pas, je ne puis plus voir ton mari, je le tuerais net. Quant à dénaturer tes biens, je serai là. Va vite, mon enfant, et fais que Maxime devienne sage.»

Eugène était stupéfait.

500   «Cette pauvre Anastasie a toujours été violente, dit madame de Nucingen, mais elle a bon cœur.

– Elle est revenue pour l'endos[1], dit Eugène à l'oreille de Delphine.

– Vous croyez ?

– Je voudrais ne pas le croire. Méfiez-vous d'elle, répondit-il
505 en levant les yeux comme pour confier à Dieu des pensées qu'il
n'osait exprimer.

– Oui, elle a toujours été un peu comédienne[2], et mon pauvre
père se laisse prendre à ses mines.

– Comment allez-vous, mon bon père Goriot ? demanda Rasti-
510 gnac au vieillard.

– J'ai envie de dormir », répondit-il.

Eugène aida Goriot à se coucher. Puis, quand le bonhomme se
fut endormi en tenant la main de Delphine, sa fille se retira.

« Ce soir aux Italiens, dit-elle à Eugène, et tu me diras comment
515 il va. Demain, vous déménagerez, monsieur. Voyons votre chambre.
Oh ! quelle horreur ! dit-elle en y entrant. Mais vous étiez plus mal
que n'est mon père. Eugène, tu t'es bien conduit. Je vous aimerais
davantage si c'était possible ; mais, mon enfant, si vous voulez faire
fortune, il ne faut pas jeter comme ça douze mille francs par les
520 fenêtres. Le comte de Trailles est joueur. Ma sœur ne veut pas voir
ça. Il aurait été chercher ses douze mille francs là où il sait perdre
ou gagner des monts d'or. »

Un gémissement les fit revenir chez Goriot, qu'ils trouvèrent en
apparence endormi ; mais quand les deux amants s'approchèrent, ils
525 entendirent ces mots : « Elles ne sont pas heureuses ! » Qu'il dormît
ou qu'il veillât, l'accent de cette phrase frappa si vivement le cœur
de sa fille, qu'elle s'approcha du grabat sur lequel gisait son père,
et le baisa au front. Il ouvrit ses yeux en disant :

« C'est Delphine !

530 – Eh bien ! comment vas-tu ? demanda-t-elle.

– Bien, dit-il. Ne sois pas inquiète, je vais sortir. Allez, allez, mes
enfants, soyez heureux. »

---

1. Endos : signature au dos d'un titre de crédit pour que celui-ci soit payé.
2. Elle a toujours été un peu comédienne : elle s'est toujours donnée en spectacle.

Eugène accompagna Delphine jusque chez elle ; mais, inquiet de l'état dans lequel il avait laissé Goriot, il refusa de dîner avec elle,
535 et revint à la Maison-Vauquer. Il trouva le père Goriot debout et prêt à s'attabler. Bianchon s'était mis de manière à bien examiner la figure du vermicellier. Quand il lui vit prendre son pain et le sentir pour juger de la farine avec laquelle il était fait, l'étudiant, ayant observé dans ce mouvement une absence totale de ce que
540 l'on pourrait nommer la conscience de l'acte, fit un geste sinistre.

« Viens donc près de moi, monsieur l'interne à Cochin[1] », dit Eugène.

Bianchon s'y transporta d'autant plus volontiers qu'il allait être près du vieux pensionnaire.

545 « Qu'a-t-il ? demanda Rastignac.

— À moins que je ne me trompe, il est flambé[2] ! Il a dû se passer quelque chose d'extraordinaire en lui, il me semble être sous le poids d'une apoplexie séreuse[3] imminente. Quoique le bas de la figure soit assez calme, les traits supérieurs du visage se tirent vers
550 le front malgré lui, vois ! Puis les yeux sont dans l'état particulier qui dénote l'invasion du sérum dans le cerveau. Ne dirait-on pas qu'ils sont pleins d'une poussière fine ? Demain matin j'en saurai davantage.

— Y aurait-il quelque remède ?

555 — Aucun. Peut-être pourra-t-on retarder sa mort si l'on trouve les moyens de déterminer une réaction vers les extrémités, vers les jambes ; mais si demain soir les symptômes ne cessent pas, le pauvre bonhomme est perdu. Sais-tu par quel événement la maladie a été causée ? Il a dû recevoir un coup violent sous lequel son moral
560 aura succombé.

— Oui, dit Rastignac en se rappelant que les deux filles avaient battu sans relâche sur le cœur de leur père.

— Au moins, se disait Eugène, Delphine aime son père, elle ! »

---

1. **Cochin** : hôpital parisien.
2. **Flambé** : perdu.
3. **Séreuse** : due à l'écoulement du sérum sanguin dans le cerveau.

Le soir, aux Italiens, Rastignac prit quelques précautions afin
de ne pas trop alarmer madame de Nucingen.

«N'ayez pas d'inquiétude, répondit-elle aux premiers mots que lui
dit Eugène, mon père est fort. Seulement, ce matin, nous l'avons un
peu secoué. Nos fortunes sont en question, songez-vous à l'étendue
de ce malheur ? Je ne vivrais pas si votre affection ne me rendait pas
insensible à ce que j'aurais regardé naguère comme des angoisses
mortelles. Il n'est plus aujourd'hui qu'une seule crainte, un seul
malheur, pour moi, c'est de perdre l'amour qui m'a fait sentir le
plaisir de vivre. En dehors de ce sentiment tout m'est indifférent,
je n'aime plus rien au monde. Vous êtes tout pour moi. Si je sens
le bonheur d'être riche, c'est pour mieux vous plaire. Je suis, à ma
honte, plus amante que je ne suis fille. Pourquoi ? je ne sais. Toute
ma vie est en vous. Mon père m'a donné un cœur, mais vous l'avez
fait battre. Le monde entier peut me blâmer, que m'importe ! si
vous, qui n'avez pas le droit de m'en vouloir, m'acquittez des crimes
auxquels me condamne un sentiment irrésistible ? Me croyez-vous
une fille dénaturée ? oh, non, il est impossible de ne pas aimer un
père aussi bon que l'est le nôtre. Pouvais-je empêcher qu'il ne vît
enfin les suites naturelles de nos déplorables mariages ? Pourquoi
ne les a-t-il pas empêchés ? N'était-ce pas à lui de réfléchir pour
nous ? Aujourd'hui, je le sais, il souffre autant que nous ; mais que
pouvions-nous y faire ? Le consoler ! nous ne le consolerions de rien.
Notre résignation lui faisait plus de douleur que nos reproches et
nos plaintes ne lui causeraient de mal. Il est des situations dans la
vie où tout est amertume. »

Eugène resta muet, saisi de tendresse par l'expression naïve
d'un sentiment vrai. Si les Parisiennes sont souvent fausses, ivres
de vanité, personnelles, coquettes, froides, il est sûr que quand
elles aiment réellement, elles sacrifient plus de sentiments que les
autres femmes à leurs passions ; elles se grandissent de toutes leurs
petitesses, et deviennent sublimes. Puis Eugène était frappé de
l'esprit profond et judicieux que la femme déploie pour juger les
sentiments les plus naturels, quand une affection privilégiée l'en

sépare et la met à distance. Madame de Nucingen se choqua du silence que gardait Eugène.

600 « À quoi pensez-vous donc ? lui demanda-t-elle.

– J'écoute encore ce que vous m'avez dit. J'ai cru jusqu'ici vous aimer plus que vous ne m'aimiez. »

Elle sourit et s'arma contre[1] le plaisir qu'elle éprouva, pour laisser la conversation dans les bornes imposées par les convenances. Elle 605 n'avait jamais entendu les expressions vibrantes d'un amour jeune et sincère. Quelques mots de plus, elle ne se serait plus contenue.

« Eugène, dit-elle en changeant de conversation, vous ne savez donc pas ce qui se passe ? Tout Paris sera demain chez madame de Beauséant. Les Rochefide et le marquis d'Ajuda se sont entendus 610 pour ne rien ébruiter[2] ; mais le Roi signe demain le contrat de mariage, et votre pauvre cousine ne sait rien encore. Elle ne pourra pas se dispenser de recevoir, et le marquis ne sera pas à son bal. On ne s'entretient que de cette aventure.

– Et le monde se rit d'une infamie, et il y trempe ! Vous ne savez 615 donc pas que madame de Beauséant en mourra ?

– Non, dit Delphine en souriant, vous ne connaissez pas ces sortes de femmes-là. Mais tout Paris viendra chez elle, et j'y serai ! Je vous dois ce bonheur-là pourtant.

– Mais, dit Rastignac, n'est-ce pas un de ces bruits absurdes 620 comme on en fait tant courir à Paris ?

– Nous saurons la vérité demain. »

Eugène ne rentra pas à la Maison-Vauquer. Il ne put se résoudre à ne pas jouir de son nouvel appartement. Si, la veille, il avait été forcé de quitter Delphine, à une heure après minuit, ce fut Delphine 625 qui le quitta vers deux heures pour retourner chez elle. Il dormit le lendemain assez tard, attendit vers midi madame de Nucingen, qui vint déjeuner avec lui. Les jeunes gens sont si avides de ces jolis bonheurs, qu'il avait presque oublié le père Goriot. Ce fut une longue fête pour lui que de s'habituer à chacune de ces élégantes

---

1. **S'arma contre** : se défendit de laisser paraître.
2. **Ébruiter** : rendre public.

630 choses qui lui appartenaient. Madame de Nucingen était là, donnant
à tout un nouveau prix. Cependant, vers quatre heures, les deux
amants pensèrent au père Goriot en songeant au bonheur qu'il se
promettait à venir demeurer dans cette maison. Eugène fit observer
qu'il était nécessaire d'y transporter promptement le bonhomme,
635 s'il devait être malade, et quitta Delphine pour courir à la Maison-
Vauquer. Ni le père Goriot ni Bianchon n'étaient à table.

«Eh bien! lui dit le peintre, le père Goriot est éclopé[1]. Bianchon est là-haut près de lui. Le bonhomme a vu l'une de ses filles,
la comtesse de Restaurama. Puis il a voulu sortir et sa maladie a
640 empiré. La société va être privée d'un de ses beaux ornements.»

Rastignac s'élança vers l'escalier.

«Hé! monsieur Eugène!

– Monsieur Eugène! madame vous appelle, cria Sylvie.

– Monsieur, lui dit la veuve, monsieur Goriot et vous, vous deviez
645 sortir le quinze de février. Voici trois jours que le quinze est passé,
nous sommes au dix-huit, il faudra me payer un mois pour vous et
pour lui, mais, si vous voulez garantir le père Goriot, votre parole
me suffira.

– Pourquoi? n'avez-vous pas confiance?

650 – Confiance! si le bonhomme n'avait plus sa tête et mourait, ses
filles ne me donneraient pas un liard, et toute sa défroque ne vaut
pas dix francs. Il a emporté ce matin ses derniers couverts, je ne
sais pourquoi. Il s'était mis en jeune homme. Dieu me pardonne,
je crois qu'il avait du rouge, il m'a paru rajeuni.

655 – Je réponds de tout», dit Eugène en frissonnant d'horreur et
appréhendant une catastrophe.

Il monta chez le père Goriot. Le vieillard gisait sur son lit, et
Bianchon était auprès de lui.

«Bonjour, père», lui dit Eugène.

660 Le bonhomme lui sourit doucement, et répondit en tournant
vers lui des yeux vitreux. «Comment va-t-elle?

---

1. **Éclopé**: mal en point.

— Bien. Et vous ?

— Pas mal.

— Ne le fatigue pas, dit Bianchon en entraînant Eugène dans
665 un coin de la chambre.

— Eh bien ? lui dit Rastignac.

— Il ne peut être sauvé que par un miracle. La congestion séreuse[1]
a eu lieu, il a les sinapismes[2] ; heureusement il les sent, ils agissent.

— Peut-on le transporter ?

670 — Impossible. Il faut le laisser là, lui éviter tout mouvement physique et toute émotion…

— Mon bon Bianchon, dit Eugène, nous le soignerons à nous deux.

— J'ai déjà fait venir le médecin en chef de mon hôpital.

— Eh bien ?

675 — Il prononcera demain soir. Il m'a promis de venir après sa
journée. Malheureusement ce fichu bonhomme a commis ce matin
une imprudence sur laquelle il ne veut pas s'expliquer. Il est entêté
comme une mule. Quand je lui parle, il fait semblant de ne pas
entendre, et dort pour ne pas me répondre ; ou bien, s'il a les yeux
680 ouverts, il se met à geindre. Il est sorti vers le matin, il a été à pied
dans Paris, on ne sait où. Il a emporté tout ce qu'il possédait de
vaillant, il a été faire quelque sacré trafic pour lequel il a outrepassé
ses forces ! Une de ses filles est venue.

— La comtesse ? dit Eugène. Une grande brune, l'œil vif et bien
685 coupé, joli pied, taille souple ?

— Oui.

— Laisse-moi seul un moment avec lui, dit Rastignac. Je vais le
confesser, il me dira tout, à moi.

— Je vais aller dîner[3] pendant ce temps-là. Seulement tâche de
690 ne pas trop l'agiter ; nous avons encore quelque espoir.

— Sois tranquille.

---

1. **Congestion séreuse** : hémorragie cérébrale.
2. **Sinapismes** : préparations à la moutarde qu'on applique sur la partie du corps à soigner.
3. **Dîner** : déjeuner.

— Elles s'amuseront bien demain, dit le père Goriot à Eugène quand ils furent seuls. Elles vont à un grand bal.

— Qu'avez-vous donc fait ce matin, papa, pour être si souffrant
695 ce soir qu'il vous faille rester au lit?

— Rien.

— Anastasie est venue? demanda Rastignac.

— Oui, répondit le père Goriot.

— Eh bien! ne me cachez rien. Que vous a-t-elle encore demandé?

700 — Ah! reprit-il en rassemblant ses forces pour parler, elle était bien malheureuse, allez, mon enfant! Nasie n'a pas un sou depuis l'affaire des diamants. Elle avait commandé, pour ce bal, une robe lamée qui doit lui aller comme un bijou. Sa couturière, une infâme, n'a pas voulu lui faire crédit, et sa femme de chambre a payé mille
705 francs en acompte[1] sur la toilette. Pauvre Nasie, en être venue là! Ça m'a déchiré le cœur. Mais la femme de chambre, voyant ce Restaud retirer toute sa confiance à Nasie, a eu peur de perdre son argent, et s'entend avec la couturière pour ne livrer la robe que si les mille francs sont rendus. Le bal est demain, la robe est prête, Nasie
710 est au désespoir. Elle a voulu m'emprunter mes couverts pour les engager[2]. Son mari veut qu'elle aille à ce bal pour montrer à tout Paris les diamants qu'on prétend vendus par elle. Peut-elle dire à ce monstre: "Je dois mille francs, payez-les"? Non. J'ai compris ça, moi. Sa sœur Delphine ira là dans une toilette superbe. Anastasie
715 ne doit pas être au-dessous de sa cadette. Et puis elle est si noyée de larmes, ma pauvre fille! J'ai été si humilié de n'avoir pas eu douze mille francs hier, que j'aurais donné le reste de ma misérable vie pour racheter ce tort-là. Voyez-vous? j'avais eu la force de tout supporter, mais mon dernier manque d'argent m'a crevé le cœur. Oh!
720 oh! je n'en ai fait ni une ni deux, je me suis rafistolé, requinqué[3]; j'ai vendu pour six cents francs de couverts et de boucles, puis j'ai

---

1. En acompte: en règlement d'une partie de la somme due.
2. Engager: les mettre en gage, probablement au Mont-de-Piétié (voir note 2, p. 62).
3. Rafistolé, requinqué: remis en état, repris des forces (familier).

engagé, pour un an, mon titre de rente viagère contre quatre cents francs une fois payés, au papa Gobseck. Bah ! je mangerai du pain ! ça me suffisait quand j'étais jeune, ça peut encore aller. Au moins

725 elle aura une belle soirée, ma Nasie. Elle sera pimpante. J'ai le billet de mille francs là sous mon chevet. Ça me réchauffe d'avoir là sous la tête ce qui va faire plaisir à la pauvre Nasie ! Elle pourra mettre sa mauvaise Victoire à la porte. A-t-on vu des domestiques ne pas avoir confiance dans leurs maîtres ! Demain je serai bien, Nasie

730 vient à dix heures. Je ne veux pas qu'elles me croient malade, elles n'iraient point au bal, elles me soigneraient. Nasie m'embrassera demain comme son enfant, ses caresses me guériront. Enfin, n'aurais-je pas dépensé mille francs chez l'apothicaire ? J'aime mieux les donner à mon Guérit-Tout, à ma Nasie. Je la consolerai dans sa

735 misère, au moins. Ça m'acquitte du tort de m'être fait du viager. Elle est au fond de l'abîme, et moi je ne suis plus assez fort pour l'en tirer. Oh ! je vais me remettre au commerce. J'irai à Odessa[1] pour y acheter du grain. Les blés valent là trois fois moins que les nôtres ne coûtent. Si l'introduction des céréales est défendue en

740 nature, les braves gens qui font les lois n'ont pas songé à prohiber[2] les fabrications dont les blés sont le principe. Hé, hé !… j'ai trouvé cela, moi, ce matin ! Il y a de beaux coups à faire dans les amidons.

– Il est fou, se dit Eugène en regardant le vieillard. Allons, restez en repos, ne parlez pas… »

745 Eugène descendit pour dîner quand Bianchon remonta. Puis tous deux passèrent la nuit à garder le malade à tour de rôle, en s'occupant, l'un à lire ses livres de médecine, l'autre à écrire à sa mère et à ses sœurs. Le lendemain, les symptômes qui se déclarèrent chez le malade furent, suivant Bianchon, d'un favorable augure[3] ;

750 mais ils exigèrent des soins continuels dont les deux étudiants étaient seuls capables, et dans le récit desquels il est impossible de

---

1. **Odessa** : port situé dans l'actuelle Ukraine, plaque tournante du commerce des céréales au XIXe siècle.
2. **Prohiber** : interdire.
3. **Augure** : présage.

compromettre la pudibonde phraséologie[1] de l'époque. Les sangsues[2] mises sur le corps appauvri du bonhomme furent accompagnées de cataplasmes[3], de bains de pied, de manœuvres médicales pour
755 lesquelles il fallait d'ailleurs la force et le dévouement des deux jeunes gens. Madame de Restaud ne vint pas ; elle envoya chercher sa somme par un commissionnaire.

« Je croyais qu'elle serait venue elle-même. Mais ce n'est pas un mal, elle se serait inquiétée », dit le père en paraissant heureux de
760 cette circonstance.

À sept heures du soir, Thérèse vint apporter une lettre de Delphine.

« Que faites-vous donc, mon ami ? À peine aimée, serais-je déjà négligée ? Vous m'avez montré, dans ces confidences versées de cœur à cœur, une trop belle âme pour n'être pas de ceux qui restent
765 toujours fidèles en voyant combien les sentiments ont de nuances. Comme vous l'avez dit en écoutant la prière de *Mosé*[4] : "Pour les uns c'est une même note, pour les autres c'est l'infini de la musique !" Songez que je vous attends ce soir pour aller au bal de madame de Beauséant. Décidément le contrat de monsieur d'Ajuda a été
770 signé ce matin à la cour, et la pauvre vicomtesse ne l'a su qu'à deux heures. Tout Paris va se porter chez elle, comme le peuple encombre la Grève quand il doit y avoir une exécution. N'est-ce pas horrible d'aller voir si cette femme cachera sa douleur, si elle saura bien mourir ? Je n'irais certes pas, mon ami, si j'avais été déjà
775 chez elle ; mais elle ne recevra plus sans doute, et tous les efforts que j'ai faits seraient superflus. Ma situation est bien différente de celle des autres. D'ailleurs, j'y vais pour vous aussi. Je vous attends. Si vous n'étiez pas près de moi dans deux heures, je ne sais si je vous pardonnerais cette félonie[5]. »

---

1. Phraséologie : discours.
2. Sangsues : vers utilisés lors des saignées, pour sucer le sang des malades.
3. Cataplasmes : préparations épaisses appliquées sur la peau pour soulager une inflammation.
4. Mosé : *Moïse en Égypte*, opéra composé par Rossini et représenté à Paris en 1822.
5. Félonie : trahison.

780   Rastignac prit une plume et répondit ainsi :

«J'attends un médecin pour savoir si votre père doit vivre encore. Il est mourant. J'irai vous porter l'arrêt, et j'ai peur que ce ne soit un arrêt de mort. Vous verrez si vous pouvez aller au bal. Mille tendresses. »

785   Le médecin vint à huit heures et demie, et, sans donner un avis favorable, il ne pensa pas que la mort dût être imminente. Il annonça des mieux et des rechutes alternatives d'où dépendraient la vie et la raison du bonhomme.

«Il vaudrait mieux qu'il mourût promptement», fut le dernier
790 mot du docteur.

Eugène confia le père Goriot aux soins de Bianchon, et partit pour aller porter à madame de Nucingen les tristes nouvelles qui, dans son esprit encore imbu[1] des devoirs de famille, devaient suspendre toute joie.

795   «Dites-lui qu'elle s'amuse tout de même», lui cria le père Goriot qui paraissait assoupi, mais qui se dressa sur son séant au moment où Rastignac sortit.

Le jeune homme se présenta navré de douleur à Delphine, et la trouva coiffée, chaussée, n'ayant plus que sa robe de bal à mettre.
800 Mais, semblables aux coups de pinceau par lesquels les peintres achèvent leurs tableaux, les derniers apprêts voulaient plus de temps que n'en demandait le fond même de la toile.

«Eh quoi, vous n'êtes pas habillé ? dit-elle.

– Mais madame, votre père…

805   – Encore mon père, s'écria-t-elle en l'interrompant. Mais vous ne m'apprendrez pas ce que je dois à mon père. Je connais mon père depuis longtemps. Pas un mot, Eugène. Je ne vous écouterai que quand vous aurez fait votre toilette. Thérèse a tout préparé chez vous ; ma voiture est prête, prenez-la ; revenez. Nous causerons de
810 mon père en allant au bal. Il faut partir de bonne heure ; si nous

---

1. **Imbu** : imprégné.

sommes pris dans la file des voitures, nous serons bien heureux de faire notre entrée à onze heures.

– Madame !

– Allez ! pas un mot, dit-elle courant dans son boudoir pour y prendre un collier.

– Mais allez donc, monsieur Eugène, vous fâcherez madame », dit Thérèse en poussant le jeune homme épouvanté de cet élégant parricide.

Il alla s'habiller en faisant les plus tristes, les plus décourageantes réflexions. Il voyait le monde comme un océan de boue dans lequel un homme se plongeait jusqu'au cou, s'il y trempait le pied. « Il ne s'y commet que des crimes mesquins ! se dit-il. Vautrin est plus grand. » Il avait vu les trois grandes expressions de la société : l'Obéissance, la Lutte et la Révolte ; la Famille, le Monde et Vautrin. Et il n'osait prendre parti. L'Obéissance était ennuyeuse, la Révolte impossible, et la Lutte incertaine. Sa pensée le reporta au sein de sa famille. Il se souvint des pures émotions de cette vie calme, il se rappela les jours passés au milieu des êtres dont il était chéri. En se conformant aux lois naturelles du foyer domestique, ces chères créatures y trouvaient un bonheur plein, continu, sans angoisses. Malgré ces bonnes pensées, il ne se sentit pas le courage de venir confesser la foi des âmes pures à Delphine, en lui ordonnant la Vertu au nom de l'Amour. Déjà son éducation commencée avait porté ses fruits. Il aimait égoïstement déjà. Son tact lui avait permis de reconnaître la nature du cœur de Delphine. Il pressentait qu'elle était capable de marcher sur le corps de son père pour aller au bal, et il n'avait ni la force de jouer le rôle d'un raisonneur, ni le courage de lui déplaire, ni la vertu de la quitter. « Elle ne me pardonnerait jamais d'avoir eu raison contre elle dans cette circonstance », se dit-il. Puis il commenta les paroles des médecins, il se plut à penser que le père Goriot n'était pas aussi dangereusement malade qu'il le croyait ; enfin, il entassa des raisonnements assassins pour justifier Delphine. Elle ne connaissait pas l'état dans lequel était son père. Le bonhomme lui-même la renverrait au bal, si elle l'allait voir. Souvent la loi sociale, implacable

845 dans sa formule, condamne là où le crime apparent est excusé par les innombrables modifications qu'introduisent au sein des familles la différence des caractères, la diversité des intérêts et des situations. Eugène voulait se tromper lui-même, il était prêt à faire à sa maîtresse le sacrifice de sa conscience. Depuis deux jours, tout était changé 850 dans sa vie. La femme y avait jeté ses désordres, elle avait fait pâlir la famille, elle avait tout confisqué à son profit. Rastignac et Delphine s'étaient rencontrés dans les conditions voulues pour éprouver l'un par l'autre les plus vives jouissances. Leur passion bien préparée avait grandi par ce qui tue les passions, par la jouissance. En possédant cette 855 femme, Eugène s'aperçut que jusqu'alors il ne l'avait que désirée, il ne l'aima qu'au lendemain du bonheur[1] : l'amour n'est peut-être que la reconnaissance du plaisir. Infâme ou sublime, il adorait cette femme pour les voluptés qu'il lui avait apportées en dot, et pour toutes celles qu'il en avait reçues ; de même que Delphine aimait Rastignac 860 autant que Tantale aurait aimé l'ange qui serait venu satisfaire sa faim, ou étancher la soif de son gosier desséché.

« Eh bien ! comment va mon père ? lui dit madame de Nucingen quand il fut de retour et en costume de bal.

– Extrêmement mal, répondit-il, si vous voulez me donner une 865 preuve de votre affection, nous courrons le voir.

– Eh bien, oui, dit-elle, mais après le bal. Mon bon Eugène, sois gentil, ne me fais pas de morale, viens. »

Ils partirent. Eugène resta silencieux pendant une partie du chemin.

870 « Qu'avez-vous donc ? dit-elle.

– J'entends le râle de votre père », répondit-il avec l'accent de la fâcherie. Et il se mit à raconter avec la chaleureuse éloquence du jeune âge la féroce action à laquelle madame de Restaud avait été poussée par la vanité, la crise mortelle que le dernier dévoue- 875 ment du père avait déterminée, et ce que coûterait la robe lamée d'Anastasie. Delphine pleurait.

---

1. **Au lendemain du bonheur** : après leur première relation sexuelle.

«Je vais être laide», pensa-t-elle. Ses larmes se séchèrent. «J'irai garder mon père, je ne quitterai pas son chevet, reprit-elle.

– Ah! te voilà comme je te voulais», s'écria Rastignac.

880 Les lanternes de cinq cents voitures éclairaient les abords de l'hôtel de Beauséant. De chaque côté de la porte illuminée piaffait un gendarme. Le grand monde affluait si abondamment, et chacun mettait tant d'empressement à voir cette grande femme au moment de sa chute, que les appartements, situés au rez-de-chaussée de l'hô-

885 tel, étaient déjà pleins quand madame de Nucingen et Rastignac s'y présentèrent. Depuis le moment où toute la cour se rua chez la Grande Mademoiselle[1] à qui Louis XIV arrachait son amant, nul désastre de cœur ne fut plus éclatant que ne l'était celui de madame de Beauséant. En cette circonstance, la dernière fille de

890 la quasi royale maison de Bourgogne se montra supérieure à son mal, et domina jusqu'à son dernier moment le monde dont elle n'avait accepté les vanités que pour les faire servir au triomphe de sa passion. Les plus belles femmes de Paris animaient les salons de leurs toilettes et de leurs sourires. Les hommes les plus distingués

895 de la cour, les ambassadeurs, les ministres, les gens illustrés en tout genre, chamarrés[2] de croix, de plaques, de cordons multicolores, se pressaient autour de la vicomtesse. L'orchestre faisait résonner les motifs de sa musique sous les lambris dorés de ce palais, désert pour sa reine. Madame de Beauséant se tenait debout devant son

900 premier salon pour recevoir ses prétendus amis. Vêtue de blanc, sans aucun ornement dans ses cheveux simplement nattés, elle semblait calme, et n'affichait ni douleur, ni fierté, ni fausse joie. Personne ne pouvait lire dans son âme. Vous eussiez dit d'une Niobé[3] de marbre. Son sourire à ses intimes amis fut parfois railleur; mais elle parut

905 à tous semblable à elle-même, et se montra si bien ce qu'elle était quand le bonheur la parait de ses rayons, que les plus insensibles

---

1. La Grande Mademoiselle: Mlle de Montpensier (1627-1693), cousine de Louis XIV, qui fit empoisonner son amant, par jalousie.
2. Chamarrés: surchargés.
3. Niobé: fille de Tantale, déesse de la mythologie grecque transformée en rocher.

l'admirèrent, comme les jeunes Romaines applaudissaient le gladia-
teur qui savait sourire en expirant. Le monde semblait s'être paré
pour faire ses adieux à l'une de ses souveraines.

910 «Je tremblais que vous ne vinssiez pas, dit-elle à Rastignac.

– Madame, répondit-il d'une voix émue en prenant ce mot pour
un reproche, je suis venu pour rester le dernier.

– Bien, dit-elle en lui prenant la main. Vous êtes peut-être ici le
seul auquel je puisse me fier. Mon ami, aimez une femme que vous
915 puissiez aimer toujours. N'en abandonnez aucune.»

Elle prit le bras de Rastignac et le mena sur un canapé, dans le
salon où l'on jouait.

«Allez, lui dit-elle, chez le marquis. Jacques, mon valet de chambre,
vous y conduira et vous remettra une lettre pour lui. Je lui demande ma
920 correspondance. Il vous la remettra tout entière, j'aime à le croire. Si
vous avez mes lettres, montez dans ma chambre. On me préviendra.»

Elle se leva pour aller au-devant de la duchesse de Langeais, sa
meilleure amie, qui venait aussi. Rastignac partit, fit demander le
marquis d'Ajuda à l'hôtel de Rochefide, où il devait passer la soirée,
925 et où il le trouva. Le marquis l'emmena chez lui, remit une boîte à
l'étudiant, et lui dit: «Elles y sont toutes.» Il parut vouloir parler à
Eugène, soit pour le questionner sur les événements du bal et sur la
vicomtesse, soit pour lui avouer que déjà peut-être il était au désespoir
de son mariage, comme il le fut plus tard; mais un éclair d'orgueil
930 brilla dans ses yeux, et il eut le déplorable courage de garder le secret
sur ses plus nobles sentiments. «Ne lui dites rien de moi, mon cher
Eugène.» Il pressa la main de Rastignac par un mouvement affec-
tueusement triste, et lui fit signe de partir. Eugène revint à l'hôtel
de Beauséant, et fut introduit dans la chambre de la vicomtesse, où
935 il vit les apprêts d'un départ. Il s'assit auprès du feu, regarda la cassette[1] en cèdre, et tomba dans une profonde mélancolie. Pour lui,
madame de Beauséant avait les proportions des déesses de *L'Iliade*[2].

---

1. **Cassette**: coffret.
2. ***L'Iliade***: poème épique du grec Homère (VIIIᵉ siècle av. J.-C.) qui raconte un épisode
de la guerre de Troie.

«Ah! mon ami», dit la vicomtesse en entrant et appuyant sa main sur l'épaule de Rastignac.

940 Il aperçut sa cousine en pleurs, les yeux levés, une main tremblante, l'autre levée. Elle prit tout à coup la boîte, la plaça dans le feu et la vit brûler.

«Ils dansent! ils sont venus tous bien exactement, tandis que la mort viendra tard. Chut! mon ami, dit-elle en mettant un doigt
945 sur la bouche de Rastignac prêt à parler. Je ne verrai plus jamais ni Paris ni le monde. À cinq heures du matin, je vais partir pour aller m'ensevelir au fond de la Normandie. Depuis trois heures après midi, j'ai été obligée de faire mes préparatifs, signer des actes, voir à des affaires; je ne pouvais envoyer personne chez…»
950 Elle s'arrêta. «Il était sûr qu'on le trouverait chez…» Elle s'arrêta encore, accablée de douleur. En ces moments tout est souffrance, et certains mots sont impossibles à prononcer. «Enfin, reprit-elle, je comptais sur vous ce soir pour ce dernier service. Je voudrais vous donner un gage[1] de mon amitié. Je penserai souvent à vous,
955 qui m'avez paru bon et noble, jeune et candide au milieu de ce monde où ces qualités sont si rares. Je souhaite que vous songiez quelquefois à moi. Tenez, dit-elle en jetant les yeux autour d'elle, voici le coffret où je mettais mes gants. Toutes les fois que j'en ai pris avant d'aller au bal ou au spectacle, je me sentais belle, parce
960 que j'étais heureuse, et je n'y touchais que pour y laisser quelque pensée gracieuse: il y a beaucoup de moi là-dedans, il y a toute une madame de Beauséant qui n'est plus. Acceptez-le. J'aurai soin qu'on le porte chez vous, rue d'Artois. Madame de Nucingen est fort bien ce soir, aimez-la bien. Si nous ne nous voyons plus, mon
965 ami, soyez sûr que je ferai des vœux pour vous, qui avez été bon pour moi. Descendons, je ne veux pas leur laisser croire que je pleure. J'ai l'éternité devant moi, j'y serai seule, et personne ne m'y demandera compte de mes larmes. Encore un regard à cette chambre.» Elle s'arrêta. Puis, après s'être un moment caché les

1. **Gage**: ici, preuve.

970 yeux avec sa main, elle se les essuya, les baigna d'eau fraîche, et prit le bras de l'étudiant. « Marchons ! » dit-elle.

Rastignac n'avait pas encore senti d'émotion aussi violente que fut le contact de cette douleur si noblement contenue. En rentrant dans le bal, Eugène en fit le tour avec madame de Beauséant, dernière 975 et délicate attention de cette gracieuse femme. Bientôt il aperçut les deux sœurs, madame de Restaud et madame de Nucingen. La comtesse était magnifique avec tous ses diamants étalés, qui, pour elle, étaient brûlants sans doute, elle les portait pour la dernière fois. Quelque puissants que fussent son orgueil et son amour, elle 980 ne soutenait pas bien les regards de son mari. Ce spectacle n'était pas de nature à rendre les pensées de Rastignac moins tristes. Il revit alors, sous les diamants des deux sœurs, le grabat sur lequel gisait le père Goriot. Son attitude mélancolique ayant trompé la vicomtesse, elle lui retira son bras.

985 « Allez ! je ne veux pas vous coûter un plaisir », dit-elle.

Eugène fut bientôt réclamé par Delphine, heureuse de l'effet qu'elle produisait, et jalouse de mettre aux pieds de l'étudiant les hommages qu'elle recueillait dans ce monde, où elle espérait être adoptée.

990 « Comment trouvez-vous Nasie ? lui dit-elle.

– Elle a, dit Rastignac, escompté jusqu'à la mort de son père. »

Vers quatre heures du matin, la foule des salons commençait à s'éclaircir. Bientôt la musique ne se fit plus entendre. La duchesse de Langeais et Rastignac se trouvèrent seuls dans le grand salon. 995 La vicomtesse, croyant n'y rencontrer que l'étudiant, y vint après avoir dit adieu à monsieur de Beauséant, qui s'alla coucher en lui répétant : « Vous avez tort, ma chère, d'aller vous enfermer à votre âge ! Restez donc avec nous. »

En voyant la duchesse, madame de Beauséant ne put retenir 1000 une exclamation.

« Je vous ai devinée, Clara, dit madame de Langeais. Vous partez pour ne plus revenir ; mais vous ne partirez pas sans m'avoir entendue et sans que nous nous soyons comprises. » Elle prit son amie

par le bras, l'emmena dans le salon voisin, et là, la regardant avec
des larmes dans les yeux, elle la serra dans ses bras et la baisa sur les
joues. «Je ne veux pas vous quitter froidement, ma chère, ce serait
un remords trop lourd. Vous pouvez compter sur moi comme sur
vous-même. Vous avez été grande ce soir, je me suis sentie digne de
vous, et veux vous le prouver. J'ai eu des torts envers vous, je n'ai
pas toujours été bien, pardonnez-moi, ma chère : je désavoue tout
ce qui a pu vous blesser, je voudrais reprendre mes paroles. Une
même douleur a réuni nos âmes, et je ne sais qui de nous sera la
plus malheureuse. Monsieur de Montriveau n'était pas ici ce soir,
comprenez-vous ? Qui vous a vue pendant ce bal, Clara, ne vous
oubliera jamais. Moi, je tente un dernier effort. Si j'échoue, j'irai
dans un couvent. Où allez-vous, vous ?

– En Normandie, à Courcelles, aimer, prier, jusqu'au jour où
Dieu me retirera de ce monde.

– Venez, monsieur de Rastignac», dit la vicomtesse d'une voix
émue, en pensant que ce jeune homme attendait. L'étudiant plia
le genou, prit la main de sa cousine et la baisa. «Antoinette, adieu !
reprit madame de Beauséant, soyez heureuse. Quant à vous, vous
l'êtes, vous êtes jeune, vous pouvez croire à quelque chose, dit-
elle à l'étudiant. À mon départ de ce monde, j'aurai eu, comme
quelques mourants privilégiés, de religieuses, de sincères émotions
autour de moi !»

Rastignac s'en alla vers cinq heures, après avoir vu madame de
Beauséant dans sa berline[1] de voyage, après avoir reçu son dernier
adieu mouillé de larmes qui prouvaient que les personnes les plus
élevées ne sont pas mises hors de la loi du cœur et ne vivent pas
sans chagrins, comme quelques courtisans du peuple voudraient
le lui faire croire. Eugène revint à pied vers la Maison-Vauquer, par
un temps humide et froid. Son éducation s'achevait.

«Nous ne sauverons pas le pauvre père Goriot, lui dit Bianchon
quand Rastignac entra chez son voisin.

---

1. **Berline** : voiture élégante tirée par des chevaux.

– Mon ami, lui dit Eugène après avoir regardé le vieillard endormi, va, poursuis la destinée modeste à laquelle tu bornes tes désirs. Moi, je suis en enfer, et il faut que j'y reste. Quelque mal que l'on te dise du monde, crois-le! il n'y a pas de Juvénal qui puisse en peindre
1040 l'horreur couverte d'or et de pierreries. »

Le lendemain, Rastignac fut éveillé sur les deux heures après midi par Bianchon, qui, forcé de sortir, le pria de garder le père Goriot, dont l'état avait fort empiré pendant la matinée.

« Le bonhomme n'a pas deux jours, n'a peut-être pas six heures
1045 à vivre, dit l'élève en médecine, et cependant nous ne pouvons pas cesser de combattre le mal. Il va falloir lui donner des soins coûteux. Nous serons bien ses gardes-malades; mais je n'ai pas le sou, moi. J'ai retourné ses poches, fouillé ses armoires: zéro au quotient[1]. Je l'ai questionné dans un moment où il avait sa tête, il m'a dit ne pas
1050 avoir un liard à lui. Qu'as-tu, toi?

– Il me reste vingt francs, répondit Rastignac, mais j'irai les jouer, je gagnerai.

– Si tu perds?

– Je demanderai de l'argent à ses gendres et à ses filles.

1055 – Et s'ils ne t'en donnent pas? reprit Bianchon. Le plus pressé dans ce moment n'est pas de trouver de l'argent, il faut envelopper le bonhomme d'un sinapisme bouillant depuis les pieds jusqu'à la moitié des cuisses. S'il crie, il y aura de la ressource. Tu sais comment cela s'arrange. D'ailleurs, Christophe t'aidera. Moi, je
1060 passerai chez l'apothicaire répondre de[2] tous les médicaments que nous y prendrons. Il est malheureux que le pauvre homme n'ait pas été transportable à notre hospice, il y aurait été mieux. Allons, viens que je t'installe, et ne le quitte pas que je ne sois revenu. »

Les deux jeunes gens entrèrent dans la chambre où gisait le
1065 vieillard. Eugène fut effrayé du changement de cette face convulsée, blanche et profondément débile.

« Eh bien, papa? » lui dit-il en se penchant sur le grabat.

---

1. **Zéro au quotient**: aucun argent du tout.
2. **Répondre de**: garantir en son nom.

Goriot leva sur Eugène des yeux ternes et le regarda fort attenti-
vement sans le reconnaître. L'étudiant ne soutint pas ce spectacle,
1070 des larmes humectèrent ses yeux.

« Bianchon, ne faudrait-il pas des rideaux aux fenêtres !

– Non. Les circonstances atmosphériques ne l'affectent plus. Ce
serait trop heureux s'il avait chaud ou froid. Néanmoins il nous faut
du feu pour faire les tisanes et préparer bien des choses. Je t'enverrai
1075 des falourdes[1] qui nous serviront jusqu'à ce que nous ayons du bois.
Hier et cette nuit, j'ai brûlé le tien et toutes les mottes du pauvre
homme. Il faisait humide, l'eau dégouttait[2] des murs. À peine ai-je
pu sécher la chambre. Christophe l'a balayée, c'est vraiment une
écurie. J'y ai brûlé du genièvre[3], ça puait trop.

1080 – Mon Dieu ! dit Rastignac, mais ses filles !

– Tiens, s'il demande à boire, tu lui donneras de ceci, dit l'interne en montrant à Rastignac un grand pot blanc. Si tu l'entends
se plaindre et que le ventre soit chaud et dur, tu te feras aider par
Christophe pour lui administrer… tu sais. S'il avait, par hasard,
1085 une grande exaltation, s'il parlait beaucoup, s'il avait enfin un petit
brin de démence, laisse-le aller. Ce ne sera pas un mauvais signe.
Mais envoie Christophe à l'hospice Cochin. Notre médecin, mon
camarade ou moi, nous viendrions lui appliquer des moxas[4]. Nous
avons fait ce matin, pendant que tu dormais, une grande consul-
1090 tation avec un élève du docteur Gall, avec un médecin en chef de
l'Hôtel-Dieu[5] et le nôtre. Ces messieurs ont cru reconnaître de
curieux symptômes, et nous allons suivre les progrès de la maladie,
afin de nous éclairer sur plusieurs points scientifiques assez importants. Un de ces messieurs prétend que la pression du sérum, si elle
1095 portait plus sur un organe que sur un autre, pourrait développer
des faits particuliers. Écoute-le donc bien, au cas où il parlerait, afin

---

1. **Falourdes** : fagots de bûches.
2. **Dégouttait** : ruisselait, perlait.
3. **Genièvre** : bois du génévrier, plante odorante.
4. **Moxas** : substance que l'on fait brûler sur la peau.
5. **L'Hôtel-Dieu** : hôpital parisien.

de constater à quel genre d'idées appartiendraient ses discours : si c'est des effets de mémoire, de pénétration, de jugement ; s'il s'occupe de matérialités, ou de sentiments ; s'il calcule, s'il revient sur le passé ; enfin sois en état de nous faire un rapport exact. Il est possible que l'invasion ait lieu en bloc, il mourra imbécile comme il l'est en ce moment. Tout est bien bizarre dans ces sortes de maladie ! Si la bombe crevait par ici, dit Bianchon en montrant l'occiput du malade, il y a des exemples de phénomènes singuliers : le cerveau recouvre[1] quelques-unes de ses facultés, et la mort est plus lente à se déclarer. Les sérosités peuvent se détourner du cerveau, prendre des routes dont on ne connaît le cours que par l'autopsie[2]. Il y a aux Incurables un vieillard hébété chez qui l'épanchement[3] a suivi la colonne vertébrale ; il souffre horriblement, mais il vit.

– Se sont-elles bien amusées ? dit le père Goriot, qui reconnut Eugène.

– Oh ! il ne pense qu'à ses filles, dit Bianchon. Il m'a dit plus de cent fois cette nuit : "Elles dansent ! elle a sa robe." Il les appelait par leurs noms. Il me faisait pleurer, le diable m'emporte ! avec ses intonations : "Delphine ! ma petite Delphine ! Nasie !" Ma parole d'honneur, dit l'élève en médecine, c'était à fondre en larmes.

– Delphine, dit le vieillard, elle est là, n'est-ce pas ? Je le savais bien. » Et ses yeux recouvrèrent une activité folle pour regarder les murs et la porte.

« Je descends dire à Sylvie de préparer les sinapismes, cria Bianchon, le moment est favorable. »

Rastignac resta seul près du vieillard, assis au pied du lit, les yeux fixés sur cette tête effrayante et douloureuse à voir.

« Madame de Beauséant s'enfuit, celui-ci se meurt, dit-il. Les belles âmes ne peuvent pas rester longtemps en ce monde. Comment les grands sentiments s'allieraient-ils, en effet, à une société mesquine, petite, superficielle ? »

---

1. **Recouvre** : retrouve.
2. **Autopsie** : examen pratiqué sur un cadavre pour connaître les causes du décès.
3. **Épanchement** : écoulement de liquide.

Les images de la fête à laquelle il avait assisté se représentèrent à son souvenir et contrastèrent avec le spectacle de ce lit de mort. Bianchon reparut soudain.

« Dis donc, Eugène, je viens de voir notre médecin en chef, et je suis revenu toujours courant. S'il se manifeste des symptômes de raison, s'il parle, couche-le sur un long sinapisme, de manière à l'envelopper de moutarde depuis la nuque jusqu'à la chute des reins, et fais-nous appeler.

– Cher Bianchon, dit Eugène.

– Oh ! il s'agit d'un fait scientifique, reprit l'élève en médecine avec toute l'ardeur d'un néophyte[1].

– Allons, dit Eugène, je serai donc le seul à soigner ce pauvre vieillard par affection.

– Si tu m'avais vu ce matin, tu ne dirais pas cela, reprit Bianchon sans s'offenser du propos. Les médecins qui ont exercé ne voient que la maladie ; moi, je vois encore le malade, mon cher garçon. »

Il s'en alla, laissant Eugène seul avec le vieillard, et dans l'appréhension d'une crise qui ne tarda pas à se déclarer.

« Ah ! c'est vous, mon cher enfant, dit le père Goriot en reconnaissant Eugène.

– Allez-vous mieux ? demanda l'étudiant en lui prenant la main.

– Oui, j'avais la tête serrée comme dans un étau[2], mais elle se dégage. Avez-vous vu mes filles ? Elles vont venir bientôt, elles accourront aussitôt qu'elles me sauront malade, elles m'ont tant soigné rue de la Jussienne[3] ! Mon Dieu ! je voudrais que ma chambre fût propre pour les recevoir. Il y a un jeune homme qui m'a brûlé toutes mes mottes.

– J'entends Christophe, lui dit Eugène, il vous monte du bois que ce jeune homme vous envoie.

– Bon ! mais comment payer le bois ? je n'ai pas un sou, mon enfant. J'ai tout donné, tout. Je suis à la charité. La robe lamée

---

1. Néophyte : débutant.
2. Étau : sorte de mâchoire en métal utilisée pour presser ou enserrer un objet.
3. Rue de la Jussienne : rue au cœur de Paris où habite le père Goriot avec ses filles.

était-elle belle au moins ? (Ah ! je souffre !) Merci, Christophe. Dieu
1160 vous récompensera, mon garçon ; moi, je n'ai plus rien.

– Je te payerai bien, toi et Sylvie, dit Eugène à l'oreille du garçon.

– Mes filles vous ont dit qu'elles allaient venir, n'est-ce pas,
Christophe ? Vas-y encore, je te donnerai cent sous. Dis-leur que je
ne me sens pas bien, que je voudrais les embrasser, les voir encore
1165 une fois avant de mourir. Dis-leur cela, mais sans trop les effrayer. »

Christophe partit sur un signe de Rastignac.

« Elles vont venir, reprit le vieillard. Je les connais. Cette bonne
Delphine, si je meurs, quel chagrin je lui causerai ! Nasie aussi. Je
ne voudrais pas mourir, pour ne pas les faire pleurer. Mourir, mon
1170 bon Eugène, c'est ne plus les voir. Là où l'on s'en va, je m'ennuie-
rai bien. Pour un père, l'enfer c'est d'être sans enfants, et j'ai déjà
fait mon apprentissage depuis qu'elles sont mariées. Mon paradis
était rue de la Jussienne. Dites donc, si je vais en paradis, je pourrai
revenir sur terre en esprit autour d'elles. J'ai entendu dire de ces
1175 choses-là. Sont-elles vraies ? Je crois les voir en ce moment telles
qu'elles étaient rue de la Jussienne. Elles descendaient le matin.
"Bonjour, papa", disaient-elles. Je les prenais sur mes genoux, je leur
faisais mille agaceries, des niches[1]. Elles me caressaient gentiment.
Nous déjeunions tous les matins ensemble, nous dînions, enfin
1180 j'étais père, je jouissais de mes enfants. Quand elles étaient rue
de la Jussienne, elles ne raisonnaient pas, elles ne savaient rien du
monde, elles m'aimaient bien. Mon Dieu ! pourquoi ne sont-elles
pas toujours restées petites ? (Oh ! je souffre, la tête me tire.) Ah !
ah ! pardon, mes enfants ! je souffre horriblement, et il faut que ce
1185 soit de la vraie douleur, vous m'avez rendu bien dur au mal. Mon
Dieu ! si j'avais seulement leurs mains dans les miennes, je ne sen-
tirais point mon mal. Croyez-vous qu'elles viennent ? Christophe
est si bête ! J'aurais dû y aller moi-même. Il va les voir, lui. Mais vous
avez été hier au bal. Dites-moi donc comment elles étaient ? Elles
1190 ne savaient rien de ma maladie, n'est-ce pas ? Elles n'auraient pas

---

1. **Niches** : taquineries.

dansé, pauvres petites! Oh! je ne veux plus être malade. Elles ont encore trop besoin de moi. Leurs fortunes sont compromises. Et à quels maris sont-elles livrées! Guérissez-moi, guérissez-moi! (Oh! que je souffre! Ah! ah! ah!) Voyez-vous, il faut me guérir, parce

1195 qu'il leur faut de l'argent, et je sais où aller en gagner. J'irai faire de l'amidon en aiguilles à Odessa. Je suis un malin, je gagnerai des millions. (Oh! je souffre trop!) »

Goriot garda le silence pendant un moment, en paraissant faire tous ses efforts pour rassembler ses forces afin de supporter la douleur.

1200 «Si elles étaient là, je ne me plaindrais pas, dit-il. Pourquoi donc me plaindre?»

Un léger assoupissement survint et dura longtemps. Christophe revint. Rastignac, qui croyait le père Goriot endormi, laissa le garçon lui rendre compte à haute voix de sa mission.

1205 «Monsieur, dit-il, je suis d'abord allé chez madame la comtesse, à laquelle il m'a été impossible de parler, elle était dans de grandes affaires avec son mari. Comme j'insistais, monsieur de Restaud est venu lui-même, et m'a dit comme ça: "Monsieur Goriot se meurt, eh bien! c'est ce qu'il a de mieux à faire. J'ai besoin de madame

1210 de Restaud pour terminer des affaires importantes, elle ira quand tout sera fini." Il avait l'air en colère, ce monsieur-là. J'allais sortir, lorsque madame est entrée dans l'antichambre par une porte que je ne voyais pas, et m'a dit: "Christophe, dis à mon père que je suis en discussion avec mon mari, je ne puis pas le quitter; il s'agit de

1215 la vie ou de la mort de mes enfants; mais aussitôt que tout sera fini, j'irai." Quant à madame la baronne, autre histoire! je ne l'ai point vue, et je n'ai pu lui parler. "Ah! me dit la femme de chambre, madame est rentrée du bal à cinq heures un quart, elle dort; si je l'éveille avant midi, elle me grondera. Je lui dirai que son père va

1220 plus mal quand elle me sonnera. Pour une mauvaise nouvelle, il est toujours temps de la lui dire." J'ai eu beau prier! Ah ouin! J'ai demandé à parler à monsieur le baron, il était sorti.

– Aucune de ses filles ne viendrait! s'écria Rastignac. Je vais écrire à toutes deux.

1225   – Aucune, répondit le vieillard en se dressant sur son séant. Elles
ont des affaires, elles dorment, elles ne viendront pas. Je le savais.
Il faut mourir pour savoir ce que c'est que des enfants. Ah! mon
ami, ne vous mariez pas, n'ayez pas d'enfants! Vous leur donnez la
vie, ils vous donnent la mort. Vous les faites entrer dans le monde,
1230   ils vous en chassent. Non, elles ne viendront pas! Je sais cela depuis
dix ans. Je me le disais quelquefois, mais je n'osais pas y croire. »

Une larme roula dans chacun de ses yeux, sur la bordure rouge,
sans en tomber.

« Ah! si j'étais riche, si j'avais gardé ma fortune, si je ne la leur
1235   avais pas donnée, elles seraient là, elles me lécheraient les joues
de leurs baisers! je demeurerais dans un hôtel, j'aurais de belles
chambres, des domestiques, du feu à moi; et elles seraient tout en
larmes, avec leurs maris, leurs enfants. J'aurais tout cela. Mais rien.
L'argent donne tout, même des filles. Oh! mon argent, où est-il? Si
1240   j'avais des trésors à laisser, elles me panseraient[1], elles me soigneraient; je les entendrais, je les verrais. Ah! mon cher enfant, mon
seul enfant, j'aime mieux mon abandon et ma misère! Au moins,
quand un malheureux est aimé, il est bien sûr qu'on l'aime. Non,
je voudrais être riche, je les verrais. Ma foi, qui sait? Elles ont toutes
1245   les deux des cœurs de roche. J'avais trop d'amour pour elles pour
qu'elles en eussent pour moi. Un père doit être toujours riche,
il doit tenir ses enfants en bride comme des chevaux sournois.
Et j'étais à genoux devant elles. Les misérables! elles couronnent
dignement leur conduite envers moi depuis dix ans. Si vous saviez
1250   comme elles étaient aux petits soins pour moi dans les premiers
temps de leur mariage! (Oh! Je souffre un cruel martyre!) Je venais
de leur donner à chacune près de huit cent mille francs, elles ne
pouvaient pas, ni leurs maris non plus, être rudes avec moi. L'on
me recevait: "Mon père, par-ci; mon cher père, par-là." Mon cou-
1255   vert était toujours mis chez elles. Enfin je dînais avec leurs maris,
qui me traitaient avec considération. J'avais l'air d'avoir encore

----

1. **Panseraient**: soigneraient.

quelque chose. Pourquoi ça ? Je n'avais rien dit de mes affaires. Un homme qui donne huit cent mille francs à ses deux filles était un homme à soigner. Et l'on était aux petits soins, mais c'était pour mon argent. Le monde n'est pas beau. J'ai vu cela, moi ! L'on me menait en voiture au spectacle, et je restais comme je voulais aux soirées. Enfin elles se disaient mes filles, et elles m'avouaient pour leur père. J'ai encore ma finesse, allez, et rien ne m'est échappé. Tout a été à son adresse[1] et m'a percé le cœur. Je voyais bien que c'était des frimes[2] ; mais le mal était sans remède. Je n'étais pas chez elles aussi à l'aise qu'à la table d'en bas. Je ne savais rien dire. Aussi quand quelques-uns de ces gens du monde demandaient à l'oreille de mes gendres : "Qui est-ce que ce monsieur-là ? – C'est le père aux écus, il est riche. – Ah, diable !" disait-on, et l'on me regardait avec le respect dû aux écus. Mais si je les gênais quelquefois un peu, je rachetais bien mes défauts ! D'ailleurs, qui donc est parfait ? (Ma tête est une plaie !) Je souffre en ce moment ce qu'il faut souffrir pour mourir, mon cher monsieur Eugène, eh bien ! ce n'est rien en comparaison de la douleur que m'a causée le premier regard par lequel Anastasie m'a fait comprendre que je venais de dire une bêtise qui l'humiliait : son regard m'a ouvert toutes les veines. J'aurais voulu tout savoir, mais ce que j'ai bien su, c'est que j'étais de trop sur terre. Le lendemain je suis allé chez Delphine pour me consoler, et voilà que j'y fais une bêtise qui me l'a mise en colère. J'en suis devenu comme fou. J'ai été huit jours ne sachant plus ce que je devais faire. Je n'ai pas osé les aller voir, de peur de leurs reproches. Et me voilà à la porte de mes filles. Ô mon Dieu, puisque tu connais les misères, les souffrances que j'ai endurées ; puisque tu as compté les coups de poignard que j'ai reçus, dans ce temps qui m'a vieilli, changé, tué, blanchi[3], pourquoi me fais-tu donc souffrir aujourd'hui ? J'ai bien expié le péché de les trop aimer. Elles se sont bien vengées de mon affection, elles m'ont

---

1. **Tout a été à son adresse** : rien n'a échappé à ma finesse, à mon intelligence.
2. **Frimes** : ruses, faux-semblants.
3. **Blanchi** : sous-entendu, blanchi les cheveux.

tenaillé[1] comme des bourreaux. Eh bien! les pères sont si bêtes! je les aimais tant que j'y suis retourné comme un joueur au jeu. Mes filles, c'était mon vice à moi; elles étaient mes maîtresses, enfin tout! Elles avaient toutes les deux besoin de quelque chose, de parures; les femmes de chambre me le disaient, et je les donnais pour être bien reçu! Mais elles m'ont fait tout de même quelques petites leçons sur ma manière d'être dans le monde. Oh! elles n'ont pas attendu le lendemain. Elles commençaient à rougir de moi[2]. Voilà ce que c'est que de bien élever ses enfants. À mon âge je ne pouvais pourtant pas aller à l'école. (Je souffre horriblement, mon Dieu! les médecins! les médecins! Si l'on m'ouvrait la tête, je souffrirais moins.) Mes filles, mes filles, Anastasie, Delphine! je veux les voir. Envoyez-les chercher par la gendarmerie, de force! la justice est pour moi, tout est pour moi, la nature, le Code civil. Je proteste. La patrie périra si les pères sont foulés aux pieds. Cela est clair. La société, le monde roulent sur la paternité, tout croule si les enfants n'aiment pas leurs pères. Oh! les voir, les entendre, n'importe ce qu'elles me diront, pourvu que j'entende leur voix, ça calmera mes douleurs, Delphine surtout. Mais dites-leur, quand elles seront là, de ne pas me regarder froidement comme elles font. Ah! mon bon ami, monsieur Eugène, vous ne savez pas ce que c'est que de trouver l'or du regard changé tout à coup en plomb gris. Depuis le jour où leurs yeux n'ont plus rayonné sur moi, j'ai toujours été en hiver ici; je n'ai plus eu que des chagrins à dévorer, et je les ai dévorés! J'ai vécu pour être humilié, insulté. Je les aime tant, que j'avalais tous les affronts par lesquels elles me vendaient une pauvre petite jouissance honteuse. Un père se cacher pour voir ses filles! Je leur ai donné ma vie, elles ne me donneront pas une heure aujourd'hui! J'ai soif, j'ai faim, le cœur me brûle, elles ne viendront pas rafraîchir mon agonie, car je meurs, je le sens. Mais elles ne savent donc pas ce que c'est que de marcher sur le cadavre de son père! Il y a un

---

1. **Tenaillé**: torturé.
2. **À rougir de moi**: à avoir honte de moi.

Dieu dans les cieux, il nous venge malgré nous, nous autres pères.
1320 Oh ! elles viendront ! Venez, mes chéries, venez encore me baiser,
un dernier baiser, le viatique[1] de votre père, qui priera Dieu pour
vous, qui lui dira que vous avez été de bonnes filles, qui plaidera
pour vous ! Après tout, vous êtes innocentes. Elles sont innocentes,
mon ami ! Dites-le bien à tout le monde, qu'on ne les inquiète pas
1325 à mon sujet. Tout est de ma faute, je les ai habituées à me fouler
aux pieds[2]. J'aimais cela, moi. Ça ne regarde personne, ni la justice
humaine ni la justice divine. Dieu serait injuste s'il les condamnait
à cause de moi. Je n'ai pas su me conduire, j'ai fait la bêtise d'abdiquer mes droits. Je me serais avili pour elles ! Que voulez-vous !
1330 le plus beau naturel, les meilleures âmes auraient succombé à la
corruption de cette facilité paternelle. Je suis un misérable, je suis
justement puni. Moi seul ai causé les désordres de mes filles, je les
ai gâtées. Elles veulent aujourd'hui le plaisir, comme elles voulaient
autrefois du bonbon. Je leur ai toujours permis de satisfaire leurs
1335 fantaisies de jeunes filles. À quinze ans, elles avaient voiture ! Rien
ne leur a résisté. Moi seul suis coupable, mais coupable par amour.
Leur voix m'ouvrait le cœur. Je les entends, elles viennent. Oh !
oui, elles viendront. La loi veut qu'on vienne voir mourir son père,
la loi est pour moi. Puis ça ne coûtera qu'une course. Je payerai.
1340 Écrivez-leur que j'ai des millions à leur laisser ! Parole d'honneur.
J'irai faire des pâtes d'Italie à Odessa. Je connais la manière. Il y a,
dans mon projet, des millions à gagner. Personne n'y a pensé. Ça
ne se gâtera point dans le transport comme le blé ou comme la
farine. Eh, eh, l'amidon ? il y aura là des millions ! Vous ne mentirez
1345 pas, dites-leur des millions, et quand même elles viendraient par
avarice, j'aime mieux être trompé, je les verrai. Je veux mes filles !
je les ai faites ! elles sont à moi ! » dit-il en se dressant sur son séant,
en montrant à Eugène une tête dont les cheveux blancs étaient
épars et qui menaçait par tout ce qui pouvait exprimer la menace.

---

1. Viatique : dernier sacrement administré à un mourant.
2. À me fouler aux pieds : à ne pas me respecter (sens figuré).

1350 « Allons, lui dit Eugène, recouchez-vous, mon bon père Goriot, je vais leur écrire. Aussitôt que Bianchon sera de retour, j'irai si elles ne viennent pas.

– Si elles ne viennent pas ? répéta le vieillard en sanglotant. Mais je serai mort, mort dans un accès de rage, de rage ! La rage

1355 me gagne ! En ce moment, je vois ma vie entière. Je suis dupe ! elles ne m'aiment pas, elles ne m'ont jamais aimé ! cela est clair. Si elles ne sont pas venues, elles ne viendront pas. Plus elles auront tardé, moins elles se décideront à me faire cette joie. Je les connais. Elles n'ont jamais rien su deviner de mes chagrins, de mes douleurs,

1360 de mes besoins, elles ne devineront pas plus ma mort ; elles ne sont seulement pas dans le secret de ma tendresse. Oui, je le vois, pour elles, l'habitude de m'ouvrir les entrailles a ôté du prix à tout ce que je faisais. Elles auraient demandé à me crever les yeux, je leur aurais dit : "Crevez-les !" Je suis trop bête. Elles croient que

1365 tous les pères sont comme le leur. Il faut toujours se faire valoir. Leurs enfants me vengeront. Mais c'est dans leur intérêt de venir ici. Prévenez-les donc qu'elles compromettent leur agonie. Elles commettent tous les crimes en un seul. Mais allez donc, dites-leur donc que, ne pas venir, c'est un parricide ! Elles en ont assez

1370 commis sans ajouter celui-là. Criez donc comme moi : "Hé, Nasie ! hé, Delphine ! venez à votre père qui a été si bon pour vous et qui souffre !" Rien, personne. Mourrai-je donc comme un chien ? Voilà ma récompense, l'abandon. Ce sont des infâmes, des scélérates ; je les abomine[1], je les maudis ; je me relèverai, la nuit, de mon

1375 cercueil pour les remaudire, car, enfin, mes amis, ai-je tort ? elles se conduisent bien mal ! hein ? Qu'est-ce que je dis ? Ne m'avez-vous pas averti que Delphine est là ? C'est la meilleure des deux. Vous êtes mon fils, Eugène, vous ! aimez-la, soyez un père pour elle. L'autre est bien malheureuse. Et leurs fortunes ! Ah, mon Dieu !

1380 J'expire, je souffre un peu trop ! Coupez-moi la tête, laissez-moi seulement le cœur.

---

1. **Abomine** : déteste.

– Christophe, allez chercher Bianchon, s'écria Eugène épouvanté
du caractère que prenaient les plaintes et les cris du vieillard, et
ramenez-moi un cabriolet.

1385 – Je vais aller chercher vos filles, mon bon père Goriot, je vous
les ramènerai.

– De force, de force ! Demandez la garde, la ligne[1], tout ! tout,
dit-il en jetant à Eugène un dernier regard où brilla la raison. Dites au
gouvernement, au procureur du roi, qu'on me les amène, je le veux !

1390 – Mais vous les avez maudites.

– Qui est-ce qui a dit cela ? répondit le vieillard stupéfait. Vous
savez bien que je les aime, je les adore ! Je suis guéri si je les vois…
Allez, mon bon voisin, mon cher enfant, allez, vous êtes bon, vous ;
je voudrais vous remercier, mais je n'ai rien à vous donner que les
1395 bénédictions d'un mourant. Ah ! je voudrais au moins voir Delphine
pour lui dire de m'acquitter envers vous[2]. Si l'autre ne peut pas,
amenez-moi celle-là. Dites-lui que vous ne l'aimerez plus si elle
ne veut pas venir. Elle vous aime tant qu'elle viendra. À boire, les
entrailles me brûlent ! Mettez-moi quelque chose sur la tête. La main
1400 de mes filles, ça me sauverait, je le sens… Mon Dieu ! qui refera
leurs fortunes si je m'en vais ? Je veux aller à Odessa pour elles, à
Odessa, y faire des pâtes.

– Buvez ceci, dit Eugène en soulevant le moribond et le prenant dans son bras gauche tandis que de l'autre il tenait une tasse
1405 pleine de tisane.

– Vous devez aimer votre père et votre mère, vous ! dit le vieillard
en serrant de ses mains défaillantes la main d'Eugène. Comprenez-
vous que je vais mourir sans les voir, mes filles ? Avoir soif toujours,
et ne jamais boire, voilà comment j'ai vécu depuis dix ans… Mes
1410 deux gendres ont tué mes filles. Oui, je n'ai plus eu de filles après
qu'elles ont été mariées. Pères, dites aux Chambres[3] de faire une
loi sur le mariage ! Enfin, ne mariez pas vos filles si vous les aimez.

---

1. **La garde, la ligne** : l'armée.
2. **M'acquitter envers vous** : vous donner ce que je vous avais promis.
3. **Chambres** : assemblées législatives.

Le gendre est un scélérat qui gâte tout chez une fille, il souille tout. Plus de mariages ! C'est ce qui nous enlève nos filles, et nous ne les avons plus quand nous mourons. Faites une loi sur la mort des pères. C'est épouvantable, ceci ! Vengeance ! Ce sont mes gendres qui les empêchent de venir. Tuez-les ! À mort le Restaud, à mort l'Alsacien, ils sont mes assassins ! La mort ou mes filles ! Ah ! c'est fini, je meurs sans elles ! Elles ! Nasie, Fifine, allons, venez donc ! Votre papa sort…

– Mon bon père Goriot, calmez-vous, voyons, restez tranquille, ne vous agitez pas, ne pensez pas.

– Ne pas les voir, voilà l'agonie !

– Vous allez les voir.

– Vrai ! cria le vieillard égaré. Oh ! les voir ! je vais les voir, entendre leur voix. Je mourrai heureux. Eh bien ! oui, je ne demande plus à vivre, je n'y tenais plus, les peines allaient croissant. Mais les voir, toucher leurs robes, ah ! rien que leurs robes, c'est bien peu ; mais que je sente quelque chose d'elles ! Faites-moi prendre les cheveux… veux… »

Il tomba la tête sur l'oreiller comme s'il recevait un coup de massue. Ses mains s'agitèrent sur la couverture comme pour prendre les cheveux de ses filles.

« Je les bénis, dit-il en faisant un effort, bénis. »

Il s'affaissa tout à coup. En ce moment Bianchon entra.

« J'ai rencontré Christophe, dit-il, il va t'amener une voiture. » Puis il regarda le malade, lui souleva de force les paupières, et les deux étudiants lui virent un œil sans chaleur et terne. « Il n'en reviendra pas, dit Bianchon, je ne crois pas. » Il prit le pouls, le tâta, mit la main sur le cœur du bonhomme.

« La machine va toujours ; mais, dans sa position, c'est un malheur, il vaudrait mieux qu'il mourût !

– Ma foi, oui, dit Rastignac.

– Qu'as-tu donc ? tu es pâle comme la mort.

– Mon ami, je viens d'entendre des cris et des plaintes. Il y a un Dieu ! Oh ! oui ! il y a un Dieu, et il nous a fait un monde meilleur, ou notre terre est un non-sens. Si ce n'avait pas été si tragique, je fondrais en larmes, mais j'ai le cœur et l'estomac horriblement serrés.

– Dis donc, il va falloir bien des choses ; où prendre de l'argent ? »

1450 Rastignac tira sa montre.

« Tiens, mets-la vite en gage. Je ne veux pas m'arrêter en route, car j'ai peur de perdre une minute, et j'attends Christophe. Je n'ai pas un liard, il faudra payer mon cocher au retour. »

Rastignac se précipita dans l'escalier, et partit pour aller rue
1455 du Helder chez madame de Restaud. Pendant le chemin, son imagination, frappée de l'horrible spectacle dont il avait été témoin, échauffa son indignation. Quand il arriva dans l'antichambre et qu'il demanda madame de Restaud, on lui répondit qu'elle n'était pas visible.

1460 « Mais, dit-il au valet de chambre, je viens de la part de son père qui se meurt.

– Monsieur, nous avons de monsieur le comte les ordres les plus sévères.

– Si monsieur de Restaud y est, dites-lui dans quelle circonstance
1465 se trouve son beau-père et prévenez-le qu'il faut que je lui parle à l'instant même. »

Eugène attendit pendant longtemps.

« Il se meurt peut-être en ce moment », pensait-il.

Le valet de chambre l'introduisit dans le premier salon où mon-
1470 sieur de Restaud reçut l'étudiant debout, sans le faire asseoir, devant une cheminée où il n'y avait pas de feu.

« Monsieur le comte, lui dit Rastignac, monsieur votre beau-père expire en ce moment dans un bouge infâme, sans un liard pour avoir du bois ; il est exactement à la mort et demande à voir
1475 sa fille…

– Monsieur, lui répondit avec froideur le comte de Restaud, vous avez pu vous apercevoir que j'ai fort peu de tendresse pour monsieur Goriot. Il a compromis son caractère avec madame de Restaud, il a fait le malheur de ma vie, je vois en lui l'ennemi de mon repos. Qu'il
1480 meure, qu'il vive, tout m'est parfaitement indifférent. Voilà quels

sont mes sentiments à son égard. Le monde pourra me blâmer, je méprise l'opinion. J'ai maintenant des choses plus importantes à accomplir qu'à m'occuper de ce que penseront de moi des sots ou des indifférents. Quant à madame de Restaud, elle est hors d'état

1485 de sortir. D'ailleurs, je ne veux pas qu'elle quitte sa maison. Dites à son père qu'aussitôt qu'elle aura rempli ses devoirs envers moi, envers mon enfant, elle ira le voir. Si elle aime son père, elle peut être libre dans quelques instants…

– Monsieur le comte, il ne m'appartient pas de juger de votre

1490 conduite, vous êtes le maître de votre femme ; mais je puis compter sur votre loyauté[1] ? eh bien ! promettez-moi seulement de lui dire que son père n'a pas un jour à vivre, et l'a déjà maudite en ne la voyant pas à son chevet !

– Dites-le-lui vous-même », répondit monsieur de Restaud frappé

1495 des sentiments d'indignation que trahissait l'accent d'Eugène.

Rastignac entra, conduit par le comte, dans le salon où se tenait habituellement la comtesse : il la trouva noyée de larmes, et plongée dans une bergère comme une femme qui voulait mourir. Elle lui fit pitié. Avant de regarder Rastignac, elle jeta sur son mari de craintifs

1500 regards qui annonçaient une prostration[2] complète de ses forces écrasées par une tyrannie[3] morale et physique. Le comte hocha la tête, elle se crut encouragée à parler.

« Monsieur, j'ai tout entendu. Dites à mon père que s'il connaissait la situation dans laquelle je suis, il me pardonnerait. Je ne comptais

1505 pas sur ce supplice, il est au-dessus de mes forces, monsieur, mais je résisterai jusqu'au bout, dit-elle à son mari. Je suis mère. Dites à mon père que je suis irréprochable envers lui, malgré les apparences », cria-t-elle avec désespoir à l'étudiant.

Eugène salua les deux époux, en devinant l'horrible crise dans

1510 laquelle était la femme, et se retira stupéfait. Le ton de monsieur de Restaud lui avait démontré l'inutilité de sa démarche, et il comprit

---

1. **Loyauté** : droiture, sincérité.
2. **Prostration** : épuisement, abattement.
3. **Tyrannie** : mal (sens figuré).

qu'Anastasie n'était plus libre. Il courut chez madame de Nucingen, et la trouva dans son lit.

«Je suis souffrante, mon pauvre ami, lui dit-elle. J'ai pris froid en sortant du bal, j'ai peur d'avoir une fluxion de poitrine[1], j'attends le médecin...

– Eussiez-vous la mort sur les lèvres, lui dit Eugène en l'interrompant, il faut vous traîner auprès de votre père. Il vous appelle! Si vous pouviez entendre le plus léger de ses cris, vous ne vous sentiriez point malade.

– Eugène, mon père n'est peut-être pas aussi malade que vous le dites; mais je serais au désespoir d'avoir le moindre tort à vos yeux, et je me conduirai comme vous le voudrez. Lui, je le sais, il mourrait de chagrin si ma maladie devenait mortelle par suite de cette sortie. Eh bien! j'irai dès que mon médecin sera venu. Ah! pourquoi n'avez-vous plus votre montre?» dit-elle en ne voyant plus la chaîne. Eugène rougit. «Eugène! Eugène, si vous l'aviez déjà vendue, perdue... oh! cela serait bien mal.»

L'étudiant se pencha sur le lit de Delphine, et lui dit à l'oreille: «Vous voulez le savoir? eh bien! sachez-le! Votre père n'a pas de quoi s'acheter le linceul[2] dans lequel on le mettra ce soir. Votre montre est en gage, je n'avais plus rien.»

Delphine sauta tout à coup hors de son lit, courut à son secrétaire, y prit sa bourse, la tendit à Rastignac. Elle sonna et s'écria: «J'y vais, j'y vais, Eugène. Laissez-moi m'habiller; mais je serais un monstre! Allez, j'arriverai avant vous! Thérèse, cria-t-elle à sa femme de chambre, dites à monsieur de Nucingen de monter me parler à l'instant même.»

Eugène, heureux de pouvoir annoncer au moribond la présence d'une de ses filles, arriva presque joyeux rue Neuve-Sainte-Geneviève. Il fouilla dans la bourse pour pouvoir payer immédiatement son cocher. La bourse de cette jeune femme, si riche, si élégante,

---

1. **Fluxion de poitrine**: inflammation des poumons.
2. **Linceul**: drap dans lequel on ensevelit les morts.

contenait soixante-dix francs. Parvenu en haut de l'escalier, il trouva
le père Goriot maintenu par Bianchon, et opéré par le chirurgien
1545 de l'hôpital, sous les yeux du médecin. On lui brûlait le dos avec
des moxas, dernier remède de la science, remède inutile.

« Les sentez-vous ? » demandait le médecin.

Le père Goriot, ayant entrevu l'étudiant, répondit :

« Elles viennent, n'est-ce pas ?

1550 – Il peut s'en tirer, dit le chirurgien, il parle.

– Oui, répondit Eugène, Delphine me suit.

– Allons ! dit Bianchon, il parlait de ses filles, après lesquelles il
crie comme un homme sur le pal[1] crie, dit-on, après l'eau.

– Cessez, dit le médecin au chirurgien, il n'y a plus rien à faire,
1555 on ne le sauvera pas. »

Bianchon et le chirurgien replacèrent le mourant à plat sur
son grabat infect.

« Il faudrait cependant le changer de linge, dit le médecin. Quoiqu'il
n'y ait aucun espoir, il faut respecter en lui la nature humaine. Je
1560 reviendrai, Bianchon, dit-il en l'étudiant. S'il se plaignait encore,
mettez-lui de l'opium sur le diaphragme[2]. »

Le chirurgien et le médecin sortirent.

« Allons, Eugène, du courage, mon fils ! dit Bianchon à Rastignac
quand ils furent seuls, il s'agit de lui mettre une chemise blanche
1565 et de changer son lit. Va dire à Sylvie de monter des draps et de
venir nous aider. »

Eugène descendit et trouva madame Vauquer occupée à mettre
le couvert avec Sylvie. Aux premiers mots que lui dit Rastignac,
la veuve vint à lui, en prenant l'air aigrement doucereux[3] d'une
1570 marchande soupçonneuse qui ne voudrait ni perdre son argent, ni
fâcher le consommateur.

« Mon cher monsieur Eugène, répondit-elle, vous savez tout
comme moi que le père Goriot n'a plus le sou. Donner des draps à

---

1. **Pal** : pieu aiguisé utilisé comme instrument de supplice.
2. **Diaphragme** : poitrine.
3. **Aigrement doucereux** : hypocrite.

un homme en train de tortiller de l'œil[1], c'est les perdre, d'autant
qu'il faudra bien en sacrifier un pour le linceul. Ainsi, vous me
devez déjà cent quarante-quatre francs, mettez quarante francs de
draps, et quelques autres petites choses, la chandelle que Sylvie
vous donnera, tout cela fait au moins deux cents francs, qu'une
pauvre veuve comme moi n'est pas en état de perdre. Dame! soyez
juste, monsieur Eugène, j'ai bien assez perdu depuis cinq jours
que le guignon[2] s'est logé chez moi. J'aurais donné dix écus pour
que ce bonhomme-là fût parti ces jours-ci, comme vous le disiez.
Ça frappe mes pensionnaires. Pour un rien, je le ferais porter à
l'hôpital. Enfin, mettez-vous à ma place. Mon établissement avant
tout, c'est ma vie, à moi.»

Eugène remonta rapidement chez le père Goriot.

«Bianchon, l'argent de la montre?

– Il est là sur la table, il en reste trois cent soixante et quelques
francs. J'ai payé sur ce qu'on m'a donné tout ce que nous devions.
La reconnaissance du Mont-de-Piété est sous l'argent.

– Tenez, madame, dit Rastignac après avoir dégringolé l'escalier
avec horreur, soldez nos comptes. Monsieur Goriot n'a pas longtemps à rester chez vous, et moi…

– Oui, il en sortira les pieds en avant[3], pauvre bonhomme, dit-
elle en comptant deux cents francs, d'un air moitié gai, moitié
mélancolique.

– Finissons, dit Rastignac.

– Sylvie, donnez les draps, et allez aider ces messieurs, là-haut.

– Vous n'oublierez pas Sylvie, dit madame Vauquer à l'oreille
d'Eugène, voilà deux nuits qu'elle veille.»

Dès qu'Eugène eut le dos tourné, la vieille courut à sa cuisinière:
«Prends les draps retournés[4], numéro sept. Par Dieu, c'est toujours
assez bon pour un mort», lui dit-elle à l'oreille.

---

1. **Tortiller de l'œil**: mourir (populaire).
2. **Guignon**: malchance, malheur.
3. **Il en sortira les pieds en avant**: il ne quittera ce lieu qu'une fois mort.
4. **Draps retournés**: vieux draps.

Eugène, qui avait déjà monté quelques marches de l'escalier,
1605 n'entendit pas les paroles de la vieille hôtesse.

«Allons, lui dit Bianchon, passons-lui sa chemise. Tiens-le droit.»

Eugène se mit à la tête du lit et soutint le moribond, auquel
Bianchon enleva sa chemise, et le bonhomme fit un geste comme
pour garder quelque chose sur sa poitrine, et poussa des cris plain-
1610 tifs et inarticulés, à la manière des animaux qui ont une grande
douleur à exprimer.

«Oh! oh! dit Bianchon, il veut une petite chaîne de cheveux
et un petit médaillon que nous lui avons ôtés tout à l'heure pour
lui poser ses moxas. Pauvre homme! il faut la lui remettre. Elle est
1615 sur la cheminée.»

Eugène alla prendre une chaîne tressée avec des cheveux blond
cendré, sans doute ceux de madame Goriot. Il lut d'un côté du
médaillon : Anastasie, et de l'autre : Delphine. Image de son cœur qui
reposait toujours sur son cœur. Les boucles contenues étaient d'une
1620 telle finesse qu'elles devaient avoir été prises pendant la première
enfance des deux filles. Lorsque le médaillon toucha sa poitrine, le
vieillard fit un *han* prolongé qui annonçait une satisfaction effrayante
à voir. C'était un des derniers retentissements de sa sensibilité, qui
semblait se retirer au centre inconnu d'où partent et où s'adressent
1625 nos sympathies. Son visage convulsé prit une expression de joie
maladive. Les deux étudiants, frappés de ce terrible éclat d'une force
de sentiment qui survivait à la pensée, laissèrent tomber chacun
des larmes chaudes sur le moribond qui jeta un cri de plaisir aigu.

«Nasie! Fifine! dit-il.

1630   – Il vit encore, dit Bianchon.

– À quoi ça lui sert-il? dit Sylvie.

– À souffrir», répondit Rastignac.

Après avoir fait à son camarade un signe pour lui dire de l'imiter,
Bianchon s'agenouilla pour passer ses bras sous les jarrets du malade,
1635 pendant que Rastignac en faisait autant de l'autre côté du lit afin de
passer les mains sous le dos. Sylvie était là, prête à retirer les draps
quand le moribond serait soulevé, afin de les remplacer par ceux

qu'elle apportait. Trompé sans doute par les larmes, Goriot usa ses dernières forces pour étendre les mains, rencontra de chaque côté de son lit les têtes des étudiants, les saisit violemment par les cheveux, et l'on entendit faiblement: «Ah! mes anges!» Deux mots, deux murmures accentués par l'âme qui s'envola sur cette parole.

«Pauvre cher homme», dit Sylvie attendrie de cette exclamation où se peignit un sentiment suprême que le plus horrible, le plus involontaire des mensonges exaltait une dernière fois.

Le dernier soupir de ce père devait être un soupir de joie. Ce soupir fut l'expression de toute sa vie, il se trompait encore. Le père Goriot fut pieusement replacé sur son grabat. À compter de ce moment, sa physionomie garda la douloureuse empreinte du combat qui se livrait entre la mort et la vie dans une machine qui n'avait plus cette espèce de conscience cérébrale d'où résulte le sentiment du plaisir et de la douleur pour l'être humain. Ce n'était plus qu'une question de temps pour la destruction.

«Il va rester ainsi quelques heures, et mourra sans que l'on s'en aperçoive, il ne râlera même pas. Le cerveau doit être complètement envahi.»

En ce moment on entendit dans l'escalier un pas de jeune femme haletante.

«Elle arrive trop tard», dit Rastignac.

Ce n'était pas Delphine, mais Thérèse, sa femme de chambre.

«Monsieur Eugène, dit-elle, il s'est élevé une scène violente entre monsieur et madame, à propos de l'argent que cette pauvre madame demandait pour son père. Elle s'est évanouie, le médecin est venu, il a fallu la saigner, elle criait: "Mon père se meurt, je veux voir papa!" Enfin, des cris à fendre l'âme.

– Assez, Thérèse. Elle viendrait que maintenant ce serait superflu, monsieur Goriot n'a plus de connaissance.

– Pauvre cher monsieur, est-il mal comme ça! dit Thérèse.

– Vous n'avez plus besoin de moi, faut que j'aille à mon dîner, il est quatre heures et demie», dit Sylvie qui faillit se heurter sur le haut de l'escalier avec madame de Restaud.

Ce fut une apparition grave et terrible que celle de la comtesse. Elle regarda le lit de mort, mal éclairé par une seule chandelle, et versa des pleurs en apercevant le masque de son père où palpitaient encore
1675 les derniers tressaillements de la vie. Bianchon se retira par discrétion.

«Je ne me suis pas échappée assez tôt», dit la comtesse à Rastignac.

L'étudiant fit un signe de tête affirmatif plein de tristesse. Madame de Restaud prit la main de son père, la baisa.

«Pardonnez-moi, mon père! Vous disiez que ma voix vous rap-
1680 pellerait de la tombe; eh bien, revenez un moment à la vie pour bénir votre fille repentante. Entendez-moi. Ceci est affreux! votre bénédiction est la seule que je puisse recevoir ici-bas désormais. Tout le monde me hait, vous seul m'aimez. Mes enfants eux-mêmes me haïront. Emmenez-moi avec vous, je vous aimerai, je vous soignerai. Il
1685 n'entend plus, je suis folle.» Elle tomba sur ses genoux, et contempla ce débris avec une expression de délire. «Rien ne manque à mon malheur, dit-elle en regardant Eugène. Monsieur de Trailles est parti, laissant ici des dettes énormes, et j'ai su qu'il me trompait. Mon mari ne me pardonnera jamais, et je l'ai laissé le maître de ma fortune.
1690 J'ai perdu toutes mes illusions. Hélas! pour qui ai-je trahi le seul cœur (elle montra son père) où j'étais adorée! Je l'ai méconnu, je l'ai repoussé, je lui ai fait mille maux, infâme que je suis!

– Il le savait», dit Rastignac.

En ce moment le père Goriot ouvrit les yeux, mais par l'effet
1695 d'une convulsion. Le geste qui révélait l'espoir de la comtesse ne fut pas moins horrible à voir que l'œil du mourant.

«M'entendrait-il? cria la comtesse. Non», se dit-elle en s'asseyant auprès de lui.

Madame de Restaud ayant manifesté le désir de garder son
1700 père, Eugène descendit pour prendre un peu de nourriture. Les pensionnaires étaient déjà réunis.

«Eh bien, lui dit le peintre, il paraît que nous allons avoir un petit mortorama là-haut?

– Charles, lui dit Eugène, il me semble que vous devriez plaisanter
1705 sur quelque sujet moins lugubre.

– Nous ne pourrons donc plus rire ici ? reprit le peintre. Qu'est-ce que cela fait, puisque Bianchon dit que le bonhomme n'a plus sa connaissance ?

– Eh bien ! reprit l'employé du Muséum, il sera mort comme il a vécu.

– Mon père est mort ! » cria la comtesse.

À ce cri terrible, Sylvie, Rastignac et Bianchon montèrent, et trouvèrent madame de Restaud évanouie. Après l'avoir fait revenir à elle, ils la transportèrent dans le fiacre qui l'attendait. Eugène la confia aux soins de Thérèse, lui ordonnant de la conduire chez madame de Nucingen.

« Oh, il est bien mort, dit Bianchon en descendant.

– Allons, messieurs, à table, dit madame Vauquer, la soupe va se refroidir. »

Les deux étudiants se mirent à côté l'un de l'autre.

« Que faut-il faire maintenant ? dit Eugène à Bianchon.

– Mais je lui ai fermé les yeux, et je l'ai convenablement disposé. Quand le médecin de la mairie aura constaté le décès que nous irons déclarer, on le coudra dans un linceul, et on l'enterrera. Que veux-tu qu'il devienne ?

– Il ne flairera plus son pain comme ça, dit un pensionnaire en imitant la grimace du bonhomme.

– Sacrebleu, messieurs, dit le répétiteur, laissez donc le père Goriot, et ne nous en faites plus manger, car on l'a mis à toute sauce depuis une heure. Un des privilèges de la bonne ville de Paris, c'est qu'on peut y naître, y vivre, y mourir sans que personne fasse attention à vous. Profitons donc des avantages de la civilisation. Il y a soixante morts aujourd'hui, voulez-vous nous apitoyer sur les hécatombes[1] parisiennes ? Que le père Goriot soit crevé, tant mieux pour lui ! Si vous l'adorez, allez le garder, et laissez-nous manger tranquillement, nous autres.

– Oh ! oui, dit la veuve, tant mieux pour lui qu'il soit mort !

---

1. **Hécatombes** : massacres.

Il paraît que le pauvre homme avait bien du désagrément sa vie durant. »

1740 Ce fut la seule oraison funèbre[1] d'un être qui, pour Eugène, représentait la Paternité. Les quinze pensionnaires se mirent à causer comme à l'ordinaire. Lorsque Eugène et Bianchon eurent mangé, le bruit des fourchettes et des cuillers, les rires de la conversation, les diverses expressions de ces figures gloutonnes et indifférentes,
1745 leur insouciance, tout les glaça d'horreur. Ils sortirent pour aller chercher un prêtre qui veillât et priât pendant la nuit près du mort. Il leur fallut mesurer les derniers devoirs à rendre au bonhomme sur le peu d'argent dont ils pourraient disposer. Vers neuf heures du soir, le corps fut placé sur un fond sanglé, entre deux chandelles,
1750 dans cette chambre nue, et un prêtre vint s'asseoir auprès de lui. Avant de se coucher, Rastignac, ayant demandé des renseignements à l'ecclésiastique[2] sur le prix du service[3] à faire et sur celui des convois[4], écrivit un mot au baron de Nucingen et au comte de Restaud en les priant d'envoyer leurs gens d'affaires afin de pourvoir à tous les
1755 frais de l'enterrement. Il leur dépêcha Christophe, puis il se coucha et s'endormit accablé de fatigue. Le lendemain matin, Bianchon et Rastignac furent obligés d'aller déclarer eux-mêmes le décès, qui vers midi fut constaté. Deux heures après, aucun des deux gendres n'avait envoyé d'argent, personne ne s'était présenté en leur nom,
1760 et Rastignac avait été forcé déjà de payer les frais du prêtre. Sylvie ayant demandé dix francs pour ensevelir le bonhomme et le coudre dans un linceul, Eugène et Bianchon calculèrent que, si les parents du mort ne voulaient se mêler de rien, ils auraient à peine de quoi pourvoir aux frais. L'étudiant en médecine se chargea donc de
1765 mettre lui-même le cadavre dans une bière[5] de pauvre qu'il fit apporter de son hôpital, où il l'eut à meilleur marché.

---

1. **Oraison funèbre** : discours prononcé en l'honneur du défunt.
2. **Ecclésiastique** : prêtre.
3. **Service** : messe.
4. **Convois** : transports du corps de la pension à l'église puis de l'église au cimetière.
5. **Bière** : cercueil.

«Fais une farce à ces drôles-là, dit-il à Eugène. Va acheter un terrain, pour cinq ans, au Père-Lachaise, et commande un service de troisième classe à l'église et aux Pompes Funèbres[1]. Si les gendres et les filles se refusent à te rembourser, tu feras graver sur la tombe : "Ci-gît monsieur Goriot, père de la comtesse de Restaud et de la baronne de Nucingen, enterré aux frais de deux étudiants."»

Eugène ne suivit le conseil de son ami qu'après avoir été infructueusement chez monsieur et madame de Nucingen et chez monsieur et madame de Restaud. Il n'alla pas plus loin que la porte. Chacun des concierges avait des ordres sévères.

«Monsieur et madame, dirent-ils, ne reçoivent personne ; leur père est mort, et ils sont plongés dans la plus vive douleur.»

Eugène avait assez l'expérience du monde parisien pour savoir qu'il ne devait pas insister. Son cœur se serra étrangement quand il se vit dans l'impossibilité de parvenir jusqu'à Delphine.

« *Vendez une parure*[2], lui écrivit-il chez le concierge, *et que votre père soit décemment conduit à sa dernière demeure*[3]. »

Il cacheta ce mot, et pria le concierge du baron de le remettre à Thérèse pour sa maîtresse ; mais le concierge le remit au baron de Nucingen qui le jeta dans le feu. Après avoir fait toutes ses dispositions, Eugène revint vers trois heures à la pension bourgeoise, et ne put retenir une larme quand il aperçut à cette porte bâtarde la bière à peine couverte d'un drap noir, posée sur deux chaises dans cette rue déserte. Un mauvais goupillon[4], auquel personne n'avait encore touché, trempait dans un plat de cuivre argenté plein d'eau bénite. La porte n'était pas même tendue de noir[5]. C'était la mort des pauvres, qui n'a ni faste, ni suivants[6], ni amis, ni

---

1. Pompes Funèbres : administration se chargeant de l'organisation des enterrements.
2. Parure : bijou.
3. À sa dernière demeure : au cimetière.
4. Goupillon : petit bâton de métal servant à asperger d'eau bénite.
5. Il était d'usage de tendre la porte de noir lorsque quelqu'un venait de mourir dans la maison.
6. Ni faste, ni suivants : ni déploiement de richesse, ni cortège.

parents. Bianchon obligé d'être à son hôpital, avait écrit un mot à
1795 Rastignac pour lui rendre compte de ce qu'il avait fait avec l'église.
L'interne lui mandait qu'une messe était hors de prix, qu'il fallait
se contenter du service moins coûteux des vêpres[1], et qu'il avait
envoyé Christophe avec un mot aux Pompes Funèbres. Au moment
où Eugène achevait de lire le griffonnage de Bianchon, il vit entre
1800 les mains de madame Vauquer le médaillon à cercle d'or où étaient
les cheveux des deux filles.

« Comment avez-vous osé prendre ça ? lui dit-il.

– Pardi ! fallait-il l'enterrer avec ? répondit Sylvie, c'est en or.

– Certes ! reprit Eugène avec indignation, qu'il emporte au moins
1805 avec lui la seule chose qui puisse représenter ses deux filles. »

Quand le corbillard[2] vint, Eugène fit remonter la bière, la décloua,
et plaça religieusement[3] sur la poitrine du bonhomme une image
qui se rapportait à un temps où Delphine et Anastasie étaient jeunes,
vierges et pures, et *ne raisonnaient pas*, comme il l'avait dit dans ses
1810 cris d'agonisant. Rastignac et Christophe accompagnèrent seuls,
avec deux croque-morts[4], le char qui menait le pauvre homme à
Saint-Étienne-du-Mont, église peu distante de la rue Neuve-Sainte-
Geneviève. Arrivé là, le corps fut présenté à une petite chapelle basse
et sombre, autour de laquelle l'étudiant chercha vainement les deux
1815 filles du père Goriot ou leurs maris. Il fut seul avec Christophe, qui
se croyait obligé de rendre les derniers devoirs à un homme qui lui
avait fait gagner quelques bons pourboires. En attendant les deux
prêtres, l'enfant de chœur et le bedeau[5], Rastignac serra la main
de Christophe, sans pouvoir prononcer une parole.

1820 « Oui, monsieur Eugène, dit Christophe, c'était un brave et honnête homme, qui n'a jamais dit une parole plus haut que l'autre,
qui ne nuisait à personne et n'a jamais fait de mal. »

---

1. **Vêpres** : messes du soir.
2. **Corbillard** : voiture transportant le cercueil.
3. **Religieusement** : conformément aux rites imposés par la religion (sens propre) ; soigneusement (sens figuré).
4. **Croque-morts** : employés des pompes funèbres.
5. **Bedeau** : personne chargée du bon déroulement des cérémonies dans les églises.

Les deux prêtres, l'enfant de chœur et le bedeau vinrent et donnèrent tout ce qu'on peut avoir pour soixante-dix francs dans
1825 une époque où la religion n'est pas assez riche pour prier gratis. Les gens du clergé chantèrent un psaume[1], le *Libera*, le *De profundis*[2]. Le service dura vingt minutes. Il n'y avait qu'une seule voiture de deuil pour un prêtre et un enfant de chœur, qui consentirent à recevoir avec eux Eugène et Christophe.
1830 « Il n'y a point de suite, dit le prêtre, nous pourrons aller vite, afin de ne pas nous attarder, il est cinq heures et demie. »
Cependant, au moment où le corps fut placé dans le corbillard, deux voitures armoriées[3], mais vides, celle du comte de Restaud et celle du baron de Nucingen, se présentèrent et suivirent le convoi
1835 jusqu'au Père-Lachaise. À six heures, le corps du père Goriot fut descendu dans sa fosse, autour de laquelle étaient les gens de ses filles, qui disparurent avec le clergé aussitôt que fut dite la courte prière due au bonhomme pour l'argent de l'étudiant. Quand les deux fossoyeurs eurent jeté quelques pelletées de terre sur la bière
1840 pour la cacher, ils se relevèrent, et l'un d'eux, s'adressant à Rastignac, lui demanda leur pourboire. Eugène fouilla dans sa poche et n'y trouva rien, il fut forcé d'emprunter vingt sous à Christophe. Ce fait, si léger en lui-même, détermina chez Rastignac un accès d'horrible tristesse. Le jour tombait, un humide crépuscule agaçait les nerfs, il
1845 regarda la tombe et y ensevelit sa dernière larme de jeune homme, cette larme arrachée par les saintes émotions d'un cœur pur, une de ces larmes qui, de la terre où elles tombent, rejaillissent jusque dans les cieux. Il se croisa les bras, contempla les nuages, et, le voyant ainsi, Christophe le quitta.
850 Rastignac, resté seul, fit quelques pas vers le haut du cimetière et vit Paris tortueusement couché le long des deux rives de la Seine où commençaient à briller les lumières. Ses yeux s'attachèrent presque avidement entre la colonne de la place Vendôme et le dôme des

---

1. Psaume : chant sacré.
2. *Libera, De profundis* : chants funèbres.
3. Armoriées : ornées d'armoiries, emblèmes d'une maison noble.

Invalides, là où vivait ce beau monde dans lequel il avait voulu péné-
1855 trer. Il lança sur cette ruche bourdonnant un regard qui semblait
par avance en pomper le miel, et dit ces mots grandioses : « À nous
deux maintenant ! »

Et pour premier acte du défi qu'il portait à la Société, Rastignac
alla dîner chez madame de Nucingen.

Arrêt sur lecture 4

Pour comprendre l'essentiel

La mort solitaire du père Goriot

❶ La mort du père Goriot semble inévitable. Rappelez quel coup fatal lui est porté et analysez dans les pages 301 et 303 les phrases qui annoncent sa mort prochaine.

❷ L'absence de Delphine et Anastasie auprès de leur père semble s'apparenter à un meurtre. Interprétez l'expression « élégant parricide » (p. 291).

❸ C'est dans une solitude presque totale que le père Goriot est enterré. Dites quels personnages sont présents et quel détail révèle avec cruauté l'absence de ses filles.

La fin de l'apprentissage de Rastignac

❹ Après le dernier bal de Mme de Beauséant, Rastignac rentre à la Maison-Vauquer et Balzac indique : « Son éducation s'achevait » (p. 297). Dites en quoi la mort et l'enterrement du père Goriot peuvent eux aussi marquer la fin de l'apprentissage de Rastignac.

❺ À la fin du roman, Rastignac semble parvenu à son but. Précisez quelle image et quelle action illustrent sa volonté farouche de conquérir la société parisienne.

La critique de la société mondaine

❻ Dans son agonie, le père Goriot confie à Rastignac : « Le monde n'est pas beau » (p. 305). Dites en quoi cette vision confirme celle qu'ont livrée à Rastignac Mme de Beauséant et Vautrin.

❼ Abandonnée par son amant, Mme de Beauséant parvient à dissimuler sa souffrance en public. Montrez quelle image du monde aristocratique cette attitude trahit.

❽ Balzac affectionne les phrases courtes à valeur générale que l'on appelle maximes. Relevez dans ce chapitre quelques-unes des maximes balzaciennes et dites en quoi elles traduisent le jugement critique de l'auteur à l'égard des comportements humains.

Rappelez-vous !

• Le **dénouement** désigne la fin d'un récit : il permet de résoudre la situation des personnages exposée dans l'incipit. Il n'est pas rare qu'il se conclue par la **mort d'un personnage**. Ainsi, le dénouement du *Père Goriot* fait suite à un retournement de situation : la ruine de Delphine et d'Anastasie porte au père Goriot un coup fatal et il meurt après une lente agonie. À son enterrement, Rastignac se fait alors la promesse solennelle de conquérir Paris.

• Le **registre pathétique** vise à émouvoir le lecteur par l'expression d'une souffrance, d'un bouleversement ou d'une douleur. Il se caractérise par l'emploi du **vocabulaire des sentiments**, mais aussi par des **procédés d'exagération**, qui amplifient l'émotion (hyperboles, gradations, phrases exclamatives et interrogatives…). Ainsi, jusqu'à sa mort, le père Goriot espère la venue de ses filles à son chevet et son portrait pathétique culmine dans ses dernières tirades.

Vers l'oral du Bac

Analyse des lignes 700 à 742, p. 277-288

☛ Étudier les éléments de la tirade qui révèlent la déraison du père Goriot

Conseils pour la lecture à voix haute

– Cette longue tirade du père Goriot est difficile à lire car elle présente des ruptures de tonalités assez importantes. Les interjections et les exclamations doivent être rendues de la façon la plus naturelle possible. Elles doivent être marquées mais non exagérées.

– N'hésitez pas à faire des pauses entre deux phrases. Le père Goriot est à l'agonie et cette tirade apparaît comme le délire d'un mourant qui passe d'un sujet à un autre sans trop de cohérence. Vous pouvez par exemple marquer une pause avant «Demain je serai bien» (l. 729).

Analyse du texte

■ *Introduction rédigée*

Le chapitre final est entièrement consacré à la mort du père Goriot, accentuant ainsi la dimension pathétique du roman. Lors de sa lente agonie, le père Goriot est veillé par Rastignac à qui il fait l'aveu de son ultime sacrifice: il s'est entièrement dépouillé pour ses filles qui, pourtant, ne se rendent pas à son chevet. Nous allons ainsi étudier les éléments de cette tirade qui révèlent la déraison du père Goriot. Dans un premier temps, nous verrons en quoi ce texte constitue la tirade d'un homme désespéré. Puis nous nous attarderons sur l'ultime sacrifice du père Goriot avant de voir comment la déraison du personnage s'exprime dans ce passage.

■ *Analyse guidée*

I. La tirade d'un homme désespéré

a. Une tirade désigne au théâtre une longue réplique ininterrompue prononcée par un personnage. Dites en quoi cet extrait peut s'apparenter à une tirade.

b. Le père Goriot est à l'agonie, il mène un combat contre la mort. Analysez les éléments qui permettent de lire ce passage comme une scène de combat.

c. Différentes tonalités alternent dans cet extrait. Montrez que le père Goriot passe de la peine de voir ses filles dans le malheur à la joie de se sacrifier pour elles.

II. Le sacrifice d'un père

a. Le père Goriot ne recule devant rien pour sauver la réputation de ses filles. Précisez quel ultime sacrifice il a accompli et montrez que le personnage est ici au comble de la misère.

b. Au chapitre précédent, le père Goriot était ironiquement qualifié de « Christ de la Paternité » (p. 248). En vous appuyant sur le champ lexical de la pitié, montrez ce qui, dans ce passage, confirme cette image.

III. La déraison de Goriot

a. Le père Goriot est persuadé de pouvoir encore sauver ses filles. Prouvez-le en vous appuyant sur les temps verbaux utilisés et en justifiant leur emploi.

b. Le père Goriot refuse de voir la mort venir et sa tirade s'apparente alors au délire d'un mourant qui n'a plus le sens des réalités. Montrez comment la fin du texte souligne la déraison du personnage.

c. L'illusion la plus cruelle pour le père Goriot est de croire que ses filles viendront à son chevet. Rappelez la phrase qui l'illustre et précisez en quoi cette conviction relève de l'imagination du père Goriot.

■ *Conclusion rédigée*

Dans cette tirade désespérée, le père Goriot fait à Rastignac l'aveu du dernier sacrifice qu'il a accompli pour ses filles. Le registre pathétique domine, même si le père Goriot semble partagé entre la pitié et la joie du sacrifice. Le « raisonnement » du père Goriot le pousse jusqu'à la déraison, ébranlant cette figure de la Paternité, ici méprisée et bafouée. Cette scène comporte également une visée symbolique : l'ultime acte de dévouement du père Goriot ne fait qu'accentuer la dimension sordide de son enterrement et dénonce la solitude qui entoure le personnage jusque dans la tombe.

Les trois questions de l'examinateur

Question 1. Arrivée bien tardivement au chevet de son père, Anastasie s'exclame : « J'ai perdu toutes mes illusions » (p. 318). À votre avis, à quel autre personnage le terme d'« illusions » fait-il écho ? Comment pouvez-vous l'interpréter ?

Question 2. Les romans réalistes et naturalistes s'achèvent souvent sur la mort d'un des personnages. Connaissez-vous un autre roman réaliste ou naturaliste qui présente un tel dénouement ?

Question 3. Comparez les dernières lignes du roman et la planche de bande dessinée reproduite au verso de la couverture, en fin d'ouvrage.

Le tour de l'œuvre en 8 fiches

Sommaire

Fiche 1

Balzac en 18 dates

1799	Naissance de Balzac à Tours.
1819-1829	Études de droit à Paris. Publie de nombreux écrits sous des pseudonymes.
1829	Parution du *Dernier Chouan*, premier roman publié sous son nom et premier succès.
1830	Publication des *Scènes de la vie privée*, recueil de six courts récits.
1831	Publication de *La Peau de chagrin*.
1832	Débuts de sa relation avec Mme Hanska.
1833	Publication d'*Eugénie Grandet* et du *Médecin de campagne*.
1834	Publication de *La Recherche de l'absolu*. Une lettre adressée à Mme Hanska montre qu'il songe à la création d'un vaste ensemble romanesque.
1835	**Publication du *Père Goriot*.**
1836	Publication du *Lys dans la vallée*.
1837	Publication du troisième volet des *Contes drolatiques*, de *La Vieille Fille* et de *César Birotteau*.
1838	Publication de *La Maison Nucingen* et de *Splendeurs et misères des courtisanes*.
1840	Fonde *La Revue parisienne*, revue mensuelle dont il rédige seul les articles.
1841	Signe un contrat avec un groupe d'éditeurs pour la publication de *La Comédie humaine* sous le titre d'*Œuvres complètes de Balzac*. L'ensemble paraît entre 1842 et 1848.
1843	Nombreux voyages en Europe avec Mme Hanska, dont l'époux est mort en 1841.
1845	Balzac est fait chevalier de la Légion d'honneur.
1847	Publication de *La Dernière Incarcération de Vautrin*.
1850	Mariage avec Mme Hanska. Il meurt quelques mois après et est enterré au cimetière du Père-Lachaise à Paris.

Fiche 2

L'œuvre dans son contexte

De la Restauration à la monarchie de Juillet

Le xIxᵉ siècle est marqué par une succession de régimes politiques. Le coup d'État de Bonaparte en 1799 et la proclamation du Premier Empire en 1804 mettent définitivement fin aux espoirs de liberté suscités par la Révolution française. Après la défaite des troupes napoléoniennes à Waterloo en 1815, la monarchie constitutionnelle est établie et la famille des Bourbons revient au pouvoir, avec le règne de Louis XVIII (1815-1824) puis de Charles X (1824-1830). C'est la période de la **Restauration.**

En 1830, le roi Charles X publie une ordonnance qui supprime la liberté de la presse. Le peuple de Paris se révolte lors des journées des Trois Glorieuses. À l'issue de cet épisode révolutionnaire, le changement n'est pourtant qu'apparent: le régime politique reste le même, seule la dynastie au pouvoir change, la famille d'Orléans succédant aux Bourbons avec l'arrivée sur le trône de Louis-Philippe. C'est la période de la monarchie de Juillet. Ce retour progressif à l'ordre moral suscite de nouvelles aspirations à plus de liberté et d'égalité sociale.

Une société en mutation

La monarchie de Juillet a favorisé l'essor du capitalisme et la naissance d'une nouvelle classe sociale, celle de la bourgeoisie d'affaires. Les progrès techniques permis par le libéralisme économique, en pleine révolution industrielle, s'assortissent d'une misère sociale sans précédent, sur fond d'exode rural. Les villes s'accroissent mais certains quartiers se paupérisent. Les années 1830 sont ainsi marquées par les révoltes ouvrières, comme celle des canuts lyonnais en 1831.

Les progrès scientifiques se multiplient. Le **naturalisme** de Geoffroy Saint-Hilaire, qui met en évidence l'influence du milieu naturel sur le développement des espèces, ou encore la **phrénologie** de Franz Josef Gall, qui étudie la forme des crânes, ouvrent la voie à une nouvelle approche de l'homme.

Le siècle du roman

Genre mineur au xvIIIᵉ siècle, le roman acquiert au xIxᵉ siècle ses lettres de noblesse, grâce à la parution de feuilletons dans les journaux, à la diffusion de la presse et à l'alphabétisation de la population. Stendhal publie en 1830 *Le Rouge et le Noir*, et les premiers romans de Balzac, dont *Le Père Goriot* en 1835, annoncent les prémices du **réalisme** qui prend tout son essor dans les années 1850 (➡ voir fiche 5).

La structure de l'œuvre

Chapitre 1
Une pension bourgeoise

• Le roman s'ouvre sur une description de la Maison-Vauquer, pension située dans un quartier misérable de Paris, et tenue par **Mme Vauquer**. Les pensionnaires sont présentés tour à tour. On apprend notamment que **le père Goriot** a fait fortune dans l'amidon et qu'il a dilapidé toute sa richesse au fil des années. Deux jeunes femmes élégantes, que les pensionnaires prennent pour ses maîtresses, viennent souvent lui rendre visite.

• **Eugène de Rastignac** est un jeune étudiant en droit sans un sou en poche, qui veut réussir à Paris. Il renoue avec une cousine éloignée, **Mme de Beauséant**, qui fréquente le faubourg Saint-Germain, fief de l'ancienne aristocratie. Lors d'un bal, il s'éprend d'**Anastasie de Restaud**, qui n'est autre que la fille du père Goriot.

• Rastignac rend une visite à Mme de Restaud et se fait éconduire après avoir prononcé le nom du père Goriot.

• Il se rend ensuite chez Mme de Beauséant qui lui sert de première initiatrice et lui enseigne tous les rouages de la société. Une de ses amies, la duchesse de Langeais, lui apprend que Goriot est en disgrâce auprès de ses gendres, le comte de Restaud et le baron de Nucingen, qui le tiennent à l'écart de ses filles. Mme de Beauséant l'invite à séduire **Delphine de Nucingen**, l'autre fille du père Goriot, pour parvenir à ses fins.

• Rastignac se rend compte qu'il a besoin d'argent pour s'introduire dans la haute société parisienne et écrit alors à sa mère et à ses sœurs, restées à Angoulême.

Chapitre 2
L'entrée dans le monde

• Le chapitre s'ouvre avec les lettres de la mère et des sœurs de Rastignac à qui elles envoient tout leur argent.

• **Vautrin**, un des pensionnaires de la Maison-Vauquer, décèle chez Rastignac une envie brûlante de réussir. Il lui expose sa vision très cynique du monde. Il lui propose d'épouser **Victorine Taillefer**, une jeune fille de la Maison-Vauquer. Victorine est en effet un beau parti, son père étant très fortuné. Mais ce dernier refuse de la reconnaître comme sa fille légitime et d'en faire son héritière. Vautrin propose alors à Rastignac de conclure un marché criminel: il se charge de faire assassiner le frère de la jeune fille pour que Victorine hérite des millions de son père, tandis que Rastignac s'occupera de séduire la jeune fille afin de capter sa dot.

• Par l'intermédiaire de Mme de Beauséant, Rastignac rencontre Delphine de Nucingen. Il hésite entre les deux possibilités qui s'offrent à lui pour faire fortune.

• Invité chez Delphine, il la trouve dans l'embarras. Il joue à la roulette de l'argent pour elle et gagne.

• À son tour dans l'embarras, Rastignac décide de demander de l'argent à Vautrin. Puis il gagne au jeu l'argent qu'il doit à Vautrin. En rendant l'argent à Vautrin, il lui précise qu'il ne veut pas être son complice.

Chapitre 3
Trompe-la-Mort

• Deux pensionnaires de la Maison-Vauquer, **Mlle Michonneau** et **Poiret**, parlent avec **Gondureau**, un agent de police. Celui-ci pense avoir démasqué Vautrin qui n'est autre qu'un forçat évadé du nom de **Jacques Collin**, aussi appelé « **Trompe-la-Mort** ». Les deux personnages acceptent, contre une récompense, de lui administrer une potion qui le fera dormir.

• Parallèlement, Rastignac commence à suivre le plan de Vautrin et courtise Victorine. Puis il se ravise et songe à prévenir le frère de la jeune fille qu'il risque d'être assassiné. Goriot lui annonce qu'il a acheté un appartement pour que lui et Delphine puissent se rencontrer à leur guise.

• Le lendemain, Mlle Michonneau va chercher la potion et met son plan à exécution. Victorine apprend que son frère est mort dans un duel et qu'elle hérite de la fortune de son père. Elle décide alors de quitter la pension avec sa parente, Mme Couture. **La police** survient à la pension et **arrête Vautrin**. Les pensionnaires exigent que les traîtres, Poiret et Mlle Michonneau, quittent la pension. Mme Vauquer, bouleversée par les événements, prédit la ruine de son établissement.

• **Rastignac** se rend dans son nouvel appartement, où il dîne en compagnie de **Goriot** et de **Delphine**. Puis il porte à Delphine une invitation au bal de Mme de Beauséant. Ce précieux sésame, qui ouvre les portes du faubourg Saint-Germain, est une victoire pour la jeune femme qui rêve depuis toujours d'être introduite dans les hautes sphères de la société parisienne afin de rivaliser avec sa sœur, Anastasie. Une nouvelle vie, heureuse, semble commencer pour les trois protagonistes.

Chapitre 4
La mort du père

• Rastignac surprend **Delphine**, qui se rend précipitamment à la Maison-Vauquer, chez son père. Il écoute à travers la cloison et l'entend dire qu'elle est ruinée. Goriot cherche une solution mais n'en trouve pas. Il est accablé.

• **Anastasie** survient alors et Rastignac l'entend elle aussi annoncer à son père qu'elle est perdue. Elle a besoin d'argent pour couvrir ses dettes.

• Entendant ces propos, **Rastignac** finit par entrer dans la chambre du père Goriot et offre de l'argent à Anastasie, remboursant ainsi les sommes que Goriot a dépensées pour lui. Anastasie est furieuse d'avoir été surprise. Elle part en n'oubliant pas de prendre la lettre de change de son père.

• **Le père Goriot** tombe gravement malade. Il explique qu'il lui est encore possible de sauver ses filles. Il est allé chercher de l'argent pour le donner à Anastasie, afin qu'elle puisse porter une belle robe lors du bal donné chez

Mme de Beauséant et démentir ainsi les rumeurs qui annoncent sa ruine.

• Le lendemain, **Delphine et Anastasie** préfèrent aller au bal de Mme de Beauséant plutôt que de se rendre au chevet de leur père mourant, malgré l'insistance de Rastignac qui veille Goriot en compagnie du jeune médecin **Bianchon**. **Mme de Beauséant**, qui vient d'apprendre que son amant, le marquis d'Ajuda-Pinto, était sur le point de se marier, a réussi à sauver les apparences et à ne rien montrer de son désespoir en public. Elle décide de s'exiler en Normandie, n'ayant plus rien à espérer du monde parisien.

• Le jour suivant, **Goriot agonise**. Il espère que ses filles vont venir le voir puis se rend à l'évidence: celles qu'il a tant chéries sont des monstres d'égoïsme. Seuls Rastignac et Bianchon l'accompagnent dans ses derniers instants. Les deux jeunes gens préparent l'enterrement et le paient à leurs frais, les deux familles ne voulant pas débourser un centime.

• L'enterrement a lieu au cimetière du Père-Lachaise. Après l'inhumation, **Rastignac** lance un défi à la société: « À nous deux maintenant! » Et il décide, comme premier acte de bravoure, d'aller dîner chez **Mme de Nucingen**.

Fiche 4

Les grands thèmes de l'œuvre

La réussite sociale

À bien des égards, *Le Père Goriot* peut se lire comme un **roman d'apprentissage**. Ce type de roman est né en Allemagne à la fin du XVIIIe siècle et se développe considérablement au XIXe siècle. Les romanciers y relatent l'entrée dans le monde d'un jeune héros, son évolution sociale et morale, ses premières intrigues amoureuses... C'est le parcours d'Eugène de Rastignac, jeune étudiant sans le sou, venu à Paris dans l'espoir de se faire une place dans la société, que le lecteur du *Père Goriot* découvre.

C'est par l'entremise de Mme de Beauséant, qui tient l'un des salons les plus en vogue, que Rastignac apprend l'art de la repartie et les règles qui régissent, parfois avec cruauté, le monde parisien. Le constat cynique que dresse Vautrin, selon qui «l'honnêteté ne sert à rien» (p. 131), complète cette vision désabusée et révèle à Rastignac la face cachée de la société: «Il m'a dit crûment ce que Mme de Beauséant me disait en y mettant les formes» (p. 139), avoue-t-il. Enfin, le père Goriot achève son éducation lorsque, à l'agonie, il perd tout espoir de voir ses filles tant chéries venir à son chevet et le met en garde: «Le monde n'est pas beau» (p. 305).

La réussite sociale de Rastignac passe donc par la perte de ses illusions. Et c'est en jeune arriviste, prêt à tout pour réussir, qu'il lance, à la fin du roman, un défi à la société parisienne.

L'argent

La société parisienne dans laquelle Rastignac veut se faire une place est régie par un monstre puissant: l'argent. L'argent semble en effet être au centre des préoccupations des personnages du roman. Mme Vauquer, avec ses vicissitudes et son avarice, donne le ton dès l'ouverture du texte. Rastignac sait que l'argent est la clé de sa réussite sociale. Parallèlement au parcours de Rastignac, l'intrigue met en lumière la ruine du père Goriot et la cupidité de certains: Vautrin propose à Rastignac de conclure un pacte criminel; Poiret et Mlle Michonneau livrent Vautrin à la police, en échange de trois mille francs.

À travers ce thème majeur, Balzac dénonce la cruauté d'un monde avide symbolisé par l'usurier, le bien nommé Gobseck (p. 56), dont les nombreuses apparitions témoignent du rôle important tenu par cette fonction dans la société du XIXe siècle.

La paternité

Contrastant avec ce monde matérialiste et égoïste, l'amour du père Goriot pour ses filles apparaît comme l'un des seuls sentiments sincères du roman. Le titre même du roman rappelle la volonté de Balzac de dépeindre l'attachement d'« un homme qui est père comme un saint [...] est chrétien » (lettre à Mme Hanska, 18 octobre 1834).

Son amour sincère se révèle cependant être un « vice » (p. 306), dont les ressorts sont avant tout psychologiques, puisqu'il avoue avoir reporté sur ses filles, à la mort de son épouse, l'amour qu'il avait pour celle-ci. La passion de Goriot pour Delphine et Anastasie semble en effet dénaturée: sa fougue est celle d'un « amant le plus jeune et le plus tendre » (p. 250). Pourtant, après avoir tout consacré à ses filles, il meurt seul, « comme un chien » (p. 308), animal auquel il est constamment comparé.

Figure de la paternité bafouée, il meurt toutefois dans l'illusion d'avoir enfin auprès de lui celles qu'il appelle « [s]es anges » (p. 317), puisque, dans son délire, il confond ses filles avec Rastignac et Bianchon. Cette dernière image révèle le lien qui unit Rastignac à Goriot, **père de substitution** du jeune ambitieux. Et c'est une ultime mise en garde, pleine de sagesse paternelle, que Goriot délivre sur son lit de mort à Rastignac.

La ville de Paris

Le Père Goriot propose une **plongée dans le Paris des années 1820**. Le monde parisien est un théâtre, et la référence au vers de Shakespeare « *All is true* » (p. 12), est à lire comme la volonté balzacienne de tout montrer, de reproduire la réalité dans ses différents aspects. La ville de Paris, « cet égout moral » (lettre à Mme Hanska, 22 novembre 1834), assure donc au drame qui se joue une **unité de lieu**.

Le roman s'ouvre d'abord sur une description qui assimile la ville à l'enfer: « illustre vallée de plâtras [aux] ruisseaux noirs de boue » (p. 12). La toponymie, extrêmement précise, permet ensuite de retracer le parcours de Rastignac des ruelles obscures du quartier Saint-Marcel à l'aristocratique faubourg Saint-Germain. La misère de la Maison-Vauquer contraste en apparence avec le faste des salons mondains où se rend Rastignac. Mais c'est une misère d'une tout autre nature, une misère morale, qu'il y trouve. Et le quartier de la Chaussée-d'Antin, fief des banques et de la bourgeoisie d'affaires émergente, ne semble pas épargné par l'injustice et l'égoïsme.

Plus qu'un simple décor, Paris devient dans *Le Père Goriot* un personnage balzacien à part entière, symbole des mutations socio-économiques de l'époque, reflet de la perversion morale de ses habitants. C'est à ce personnage hors norme qu'est d'ailleurs adressée la dernière réplique de Rastignac: « À nous deux maintenant! » (p. 324).

Fiche 5

Balzac et le réalisme

Le réalisme

Le réalisme est un mouvement littéraire et artistique qui naît dans la première moitié du XIXᵉ siècle et qui se caractérise par une volonté de reproduire fidèlement la réalité. Dès les années 1830, Stendhal (*Le Rouge et le Noir*, 1830) et Balzac (*Le Père Goriot*, 1835) illustrent cette tendance, suivis dans la seconde moitié du XIXᵉ siècle par Flaubert (*Madame Bovary*, 1857) et Maupassant (*Bel-Ami*, 1885).

En 1856, Duranty définit le réalisme, dans la revue du même nom, comme «une reproduction exacte, complète, sincère du milieu social, de l'époque où l'on vit». L'année suivante, **Champfleury** fait paraître une série d'articles intitulée *Le Réalisme*, revendiquant cette nouvelle approche qui touche tous les arts. En peinture, **Gustave Courbet** est ainsi proclamé «peintre du réel» avec des toiles comme *L'Après-dînée à Ornans* (1849) dans lesquelles il montre la vie des paysans du Jura (➡ voir fiche 7).

Avec le réalisme, le roman devient ce «miroir que l'on promène le long du chemin» (Stendhal, *Le Rouge et le Noir*), ce reflet de la vie quotidienne ainsi élevée au rang d'objet littéraire. Pour entretenir le lecteur dans l'illusion de la réalité, les romanciers accumulent les effets de réels: noms de lieux, allusions à des événements historiques ou des faits divers de l'époque, accumulations de détails, descriptions minutieuses des personnages... Cette *mimesis*, qui procède d'une observation méthodique et objective de la réalité, ne peut toutefois se résumer à une photographie banale du réel. À l'inverse, les romanciers réalistes cherchent à faire partager au lecteur «la vision la plus complète, plus saisissante, plus probante que la réalité elle-même» (Maupassant, préface de *Pierre et Jean*). Si le roman est un miroir, le reflet de la réalité qu'il donne à voir est donc indissociable d'une interprétation personnelle du monde.

Balzac et *La Comédie humaine*

C'est avec *Le Père Goriot* que Balzac a, pour la première fois, l'idée de constituer un vaste ensemble romanesque. Il formule alors le projet de «faire concurrence à l'état civil» (avant-propos à *La Comédie humaine*, 1842) en consignant dans une seule œuvre monumentale les mœurs de toute la société moderne. Cette ambition démesurée donne lieu à un ensemble composé de 91 romans, écrits en à peine vingt ans, et qui prendra le nom de *Comédie humaine*.

En choisissant de donner ce titre à son cycle romanesque, Balzac fait référence à *La Divine Comédie* de Dante, long poème du XIVᵉ siècle. À la différence que la comédie décrite n'est plus celle d'un dieu unique, auquel la société positiviste du XIXᵉ siècle ne croit plus, mais celle d'une société de masques et d'apparences. **La Comédie humaine emprunte donc au vocabulaire du théâtre**, fréquent chez Balzac pour qualifier la narration. En témoigne la structure du *Père Goriot* dont les quatre chapitres peuvent d'ailleurs se lire comme les quatre actes d'une pièce de théâtre: acte d'exposition de l'«effroyable tragédie parisienne» (p. 108) qui va se jouer, initiation du jeune héros, péripéties avec l'arrestation de Vautrin et la ruine annoncée de la Maison-Vauquer, et enfin apothéose finale avec la mort de Goriot qui annonce la fin de l'apprentissage de Rastignac.

Mais *La Comédie humaine* doit beaucoup également aux découvertes scientifiques de l'époque. Le naturaliste français Geoffroy Saint-Hilaire, auquel Balzac dédie d'ailleurs son roman du *Père Goriot*, met ainsi en évidence de l'influence du milieu naturel sur le comportement. Balzac s'intéresse aussi à la physiognomonie, cette science qui lie l'observation des traits du visage aux qualités morales, et on devine l'usage qu'il en tire dans ses descriptions. Par ailleurs, la volonté de Balzac de dresser **une typologie sociale et morale de son époque** est à rapprocher des travaux de Buffon au XVIIIᵉ siècle et de son *Histoire naturelle* qui présente un catalogue raisonné des espèces animales.

Le principe organisateur de *La Comédie humaine* est celui du retour des personnages. Ce système narratif repose sur une observation simple, qui témoigne de la volonté réaliste de Balzac: les personnages réapparaissent d'un roman à l'autre comme les personnes que l'on rencontre à différents moments de la vie. **Ainsi, le lecteur croise dans *Le Père Goriot* plusieurs figures récurrentes de *La Comédie humaine***: Mme de Beauséant (*La Femme abandonnée*, 1834) et son amie la duchesse de Langeais (*La Duchesse de Langeais*, 1834), Delphine de Nucingen (*La Maison Nucingen*, 1838), et bien sûr Eugène de Rastignac. Du personnage apparu en 1831 dans *La Peau de chagrin*, alors plus âgé de dix ans, Balzac livre ici le récit rétrospectif des débuts du jeune homme dans la société. Car les différents romans qui composent *La Comédie humaine* ne suivent aucune organisation chronologique. ***Le Père Goriot* illustre donc le génie narratif de Balzac**: revenant sur le parcours de personnages déjà connus du public, menant des intrigues parallèles, anticipant des intrigues à venir, il parvient à conserver une unité du récit très forte.

Fiche 6

Les personnages du roman

Si le titre choisi par Balzac laisse à penser que le roman se concentre autour du personnage du père Goriot, la trame du récit est en fait beaucoup plus complexe. Balzac entremêle en effet plusieurs intrigues et porte une attention toute particulière à la psychologie des personnages. La Maison-Vauquer permet alors d'assurer aux différents drames qui se jouent une unité de lieu.

Le duo Goriot/Rastignac

L'histoire du père Goriot est celle de son sacrifice pour ses filles, qui s'accompagne d'une déchéance financière et sociale. Ancien vermicellier qui a fait fortune pendant la Révolution française, il a, à la mort de son épouse, reporté tout son amour sur ses filles au point de causer sa propre perte: du respectable «Monsieur Goriot» (p. 30) au début du roman, il devient au fur et à mesure qu'il gravit les étages de la Maison-Vauquer, ce vieux «père Goriot», souffre-douleur des pensionnaires. L'expression «Christ de la Paternité» (p. 248) le consacre en allégorie de la paternité, insistant sur sa dimension sacrificielle.

Contrairement à Goriot, personnage de la déchéance, Rastignac est caractérisé par son ascension sociale. Venu à Paris pour faire son droit, le jeune provincial comprend vite les rouages des salons mondains dans lesquels il rêve de se faire un nom. Du timide Eugène des débuts, il devient à la fin du roman le triomphant Rastignac qui lance ce défi à la société parisienne: «À nous deux maintenant!» (p. 324). Son type méridional, souligné à plusieurs reprises, laisse présager son succès auprès des femmes et du rôle qu'elles vont jouer dans sa réussite.

S'il apparaît comme le modèle même de l'ambitieux, il n'est cependant pas dénué de scrupules. Il est reconnaissant lorsqu'il comprend que sa mère a fondu ses bijoux pour lui venir en aide, comme le père Goriot l'avait fait pour ses filles dans la scène à laquelle il a assisté, de nuit, en rentrant du bal chez Mme de Beauséant (p. 50). Honnête et responsable, il rembourse l'argent emprunté et veille sur Goriot lors de son agonie. Il va jusqu'à prendre à ses frais les obsèques du vieillard. Cependant, de plus en plus lucide sur la société – notamment grâce à ses initiateurs Mme de Beauséant, Vautrin et le père Goriot –, il décide d'en accepter les règles et doit alors laisser ses illusions et ses valeurs au seuil de son «entrée dans le monde».

Les personnages de la première intrigue: les femmes de la Chaussée-d'Antin et du faubourg Saint-Germain

Ces personnages fonctionnent par paires, établissant symétrie et opposition. Delphine et Anastasie,

les deux filles du père Goriot, ont maints traits communs, à commencer par leur égoïsme et leur ingratitude. Elles mènent une vie très similaire: figures de cette nouvelle bourgeoisie d'affaires siégeant à la Chaussée-d'Antin, femmes adultères, elles ont épousé un mari qu'elles n'aiment pas, qui rejette leur père et qui finit par les ruiner. Rastignac les convoite d'ailleurs tour à tour. Pourtant, elles s'opposent aussi terme à terme: l'une est blonde, l'autre brune, et sont jalouses l'une de l'autre. **Mme de Beauséant et la duchesse de Langeais sont deux femmes du monde qui connaissent un sort identique**. La première est l'initiatrice de droit d'Eugène de Rastignac, puisqu'elle est sa parente. D'emblée, elle propose à son cousin de l'aider pour parvenir, et lui prodigue quelques conseils implacables: «traitez ce monde comme il mérite de l'être. [...] Frappez sans pitié, vous serez craint» (p. 96). Elle lui révèle ainsi la face cachée de la société: «Le monde est infâme et méchant» (p. 95), une affirmation qui trouve un écho à la fin de l'initiation de Rastignac, dans la bouche de Goriot: «Le monde n'est pas beau» (p. 305). Elle-même victime de cette infamie, elle est délaissée par son amant, le marquis d'Ajuda-Pinto, et s'exile en Normandie, loin de Paris, de ses salons et de ses masques. La seconde délivre également à Eugène un enseignement précieux puisque c'est elle qui l'instruit sur le passé du père Goriot et de ses filles (p. 93-95)

avant de conclure elle aussi: «Le monde est un bourbier, tâchons de rester sur les hauteurs» (p. 95).

Les personnages de la seconde intrigue: les autres pensionnaires de la Maison-Vauquer

La Maison-Vauquer est une véritable galerie de personnages. Mme Vauquer est indissociable de sa pension. Avare, médisante, hypocrite, elle finit presque ruinée lorsque ses pensionnaires partent les uns après les autres. Parmi ces pensionnaires, un homme se distingue d'emblée par son caractère inquiétant: **Vautrin**. Ancien forçat, il devient le deuxième initiateur de Rastignac auquel il propose de conclure un pacte criminel. Ce discours met en lumière le cynisme exacerbé de l'homme. Sa vision pessimiste de la société en fait un porte-parole de Balzac. **Mlle Michonneau et Poiret** sont des personnages secondaires qui jouent cependant un rôle déterminant dans l'arrestation de Vautrin. Victimes du regard souvent satirique que porte sur eux Balzac, ils témoignent de la cupidité et de la mesquinerie dénoncées par l'auteur. Enfin, **Victorine et Mme Couture** voient leur situation miraculeusement renversée. Victorine incarne le personnage type de la jeune fille, et illustre ainsi un des éléments essentiels de l'intrigue: celui du rôle tenu par les femmes dans l'ascension sociale de Rastignac.

Fiche 7

Le réalisme, une nouvelle vision du monde

Histoire des arts

Si le réalisme a trouvé en Stendhal et Balzac ses meilleurs représentants littéraires (➡ voir fiche 5), une même volonté de reproduire fidèlement le réel sans l'idéaliser a animé de nombreux artistes du XIXᵉ siècle.

La peinture réaliste, une représentation « d'après nature »

Les peintres réalistes s'opposent à l'Académie de peinture qui, depuis le XVIIIᵉ siècle, impose ses critères de beauté, ses sujets et ses techniques. Ils détournent ainsi les toiles de grand format, traditionnellement réservées aux sujets mythologiques, historiques ou religieux, pour traiter de sujets qui leur sont contemporains. Ainsi, dans *Un enterrement à Ornans* (1850), le peintre **Gustave Courbet** (1819-1877) accorde à un événement ordinaire de la vie d'un village une dimension monumentale.

Mais c'est en 1855 que Courbet marque une véritable rupture. Déjà reçu au Salon – où est rassemblée chaque année une sélection académique d'œuvres – avec des toiles décrivant la vie des paysans du Jura comme *L'Après-dînée à Ornans* (1849), il organise cette année-là une exposition personnelle en marge du Salon officiel. À l'entrée de son exposition, il inscrit le mot « Réalisme » et signe ainsi son manifeste esthétique. Très vite, sa démarche fait scandale et la notion de réalisme, reprise par **Champfleury**, devient dès lors indissociable du nom de Courbet. Certains de ses tableaux, comme *Les Casseurs de pierre* (1849) ou *Les Cribleuses de blé* (1854), témoignent de ses interrogations sur la société du XIXᵉ siècle et de ses réflexions sur la pénibilité du travail, diffusant ainsi les théories socialistes de l'époque.

À la même époque, les peintres de l'école de Barbizon – du nom du village où ils s'établirent – décident également de peindre « d'après nature » la vie à la campagne et de redonner au paysage, jusqu'alors considéré comme un genre mineur, ses lettres de noblesse. **Jean-François Millet** (1814-1875) peint ainsi *Des glaneuses* (1857) ou *L'Angélus* (1858).

Certains peintres ont comme sujet de prédilection la vie parisienne. **Gustave Caillebotte** (1848-1894) compose en 1880 *L'Homme au balcon*. Sur cette toile, un bourgeois regarde Paris par la fenêtre ouverte d'un immeuble haussmannien (➡ voir le tableau reproduit en couverture). **Auguste Renoir** (1841-1919), avec *Le Pont-Neuf à Paris* (1872), peint une vue de Paris : sur le plus vieux pont de la capitale, les fiacres et la foule se pressent (➡ voir le tableau reproduit au verso de la couverture, en début d'ouvrage).

La caricature, une satire de la société

Les caricatures diffusées dans la presse participent aussi du mouvement réaliste. Refusant toute idéalisation, la caricature dresse un portrait souvent à charge, révélant certains traits ridicules ou déplaisants de la société. Beaucoup de vignettes sont accompagnées d'une légende ou d'une phrase qui vient renforcer la dimension critique et humoristique du dessin.

Par petites touches cruelles, **Honoré Daumier** (1808-1879) dénonce ainsi l'hypocrisie et la corruption du pouvoir politique. En 1831, il illustre l'impopularité croissante du roi Louis-Philippe en le métamorphosant en poire. Abandonnant la satire politique, il se tourne ensuite vers la **caricature de mœurs**. Il représente notamment divers métiers parisiens. Dès la parution de *La Comédie humaine* dans l'édition Furne, **Daumier participe à l'illustration des romans de Balzac**, et notamment du *Père Goriot*.

La photographie, un instantané de la réalité

Au début du xixᵉ siècle, les procédés photographiques mis au point par Nicéphore Niépce et Jacques Daguerre permettent de fixer la lumière sur des plaques de cuivre argenté, à l'aide de substances chimiques. Dès son invention en 1838, le daguerréotype, ancêtre de l'appareil photographique, connaît un grand succès et la photographie devient un phénomène de société. La bourgeoisie naissante s'empare en effet de cette nouvelle technique qui lui permet de se constituer une galerie de portraits de famille et d'imiter en cela l'ancienne noblesse sans faire appel aux services coûteux d'un peintre.

Mais la photographie prend également la nature comme sujet et concurrence alors la peinture dans son ambition de représenter le réel. L'évolution des villes est ainsi retracée sous l'objectif notamment de **Charles Marville** (1813-1879) qui photographie Paris avant les aménagements réalisés par le baron Haussmann et donne à son travail une visée documentaire. À travers son œuvre, on découvre les rues et les immeubles du Paris du xixᵉ siècle (➡ voir photographie reproduite au verso de la couverture, en début d'ouvrage).

Rejetée à ses débuts par certains peintres, qui lui refusent le statut d'art au prétexte qu'elle n'est qu'un simple reflet du réel, **la photographie influence la nouvelle approche réaliste de la peinture et du roman**. Peintres et écrivains réalistes y voient en effet le moyen d'une retranscription objective et précise de la réalité. La photographie livre une vision instantanée de la réalité, dans tous ses détails et dans toute sa vérité, en même temps qu'elle traduit un **regard particulier sur le monde**, à travers le cadrage, l'angle de vue.

Citations

Le Père Goriot

« Puis-je aller dans le monde quand, pour y manœuvrer convenablement, il faut un tas de cabriolets, de bottes cirées, d'agrès indispensables, de chaînes d'or, dès le matin des gants de daim blancs qui coûtent six francs, et toujours des gants jaunes le soir ? »

Rastignac – Chapitre 1.

« Plus froidement vous calculerez, plus avant vous irez. Frappez sans pitié, vous serez craint. N'acceptez les hommes et les femmes que comme les chevaux de poste que vous laisserez crever à chaque relais, vous arriverez ainsi au faîte de vos désirs. »

Mme de Beauséant à Rastignac – Chapitre 1.

« Je vous défie de faire deux pas dans Paris sans rencontrer des manigances infernales. »

Vautrin à Rastignac – Chapitre 2.

« Eh bien ! quand j'ai été père, j'ai compris Dieu. »

Le père Goriot à Rastignac – Chapitre 2.

« Quand on connaît Paris, on ne croit rien de ce qui s'y dit, et l'on ne dit rien de ce qui s'y fait. »

Chapitre 2.

« Eugène revint à pied vers la Maison-Vauquer, par un temps humide et froid. Son éducation s'achevait. »

Chapitre 4.

« Madame de Beauséant s'enfuit, celui-ci se meurt, dit-il. Les belles âmes ne peuvent pas rester longtemps en ce monde. Comment les grands sentiments s'allieraient-ils, en effet, à une société mesquine, petite, superficielle ? »

Rastignac – Chapitre 4.

«Mes filles, c'était mon vice à moi; elles étaient mes maîtresses, enfin tout!»

Le père Goriot – Chapitre 4.

«Il lança sur cette ruche bourdonnante un regard qui semblait par avance en pomper le miel, et dit ces mots grandioses: "À nous deux maintenant!"

Et pour premier acte du défi qu'il portait à la Société, Rastignac alla dîner chez madame de Nucingen.»

Rastignac – Chapitre 4.

À propos du *Père Goriot*

«D'entrée, Balzac s'est saisi d'un genre secondaire, qui n'avait pour lui que sa liberté et sa modernité; de l'intérieur, il l'a transformé; il en a fait l'épopée nouvelle.»

Pierre Barbéris, *Le Monde de Balzac*, Arthaud, 1973.

«Loin de trahir leur papa, Delphine et Anastasie restent parfaitement fidèles à son exemple, à ses leçons: puisqu'il s'est dégradé lui-même devant elles et pour elles, comment pourraient-elles lui rendre sa dignité?»

Philippe Berthier, préface du *Père Goriot*, GF-Flammarion, 1995.

«La montée du provincial à Paris constitue en effet l'une des plus grandes lignes de force de l'univers balzacien (et de tout le roman au XIXᵉ siècle), qui expose une identique volonté d'ascension sociale, le désir comme moteur de la civilisation, et sa frénésie destructrice.»

Stéphane Vachon (dir.), *Une poétique du roman*, XYZ éditions, 1996.

Groupements de textes

Être ambitieux au XIXᵉ siècle

Guy de Maupassant, *Bel-Ami*

Guy de Maupassant (1850-1893) dépeint dans *Bel-Ami* la fulgurante ascension sociale de Georges Duroy. Au début du roman, le jeune homme rencontre par hasard un ami, Georges Forestier, qui va l'aider à se faire une place dans le monde du journalisme. Le passage qui suit correspond au moment où Duroy se rend à un premier dîner chez Forestier.

Il montait lentement les marches, le cœur battant, l'esprit anxieux, harcelé surtout par la crainte d'être ridicule ; et, soudain, il aperçut en face de lui un monsieur en grande toilette qui le regardait. Ils se trouvaient si près l'un de l'autre que Duroy fit un mouvement en arrière, puis il demeura stupéfait : c'était lui-même, reflété par une haute glace en pied qui formait sur le palier du premier une longue perspective de galerie. Un élan de joie le fit tressaillir tant il se jugea mieux qu'il n'aurait cru.

N'ayant chez lui que son petit miroir à barbe, il n'avait pu se contempler entièrement, et comme il n'y voyait que fort mal les diverses parties de sa toilette improvisée, il s'exagérait les imperfections, s'affolait à l'idée d'être grotesque[1].

---

1. **Grotesque** : ici, ridicule.

Mais voilà qu'en s'apercevant brusquement dans la glace, il ne s'était même pas reconnu ; il s'était pris pour un autre, pour un homme du monde, qu'il avait trouvé fort bien, fort chic, au premier coup d'œil.

Et maintenant, en se regardant avec soin, il reconnaissait que, vraiment, l'ensemble était satisfaisant.

Alors il s'étudia comme font les acteurs pour apprendre leurs rôles. Il se sourit, se tendit la main, fit des gestes, exprima des sentiments : l'étonnement, le plaisir, l'approbation ; et il chercha les degrés du sourire et les intentions de l'œil pour se montrer galant auprès des dames, leur faire comprendre qu'on les admire et qu'on les désire.

Une porte s'ouvrit dans l'escalier. Il eut peur d'être surpris et il se mit à monter fort vite, avec la crainte d'avoir été vu minaudant ainsi, par quelque invité de son ami.

En arrivant au second étage, il aperçut une autre glace et il ralentit sa marche pour se regarder passer. Sa tournure lui parut vraiment élégante. Il marchait bien. Et une confiance immodérée en lui-même emplit son âme. Certes, il réussirait avec cette figure-là et son désir d'arriver, et la résolution qu'il se connaissait et l'indépendance de son esprit. Il avait envie de courir, de sauter en gravissant le dernier étage. Il s'arrêta devant la troisième glace, frisa sa moustache d'un mouvement qui lui était familier, ôta son chapeau pour rajuster sa chevelure, et murmura à mi-voix, comme il faisait souvent : « Voilà une excellente invention. » Puis, tendant la main vers le timbre, il sonna.

Guy de Maupassant, *Bel-Ami* [1885], Belin-Gallimard, « Classico », 2019.

Stendhal, *Le Rouge et le Noir*

Stendhal (1783-1842) relate dans *Le Rouge et le Noir* la vie de Julien Sorel. Fils de paysan, Julien est engagé comme précepteur chez le maire, M. de Rênal. Après avoir séduit Mme de Rênal et être allé au séminaire, Julien devient le secrétaire particulier de M. de la Mole à Paris. Ce dernier cherche à lui faire perdre ses manières provinciales. Un soir, Julien est invité à un bal où se trouvent Norbert, le fils de M. de la Mole, ainsi que sa fille Mathilde.

Le soir, en arrivant au bal, il fut frappé de la magnificence de l'hôtel de Retz. La cour d'entrée était couverte d'une immense tente de coutil[1] cramoisi avec des étoiles en or : rien de plus élégant. Au-dessous de cette tente, la cour était transformée en un bois d'orangers et de lauriers-roses en fleurs. Comme on avait eu soin d'enterrer suffisamment les vases, les lauriers et les orangers avaient l'air de sortir de terre. Le chemin que parcouraient les voitures était sablé.

Cet ensemble parut extraordinaire à notre provincial. Il n'avait pas l'idée d'une telle magnificence ; en un instant son imagination émue fut à mille lieues de la mauvaise humeur. Dans la voiture, en venant au bal, Norbert était heureux, et lui voyait tout en noir ; à peine entrés dans la cour, les rôles changèrent.

Norbert n'était sensible qu'à quelques détails, qui, au milieu de tant de magnificence, n'avaient pu être soignés. Il évaluait la dépense de chaque chose, et, à mesure qu'il arrivait au total élevé, Julien remarqua qu'il s'en montrait presque jaloux et prenait de l'humeur.

Pour lui, il arriva séduit, admirant, et presque timide à force d'émotion, dans le premier des salons où l'on dansait. On se pressait à la porte du second et la foule était si grande, qu'il lui fut impossible d'avancer. La décoration de ce second salon représentait l'Alhambra[2] de Grenade.

– C'est la reine du bal, il faut en convenir, disait un jeune homme à moustaches, dont l'épaule entrait dans la poitrine de Julien.

– Mlle Fourmont, qui tout l'hiver a été la plus jolie, lui répondait son voisin, s'aperçoit qu'elle descend à la seconde place, vois son air singulier.

– Vraiment elle met toutes voiles dehors pour plaire. Vois, vois ce sourire gracieux au moment où elle figure seule dans cette contredanse. C'est d'honneur impayable.

– Mlle de la Mole a l'air d'être maîtresse du plaisir que lui fait son triomphe, dont elle s'aperçoit fort bien. On dirait qu'elle craint de plaire à qui lui parle.

---

1. **Coutil** : tissu solide et satiné, brillant.
2. **Alhambra** : magnifique palais à Grenade, ville du sud de l'Espagne.

– Très bien ! voilà l'art de séduire.

Julien faisait de vains efforts pour apercevoir cette femme séduisante : sept ou huit hommes plus grands que lui l'empêchaient de la voir.

Stendhal, *Le Rouge et le Noir* [1830],
Belin-Gallimard, « Classico », 2019.

Émile Zola, *Au Bonheur des dames*

Dans *Au Bonheur des dames*, Émile Zola (1840-1902) décrit le fonctionnement d'un grand magasin, nouveauté dans le Paris de la fin du XIXe siècle. À travers ce roman, il dépeint les stratégies commerciales qu'Octave Mouret met en place pour satisfaire son ambition.

Mouret avait l'unique passion de vaincre la femme. Il la voulait reine dans sa maison, il lui avait bâti ce temple, pour l'y tenir à sa merci. C'était toute sa tactique, la griser[1] d'attentions galantes et trafiquer de ses désirs, exploiter sa fièvre. Aussi, nuit et jour, se creusait-il la tête, à la recherche de trouvailles nouvelles. Déjà, voulant éviter la fatigue des étages aux dames délicates, il avait fait installer deux ascenseurs, capitonnés de velours. Puis, il venait d'ouvrir un buffet, où l'on donnait gratuitement des sirops et des biscuits, et un salon de lecture, une galerie monumentale, décorée avec un luxe trop riche, dans laquelle il risquait même des expositions de tableaux. Mais son idée la plus profonde était, chez la femme sans coquetterie, de conquérir la mère par l'enfant ; il ne perdait aucune force, spéculait sur tous les sentiments, créait des rayons pour petits garçons et fillettes, arrêtait les mamans au passage, en offrant aux bébés des images et des ballons. Un trait de génie que cette prime des ballons, distribuée à chaque acheteuse, des ballons rouges, à la fine peau de caoutchouc, portant en grosses lettres le nom du magasin, et qui, tenus au bout d'un fil, voyageant en l'air, promenaient par les rues une réclame[2] vivante !

---

1. **Griser** : enivrer.
2. **Réclame** : publicité.

La grande puissance était surtout la publicité. Mourait en arrivait à dépenser par an trois cent mille francs de catalogues, d'annonces et d'affiches. Pour sa mise en vente des nouveautés d'été, il avait lancé deux cent mille catalogues, dont cinquante mille à l'étranger, traduits dans toutes les langues. Maintenant, il les faisait illustrer de gravures, il les accompagnait même d'échantillons, collés sur les feuilles. C'était un débordement d'étalages, le *Bonheur des dames* sautait aux yeux du monde entier, envahissait les murailles, les journaux, jusqu'aux rideaux des théâtres.

Émile Zola, *Au Bonheur des dames* [1883],
Belin-Gallimard, «Classico», 2016.

Paul Verlaine, «Monsieur Prudhomme»

Dans ce poème issu des *Poèmes saturniens*, Paul Verlaine (1844-1896) dénonce l'immobilisme bourgeois. Au contraire des personnages de Julien Sorel, de Bel-Ami ou de Rastignac, Monsieur Prudhomme est un homme qui n'est habité par aucun élan d'ambition.

Il est grave : il est maire et père de famille.
Son faux col engloutit son oreille. Ses yeux
Dans un rêve sans fin flottent insoucieux,
Et le printemps en fleurs sur ses pantoufles brille.

Que lui fait l'astre d'or, que lui fait la charmille[1]
Où l'oiseau chante à l'ombre, et que lui font les cieux,
Et les prés verts et les gazons silencieux ?
Monsieur Prudhomme songe à marier sa fille

Avec monsieur Machin, un jeune homme cossu[2].
Il est juste-milieu[3], botaniste et pansu[4].
Quant aux faiseurs de vers, ces vauriens, ces maroufles[5],

---

1. **Charmille** : allée de verdure, de fleurs.
2. **Cossu** : riche.
3. **Juste-milieu** : conciliateur.
4. **Pansu** : qui a un gros ventre.
5. **Maroufles** : grossiers personnages.

Ces fainéants barbus, mal peignés, il les a
Plus en horreur que son éternel coryza[1],
Et le printemps en fleurs brille sur ses pantoufles.

Paul Verlaine, *Poèmes saturniens* et *Fêtes galantes* [1866],
Belin-Gallimard, «Classico», 2013.

Le roman d'apprentissage

Johann Wolfgang von Goethe, *Les Années d'apprentissage de Wilhelm Meister*

Avec *Les Années d'apprentissage de Wilhelm Meister*, Johann Wolfgang von Goethe (1749-1832) compose l'un des premiers romans d'apprentissage. Il décrit la formation du jeune Wilhelm et propose une réflexion sur l'éducation. Dans l'extrait suivant, le père de Wilhelm, le vieux Meister, explique à l'un de ses amis, Werner, pourquoi son fils doit voyager.

«Il faut qu'il aille voir le monde, disait le vieux Meister ; en cours de route, il pourra s'occuper de nos affaires à l'étranger ; le plus grand service que l'on puisse rendre à un jeune homme, c'est de l'initier assez tôt à la carrière qui sera la sienne. Votre fils a si heureusement conduit ses affaires lors de son dernier voyage, que je serais bien curieux de savoir comment le mien se comportera. Je crains fort que son apprentissage ne soit pas aussi peu coûteux.»

Meister, qui avait une haute opinion de son fils et en ses capacités, parlait ainsi dans l'espoir que son ami le contredirait et ne manquerait pas de faire l'éloge des dons remarquables du jeune homme. En quoi il se trompait ; le vieux Werner qui, dans l'ordre pratique, ne faisait crédit à personne qu'il ne l'eût vu à l'épreuve[2], répliqua tranquillement :

«Il faut tout essayer ; nous pouvons lui confier précisément le même itinéraire et nous lui donnerons les instructions

---

1. Coryza : rhume.
2. Ne faisait crédit à personne qu'il ne l'eût vu à l'épreuve : ne croyait personne sans l'avoir vu à l'œuvre.

nécessaires pour les démarches qu'il aura à faire ; il y a diverses dettes à encaisser, d'anciennes relations à renouer et de nouvelles à créer. Il pourra aussi nous aider à préparer le terrain pour la spéculation dont je vous ai entretenu ces jours derniers et dans laquelle on ne saurait s'engager avant d'avoir recueilli sur les lieux des renseignements précis.

– Il n'a qu'à faire ses préparatifs, repartit le vieux Meister, et à se mettre en route le plus tôt possible. Où allons-nous trouver un cheval se prêtant à cette expédition ?

– Nous n'aurons pas à courir bien loin. Un négociant de H…, qui nous doit quelque argent, mais qui n'en est pas moins un brave homme, m'en a offert un en payement ; mon fils connaît la bête, elle paraît excellente.

– Wilhelm peut fort bien aller la chercher lui-même ; en partant par la diligence, il sera de retour après-demain ; pendant ce temps, on lui préparera son portemanteau[1] et les lettres d'introduction, et ainsi, dès le début de la semaine prochaine, il pourra se mettre en route. »

On fit venir Wilhelm et on lui donna connaissance de la décision prise. Quelle fut sa joie en voyant entre ses mains le moyen de réaliser ses projets, l'occasion offerte sans qu'il eût rien fait pour la provoquer !

Johann Wolfgang von Goethe, *Les Années d'apprentissage de Wilhelm Meister*
[1796], trad. par Blaise Briod, Gallimard, «Folio classique», 1999.

Charles Dickens, *David Copperfield*

Dans ce roman aux accents autobiographiques, Charles Dickens (1812-1870) raconte l'histoire mouvementée du jeune David Copperfield, orphelin de père et de mère, qui est recueilli par sa tante Betsey. Celle-ci se charge de son éducation. Dans le passage qui suit, on voit qu'elle a à cœur de faire de David (qu'elle surnomme «Trot» par affection) un homme complet et qu'elle souhaite l'aider financièrement, malgré les réticences de David.

---

1. **Portemanteau** : sac contenant tout ce dont il a besoin.

« Eh bien ! Trot, commença-t-elle, que dis-tu de mon idée de faire de toi un procureur ? Mais peut-être n'y as-tu pas encore réfléchi ?

– J'y ai beaucoup réfléchi, ma chère tante, et j'en ai beaucoup parlé avec Steerforth. Cela me plaît extrêmement.

– À la bonne heure ! Voilà qui me fait plaisir.

– Je n'ai qu'une objection, ma tante.

– Dis-moi un peu laquelle, Trot ? répliqua-t-elle.

– Voilà. Je voudrais savoir, ma tante, si mon entrée dans une carrière qui est, si je ne me trompe, très fermée, ne sera pas bien dispendieuse[1] ?

– Ton stage coûtera, répondit ma tante, exactement mille livres.

– Voyez-vous, ma chère tante, dis-je en rapprochant ma chaise, ce qui me préoccupe, c'est que cela représente beaucoup d'argent. Vous avez beaucoup dépensé pour mon éducation, et vous avez toujours été pour moi, en toutes choses, aussi généreuse que possible. Vous avez été la générosité en personne. Sûrement, il doit y avoir d'autres carrières où je pourrais débuter presque sans rien débourser, et dans lesquelles j'aurais cependant l'espoir de réussir à force de volonté et de courage. Êtes-vous sûre que cela ne vaudrait pas mieux ? Êtes-vous certaine de pouvoir disposer d'une aussi grosse somme ? Et serait-il raisonnable d'en disposer ainsi ? Vous êtes ma seconde mère, et je vous demande seulement de réfléchir. En êtes-vous certaine ? »

Ma tante, tout en me regardant bien en face, termina le morceau de pain qu'elle était en train de manger, puis elle posa son verre sur la cheminée et, croisant les mains sur sa jupe repliée, me répondit en ces termes :

« Trot, mon enfant, je n'ai qu'un but dans la vie : c'est de faire de toi un homme bon, sensé et heureux. J'y tiens absolument, ainsi que monsieur Dick. Je voudrais que certaines personnes que je connais entendissent les remarques de Dick à ce sujet. Il est d'une sagacité[2] extraordinaire. Mais je suis la seule à connaître les ressources de son esprit ! »

---

1. Dispendieuse : coûteuse.
2. Sagacité : pénétration, finesse pleine de sensibilité pour comprendre ce qui est difficile.

Elle s'interrompit pour prendre ma main dans les siennes et poursuivit :

« Il est inutile de rappeler le passé, Trot, à moins qu'il n'influence le présent. Peut-être aurais-je pu mieux m'entendre avec ton pauvre père. Peut-être aurais-je pu mieux m'entendre avec cette pauvre enfant, ta mère, même après la déception que m'a causée ta sœur, Betsey Trotwood. Peut-être ai-je pensé à tout cela lorsque tu es arrivé chez moi, malheureux petit fugitif, couvert de poussière et épuisé. Depuis lors, Trot, tu n'as pas cessé de me faire honneur, tu as été mon orgueil et ma joie... Personne n'a droit à ma fortune ; du moins... (ici, à ma grande surprise, elle hésita et parut gênée). Non, personne n'y a droit, sauf toi, et tu es mon fils adoptif. »

Charles Dickens, *Souvenirs intimes de David Copperfield* [1849-1850],
trad. par Lucien Guitard, Gallimard, « Folio », 2010.

Honoré de Balzac, *Illusions perdues*

Dans *Illusions perdues*, le roman qui suit *Le Père Goriot*, Honoré de Balzac (1799-1850) relate l'itinéraire de Lucien de Rubempré. Ce jeune héros rencontre Lousteau, un journaliste sans scrupule qui fait son éducation. Devant le jardin du Luxembourg à Paris, Lousteau lui donne une leçon de journalisme désabusé qui rappelle par son cynisme le discours de Vautrin à Rastignac.

Lucien fut stupéfait en entendant parler Lousteau. À la parole du journaliste, il lui tombait des écailles des yeux. Il découvrait des vérités littéraires qu'il n'avait même pas soupçonnées.

« Mais ce que tu me dis, s'écria-t-il, est plein de raison et de justesse.

– Sans cela, pourrais-tu battre en brèche le livre de Nathan ? dit Lousteau. Voilà, mon petit, une première forme d'article. On l'emploie pour démolir, c'est le pic du critique. Mais il y en a bien d'autres ! Ton éducation se fera. Quand tu seras obligé de parler absolument d'un homme que tu n'aimeras pas, quelquefois les propriétaires, les rédacteurs en chef d'un journal ont la main forcée, tu déploieras les négations de ce que nous appelons article de fond. On met en tête le titre du livre dont on veut que vous vous occupiez. On commence par des considérations générales dans lesquelles on peut parler des Grecs et des Romains, puis on dit à la fin : Ces considérations nous ramènent au livre de monsieur un tel, qui sera la matière d'un second article. Et le second article ne paraît jamais. On étouffe ainsi le livre entre deux promesses. Ici, tu ne fais pas l'article contre Nathan, mais contre Dauriat, il faut le coup de pic. Sur un bel ouvrage, le pic n'entame rien, et il entre dans un mauvais livre jusqu'au cœur : au premier cas, il ne blesse que le libraire ; et dans le second, il rend service au public. Ces formules de critique littéraire s'emploient également dans la critique politique. »

La cruelle leçon d'Étienne ouvrait des cases dans l'imagination de Lucien, il comprenait admirablement ce métier.

« Allons au journal, dit Lousteau, nous y trouverons nos amis, et nous conviendrons d'une charge à fond de train contre Nathan. Ça les fera rire, tu verras. »

Arrivés rue Saint-Fiacre, ils montèrent ensemble à la mansarde où se faisait le journal, et Lucien fut aussi surpris que ravi de voir l'espèce de joie avec laquelle ses camarades convinrent de démolir le livre de Nathan.

Honoré de Balzac, *Illusions perdues* [1836-1843],
Gallimard, « Folio classique », 2013.

Gustave Flaubert, *L'Éducation sentimentale*

Frédéric Moreau, héros de *L'Éducation sentimentale*, roman de Flaubert (1821-1880), fait l'apprentissage douloureux de l'amour. Tout au long du roman, les femmes qu'il rencontre le rendent malheureux et son itinéraire est ponctué par les désillusions. Voici l'*incipit* du roman qui présente un portrait du héros avant son éducation.

Un jeune homme de dix-huit ans, à longs cheveux et qui tenait un album sous le bras, restait auprès du gouvernail, immobile. À travers le brouillard, il contemplait des clochers, des édifices dont il ne savait pas les noms ; puis il embrassa, dans un dernier coup d'œil, l'île Saint-Louis, la Cité, Notre-Dame ; et bientôt, Paris disparaissant, il poussa un grand soupir.

M. Frédéric Moreau, nouvellement reçu bachelier, s'en retournait à Nogent-sur-Seine, où il devait languir[1] pendant deux mois, avant d'aller *faire son droit*. Sa mère, avec la somme indispensable, l'avait envoyé au Havre voir un oncle, dont elle espérait, pour lui, l'héritage ; il en était revenu la veille seulement ; et il se dédommageait de ne pouvoir séjourner dans la capitale, en regagnant sa province par la route la plus longue.

Le tumulte s'apaisait ; tous avaient pris leur place ; quelques-uns, debout, se chauffaient autour de la machine, et la cheminée crachait avec un râle lent et rythmique son panache de fumée noire ; des gouttelettes de rosée coulaient sur les cuivres ; le pont tremblait sous une petite vibration intérieure, et les deux roues, tournant rapidement, battaient l'eau.

La rivière était bordée par des grèves de sable. On rencontrait des trains de bois qui se mettaient à onduler sous le remous des vagues, ou bien, dans un bateau sans voiles, un homme assis pêchait ; puis les brumes errantes se fondirent, le soleil parut, la colline qui suivait à droite le cours de la Seine peu à peu s'abaissa, et il en surgit une autre, plus proche, sur la rive opposée.

Des arbres la couronnaient parmi des maisons basses couvertes de toits à l'italienne. Elles avaient des jardins en pente que divisaient des murs neufs, des grilles de fer, des gazons, des serres chaudes, et des vases de géraniums, espacés régulièrement sur des terrasses où l'on pouvait s'accouder. Plus d'un, en apercevant ces coquettes résidentes, si tranquilles, enviait d'en être le propriétaire, pour vivre là jusqu'à la fin de ses jours, avec un bon billard, une chaloupe, une femme ou quelque autre rêve. Le plaisir tout nouveau d'une excursion maritime facilitait les épanchements. Déjà les farceurs commençaient leurs plaisanteries. Beaucoup chantaient. On était gai. Il se versait des petits verres.

Frédéric pensait à la chambre qu'il occuperait là-bas, au plan d'un drame, à des sujets de tableaux, à des passions futures. Il trouvait que le bonheur mérité par l'excellence de son âme tardait à venir.

Gustave Flaubert, *L'Éducation sentimentale* [1869],
Gallimard, « Folio classique », 2005.

---

1. **Languir** : s'ennuyer.

Marcel Proust, *Le Côté de Guermantes*

Dans le troisième volume d'*À la recherche du temps perdu*, *Le Côté de Guermantes*, Marcel Proust (1871-1922) met en scène l'éducation mondaine du narrateur, qui est introduit dans les salons du faubourg Saint-Germain et, en particulier, dans le salon de la famille des Guermantes. Le passage suivant fait état de son embarras lorsqu'il est présenté à une aristocrate. Le jeune héros réussit à faire bonne figure, témoignant de sa maîtrise des usages du monde et contrastant avec ses naïvetés passées.

En effet, dès que je fus auprès d'elle, elle ne me tendit pas sa main, mais prit la mienne et me parla sur le même ton que si j'eusse été aussi au courant qu'elle des bons souvenirs à quoi elle se reportait mentalement. Elle me dit aussi combien Albert, que je compris être son fils, allait regretter de n'avoir pu venir. Je cherchai parmi mes anciens camarades lequel s'appelait Albert, je ne trouvai que Bloch, mais ce ne pouvait être Mme Bloch mère que j'avais devant moi, puisque celle-ci était morte depuis de longues années. Je m'efforçais vainement de deviner ce passé commun à elle et à moi auquel elle se reportait en pensée. Mais je ne l'apercevais pas mieux à travers le jais[1] translucide des larges et douces prunelles qui ne laissaient passer que le sourire, qu'on ne distingue un paysage situé derrière une vitre noire même enflammée par le soleil. Elle me demanda si mon père ne se fatiguait pas trop, si ne je ne voudrais pas un jour aller au théâtre avec Albert, si j'étais moins souffrant, et comme mes réponses, titubant dans l'obscurité mentale où je me trouvais, ne devinrent distinctes que pour dire que je n'étais pas bien ce soir, elle avança elle-même une chaise pour moi en faisant mille frais auxquels ne m'avaient jamais habitué les autres amis de mes parents. Enfin le mot de l'énigme me fut donné par le duc : « Elle vous trouve charmant », murmura-t-il à mon oreille, laquelle fut frappée comme si ces mots ne lui étaient pas inconnus. C'étaient ceux que Mme de Villeparisis nous avait dits, à ma grand-mère et à moi, quand nous avions fait la connaissance de la princesse de Luxembourg. Alors je compris tout, la dame présente n'avait rien de commun avec

---

1. **Jais** : pierre d'un noir brillant.

Mme de Luxembourg, mais au langage de celui qui me la servait, je discernai l'espèce de la bête. C'était une Altesse. Elle ne connaissait nullement ma famille ni moi-même, mais issue de la race la plus noble et possédant la plus grande fortune du monde (car, fille du prince de Parme, elle avait épousé un cousin également princier), elle désirait, dans sa gratitude au Créateur, témoigner au prochain, de si pauvre ou de si humble extraction fût-il, qu'elle ne le méprisait pas. À vrai dire, les sourires auraient pu me le faire deviner, j'avais vu la princesse de Luxembourg acheter des petits pains de seigle sur la plage pour en donner à ma grand-mère, comme à une biche du Jardin d'acclimatation. Mais ce n'était encore que la seconde princesse du sang à qui j'étais présenté, et j'étais excusable de ne pas avoir dégagé les traits généraux de l'amabilité des grands.

Marcel Proust, *Le Côté de Guermantes* [1920-1921], Gallimard, «Folio classique», 1994.

Vers l'écrit du Bac

L'épreuve écrite du Bac de français s'appuie sur un corpus (ensemble de textes et de documents iconographiques). Le sujet se compose de deux parties : une ou deux questions portant sur le corpus, puis trois travaux d'écriture au choix (commentaire, dissertation, écriture d'invention).

Sujet **La description réaliste**

☞ Le roman et la nouvelle au XIXᵉ siècle : réalisme et naturalisme

---

Corpus

Texte A	Honoré de Balzac, *Le Père Goriot*
Texte B	Gustave Flaubert, *Madame Bovary*
Texte C	Stendhal, *Le Rouge et le Noir*
Texte D	Eugène Sue, *Les Mystères de Paris*
Annexe	Honoré de Balzac, avant-propos à *La Comédie humaine*

Texte A
Honoré de Balzac, *Le Père Goriot* (1835)

Cette première pièce exhale une odeur sans nom dans la langue, et qu'il faudrait appeler l'*odeur de pension*. Elle sent le renfermé, le moisi, le rance ; elle donne froid, elle est humide au nez, elle pénètre les vêtements ; elle a le goût d'une salle où l'on a dîné ; elle pue le service, l'office, l'hospice. Peut-être pourrait-elle se décrire si l'on inventait un procédé pour évaluer les quantités élémentaires et nauséabondes qu'y jettent les atmosphères catarrhales[1] et *sui generis*[2] de chaque pensionnaire, jeune ou vieux. Eh bien ! malgré ces plates horreurs, si vous le compariez à la salle à manger, qui lui est contiguë, vous trouveriez ce salon élégant et parfumé comme doit l'être un boudoir. Cette salle, entièrement boisée, fut jadis peinte en une couleur indistincte aujourd'hui, qui forme un fond sur lequel la crasse a imprimé ses couches de manière à y dessiner des figures bizarres. Elle est plaquée de buffets gluants sur lesquels sont des carafes échancrées, ternies, des ronds de moiré métallique, des piles d'assiettes en porcelaine épaisse, à bords bleus, fabriqués à Tournai. Dans un angle est placée une boîte à cases numérotées qui sert à garder les serviettes, ou tachées ou vineuses, de chaque pensionnaire. Il s'y rencontre de ces meubles indestructibles, proscrits partout, mais placés là comme le sont les débris de la civilisation aux Incurables[3]. Vous y verriez un baromètre à capucin qui sort quand il pleut, des gravures exécrables qui ôtent l'appétit, toutes encadrées en bois verni à filets dorés ; un cartel[4] en écaille incrustée de cuivre ; un poêle vert, des quinquets d'Argand[5] où la poussière se combine avec l'huile, une longue table couverte en toile cirée assez grasse pour qu'un facétieux externe y écrive son nom en se servant de son doigt comme de style, des chaises estropiées, de petits paillassons piteux en

---

1. **Catarrhales** : propres à donner un rhume de cerveau.
2. *Sui generis* : caractéristiques.
3. **Incurables** : hôpitaux où l'on recueillait les malades qu'on ne pouvait plus soigner.
4. **Cartel** : pendule.
5. **Quinquets d'Argand** : lampes à huile.

sparterie[1] qui se déroule toujours sans se perdre jamais, puis des chaufferettes[2] misérables à trous cassés, à charnières défaites, dont le bois se carbonise. Pour expliquer combien ce mobilier est vieux, crevassé, pourri, tremblant, rongé, manchot, borgne, invalide, expirant, il faudrait en faire une description qui retarderait trop l'intérêt de l'histoire, et que les gens pressés ne pardonneraient pas. Le carreau rouge est plein de vallées produites par le frottement ou par les mises en couleur. Enfin, là règne la misère sans poésie ; une misère économe, concentrée, râpée. Si elle n'a pas de fange encore, elle a des taches ; si elle n'a ni trous ni haillons, elle va tomber en pourriture.

Honoré de Balzac, *Le Père Goriot*, chap. 1, 1835.

Texte B
Gustave Flaubert, *Madame Bovary* (1857)

Resté dans l'angle, derrière la porte, si bien qu'on l'apercevait à peine, le *nouveau* était un gars de la campagne, d'une quinzaine d'années environ, et plus haut de taille qu'aucun de nous tous. Il avait les cheveux coupés droit sur le front, comme un chantre[3] de village, l'air raisonnable et fort embarrassé. Quoiqu'il ne fût pas large des épaules, son habit-veste de drap vert à boutons noirs devait le gêner aux entournures et laissait voir, par la fente des parements[4], des poignets rouges habitués à être nus. Ses jambes, en bas bleus, sortaient d'un pantalon jaunâtre très tiré par les bretelles. Il était chaussé de souliers forts, mal cirés, garnis de clous.

On commença la récitation des leçons. Il les écouta de toutes ses oreilles, attentif comme au sermon, n'osant même croiser les cuisses, ni s'appuyer sur le coude, et, à deux heures, quand la cloche sonna, le maître d'études fut obligé de l'avertir, pour qu'il se mît avec nous dans les rangs.

Nous avions l'habitude, en entrant en classe, de jeter nos

---

1. **Sparterie** : objet fait de jonc, crin, raphia.
2. **Chaufferettes** : objets destinés à chauffer une partie du corps.
3. **Chantre** : musicien.
4. **Parements** : étoffe voyante sur le bas des manches de son habit.

casquettes par terre, afin d'avoir ensuite nos mains plus libres ; il fallait, dès le seuil de la porte, les lancer sous le banc, de façon à frapper contre la muraille en faisant beaucoup de poussière ; c'était là le *genre*.

Mais, soit qu'il n'eût pas remarqué cette manœuvre ou qu'il n'eût osé s'y soumettre, la prière était finie que le *nouveau* tenait encore sa casquette sur ses deux genoux. C'était une de ces coiffures d'ordre composite, où l'on retrouve les éléments du bonnet à poil, du chapska, du chapeau rond, de la casquette de loutre et du bonnet de coton, une de ces pauvres choses, enfin, dont la laideur muette a des profondeurs d'expression comme le visage d'un imbécile. Ovoïde[1] et renflée de baleines, elle commençait par trois boudins circulaires ; puis s'alternaient, séparés par une bande rouge, des losanges de velours et de poils de lapin ; venait ensuite une façon de sac qui se terminait par un polygone cartonné, couvert d'une broderie en soutache[2] compliquée, et d'où pendait, au bout d'un long cordon trop mince, un petit croisillon de fils d'or, en manière de gland. Elle était neuve ; la visière brillait.

Gustave Flaubert, *Madame Bovary*, première partie, chap. 1, 1857.

Texte C
Stendhal, *Le Rouge et le Noir* (1830)

La petite ville de Verrières peut passer pour l'une des plus jolies de la Franche-Comté. Ses maisons blanches avec leurs toits pointus de tuiles rouges s'étendent sur la pente d'une colline, dont les touffes de vigoureux châtaigniers marquent les moindres sinuosités. Le Doubs coule à quelques centaines de pieds au-dessous de ses fortifications bâties jadis par les Espagnols, et maintenant ruinées.

Verrières est abritée du côté du nord par une haute montagne, c'est une des branches du Jura. Les cimes brisées du Verra se couvrent de neige dès les premiers froids d'octobre. Un torrent, qui se précipite de la montagne, traverse Verrières avant de se

---

1. **Ovoïde** : en forme d'œuf.
2. **Soutache** : galon qui décore et cache les coutures.

jeter dans le Doubs, et donne le mouvement à un grand nombre de scies à bois ; c'est une industrie fort simple et qui procure un certain bien-être à la majeure partie des habitants plus paysans que bourgeois. Ce ne sont pas cependant les scies à bois qui ont enrichi cette petite ville. C'est à la fabrique des toiles peintes, dites de Mulhouse, que l'on doit l'aisance générale qui, depuis la chute de Napoléon, a fait rebâtir les façades de presque toutes les maisons de Verrières.

À peine entre-t-on dans la ville que l'on est étourdi par le fracas d'une machine bruyante et terrible en apparence. Vingt marteaux pesants, et retombant avec un bruit qui fait trembler le pavé, sont élevés par une roue que l'eau du torrent fait mouvoir. Chacun de ces marteaux fabrique, chaque jour, je ne sais combien de milliers de clous. Ce sont des jeunes filles fraîches et jolies qui présentent aux coups de ces marteaux énormes les petits morceaux de fer qui sont rapidement transformés en clous. Ce travail, si rude en apparence, est un de ceux qui étonnent le plus le voyageur qui pénètre pour la première fois dans les montagnes qui séparent la France de l'Helvétie[1]. Si, en entrant à Verrières, le voyageur demande à qui appartient cette belle fabrique de clous qui assourdit les gens qui montent la grande rue, on lui répond avec un accent traînard : *Eh ! elle est à M. le maire.*

Stendhal, *Le Rouge et le Noir*, chap. 1, 1830.

Texte D
Eugène Sue, *Les Mystères de Paris* (1842)

Le cabaret du Lapin-Blanc est situé vers le milieu de la rue aux Fèves. Cette taverne occupe le rez-de-chaussée d'une haute maison dont la façade se compose de deux fenêtres dites à guillotine.

Au-dessus de la porte d'une sombre allée voûtée se balance une lanterne oblongue[2] dont la vitre fêlée porte ces mots écrits en lettres rouges : « Ici on loge à la nuit. »

Le Chourineur, l'inconnu et la Goualeuse entrèrent dans la taverne.

1. **L'Helvétie** : la Suisse.
2. **Oblongue** : qui est plus longue que large.

C'est une vaste salle basse, au plafond enfumé, rayé de solives[1] noires, éclairée par la lumière rougeâtre d'un mauvais quinquet[2]. Les murs, recrépis à la chaux, sont couverts çà et là de dessins grossiers ou de sentences en termes d'argot.

Le sol battu, salpêtré, est imprégné de boue : une brassée de paille est déposée, en guise de tapis, au pied du comptoir de l'ogresse, situé à droite de la porte et au-dessous du quinquet.

De chaque côté de cette salle, il y a six tables ; d'un bout elles sont scellées au mur, ainsi que les bancs qui les accompagnent. Au fond une porte donne dans une cuisine ; à droite, près du comptoir, existe une sortie sur l'allée qui conduit aux taudis où l'on couche à trois sous la nuit.

Maintenant quelques mots de l'ogresse et de ses hôtes.

L'ogresse s'appelle la mère Ponisse ; sa triple profession consiste à loger, à tenir un cabaret, et à louer des vêtements aux misérables créatures qui pullulent dans ces rues immondes.

L'ogresse a quarante ans environ. Elle est grande, robuste, corpulente, haute en couleur et quelque peu barbue. Sa voix rauque, virile, ses gros bras, ses larges mains, annoncent une force peu commune ; elle porte sur son bonnet un vieux foulard rouge et jaune ; un châle de poil de lapin se croise sur sa poitrine et se noue derrière son dos ; sa robe de laine verte laisse voir des sabots noirs souvent incendiés par sa chaufferette ; enfin le teint de l'ogresse est cuivré, enflammé par l'abus de liqueurs fortes.

Le comptoir, plaqué de plomb, est garni de brocs cerclés de fer et de différentes mesures d'étain ; sur une tablette attachée au mur, on voit plusieurs flacons de verre façonnés de manière à représenter la figure en pied de l'empereur.

Ces bouteilles renferment des breuvages frelatés de couleur rose et verte, connus sous le nom de parfait-amour et de consolation.

Enfin, un gros chat noir à prunelles jaunes, accroupi près de l'ogresse, semble le démon familier de ce lieu.

---

1. Solives : pièces de charpente qui servent à soutenir le parquet de la pièce du dessus.
2. Quinquet : lampe.

Par un contraste qui semblerait impossible si l'on ne savait que l'âme humaine est un abîme impénétrable… une sainte branche de buis de Pâques, achetée à l'église par l'ogresse, était placée derrière la boîte d'une ancienne pendule à coucou.

Deux hommes à figure sinistre, à barbe hérissée, vêtus presque de haillons, touchaient à peine au broc de vin qu'on leur avait servi, et parlaient à voix basse d'un air inquiet.

Eugène Sue, *Les Mystères de Paris*, première partie, chap. 2, 1842.

Annexe
Honoré de Balzac, avant-propos à *La Comédie humaine* (1842)

En copiant toute la Société, la saisissant dans l'immensité de ses agitations, il arrive, il devait arriver que telle composition offrît plus de mal que de bien, que telle partie de la fresque représentait un groupe coupable, et la critique de crier à l'immoralité, sans faire observer la moralité de telle autre partie destinée à former un contraste parfait. Comme la critique ignorait le plan général, je lui pardonnais d'autant mieux qu'on ne peut pas plus empêcher la critique qu'on ne peut empêcher la vue, le langage et le jugement de s'exercer. Puis le temps de l'impartialité n'est pas encore venu pour moi. D'ailleurs, l'auteur qui ne sait pas se résoudre à essuyer le feu de la critique ne doit pas plus se mettre à écrire qu'un voyageur ne doit se mettre en route en comptant sur un ciel toujours serein. Sur ce point, il me reste à faire observer que les moralistes les plus consciencieux doutent fort que la Société puisse offrir autant de bonnes que de mauvaises actions, et dans le tableau que j'en fais, il se trouve plus de personnages vertueux que de personnages répréhensibles. Les actions blâmables, les fautes, les crimes, depuis les plus légers jusqu'aux plus graves, y trouvent toujours leur punition humaine ou divine, éclatante ou secrète. J'ai fait mieux que l'historien, je suis plus libre.

■ *Questions sur le corpus*
(4 points pour les séries générales ou 6 points pour les séries technologiques)

1. Vous étudierez le jeu des points de vue dans les différents extraits.

2. Commentez les choix des temps verbaux dans les quatre textes.

■ *Travaux d'écriture*
(16 points pour les séries générales ou 14 points pour les séries technologiques)

Commentaire (séries générales)
Vous commenterez l'extrait du *Père Goriot* de Balzac (texte A).

Commentaire (séries technologiques)
Vous commenterez l'extrait du *Rouge et le Noir* de Stendhal (texte C). Vous pourrez vous aider du parcours de lecture suivant : dans un premier temps, vous montrerez en quoi ce texte constitue un incipit ; puis dans un second temps, vous étudierez le réalisme de cet extrait.

Dissertation
Pensez-vous que la description dans le roman réaliste ait seulement vocation à reproduire fidèlement la réalité, ou que sa portée atteigne une dimension symbolique et critique ? Pour répondre à cette question, vous vous appuierez sur les textes et l'annexe du corpus ainsi que sur vos connaissances personnelles.

Écriture d'invention
L'extrait des *Mystères de Paris* d'Eugène Sue (texte D) met en scène deux hommes dans un cabaret. Imaginez que l'un des deux raconte à l'autre un mystère propre à ce lieu et qui implique la mère Ponisse. Rendez ce récit en veillant à écrire un texte qui reprenne les caractéristiques du réalisme et prenez en compte le portrait de la femme et la description du lieu.

Fenêtres sur...

Des ouvrages à lire

D'autres romans de Balzac

- Honoré de Balzac, *Illusions perdues* [1837-1843], Gallimard, «Folio classique», 1972.
- Honoré de Balzac, *Splendeurs et Misères des courtisanes* [1838-1847], Gallimard, «Folio classique», 1973.
- Honoré de Balzac, *La Maison Nucingen* [1838], Gallimard, «Folio classique», 1989.
- Honoré de Balzac, *Le Colonel Chabert* [1844], Belin-Gallimard, «Classico», 2016.

D'autres récits réalistes et naturalistes

- Stendhal, *Le Rouge et le Noir* [1830], Belin-Gallimard, «Classico», 2019.
- Émile Zola, *Au Bonheur des dames* [1883], Belin-Gallimard, «Classico», 2016.
- Émile Zola, *Nouvelles naturalistes* [1866, 1876, 1879], Belin-Gallimard, «Classico», 2012.
- Guy de Maupassant, *Bel-Ami* [1885], Belin-Gallimard, «Classico», 2019.

Des propos de Balzac sur le roman

• Honoré de Balzac, *La Comédie humaine*, «Avant-propos» [1842], Gallimard, «Bibliothèque de la Pléiade», tome I, 1976.

🎬 *Des adaptations à voir*

(Toutes les œuvres citées ci-dessous sont disponibles en DVD.)

• *Le Père Goriot*, film de Robert Vernay, avec Pierre Renoir et Claude Génia, 1944.
• *Rastignac ou les Ambitieux*, téléfilm d'Alain Tasma, avec Jocelyn Quivrin et Flannan Obe, 2001.

🏛 *Des œuvres d'art à découvrir*

(Toutes les œuvres citées ci-dessous sont visibles sur Internet.)

• Gustave Caillebotte, *Le Pont de l'Europe*, 1876, huile sur toile, musée du Petit Palais, Genève.
• Édouard Manet, *Le Balcon*, 1868-1869, huile sur toile, musée d'Orsay, Paris.
• Pierre-Auguste Renoir, *Les Grands Boulevards*, 1875, huile sur toile, musée d'Art, Philadelphie.

🌐 *Des lieux à visiter*

• Maison d'Honoré de Balzac, 47, rue Raynouard, 75016 Paris.

• Musée Carnavalet, 23, rue de Sévigné, 75003 Paris.
   http://carnavalet.paris.fr/fr/musee-carnavalet

• Musée de Balzac, 37190 Saché.
   http://www.musee-balzac.fr

Glossaire

Dénouement : dans une pièce de théâtre ou dans un récit, moment où le nœud de l'intrigue se défait.

Discours direct : les paroles prononcées sont rapportées telles quelles, à l'aide de verbes introducteurs et de signes de ponctuation (tiret, deux-points, guillemets).

Discours indirect : les paroles prononcées sont rapportées par le narrateur dans une proposition subordonnée, ce qui entraîne des modifications de pronoms personnels, de temps des verbes et de références spatio-temporelles.

Discours indirect libre : forme de discours indirect. Les paroles sont rapportées par le narrateur sans proposition subordonnée. Elles sont donc incluses dans le flux de la narration.

Effets de réel : effets par lesquels le narrateur donne une impression de réalité.

Éponyme : se dit du personnage qui donne son nom au titre de l'œuvre.

Explicit : dénouement, fin d'un roman.

Illusion référentielle : ensemble des procédés qui fait que le lecteur croit à la fiction comme s'il s'agissait d'une histoire réelle.

Incipit : début d'un roman.

Incise : procédé qui consiste à insérer une proposition courte dans une phrase, notamment pour dire qui parle et sur quel ton.

Moraliste : celui qui observe et décrit les mœurs, c'est-à-dire le comportement d'une société, souvent en en proposant un jugement.

Narrateur : celui qui prend en charge la narration, c'est-à-dire l'histoire racontée.

Oralité : ensemble des procédés qui font qu'on peut dire d'un discours qu'il est oral et non écrit.

Parangon : exemple par excellence, celui que l'on va choisir plutôt qu'un autre pour illustrer quelque chose.

Pathétique : registre qui exprime la souffrance.

Péripétie : changement soudain de la situation à cause d'un événement nouveau, le plus souvent au théâtre mais aussi dans un récit.

Portrait : description d'un personnage. On distingue le portrait physique du portrait moral (ensemble des qualités et des défauts d'un personnage).

Prolepse ou anticipation : procédé par lequel le narrateur anticipe sur la situation à venir en donnant quelques éléments de l'action qui ne se sont pas encore déroulés et que lui seul connaît.

Roman d'apprentissage : roman qui présente l'évolution d'un personnage en mettant l'accent sur sa formation.

Satirique : procédé qui relève du registre comique et qui consiste à railler dans le but de critiquer.

Syntaxe : construction, organisation des phrases.

Tirade : au théâtre, une tirade est une longue repartie d'un personnage, constituée d'une suite ininterrompue de vers ou de phrases. Par extension, on peut employer ce terme pour le récit, lorsqu'un personnage parle longuement sans être interrompu.

Tragique : registre qui donne au spectateur ou au lecteur de fortes émotions devant l'irréductible des situations présentées, qui ont pour origine la fatalité.

Notes

Notes

Notes

_____

_____

_____

_____

_____

_____

_____

_____

_____

_____

_____

_____

_____

_____

_____

_____

_____

_____

_____

_____

Dans la même collection

CLASSICOCOLLÈGE

CLASSICOLYCÉE

Pour obtenir plus d'informations, bénéficier d'offres spéciales enseignants ou nous communiquer vos attentes, renseignez-vous sur **www.collection-classico.com** ou envoyez un courriel à **contact.classico@editions-belin.fr**

Cet ouvrage a été composé par Palimpseste à Paris.

La pâte à papier utilisée pour la fabrication du papier de cet ouvrage provient de forêts certifiées et gérées durablement.

Imprimé en Espagne par Novoprint (Barcelone)
Dépôt légal : février 2013 – N° d'édition : 70116157-06/avril 2021